本書出版得到國家古籍整理出版專項經費資助
全國高等院校古籍整理研究工作委員會重點項目

中山大學中國古文獻研究所 編

全粵詩

第二十五册

嶺南美術出版社
中国·广州

圖書在版編目（CIP）數據

全粵诗. 第二十五冊/ 中山大學中國古文獻研究所編. 一廣州：嶺南美術出版社，2019.5
ISBN 978-7-5362-6540-0

Ⅰ.①全… Ⅱ.①中… Ⅲ.①古典詩歌—詩集—中國
Ⅳ.①I222

中國版本圖書館CIP數據核字(2018)第118341號

責任編輯：左　麗
　　　　　徐　凱
責任技編：锺智燕
封面設計：李　穎

全粵詩（第二十五冊）
QUAN YUE SHI DI ERSHIWU CE

出版、總發行：嶺南美術出版社（網址：www.lnysw.net）
（廣州市文德北路170號3樓　郵編：510045）
經　　銷：全國新華書店
印　　刷：廣州市嶺美文化科技有限公司
版　　次：2019年5月第1版
2019年5月第1次印刷
開　　本：889mm×1194mm　1/32
印　　張：26
印　　數：1—1000冊
字　　數：501千字
ISBN 978-7-5362-6540-0

定　　價：130.00元

主编：陳永正

副主编：吕永光　楊權　史洪權

審校：黃國聲

出版委員會

主　任：曹利祥　李健軍

副主任：辛朝毅　劉斯翰

委　員：曹利祥　李健軍　戴　和　辛朝毅　林　鋒

劉斯翰　左　麗

文字録入：韋　燕

本册主编：楊　權

主要整理者：

李君明　呂永光　韓東玲

徐晉如　楊　權　鍾　東

韋盛年　張　瀾　史洪權

李永新

全粵詩第二十五冊總目

卷七五九

卷七六〇

全粵詩第二十五册目次

卷七五七

卷七五九

卷七六一

卷七六二

卷七六三

卷七六四

卷七六六

卷七六七

卷七六八

卷七六九

卷七七〇

卷七七一

卷七七二

卷七七三

卷七七五

卷七七六

卷七七七

卷七七九

全粵詩卷七五七

閨媛

司彩王氏

司彩王氏，南海人。明宣宗宣德中女官。事見清溫汝能粵東詩海卷九六。

宮詞

璚花移入大明宮，一樹凝香倚晚風。贏得君王留步輦，玉簫吹徹月明中。（清溫汝能粵東詩海卷九六）

（李君明整理）

馮銀

馮銀，字汝白。瓊山（今屬海南）人。教諭馮源之女，歸同邑貢生唐繼祖。事見清溫汝能粵東詩海卷九六。

夏日

坐對北窗涼，晴空日正長。柳深鶯語滑，花落燕泥香。

題畫

青雲喬木古，翠竹遠山青。昨夜東風暖，池塘草未生。

詠蟬

露滌清音遠，風吹木葉齊。聲聲若相接，各在一枝棲。

暮春

綠暗紅稀春已深，東風吹度小墻陰。凋榮何恨人間事，獨倚幽窗數過禽。（以上清溫汝能粵東詩海卷九六）

（李君明整理）

端陽競渡

端陽競渡楚風存，疾較飛鳧敻出羣。棹起浪花飛作雪，竿飏旗彩集如雲。一時豪杰追盧肇，千載忠魂吊屈君。兩岸紅裙笑俚婦，那知鬥草獨籠芸。（明唐胄正德瓊臺志卷七）

詠蟬

身高吸霄瀣，羽薄趁仙風。自奏清商曲，泠泠山水中。（明陳是集溟南詩選卷二）

（史洪權整理）

丘夫人

丘夫人，瓊山（今屬海南）人。丘濬室。邱掌珠讀閨秀詩偶成有『仙姑吐屬何清新，瓊臺我愛丘夫人』之句。事見清溫汝能粵東詩海卷九六。

題吹彈歌舞圖

誰家有女顔如玉，手持幾竿崑崙竹。鏤金編雲一片形，含商弄羽千般曲。一聲遲，曉起丹山彩鳳啼。一聲疾，夜半孤舟嫠婦泣。一聲喜，秦樓仙侶同飛起。一聲悲，異時忠臣乞食歸。十分妙趣真無比，良工寫入霜縑裏。時人莫道是無聲，仙聲不入凡人耳。中虛外實木一片，抱向佳人懷裏見。玎玎璫璫幾點聲，細細粗粗四條線。一聲清，半夜天高萬籟鳴。一聲濁，八月秋風落羣木。一聲苦，昭君馬上啼紅雨。一聲歡，妃子宮中洗祿山。風流畫史龍眠老，筆端寫出心機巧。勸君莫道是無聲，有聲不似無聲好。（清溫汝能粵東詩海卷九六）

（李君明整理）

林瑞鸞

林瑞鸞，瓊山（今屬海南）人。明武宗正德進士林士元之女。事見湯志嶽廣東古代女詩人詩選。

德慶望夫水詩

一片幽思尚未平，碧溪流水日盈盈。何年卻化遼城鶴，還向人間喚一聲。（湯志嶽廣東古代女詩人詩選）

（李君明整理）

陳雲仙

陳雲仙，順德人。明太學生士賢女，名媛余玉馨之表姐。著有蘭軒詩草一卷。事見清溫汝能粵東詩海卷九六。

寄余玉馨表妹

往年同學換鵝經，冰鏡無塵玉有馨。織錦才高推獨步，落梅粧好對雙清。春朝攜手看花發，秋夜凭肩待月明。别後相思烟水隔，海棠紅綻想儀形。

憶别分攜在柳陰，奇山上望象山岑。手牽玉藕絲難斷，口嚼青茶苦自禁。古鏡不磨難見面，銀缸未點尚留心。寥寥孤館同誰語，芭雨桐風幾夜深。

寄外

去時爾語尚云云，去後音書總不聞。殘黛懶描三月柳，亂鬢愁理一梭雲。可堪林際鳩呼婦，頗奈天邊鴈叫羣。難得相逢容易别，機絲何用織回紋。

江行

止爲偷閑狎鷺鷗，扣舷歌唱出沙洲。又從别浦尋幽興，觀採荷花女伴遊。

秋日懷外

木欄杆外思依依，目斷天涯去鴈飛。心欲裁書何處達，詩題紅葉淚沾衣。

美人看劍

試取粧前玉匣開，光鋩秋水迫人來。風塵可與兒夫佩，漫道兒夫得意回。（以上清溫汝能粤東詩海卷九六）

（李君明整理）

余玉馨

余玉馨，字芳馨。順德人。明武宗正德十六年（一五二一）進士、甌寧知縣余經之女，舉人許烱之妻。著有篋中集十卷。事見清溫汝能粤東詩海卷九六。

擬古

西陸起涼飆，高梧墜秋葉。出户聞寒蛩，開窗見明月。美人天一方，傷情又離别。離别有所思，夢寐恒見之。凛然松柏操，瑩如冰玉姿。爲言持貞素，值晤自有期。懽會未及終，悵爾聞晨雞。亭亭東方樹，漸覺含朝輝。

秋日有懷

朝露摧百草，秋光忽云暮。黄花綴短籬，紅葉辭高樹。西風颯然來，蕭條及庭户。疎枝寒蟬咽，晴宵征鴈度。對兹萬感生，幽意無人訴。關山阻且長，惆悵天涯路。思之不可見，延佇勞心愫。

暮春寄夫君

海棠淺插金壺水，短笋穿苔突鴉觜。飛盡楊花困正多，壁間塵閣閒焦尾。屏山迸落雲母光，硯池黑點龍煤香。朱簾捲春春不住，緑陰滿院生微涼。冰絃零落疎飛鴈，有美人兮不相見。新愁無賴上雙眉，寫入薰風白團扇。

從家君赴任舟過清遠峽

彩鷁凌晨發，蒲帆直向東。燒痕經雨緑，敗葉帶霜紅。望寺知程近，看山到水窮。仙家在何處，時送隔林鐘。

九日念征人

炎天霜晚鴈來遲，纔見黄花放幾枝。乍雨乍晴重九節，輕寒輕暖暮秋時。錦機有字憑誰寄，紈扇無情衹自知。欲陟崔嵬望遠客，碧雲峯影正參差。

秋日得書

征人天外怨離居，近接清江錦鯉書。明月似環人去後，碧天如水鴈來初。梧桐葉落頻驚夢，菱鏡塵封久罷梳。願作飛塵隨遠道，乘風猶得上君車。

惜花春起早

穠綠嬌紅舒嫩萼，夭桃乍放緗梅落。簾幕低垂白玉鉤，鞦韆斜挂香絲索。金屋佳人睡覺來，侍兒秉燭照蘭臺。九十春光容易老，未明先看牡丹開。

愛月夜眠遲

晚妝不整雲鬟卸，梨花院落閒清夜。桂影初移畫閣東，紗窗斜映蟾光射。玉人不寐倚闌干，貪玩冰輪不覺寒。銀漢星移繁露墜，庭前猶自捲簾看。

掬水月在手

玉盆滿注蒼龍吐，寒光直射清虛府。水月相逢不可分，山河倒影真堪數。一泓清徹浸春蔥，擎得嫦娥在掌中。疑是瑤池仙子伴，故將金鏡照天宮。

弄花香滿衣

春暖東風曉來急，亂紅深處佳人立。摘將茉莉雪華明，簪得薔薇露猶溼。歸來蜂蝶趁成行，鬱鬱清芬滿繡房。不用沈檀薰羅綺，錦衾翠袖帶餘芳。

暮春感懷

九十春光似轉篷，半晴天氣霧濛濛。一池新水今朝雨，滿地殘花昨夜風。畫角簾開雙入燕，碧消雲淨斷歸鴻。韶華過眼真堪惜，何日王孫馬首東。（以上清顧嗣協《岡州遺稿》卷六）

夏夜

微月近前庭，風涼玉露零。香眠花裏蝶，星墜柳梢螢。玉漏頻傳箭，銀河若建瓴。徘徊不成寐，起傍小池行。

秋日即事

水漲千江雨，林紅一夜霜。秋深鷹力健，風急鴈聲長。金井餘陰薄，銀床滴露涼。飄零白羽扇，猶帶舊時香。

次陳雲仙表姊寄懷原韻首韻乃先君諱也謹更一韻奉答

憶昔分攜在玉京，至今羅袖有餘馨。才如池草爭春綠，人似梅花帶雪清。違別十年天共遠，相思千里月同明。夭桃一樹臨窓發，猶向枝頭想舊形。

元宵簾下觀遊者

十二芳街近晚晴，爭排絃管調清平。花開火樹通宵燦，燈擁鼇山徹夜明。月色溶溶蓮步速，雲鬟冉冉珮聲輕。遺簪落翠知多少，散逐東風滿穗城。

彈琴

閒來獨自鼓焦琴，夜靜焚香是賞音。萬里家鄉隨地遠，七絃嘹喨對天吟。清風明月襟懷闊，流水高山怨恨深。彈到落梅誰會得，樓敲鐘鼓坐花陰。

海珠寺

隔岸煙花是錦城，水晶宫裏有歌聲。洲邊鷗鷺隨流至，窗外帆檣破浪行。繞檻魚龍風雨過，拍崖霜雪海潮平。江空露冷三秋後，多占人間夜月明。

詠燕

二月園林桃杏開，重來還識舊樓臺。應知冬向山中蟄，浪說春從海上回。衝雨柳塘黏綠絮，掠泥花徑帶蒼苔。烏衣舊宅何人住，滄海桑田幾刼灰。

暮春

風柔南陌草芊芊，漸近清和四月天。雲浄高樓無去鴈，雨晴深苑有啼鵑。掃除花錦鋪苔席，搖蕩春光飛柳綿。屈指韶華如過隙，可令容易度流年。

與姑對弈

聽雨開芸閣，看花倚繡楹。遣懷棋數局，原不爲輸贏。

冬日

冬日如春日，池塘水不冰。偶來書閣坐，喜見石灊青。

圍棋即事呈夫君

重圍或是興王地，一子能當生死關。到得功成無着處，機心用盡不如閑。

秋夜

秋聲昨夜入梧桐，金井銀床影半空。搗盡夜衣不成寐，半鈎新月一簾風。（以上清溫汝能粵東詩海卷九六）

（李君明整理）

王氏

王氏，東莞人。明進士、參議袁昌祚室。昌祚嘉靖間舉鄉試第一，閲數年成進士。豐儀修整，才思驚人，嚴嵩欲逼爲贅婿，袁意不欲，而不敢面辭。後王氏寄以四時閨怨，嚴見詩乃止。近人余祖明編廣東歷代詩鈔卷一有傳。

春閨怨

東風簾捲畫樓西，目斷王孫草色萋。鶯織舊愁穿柳線，燕銜新恨濕花泥。夢隨流水情添急，眉鎖青山翠壓低。惆悵天涯春欲盡，海棠花落杜鵑啼。

夏閨怨

錦褪殘紅色更佳，傷心無語步苔堦。忍看竹簟人相倚，羞見蓮房子並挨。耳斷蟬聲悲晝永，情隨鴛夢到天涯。無端抱恨雙飛燕，敲拆粧臺一股釵。

秋閨怨

颯颯金風恨轉催，月明霜冷傍粧臺。解吟畫壁蛩添唧，叶卜金錢菊又開。翡翠衾單思正邈，芙蓉帳暖夢初回。天涯極目排雲鴈，不見多情一字來。

冬閨怨

思入新寒倍愴神，三冬猶有未歸人。牙床冷浸冰壺月，玉枕香銷翠被春。梅蕊恨隨千點雪，燈花搖落半釭銀。醉回帳底羔羊酒，誰在天涯念細君。（以上清溫汝能粵東詩海卷九六）

（李君明整理）

劉苑華

劉苑華，香山（今中山）人。安仁知縣劉士騰之孫女，明神宗萬曆四十年（一六一二）舉人、戶部郎何藻室。著有落霞山下女子吟詩一卷。事見清溫汝能粵東詩海卷九六。

辭姊妹

同作花根葉，復作葉前花。花中七姊妹，並蒂復連丫。盈盈二八月，引蔓如蓬麻。春風時見面，秋月明朱華。一旦離長蔓，裊裊天之涯。北柯戀南條，風飄素雲遮。柔條與綠葉，望望長風沙。

秋日重遊白衣尼庵

黃葉淒風散碧岑，禪關寥寂至于今。儂因愛竹重相訪，尼亦看經未可尋。四面短垣浮野色，數聲高鳥入空林。閨中暫可停針線，仙梵頻聞一洗心。

舟發羅江問侍女

門前瞬息即天涯，剛是辭家便憶家。試問羅江幾丫水，送人雲裏拾春花。

理粧

春來長是爲花愁，今日臨妝上小樓。自理烏雲撩綠鬟，好將時樣學蘇州。（以上清溫汝能粵東詩海卷九六）

（李君明整理）

謝五娘

謝五娘，潮州人。明神宗萬曆間才女。善詩。生平坎坷，嘗被逮繫。有讀月居詩一卷。事見明錢謙益列朝詩集·閏集第四、清康熙潮州府志卷一〇。

謝五娘詩，存于明錢謙益輯列朝詩集·閏集第四共十首，存于清乾隆修潮州府志卷四二共十一首，存于清溫汝能粵東詩海卷九六共十首，剔去重收之作，今存詩二十二首。

辭父受二聘

卓犖黎生先有聘，風流鍾子後相親。桃花已入劉郎手，不許漁人再問津。

柳枝詞

近水千條拂畫橈，六橋風雨正瀟瀟。枝枝葉葉皆離思，添得啼鶯更寂寥[一]。

[一] 啼鶯更，清溫汝能粤東詩海卷九六作『黄鸝慰』。

春暮

杜鵑啼血訴春歸，驚落殘花滿地飛。惟有簾前雙燕子，惜花銜起帶香泥。

初夏

庭院薰風枕簟清，海榴初發雨初晴。香銷夢斷人無那，聽得新蟬第一聲。

春日偶成

乳燕銜泥春晝長，倚闌無語立斜陽。桃花紅雨梨花雪，相逐東風過粉墻[一]。

[一] 粉，清乾隆修潮州府志卷四二作『短』。

初夏

啼鳥聲中午夢回，篆香重撥已成灰。東風似恨春歸去，吹送楊花入戶來。

小園即事

翠竹蒼梧手自栽[一]，芙蓉未秀菊先開[二]。小軒睡起日將午[三]，黄葉滿庭山雨來。

［一］蒼，清康熙潮州府志卷一〇、清乾隆修潮州府志卷四二作『碧』。

［二］秀，清溫汝能粵東詩海卷九六作『老』。

［三］將，清溫汝能粵東詩海卷九六作『當』。

感懷

四面簾垂碧玉鈎，重重深院鎖春愁[一]。天涯行客無歸信，花落東風懶下樓。

［一］深、春，清乾隆修潮州府志卷四二作『春、深』。

春夜

銀燭燒殘夜漏聲，畫屏香案影孤清。一庭春色無人管，分付梨花伴月明。

感懷

百歲因緣一旦休，三生石上事悠悠。無梁雙陸難歸馬，恨點天牌不到頭。千里月明千里恨，五更風雨五更愁[一]。東風去後花無主，任爾隨波逐水流。（以上明錢謙益列朝詩集·閏集第四）

［一］風雨，清乾隆修潮州府志卷四二作『雨響』。

春晚

新綠園林雨過時，黃鸝無語恨春歸。楊花怕逐東風去，搭住闌干不肯飛。

七夕遇雨

乞巧傳杯不暫停，人間天上兩關情。西風吹斷牛郎淚，灑落簾前作雨聲。

柳枝詞

灞水橋頭日正長，梳風沐雨是垂楊[一]。可憐千縷黃金線，不與離人繫斷腸。

［一］梳，清溫汝能粵東詩海卷九六作『櫛』。

秋日得書

征夫天外怨離居，近接青江錦鯉書[一]。明月似環人去後，碧天如水鴈來初。梧桐葉落頻驚夢，菱鏡塵封久罷梳。願作飛塵隨遠道，乘風猶得上君車。

［一］青，清光緒海陽縣志卷四四作『清』。

竹夫人

青奴何事漫相輕，封號今同號國榮[一]。九夏專房非在貌，一身空洞若爲情。君恩本自無心得，婦節從來徹骨清。歎惜班姬秋後扇，半生幽恨幾時平。

［一］清溫汝能粵東詩海卷九六作『玉環絕色起邊兵，萬世猶得傾國名』。

寄懷

憶昔分攜在柳陰，奇山上望桂山岑。手牽玉藕絲難斷，口嚼青茶苦自禁。古鏡不磨難對影，銀釭未燼尚留心。一春孤館同誰語，芭雨桐風夜夜深。（以上清乾隆修潮州府志卷四二）

武陵圖

峯巒回合樹青葱，茅屋參差一徑通。匝地藤蘿雲護緑，滿林桃杏雨含紅。絲桐夜撫梅邊月，石榻晴眠竹外風。避世已拚天下事，出山應笑紫芝翁。

梅花次于忠肅公原韻二首

冰爲骨格玉爲神，姑射山前太逼真。嶺外江山千萬樹，溪邊林下兩三人。臉無鉛粉輕勻色，心有靈犀絕點塵。明月仙娥何處去，羅浮分得一枝春。

月明林下獨凝神，疏影横斜爲寫真。浄掃蛾眉妝鏡女，輕移瓊袖倚欄人。偏宜皓月偏宜雪，不受狂風不受塵。卻怪南枝花滿樹，北枝猶自未經春。

詠牡丹用前韻

半似天仙半似神，半如崔氏鏡中真。香迷五百煙花陣，色妒三千粉黛人。細雨微霏滋豔質，暖雲重疊護芳塵。紛紛紅紫爭明媚，占盡風流富貴春。

楊花

江北江南路欲迷，回風輕態更依稀。雨晴煬帝宮前見，春晚陶潛門外飛。惜別有情還傍馬，惱人無力故沾衣。飄零切莫隨流水，化作浮萍何處歸。

裁衣寄夫

燈下裁衣寄遠人，漫拈針線倍傷神。愁多心緒牽成病，日久形容想未真。長短只依前日樣，窄寬猶記舊時身。知君命走紅塵外，勞碌于今瘦幾分。（以上清溫汝能粵東詩海卷九六）

（呂永光、張玲整理）

楊柳詞

生長隋堤婀娜枝，玉驄曾繫碧絲絲。可憐無力東風老，還向樽前綰別離。

元旦

春光曙色起新妝，鸚鵡杯傳柏葉香。逐伴女兒相勸酒，殷勤先奉小姑嘗。（以上湯志嶽廣東古代女詩人詩選）

（李君明整理）

劉祖滿

劉祖滿，字蘭雪，一字畹卿。順德人。蘭雪生而端莊，幼嗜古書，喜作韻語。有孝行。年十四，母目忽瞽，禱以身代。夜夢神告以燃指，覺如神誨，痛仆於地。母驚，捫抱大哭，兩目遂開。人以爲純孝所感，州府表其事。長適何維柏之從孫允衎。年二十四卒。著有叢桂剩稿、梅妝閣集。事見清溫汝能粵東詩海卷九六。

秋日思親

懶刺鴛鴦出繡房，攢眉長日對横塘。夢回鄉國雲常白，心到東籬菊已黄。淩鶴自鳴陰上唳，陸懷多負洞庭霜。夜來何處寒砧急，又向西風下數行。

春宵寄外

蘿月娟娟浄，三星耿耿明。曲欄深睡犬，脩竹暗巢鶯。

宫人拈筆圖

倦倚西風十二樓，苦吟强半爲悲秋。幾回搦管題紅葉，怕逐春泉出御溝。

宫人春睡圖

幾度逢春幾度愁，和衣閒臥晚妝樓。强尋一枕承恩夢，爲語雞人莫報籌。（以上清康熙順德縣志卷一三）

靖節堂竹陳太夫人限韻命賦

爲愛庭前竹，猗猗曲檻中。孤高撑落日，勁直掃秋風。龍去投笻巧，鸞歸製笛工。平生好修節，賴有此君同。

秋夜寄外

繡戶三星動，虚庭一葉飛。螢流殘暑退，鴈帶早涼歸。班女悲藏扇，征人未授衣。病同黄菊瘦，誰復念鱸肥。

待旦

不寐當明發，沿堦掃落紅。曉風斜燕子，殘月語雞翁。鑪冷銜金獸，燈寒綴玉蟲。捲簾來曙色，擡鏡若爲容。

聽文三娘鼓琴

一葉向秋飛，文姬塞外歸。冰絃調玉指，銀燭藹金徽。離燕隨聲度，吟龍叶韻微。未央今夜月，徒搗受降衣。

與表妹蕙若舍弈話舊

手談心力拙，耳語口脂香。以舊相思告，將新嘉會忘。鄉音方半改，卷髮尚前妝。既見終疑夢，懸心猶未降。

送張夫人還楚

滿船簫鼓夕陽中，頃刻雲山即萬重。清淚下同三峽水，緒懷疊作九疑峯。今從躍鯉橋邊別，後向華胥國裏逢。揮手掛帆天際外，深閨何處問行蹤。

小築落成喜外杜門次韻

混跡何妨木石居，幽棲時亦愛吾廬。客從蓬戶題凡鳥，人在松窓辨魯魚。杞菊徑荒成獨往，草茅路長莫教鋤。春深雨過苔痕滑，免顧梁王雪後車。

朱叔母招同李郁李諸姊妹遊北園

北園之樂樂如何，花底藏鬮石上歌。雲破數峯濃似墨，風搖一水綠於羅。地亰甫里能言鴨，草乳羲之換帖鵝。醉插山花君莫笑，人生會少別離多。

寄外

椎秦博浪謂當車，消息傳來事又虛。肯把壯心酬一切，莫將詞賦弔三閭。懷中字滅禰衡刺，袖裏紅啼賈誼書。海上釣鼇應有餌，可愁爲客食無魚。

謝李郁李古硯

銅雀雲封澤未乾，摛文墨海起汪瀾。蟾蜍滴帶陰山潤，鴝鵒星分璧水寒。晉帝賜司麟筆重，王慈取並素琴端。不磷磨盡堅如許，敢作他山一石看。

鴈

一聲嘹嚦動閨愁，顧影連翩直過樓。不分世途爭冷暖，卻從天外避春秋。書空漫借雲爲紙，草聖何憐月作鈎。關塞久無持節使，上林休作致書郵。

斥野燐

臨池耽訪衛夫人，銜鼓銅龍已報寅。曲檻騁光金馬影，畫屏曦耀碧雞燐。久將正氣留天地，豈有文章泣鬼神。花際漫勞誇伎倆，燃犀曾照本來身。

訣外與鸞兒

飛瓊曾報玉樓成，將駕青虬上玉京。三載未償夫婦債，一年難盡母兒情。鵑辭蜀國仍稱帝，鶴到遼城亦姓丁。去去不須傷往事，等閑撿點白雲程。

清明

萬戶千門柳色新，北邙荒草没麒麟。閨中未識先賢塚，惟向書堆拜古人。

繡觀音

纓絡幢幡鬪巧工，繡成非色亦非空。慈容普向金針現，不盡婆心萬縷中。

宫人拈筆圖

倦倚西風十二樓，苦吟強半爲悲秋。幾回搦管題紅葉，怕作良媒出御溝。

詠月寄外

無端掛鏡復張弦，遇缺缺兮圓自圓。贏得一身渾似我，當圓當缺在於天。

寄外

桃花灼灼柳依依，書寄王孫歸未歸。亭院鶯啼春又晚，援琴時奏雉南飛。

餽周小姐蓮蓬卻寄

粉墜紅銷水殿香，西風搖動綠蜂房。也知心苦難成蜜，寄與雲英搗玉霜。

梅

雪壓疏林香滿枝，夜深微露濯冰肌。巡簷未許塵心賞，惟有孤山處士知。

擬閨詞

棠梨誰道可忘憂，百結原因鼓子愁。含笑鄰家七姊妹，蘭房夜夜合涼州。

日午時陽露未乾，撫桐指甲怯春寒。葵心解語渾含笑，蝴蝶頻飛覓合歡。
燈盞擎花玉蕊寒，滿天星斗瑞香殘。粉團小玉無顔色，何必胭脂寫牡丹。（以上清溫汝能粤東詩海卷九六）

擬閨詞

杜鵑啼血鬧陽回，百日紅侵石上苔。愁聽孩兒歌白苧，日長春盡碧桃開。
雀舌無停嗓杏林，柳腰寬褪石榴裙。橙黄橘緑無消息，卜盡金錢爲此君。

春日翠坳漫成

不及窺園兩月餘，石頑當戶未經鋤。風搖竹粉拖人面，晝永花泥落燕廬。渚芷乘春隨意緑，鶴翎因兩任情梳。虚堂寂歷心逾静，坐聽寒巖溜決渠。

花朝戲以花名成詩

春半枝頭花盡開，會喧人撲蝶飛來。三眠楊柳風驚起，一睡梨花夢未回。臉上薄沾紅杏雨，掌中盡覆緑荷杯。湘裙欲繡虞姬草，自剪梅羅帶月裁。

五月端午偕女伴遊海印

雀舫乘潮似渡瀘，釵頭輕掛辟兵符。珠遺漢浦誰家女，印解湘潭楚大夫。城撼怒濤搖粉堞，江吞斜日浸浮圖。歸來聊把諸姬問，適聽蓮歌記得無。

荔枝

嶺南五月荔如丹，望若虬珠顆顆圓。葉帶密雲籠鶴頂，枝迎疏雨濕雞冠。擘來崖蜜侵衣膩，嚼去瓊漿濺齒寒。莫厭食多愁內熱，紅塵無復到長安。

詠望夫石

陟彼崔嵬望藁砧，愁容無古復無今。一峯屹立如人影，萬刼難移匪石心。螺髻蓬飛青草亂，蛾眉煤畫綠苔侵。歸帆數遍窮消息，時聽清猿兩岸吟。

登白雲山

樂事原因病得閑，燒香約伴共登山。蛟潛陰壑愁金鎖，猿嘯晴溪怨玉環。香積半藏青嶂裏，梵聲遠出白雲間。重來此地知何會，須記沿崖細菊斑。

秋信

金風搖繡閣，玉露冷妝臺。暑氣螢流去，秋聲鴈帶來。

送黃嫂從宦中州

楊柳千條復萬條，斷腸攀折在今朝。剩枝不許黃鶯坐，留結同心寄洛橋。

七夕

堪笑東鄰各女兒，聲喧簷外鬥蛛絲。經年莫織回文錦，試問天孫巧與誰。

集李年姒西園采菱

蘊懷珠玉泛清波，采采旁人勸渡河。拉伴卻回煙棹去，白蘋風急曉霜多。

五月初五家宴無荔嘲夫

悔將來作嶺南人，三百虬珠解誤身。豈爲楚臣沉緑水，不教妃子笑紅塵。

虞美人花

楚歌聲唱霸圖空，生許相從死亦從。血濺烏江原上草，花開猶帶淚痕重。

千葉桃花

重臺灼灼醉酴酥，疊錦堆霞勝畫圖。面憶馬嵬妝墮後，此花還亦助嬌無。

素馨花

翠積花田玉露繁，幽香微度近黄昏。浪傳點額宫人魄，那解儂家侍女魂。

蘭花

九畹滋兮事亦奇，鼓琴誰解曲中詞。林深日午春風起，空谷無人獨秀時。

杜鵑花

醉態輕盈浥露斜，映山紅火幕難遮。最憐閬苑春歸後，九月重開二月花。

梅花

寒梅昨夜花更發，今日因風落二三。莫教倚樓人弄笛，暫留春色駐江南。

丁香花

百結愁腸不可排，花開微雨滴空階。更聞簾外蟲聲唧，惱亂妝樓十二釵。

題畫

楊柳青青夾岸斜，綠蘋深處隱漁家。分明一幅桃源景，獨少沿流幾樹花。

悼鶴

珠樹三花落更開，乘軒無復登此臺。學成華表仙人去，莫作横江道士來。

謝黄嫂惠茶

斜印遥封寄遠情，品泉敲臼按經烹。盧仝未必相如渴，只愛清風兩腋生。

妝樓曉望

繡閣花深日透遲，小桃才放兩三枝。曉來誰潑遥峯翠，折柳燃煤學畫眉。（以上湯志嶽《廣東古代女詩人》）

詩選）

（李君明整理）

何瑤英

何瑤英，新會人。明尚書熊祥女。事見清溫汝能粵東詩海卷九六。

看美人舞劍

出匣電飛掣，纖腰氣激昂。龍泉騰月白，秋水耀星光。嬌豔英雄托，恩仇生死忘。深閨修劍術，珍重在行藏。

九日登樓漫興

節逢九日一登樓，黃菊茱萸插滿頭。沙渚已過千里鴈，蓬萊曾夢七花虬。江門近泛灤光淺，桂嶺遥連積翠浮。結伴但從高處立，深閨何用買山遊。

園梅未放速之以詩

小陽暖透越人家，尚擁寒根懶着花。滴滴蕊珠含曉夢，遲遲春信繞天涯。一年雪後香魂暗，幾日閨中酒興賒。如此月明還冉冉，恐教羣卉候繁華。（以上清溫汝能粵東詩海卷九六）

（李君明整理）

邱恭娘

邱恭娘，潮州人。明末罹亂被俘，作題壁詩。事見清溫汝能粵東詩海卷九六。

官梅閣題壁

妾趙家婦，居潮州城。命薄罹難，號死未遑。旅次殘魂，哀音恨句，庶祈靈於鴈使，早合鏡於鸞班。血灑官亭，見者憐之。

十日離家心已稀，愁眉生怕送殘暉。天涯破鏡知誰在，塞外悲鴻去不歸。望到故山心化石，聽來杜宇淚沾衣。五更畫角城頭月，吹落旗亭促馬飛。（清溫汝能粵東詩海卷九六）

（李君明整理）

趙璣姊

趙璣姊，潮州人。邱恭娘之姑。事見清溫汝能粵東詩海卷九六。

和題壁元韻

順治癸巳城陷，姊出走，至官梅閣前，見嫂詩，遂和之。

分明筆仗影依稀，鷩陣啼鴉散夕暉。去國元同千古恨，抱琴應共九泉歸。才高柳絮餘香瀋，命薄桃

花卸舞衣。淚眼相逢何日事，一聲鼙鼓各魂飛。（清溫汝能粵東詩海卷九六）

（李君明整理）

徐婉卿

徐婉卿，番禺人。事見清溫汝能粵東詩海卷九六。

和美周黎先生過張二喬故居

燕語鶯啼又夕陽，閒愁黯黯入年芳。何人繫馬哀瑤瑟，有客題詩憶靚妝。泛水芙蕖生帶豔，浴湯豆蔻死留香。春風人面空成恨，寂寞飛花過短墻。

幽恨多關舊日歡，沿溪碧水暮生寒。香銷芍藥何堪贈，肌薄芙蓉不耐看。四韻新詩吹白鳳，一緘殘字斷青鸞。貞元花下人如玉，惆悵雕闌十二杆。（清溫汝能粵東詩海卷九六）

（李君明整理）

李氏

李氏，番禺人。明末被虜，賦詩十首，自縊。今存一首。事見清溫汝能粵東詩海卷九六。

絕命詩

恨極當時步不前，追隨夫壻越江邊。雙雙共入桃花水，化作鴛鴦便是仙。（清溫汝能粵東詩海卷九六）

（李君明整理）

梁指妹

梁指妹，高要人。明周頌室。頌卒，指妹自縊。清宣統高要縣志卷一九上有傳。

對雪吟

天上彤雲布，清晨踏玉街。峯巒頭爲白，松竹葉因埋。烏鳥悲林際，梅花悵水涯。寒衿惟獨擁，難遣此愁懷。

秋柳

千條垂線帶斜暉，青翠于今恨轉非。爲憶畫眉人已没，淚痕灑對學湘妃。（以上清溫汝能粵東詩海卷九六）

（李君明整理）

徐亞長

徐亞長，東莞人。事見清溫汝能粵東詩海卷九六。

對山吟

門外山峯長對我，年年聳峙爲堅操。歲寒更有添幽處，松柏青青節尚高。（清溫汝能粵東詩海卷九六）

（李君明整理）

林淑温

林淑温，瓊山（今屬海南）人。明末海寇掠其家，淑温碎首嚙舌，罵賊而死。事見清温汝能粤東詩海卷九六。

白菊

丰姿皎皎接東籬，貞白寒芳綴滿枝。月朗霜明色共賞，冰肌玉質影難移。重陽山笛催秋節，五柳家庭送酒時。露滴幽枝通造化，鉛華洗盡晚香宜。（清温汝能粤東詩海卷九六）

（李君明整理）

蔡平娘

蔡平娘，明末潮州人。鍾夢鶴室。事見清温汝能粤東詩海卷九六。

閨思廻文

簫聲幾度暗傷情，岫出飛雲曉日晴。寥靜深閨窓弄月，妬嬌花圃竹敲箏。橋高泛水流聲急，夜寂寒蟬噪語輕。遥寄鄉書傳去鴈，銷魂拂柳對啼鶯。（清温汝能粤東詩海卷九六）

（李君明整理）

全粵詩卷七五八

谷氏

谷氏，南海人。蕭志崇室。著有靜閣草。事見清溫汝能粵東詩海卷九六。

過花田偶賦

美人重憶粵江前，草色蟲聲思暗然。玉匣已凋宮井冷，土墻仍在野狐眠。一尊濁酒愁中醉，幾曲清歌夢裏傳。最惜芳魂千載後，姓名依舊在花田。

寒食郊行

郊原極目影蒼蒼，二月和風拂野塘。蝦菜船歸爭市鬧，雞豚社起賽神忙。墻低柳葉偷雙眼，巷曲桃花露半粧。荒塚纍纍無姓氏，斷魂荒草夕陽黄。

菜花

簇簇花開麥隴西，遥看黄絹曬鵝溪。饒他不惜金鋪地，未買詩人一品題。（以上清溫汝能粵東詩海卷

九六）

夢聽司馬長卿鼓琴

夢中形影自沉沉，恍到臨邛秋已深。不見文君仍賣酒，但看司馬獨彈琴。千金曾作當年賦，一曲猶存此日心。月落烏啼天欲曙，教人空憶白頭吟。（湯志嶽廣東古代女詩人詩選）

（李君明整理）

黎瑜娘[一]

黎瑜娘，瓊山（今屬海南）人。明末諸生符駱室。事見清溫汝能粤東詩海卷九六。

閨情集古

故園東望路漫漫，泣雨傷寒翠黛殘。去日漸多來日少，別時容易見時難。春蠶到死絲方盡，滄海揚塵淚始乾。無可奈何無可奈，五更風雨五更寒。

殘妝滿眼淚闌干，覩物傷情死一般。三徑冷香迷曉月，十分消瘦怯春寒。黄花冷落不成豔，青鳥殷勤爲探看。天若有情天亦老，可憐孤負月團圓。

黄菊枝頭破曉寒，此花不與俗人看。車輪生角心猶在，蠟燭成灰淚始乾。雲鬟懶梳愁折鳳，曉妝羞對怕臨鸞。故人信斷風箏線，相望長吟淚一團。

暑往寒來春復秋，故人別後阻仙舟。世間美事難雙得，自古英雄不到頭。荳蔻難消心上恨，丁香空結雨中愁。欲知此後相思處，海色西風十二樓。
百感中來不自由，同君身上屬誰憂。金丹擬注千年貌，仙鶴空成萬古愁。豈有蛟龍曾失水，敢教鸞鳳下粧樓。兩身願托三生夢，幾度高吟寄水流。
枯木寒鴉幾夕陽，自從別後減容光。遙看地色連空色，人道無方定有方。披扇當年嘆溫嶠，此生何處問劉郎。愁來若對相思曲，祇恐猿聞也斷腸。
天上人間兩渺茫，天涯一望斷人腸。多情不似無情好，塵夢那知鶴夢長。滄海客歸珠送淚，墜樓人去骨猶香。人生自古誰無死，烈烈轟轟做一場。
真成薄命久尋思，獨立滄茫自咏詩。粉面怕遭塵土涴，此心惟有老天知。詩成夜月人何在，花落深宮鴈亦悲。今日春風亭上過，寒猿晴鳥逐時啼。

花園留別

繞欄穠豔四時開，都是區區手自栽。此去鶯花誰是主，故園猿鶴不勝哀。

博浦開船

平生不省出門前，今日飄零到海邊。同駕木蘭從此別，鶴歸華表是何年。

仙門夜月

慘慘中秋夜半天，閨闈未敢出門前。舉頭見月人何在，步未移時淚已漣。

古道秋風

野草寒煙眼望荒，秋風颯颯樹蒼蒼。不知此地是何處，怕聽猿啼恐斷腸。（以上清溫汝能粵東詩海卷九六）

［一］黎瑜娘、蘇微香皆小說人物。

（李君明整理）

蘇微香

蘇微香，瓊山人。符駱妾。事見清溫汝能粵東詩海卷九六。

懊恨曲

蓮藕抽絲那能長，螢火作燈難久光。薄幸相思無實意，可憐粉蝶與蜂黃。
君何不學鴛鴦鳥，雙去雙來碧沙沼。蘭房自居尚拋捐，何況風流雲散了。
大堤兒女抹翠娥，貴財賤德君知麽。夭桃穠李雖然好，何似南山老桂柯。

悠悠萬事回頭別，堪嘆人生不如月。月輪無古亦無今，至今常照丁香結。（清溞汝能粵東詩海卷九六）

（李君明整理）

文氏

文氏，三水人。少寡，守節終。事見清溞汝能粵東詩海卷九六。

梅花

骨格堅貞豈等閑，花開清白在人間。香留物色傷殘盡，影借天心淡薄還。否泰冰姿含雪水，乾坤正氣壓空山。孤標獨出風塵外，松竹冬青照玉顔。（清溞汝能粵東詩海卷九六）

（李君明整理）

郭璚娘

郭璚娘，番禺人。諸生郭蛟女。事見清溞汝能粵東詩海卷九六。

村居

卜築編籬傍水□，每逢良夕月初生。寒蛩向戶偏同覺，宿鳥依帷不自驚。江上湘娥愁暮竹，人間旅客賦秋蘅。蕭蕭蘆荻烟雲外，況值天高露氣清。

泛舟埭墅

一望平林壓浪過，白雲淡淡影無多。夕陽風急歸心晚，猶聽前溪起櫂歌。

遊女

珊珊楚步小橋東，笑語香微花影紅。斜過柳陰人不見，白雲滿徑一溪通。（以上清溫汝能粵東詩海卷九六）

（李君明整理）

朱氏

朱氏，順德人。李朝昊室。事見清溫汝能粵東詩海卷九六。

悼亡

何以人間世，悲秋未有涯。涼風吹落葉，明月入幽懷。影痛生前隻，行將死後偕。孤墳三尺土，難把我愁埋。

斑竹簾

湘妃貞節淚猶存，一幅垂來正掩門。恨捲春歸穿燕剪，愁看月到透花魂。日長階草臨青色，風動池波映綠痕。玳瑁梁間寧守信，酒旗休與掛煙村。

梅花

欺雪欺風未肯降，橫斜疏影獨臨窗。終朝靜對寒衿坐，鐵笛吹來別一腔。（以上清溫汝能粵東詩海卷九六）

（李君明整理）

李夢蘭

李夢蘭，順德人。事見清溫汝能粵東詩海卷九六。

詠燕

二月園林桃杏開，重回還識舊樓臺。固知冬向山中蟄，浪說春從海上來。微雨柳塘沾綠絮，掠泥花徑帶蒼苔。烏衣舊宅何人住，滄海桑田幾刼灰。（清溫汝能粵東詩海卷九六）

（李君明整理）

佘五孃

佘五孃，順德人，一說潮州人。明末鍾希玉繼室。事見清溫汝能粵東詩海卷九六。

夜過三瀝沙眺望

極目長江遠，三沙一脉通。鳥飛青鏡外，人泛碧湖中。帆影摇明月，波光接太空。風濤扳不起，來往是漁翁。

寄外

孤劍天涯客，清霜嶺外秋。好將揚子賦，莫作杜陵愁。地遠書憑鴈，江寒月近舟。西風多感興，知上仲宣樓。

夜坐有作

夜久燈暫息，起坐披衣裳。樓高近明月，軒静納微涼。促織階前响，芙蕖水面香。悠然樂清景，塵慮迥相忘。

秋月

銀蟾初上海天晴，一色玻璃萬里明。絳闕夜涼來鳳翥，瑶臺風細聽鸞笙。兔從玉界光中現，人向虹橋影裏行。坐久露華清入骨，恍疑今夜在蓬瀛。

惜春

惜春無計爲春留，縱有黄金是拙謀。歸鴈已隨雲北去，落花空付水東流。窓開白晝鶯聲碎，簾捲黄昏燕語愁。此夕不須倍惆悵，明年花發又登樓。

海棠花

海棠經雨更精神，獨占園林第一春。裊裊嬌紅初睡足，盈盈淡粉曉粧新。祇應有豔能來蝶，便是無香亦可人。只恐明朝易零落，莫教惆悵怨芳辰。

題梅花幛子

休云綽約賽神仙，夢斷羅浮出自然。天上冰霜堪比潔，人間脂粉敢爭妍。紗廚淡月橫清影，紙帳寒香伴雪眠。九十韶華君莫羨，風光占斷百花先。

秋夜聞鶴

銀蟾初上海雲收，風送餘音過戍樓。清唳添籌三鼓夜，碧天驚露一聲秋。玉笙縹緲緱山去，羽袂蹁躚赤壁遊。客枕遥聞應不寐，月明何處放孤舟。

贈遠

芙蓉初落蜀江秋，錦字開緘到是愁。閨閣不知戎馬事，月高還上望夫樓。

秋雨

寒蟬聲咽綠楊條，雲結輕陰奏洞簫。獨坐小窗初睡起，數回疏雨滴芭蕉。

鴈

楚水湘雲道路長，幾年無夢到衡陽。西風老盡湖田粟，凍啄沙頭一夜霜。

聞禽

杜鵑何事二更啼，杏子枝頭片片低。忽憶故園眠不得，春風吹過玉關西。

春晚

草閣春深愁未消，日長惟愛木蘭橈。大江不盡東流水，暮逐飛花過小橋。

擬唐人宮詞

淩波微步出中堂，春色溶溶夜未央。寶鴨篆消宮漏永，一簾明月杏花香。

屏掩春山夜漸長，秋來處處有新涼。一天明月星河淡，滿院風吹茉莉香。

十二欄杆列畫屏，牡丹開遍錦雲庭。綠楊枝上黃鶯語，喚得紗窓午夢醒。

昭君出塞圖

琵琶聲脆蒺藜風，萬里秦關信不通。馬上傷心對明月，清光依舊照深宮。

八月霜風動虜塵，玉門關外陣雲屯。漢家空有兵千騎，不及蛾眉祇一人。

題蘇武牧羊圖

風嚴朔北雪漫天，漢節飄零十九年。白首歸來城廓在，茂陵松柏化蒼煙。

長門怨

寶鴨香消夜氣清，長門燈暗夢難成。窗前細雨腮邊淚，點點聲聲滴到明。

題明皇春宴圖

日照龍顔酒未醒，君王夜夜宴華清。豈知天寶霓裳曲，化作漁陽鼙鼓聲。（以上清溫汝能粵東詩海卷九六）

（李君明整理）

胡瑗

胡瑗，海陽（今潮州市）人。胡渭熊女，詩人鄭于雅室。事見清溫汝能粵東詩海卷九六。

紅梅

玉骨冰肌染嫩紅，依依低映粉墻東。莫教狼藉春泥裏，常伴妝臺鬬豔容。（清溫汝能粵東詩海卷九六）

（李君明整理）

王素雲

王素雲，清遠人。著有步月樓詩草。事見清溫汝能粵東詩海卷九六。

郊居

滿望蒼藤趁晚晴，殘蟬衰柳不禁鳴。花間燒葉茶烟濕，竹底篝燈露氣清。月向水中流夜色，風從蘆裏撼秋聲。憑誰借得飛雲履，不憚崎嶇上玉京。（清溫汝能粵東詩海卷九六）

（李君明整理）

楊文儷

楊文儷，南海人。士貞女。事見清溫汝能粵東詩海卷九六。

秋日若舟齋作

寧靜書齋日易曛，泬寥天氣葉紛紛。波澄曲沼明如鏡，石磊晴窓潔似雲。鴈過數聲愁寂寞，菊餘滿徑氣氤氳。何須更向江湖去，明月虛舟總未分。（清溫汝能粵東詩海卷九六）

初夏即事

朱明初屬夏，暑氣漸侵軒。日午槐陰密，風清柳絮翩。黄雲連麥隴，紅雨落桃源。恰恰鶯聲老，喃喃燕語喧。卷簾對佳景，欲賦竟忘言。

秋日懷親

玉露沾花濕，金風入幕涼。天連秋水碧，山帶晚煙蒼。撫景嗟時序，懷親憶故鄉。倚闌凝佇久，心逐鴈南翔。

示鈞兒

又是清和候，梅黄細雨天。流光人競惜，向學汝須專。美質尤難恃，虛名亦枉然。能酬題柱志，始見馬卿賢。

采蓮女

邪溪采蓮女，日出蕩輕橈。慣識溪中路，歌聲入畫橋。（以上湯志嶽廣東古代女詩人詩選）

（李君明整理）

王玉清

王玉清，廣州人。能詩，善畫山水人物。事見清溫汝能粵東詩海卷九六。

秋閨

愁聽砧聲處處催，吹簫怕上鳳凰臺。菊錢有意卜難問，鴈信多情手自開。檻外涼生衿冷落，天涯秋

盡路紆廻。不堪紅葉衰顔照，萬里長征入夢來。（清溫汝能粤東詩海卷九六）

（李君明整理）

熊叶飛

熊叶飛，字鳳鳴，一字瑶月，雹白人。諸生照祥女。與妹瑶飛俱知書能詩。著有和妹詩一卷。事見清溫汝能粤東詩海卷九七。

寄衣

寂寞深閨夜，挑燈紉素衾。短長今世樣，新舊美人心。欲雨風難定，將寒雪易侵。糟糠堂不下，關切到于今。

樵者

野樹林深入眼歡，山巔荒徑正漫漫。隴雲出處薪挑冷，瀑水飄來衣帶寒。揮斧丁丁谷應响，觀棋歷歷夢催殘。夕陽遥聽歌聲急，石磴紆廻下碧巒。

閨情爲妹瑶飛作

歡愁不定意遲遲，别有幽情緑水湄。玉手折來堤上柳，結成如意寄相思。

春情

行樂芳春日正長，人情宜暖又宜涼。無端飛過雙蝴蝶，忽動花香暗斷腸。（以上清溫汝能粵東詩海卷九七）

（李君明整理）

榴花女

榴花女，姓名不詳，東莞人。事見湯志嶽廣東古代女詩人詩選。

銅嶺吊熊飛將軍

秋江塔影似搖鈴，風雨蕭蕭暗愴情。銅嶺場荒靈氣在，銀塘軍散霸圖經。榴花留閃征袍血，龍峽猶聞戰水腥。身殉韶陽終報主，月明羌笛咽孤城。（湯志嶽廣東古代女詩人詩選）

（李君明整理）

辜蘭凰

辜蘭凰，海陽人。明副都御史朝薦之女，貢生夏含曜室。明桂王永曆七年（一六五三）城陷，凰恐受辱，自經。著有嘯雪庵易解二集。事見民國溫廷敬潮州詩萃閏編卷二。

春閨

入簾雙燕傍人飛，二月香巢語尚微。架上落花紅點袂，墻東飛柳綠侵衣。琴書難了平生願，鉛粉偏於世俗違。無限憑欄一凝眺，不堪芳草載斜暉。（民國溫廷敬潮州詩萃閏編卷二）

（李君明整理）

李瓊貞

李瓊貞，大埔人。明別駕李炤女，饒汝盛室。事見民國溫廷敬潮州詩萃閏編卷二。

輓吴年子婦藍庚娘吴欽藩妻

爲問藍田種玉緣，吴門仲婦夙稱賢。生逢紫府脩文早，死負青春把袂堅。素練當時心更烈，芳名萬古事終全。記君佳傳非千斛，女輩綱常屬我憐。（清康熙埔陽志卷五）

（吕永光、張玲整理）

張氏

張氏，博羅人。曾埈妻。事見清乾隆博羅縣志卷一二。

失題

誰云生女作門楣，匪石心腸只自知。碧落雖遥黄土近，柏舟千古重毛詩。（清乾隆博羅縣志卷一二）

（史洪權整理）

孔少娥

孔少娥，歸善人。事見清光緒惠州府志卷二五。

西湖

西湖西子兩相儔，湖面偏宜點翠洲。一段芳華描不就，月灣宛轉似眉頭。（清光緒惠州府志卷二五）

（史洪權整理）

全粤詩卷七五九

張喬

張喬（一六一五—一六三三），字喬婧，號二喬。番禺人。其先本吴籍，母入粤，生喬。性巧慧，小即能記歌曲，尤好詩詞。每長吟唐人『銅雀春深』句，因自命二喬，以其本吴女流滯粤自況云。善彈琴，工畫蘭竹。爲彭日貞校書。常與黎遂球諸名流聯吟酬唱，才色傾動一時。年十九，小病而逝。彭日貞爲營葬於白雲山下之小梅坳。名流植百花於其墓上，名曰百花塚，又曰張麗人墓。黎遂球爲撰墓誌銘。學士大夫題詠殆遍，世豔傳之。彭日貞輯喬詩及諸人詠喬詩爲蓮香集四卷。

張喬詩，以清乾隆三十年蓮香集爲底本。

妾薄命

朝花易值風，暮花難照水。時人重顔色，賤妾非不美。髮紺尚高髻，袖長拖豔紫。似可君心憐，初疑羣伴恥。誰知寵易衰，玉顔徒爲爾。寂寞無人看，看將明鏡裏。得時衆所羨，薄命終何以。

賤妾賤亦宜，眼看榮貴時。君前易爲態，空房誰復知。淚痕損眉黛，愁心傷鬢絲。即使重相對，甯與朱顏期。如彼遭際人，雙臉芙蓉脂。

遠離曲

遠郎竟何去，別郎不得語。瑟瑟復悽悽，日暮風吹雨。小雨滴花香，大雨倒垂楊。狂風橫艇子，衝散兩鴛鴦。艇子歸南浦，采蓮獨倚櫓。蓮花葉上紅，蓮子心中苦。採蓮愛蓮花，別郎惜儂家。儂家見郎時，桃腮柳葉眉。眉梢翠初潤，含情羞一瞬。分明雲母屏，映出鴉雛鬢。宛轉取郎憐，別郎尚依然。還將見郎貌，送郎出門前。

夏日黎美周招同何石閭馬景沖彭孟陽黃虞六羅子開山園讌集雨後品茶[一]

嬾雲殢殘暑，積雨顰山眉。花流氣貫午，篁戛風參差。橋回薄虹態，檻轉明煙姿。讌賞良不厭，歡會清無疲。茗戰淡成醉，幽玄古與期。

[一] 夏日黎美，原闕，據汪氏藏本補題。

苦熱行

造物猶趨炎，良如市朝士。停雲結層輪，陽御紆行轡。團柯濯以齊，新芭熱如醉。地勢附崇岡，鬱烝閉清氣。匪無噫喁聲，徒爲扇其熾。中林坐不娛，況乃勞塵事。沖夷獨往心，誰能竟其志。

邯鄲行

黄鶯深枝苦相逼，綠窗強起愁迎客。一臉殘紅睇倦凝，曾是昨宵傷琥珀。殘妝低顰那不好，瘦損腰肢怯風早。花雨濛濛戶閉香，忍笑顫嬌就郎抱。

素馨田

素馨田，臨昏鴉。紅粉妝，問秋霞。城中仙人猶化石，城外美人何處花。花開如茵草如織，下有枯髏誰得識。此花斷送採花人，窈窕依稀成古塵。簪郎素馨勸郎酒，郎不爲歡郎惜否。

蝴蝶歌

東林蝴蝶西林舞，拍拍抱花香不語。半破葳蕤妬合歡，染濕粉衣狂栩栩。林間有女嬌盈盈，單衫半整來花亭。獨立徘徊垂玉手，欲折花枝心恨久。揉花碎花不足惜，蝴蝶何因與相識。怕是夢中來阿歡，躊躇不得入重門。錯認紅顔便相狎，癡魂不辨淚啼痕。

采蓮曲

瞥見出花邊，容與未肯前。儂肱生似藕，郎面恰如蓮。風暖疑爲雨，月明猶在煙。棹歌方欲歇，何處復相連。

端州道中

輕帆如馬渡，春水到江多。鴝鵒石自好，羚羊峽奈何。晚嵐侵月暗，晝雨襲晴過。獨愛瀝湖住，鋪錢長綠荷。

雨夜

花下雨能香，遙遙送枕涼。不眠嫌燭短，求夢藉更長。慵病渾無賴，閑愁暗自傷。侍兒那解恨，熟睡繡幃傍。

泊彈子磯

山高不可扳，月出淡煙鬟。絕壁回清嘯，澄江落醉顔。人家林杪遠，漁火石梁間。野老無名姓，沙頭自往還。

秋日聞彭仲垣梁沃宸方約思何文茲張百淇諸子登鼇峯絕頂

茲峯何玉立，煙色繞蒼茫。漁艇散城市，人家爲水鄉。穿雲浮遠樹，飛鳥極斜陽。遙浦澄如練，禪燈發夜光。

夢夢謡呈孟容上座

視天云夢夢，照鏡有交光。笑我迷中醒，憐他覺後狂。虛空盡何處，流水去無方。寄語參修者，人因小悟忙。

清溪道中

灘聲搖細雨，山色隔疎松。岸迴人遙集，雲來鳥並封。石歌時柝腹，壁古每胎龍。鼓棹旋流下，回看面面峯。

寶安舟中黎美周招同李定夫王崇道梁漸子挾諸少年夜泛

客裏快相見，招攜忽滿船。童多行亦得，載重飲須先。歌細緣花岸，香酣暈觸天。笑中迎後至，奇謔更申前。

柬彭孟陽

尊酒獨無緒，期君日暮同。碧煙浮淺月，紅雨亂飄風。蝶使書題翅，花郵蘂作筒。還教爇蘭炷，相待過簾櫳。

長春庵與黃逢永彭仲垣黃虞六諸君子讌集分得酣字

相見不和南，招攜慣兩三。天衣鋪坐對，人影入池涵。野望餘樓閣，林聲靜笑談。晚虹低更渴，應羨飲方酣。

寄黎美周

客裏無佳句，非關不寄君。草寒春未綠，江闊夢中分。斷酒愁如醉，攜香坐嬾熏。正懷燈夕月，歌薄楚天雲。

秋夜

涼風吹木葉，碧落遠雲空。曲岸鴉棲柳，幽軒露滴桐。荷翻香黯淡，竹戛玉玲瓏。此夜寒光薄，樓西月隱弓。

贈彭孟陽

鬚眉真解意，全不染風塵。花國無雙士，糟丘未老身。青山供短詠，明月伴長貧。樂與過時序，閑香對錦茵。

奉侍陳太史珠江讌客夜同諸侶返濠上館賦

簾月橫西影，殘宵送客歸。曲心酬顧誤，半臂慎求衣。歌館城隅列，妝樓水氣肥。蘇公如夢蝶，莫擬過鄰飛。

客中夜雨有懷彭孟陽黃虞六黎美周鄺湛若陳喬生諸子

客裏愁兼雨，孤燈坐擁香。思深令夢短，魂斷恨更長。疊樹垂簷溜，流螢向榻光。卻拋詩酒侶，從此度悲涼。

蘇稚恭高士隱居

隱君眠坐處，只在曲源中。翠點桃花雨，香飄蘭葉風。諸峯簾幕闊，一洞水雲空。小徑經行地，重來又不同。

莫問

莫問平生意，心期負已多。别來應爾悔，看去奈吾何。燭影閒尋夢，花時獨理歌。曲闌春思寂，掩徑謝鳴珂。

喜彭孟陽還自閩中夜話

照釭渾一夢，聽月坐三更。憶爾舊時意，深余今夜情。論心愁百結，促膝影雙清。莫問近遊處，慚君説姓名。

馬

支公宜畜馬，武子更能騎。骨换黄金重，聲遒紫塞悲。香泥沾錦帳，花路積胭脂。暫可蘇堤下，春遊繫柳絲。

春柳

旭影搖晴拂玉繮，春行多半是斜陽。疎牽駿馬遊人駐，近映雛鴉小婦妝。絮落自翻飛霰白，葉長還愛嫩金黄。橋頭正有關情處，不似羅敷陌上桑。

陳使君招飲粵秀山是日聽詞人歌陳喬生新制曲有懷喬生

城裏高山翠作窩，使君呼酒我能過。一泓如鏡梅妝映，萬井凝脂柳帶拖。雨後更宜浮月飲，風前偏喜醉仙歌。更傳樂府教人唱，獨客相思愁奈何。

彭孟陽招諸子梅溪夜泛分得權字

貼水荷珠萬箇圓，更持杯影漾吟邊。吹簫坐冷三更月，進艇香籠十里煙。害馬已如嚴杖立，監司何必諱專權。詩談獨許侵觴政，從事隨行僅備員。

贈小姬

薄暮池廳淡晚妝，太湖小石坐微涼。玉容倚月真同色，翠袖依花共一香。行聽柳低鶯不語，笑看風暗蝶猶狂。心情少小無閒事，恐識相思緒便忙。

盧給諫梁侍御招同胡太史王比部夜飲陳學士山院聽蕊芝小姬歌

探幽喜得可人同，晚過清溪小院東。衫影梅花行帶月，畫樓簫管聽因風。席迎遊舄侵香冷，歌隔圍屏露板紅。爽籟平分娱夜耳，不妨拚醉伴山公。

遊七星巖同黎美周梁漸子何景瑋諸子賦

誰將白玉累成巢，況復憑陵萬木梢。澗底衣冠人影月，眼中臺閣雉城郊。璿璣恍與辰居接，呼吸應能帝座交。首正可搔天可問，詩囊開盡試推敲。

荷香千頃浸漫漫，洞口繁陰翠露漙。蝙蝠舞頻深處熱，琉璃光淡暗中寒。憑將石乳醒春醉，袖得流霞拌晚餐。聞道清音山水發，更尋鐘鼓禮仙壇。

無題四首寄呈彭孟陽

桃花如面趁花朝，舉袂臨風每欲飄。刺史十年曾結幣，仙郎終日教吹簫。釵横綠墜春雲鬢，酒盡紅生暮雨潮。奈可但隨流水去，故饒芳恨寫芭蕉。

火爇爐心只自盟，低回歌舞日含情。綠珠是處供腸斷，紅拂何人可目成。厭雨好花容易淚，濕香雛蝶不論晴。芳條折贈知誰屬，但唱章臺柳數聲。

曲闌香散碧煙澄，起捲珠簾不那凭。心比流蘇愁獨結，身如飛絮弱難勝。王孫步障移鴛枕，蕩子羅帷語鳳燈。夢破卻還雙淚墮，單衫黄杏染紅冰。

青銅相照羨塗黄，安用長蛾妬月光。鸚鵡但知傳客姓，畫眉誰解譜宫妝。油車住向西陵栢，玉腕同攀廣陌桑。怪底秦家有夫壻，並頭花底睡鴛鴦。

孟陽約予同濟瀧水爲他侶即解維留詩見意

買得蘭舟待所思，卻扳荷葉寫將離。清流濺石去復去，紅頰啼煙知未知。前路行蹤應借問，隔江潮信尚堪期。君來倘覓留香處，認取同衾解佩詩。

詠水仙

爲愛冰魂日日過，風前慵舞奈他何。光依顧兔疑奔月，羞擬牽牛與渡河。瓊珮夕留窮石影，藥房寒隔洞庭波。人間似亦看曾見，三五橫塘晚踏歌。

珠江午日

梅子磯邊水戲新，妝成競渡綴羅巾。樓船盡載佳公子，簾幕齊開絕豔人。續命每看雙縷臂，臨風難辨衆香身。煙銷晚見蛾眉月，疑是湘君此效顰。

漫述

自憐孤韻不投時，懶學逢迎惹世嗤。筆墨有靈偏伴我，風花無力欲依誰。空宵臥病禪心進，幽夢侵愁瘦影知。得遇梁鴻與偕隱，百年寧負住山期。

閱虎丘志

披圖覽記興猶狂，臥裏看山足徜徉。說法石依檀板促，冶遊人亂塔燈光。魚從小港聽歌出，花近孤墳作意香。誰向色空曾得悟，生公臺畔葬真娘。

席上贈陳使君

絕代詞人美丈夫，豪吟簾月掛珊瑚。官方幾借詩城律，兵法誰如筆陣圖。海外奇文傳鱷徙，袖中長技惜龍屠。君恩定識蛾眉妬，譜向閨帷問有無。

懊憹詩和彭孟陽三首

自來恩怨本無端，愛即如珠在玉盤。妾命久知飛絮薄，郎心新作落花看。紅箋未許傳方勝，繡帶空教破合歡。誰信棲鴛春夢穩，等閒平地有波瀾。

每憶雙棲畏影單，迫人霜月五更寒。若爲別去終成夢，衹是情深易作瀾。香鬣乞憐心冷盡，繁華驕寵意銷殘。愁來欲採忘憂草，不佩時難佩亦難。

滿腔離緒淚成瀾，半焰殘燈伴曉寒。懷抱不開今日事，夢魂猶泥昨來歡。銀綃忍割同心帶，寶鏡愁窺並影鸞。一尺白羅聊寫恨，憑君時展枕前看。

贈羽卿小姨

歌舞初成解語時，逗人牽恨泥人思。嬌鶯調滑啼猶嬾，新柳眠低醒較遲。閉月幾何顰淺淡，行雲是處怯支持。銀箏一曲煩相命，脉脉春情豈客知。

寶安歸次作

比來無日不思鄉，駕得還舟喜欲狂。雨過黄灣春有色，草齊青岸暖生香。夢騎莊叟孤飛蝶，路指僊人五色羊。到日芭蕉應鬬豔，綠陰深處出紅妝。

貽彭孟陽三十初度有序

臘之三日，彭子誕辰。余偕劉玉真、徐楚雲、歐瓊芝、汪襄雲、黄文燕、鄧羽卿、蔡端卿諸同好，載酒祝讌，兼呈以詩。彭子就席，賦答云：『眠雲嘯月此身閑，三十知名未出山。聖主可能容野傲，佳人偏自狎癡頑。香羅簇簇花爲隊，綺席層層錦作關。一石醉沈仙子勸，丹砂何羨駐紅顏。』時同集黎美周、黄虞六、姚穀符諸詞客各有分賦。

華年三十任時名，走馬章臺意氣横。醉倒花間天月出，興來筆下海濤生。綺羅細膩知寒暖，壇坫風騷在品衡。世法俗緣都脱落，惺惺聊復解多情。

舟中臨帖呈黎太僕 美周

龍門鳳閣足經營，柳腳顏頭盡有情。只向夫人爲弟子，誰從舞女得神明。危峯阻日流空遠，素月鏤金耀腕輕。不是題書分大醉，如何羊婢易成名。

落花詩三首

半是癡情半是狂，花前長日任淒涼。潘郎過去猶供果，荀令還歸已失香。夢裏乍時誇彩筆，睡來徒復把殘妝。憑君莫笑春遊客，只合教人幾度忙。

飄飄紅淚送多情，杜宇催啼不住聲。楚客牆東春已改，漢宮斜上月偏明。傷心酒盞千緡盡，撲面香塵一陣輕。最恨葳蕤便相見，泥人如夢竟何成。

煙鬟撩亂晚雲天，九十光陰又一年。流水逐來還逐去，遊絲能繫復能牽。鶯簧漫囀禁愁聽，羯鼓狂撾盡醉眠。惆悵自嘲還自解，來春應結好姻緣。

秋宵病起

病起懨懨懶試妝，不勝清瘦怯羅裳。已知多恨逢秋色，況復無聊對夜長。滿院金風啼露葉，一天碧月咽寒螿。儂家有願非歌舞，顧影行吟久自傷。

東洲病劇寄一箋與孟陽兼附以詩

久薄青樓浪子名，斷腸芳信寄卿卿。悲歡共歷真如夢，新舊爲恩好認情。皎日只愁光別照，煙花那恨豔飄英。高天下地君同我，屏燭書燈各自明。

夏日山居

卻暑銷清茗，忘憂引素琴。開軒松籟入，風味屬知音。

贈鄰姬

笑臉流霞霈，歌櫻吹雪香。盈盈花下立，多少斷人腸。

詠手釧

印臂圍紅暈，搔頭壓玉翹。燈花添夜喜，挑剔數聲搖。

冬日招彭孟陽尋梅分賦

愛此孤根好，蕭疎玉滿林。低徊不知去，總爲歲寒心。

何石閭先生隱居

鳥道懸簷外，山泉繞竹闌。不妨高臥者，長有白雲看。

謝客詞

多謝嬌貴郎，無爲盛嗔咤。儂是笑春花，怕向酸風嫁。

古意

挽住紫遊繮，教人說恨長。若教儂自說，多恐斷君腸。
挽住紫遊繮，聽儂說恨長。若教儂盡說，多恐斷君腸。

悵別詞

送郎揚子江，郎似江心浪。一夜起秋風，頭白從飄蕩。
計得見郎時，嫁郎如未久。郎遊幾度歸，看取門前柳。
大姑與小姑，認郎已如故。若道夢隨郎，儂亦曾知路。

離恨曲

玉壺雖已缺，一片爲君存。欲別千重意，人前不敢言。
楊柳條條弱，離人夜夜情。妾心絲不斷，羞眼一燈明。

懊儂曲

歡言月時來，月滿柳香處。卻被月愁儂，孤照儂無語。

夜虛悄無人，房櫳深未入。微步佇瑤堦，歸來羅襪濕。

夜夜曲

憶得少小時，隔别緣儂長。認取折花痕，荼薇刺郎掌。

長街燈影明，郎在花棚許。羣去勿羣來，認郎不敢語。

子夜曲

人人見猶憐，莫漫愁嗔妬。整衣出房櫳，憨多復停步。

歡聞歌

三五踏歌聲，心知是郎過。儂倚白玉簫，樓上遥相和。

坐皺輕羅衫，抱郎枕儂臂。郎看雙袖痕，爲誰染紅淚。

婦薄命

大舅嫁小姑，是宜郎所棄。父母若在時，黄金作簪珥。

醒酒歌

世人多醉者，酒亦不清高。未識醉中趣，空爲酒所勞。

讀曲歌

與郎好，猶不及琵琶，時得郎回抱。
嗔郎狡，萬願有窮期，惑郎情不飽。

歡聞變歌

石可轉，歡入他儂宅，儂曾眼中見。

歸舟偶述

枕畔燈明月明，夢裹風聲水聲。萍跡浪遊乘興，歸舟回首多情。
日色朦朧隔雨，煙村濃淡皆山。去去來來無定，朝朝暮暮長閑。

春日偕女伴歐瓊芝李弱仙鄧羽卿過白衣庵

結伴尋芳破碧煙，欸關何必爲參禪。空門亦有春來意，種得桃花照玉泉。
驀入花關路幾丫，浪尋天女訪煙霞。相逢便合三稽首，願向雲中學散花。

春日山居

二月爲雲爲雨天，木綿如火柳如煙。烹茶自愛天中水，不用開門汲澗泉。

送黎舍人美周

春雨潮頭百尺高，錦帆那惜掛江皐。輕輕燕子能相逐，怕見西飛是伯勞。

玉蘭花

莫擬輕舟去沅湘，春來殊愛雪枝香。東闌柳絮顛狂甚，總向堦前賺謝娘。

洞房曲

芙蓉雙臉玉微紅，恰在金屏翠幕中。蝶翅舞餘春粉熱，闌干十二鎖香風。

寶安寄彭孟陽

有夢花前點酒籌，覺來深院閉風流。人間只恨桃源路，不道桃源人更愁。

偶成

評詩讀曲費沉潛，豔緒新詞惹恨添。自笑錯耽佳句癖，又從緗帙見香奩。

將離曲

子夜徵歌特底忙，奈何花月是離觴。春江千折牽遊舸，若箇津頭柳線長。
香作飛塵玉作煙，輕寒微月養愁天。梅花本是江南弄，一疊關山倍可憐。

繡花蝶寄孟陽

一幅鮫綃萬轉絲，入歡懷袖莫教離。繡成醉蝶迷香意，似爾癡魂夢到時。

白燕

春風曉夢寒無侶，紅綠分明何處所。斜過香徑少人知，坐愛梨花藏暗語。

春日同黎美周蘇裕宗曾自昭姚穀符諸子賦得月下梨花雙白燕

杜娘瑞雪何郎粉，清韻凝香不染塵。良夜花光聯縞袂，風流占斷漢宫春。

珠江送盧都諫還省

花掖彤雲閃畫旗，蘭舟送酒怨將離。河橋别後青青柳，肯爲他人輕折枝。

戲贈

倚闌閑愛綠荷香，笑殺多情面覥郎。雙眼盻人不肯語，卻教池畔看鴛鴦。

無題示彭孟陽

鴛鴦文彩日相依，水舞花眠漾夕暉。如此羽毛深共惜，可能孤逐野雞飛。

生同少伯五湖歸，玉骨香魂願不違。妬殺真娘墓前雨，又隨神女峽中飛。

送彭孟陽遊閩

江頭黯黯別魂銷，一棹東分怨落潮。春事正來人又去，可憐虛度好花朝。
邀君小駐也難留，風緊萍開不自繇。一舸行蹤輕似葉，如何載得兩天愁。

感事

西子湖頭並采蓮，昭陽宮裏便如仙。新承恩寵應誰妬，敢學顰眉爲乞憐。

偶書所見

江頭野鴨太顛狂，亂入荷塘逐藕香。莫訝無情任來去，花深原有紫鴛鴦。

新秋作

山容初瘦月容肥，夜久涼風入翠衣。睡破井梧陰兩葉，半床清夢一聲歸。

七夕

四角闌干自了然，風吹星宿繞檐前。誰家夜冷支機石，但向河橋鵲翼邊。
望到今宵喜定嗔，一年此夕說相親。天仙遇合猶如此，何況浮萍握手人。

雙聲曲寄孟陽

重陽啼別妾悲秋，迢遞秋心寄遠愁。天際紙鳶吹斷線，回頭空憶此風流。

隔紙屏風畫紫驪，與卿得見實難期。一劑黄蘗兼紅豆，苦殺相思只爲伊。

風前睡

碧陰涼至自開帷，夢破過從近有誰。香片亂飛都不掃，入懷翻愛是風姨。

贈鄰姬與所歡入道

誰更章臺挽柳絲，爲憐甘露灑楊枝。修成共命迦陵鳥，不似鴛鴦半世癡。

春望謠

十字街頭結綺樓，半垂珠箔看春遊。花前認得金羈馬，約鬟簾中笑上眸。
月夜東城門半開，西樓嬌女踏歌回。新衫若箇生光彩，今日迎春進酒來。

甃燕謎

纖腰微步玉精神，妙舞輕盈掌上身。寵壓漢宫生富貴，嬉春傾動百千人。

離恨曲寄孟陽

伏枕春寒病轉加，遊魂難得到天涯。無端見面無端别，慚愧庭前並蒂花。
剪剪清風冷篆煙，離思縈恨夜如年。無端見面無端别，憔悴春懷惱薄緣。

聚散如雲欲恨誰，爲寒爲暖翠衾知。無端見面無端别，愁絕閑香詶咏時。
欵細清宵衹自親，於今歡笑總成顰。無端見面無端别，悔不爲君絕念人。

鬬草辭和黎美周

砌下羅裙濕露香，芳莖時復買衣裳。小姨只鬬忘憂草，那識懷中有斷腸。

宫詞

月自朦朧草自春，粉痕啼損任羅巾。君王只向昭陽殿，歌吹時侵愁夢人。
閑把忘憂繞砌栽，日長無賴得徘徊。君恩於妾元非薄，幾夜龍輿入夢來。

碧雲謡

麻姑潮至正淹身，休訝潯陽信不真。爲報赤闌橋道士，紅娘留難白夫人。

竹枝詞送人還吴

春潮翻海没龍宫，八字帆拖打面風。一夜送郎江上去，不教留看荔支紅。
落花寒食送郎時，澀舌鶯雛語較遲。長歌短曲郎都解，只學郎聲唱竹枝。

漫述

朱門粉隊古相輕，莫擬侯家説定情。金屋貯嬌渾一夢，不如寒淡嫁書生。

夜愁曲

瘦損花枝春病成，燈寒屏暗獨愁生。相思夢破巫山雨，滴響窗前和淚聲。

歎花

一株繁豔倚風斜，轉眼飄零滿地霞。春恨無情愁斷送，可憐開落幾多花。

東洲寄彭孟陽

吞聲死別如何別，絕命迷離賦恨詩。題落妾襟和淚剪，終天遺此與君隨。（以上蓮香集卷四）

（李芳整理）

題畫蘭

盈盈秋水寫瀟湘，欲抱閒情寄澹妝。謝卻離騷怨公子，雲邊分得可人看。（汪兆鏞嶺南畫徵略卷一二）

題竹

昨夜狂風落葉多，樹鳴豈爲作哀歌。摧殘不復唐生夢，贏得官家□□□。（廣東文物卷四第六〇頁）

（陳永正整理）

張玉喬

張玉喬，番禺人。張喬妹。事見明張喬蓮香集卷二。

讀惻惻吟

丰調情懷未易窺，荷絲牽結可勝悲。香幽韻遠含毫字，付與風流作話垂。（蓮香集卷二雜詠）

（李芳、李君明整理）

三娘

三娘，生平里貫不詳。

衣帶中詩

生罹亂世怨芳姿，橫惹風波累及姑。百計思量惟一死，全姑又得見吾夫。（清溫汝能粵東詩海卷九六）

（李君明整理）

全粵詩卷七六〇

方外

釋慧顯

慧顯，南海人。俗姓霍。住持峽山寺，明英宗正統間護清遠僧會司。壽八十九。清光緒廣州府志卷一四一有傳。

峽山飛來寺

風捲松關長綠苔，無人到此是天台。九霄明月峯巒上，猿暮環歸洞口哀。（明郭棐、清陳蘭芝嶺海名勝記卷八）

（陈永滔整理）

半雲亭 一作峽山

寂寞山中久悟禪，無聲花雨濕經筵。忽聞松鶴雲間唳，天滿蟾光午夜圓。（清溫汝能粵東詩海卷九八）

（李君明整理）

釋惠連

惠連，西樵山白雲洞寶峯寺僧。明世宗嘉靖年間人。事見明郭棐嶺海名勝記卷二。

寶震寺

古木森陰可避喧，半簷聊結數苔垣。因思白足常參謁，貪看青山不掩門。趺坐每依芳草席，倦遊懶上碧雲村。自從粒米須彌破，客至難供菜滿盤。（明郭棐嶺海名勝記卷二）

（陳永正整理）

釋超逸

超逸（？—一六三五），字修六。三水人。俗姓何。

題膚功雅奏圖

濟世元推出世豪，朝天萬里擁旌旄。夙生自信通三昧，雄略誰能邁六韜。鐃吹響傳青海捷，陣圖輝映紫雲高。山河帶礪應同固，竹帛芳垂汗馬勞。（林雅傑廣東歷代書法圖錄一四〇頁）

（陳永正整理）

釋通炯

通炯（一五七八—一六三九？），字普光，號寄庵。南海人。俗姓陸。憨山大師弟子，後居訶林。清光緒廣州府志卷一四一有傳。

贈盧公還匡廬

戀此東林社，應懷出世才。剎那諸漏盡，初地一花開。飛鳥迎歸錫，遊龍識渡杯。未須憐去住，知爲衆生來。

浮光亭夜集

觀心原是妄，論舊莫生愁。麋鹿煙霞晚，魚龍澤國秋。海月不可拾，銀河空自流。夜涼猶露頂，趺坐竹林幽。

送鄧太素還豫章

寒巖不出動經年，回首南州意渺然。夜月正聯高士榻，秋風又上孝廉船。珠江縹緲孤帆遠，彭蠡蒼茫一鏡懸。歸去匡山遇宗炳，爲尋蓮社舊因緣。

小金山和陳公子

談禪誰道鏡非臺，月在中天水自回。詞客已看留帶去，神龕重見聽經來。秋高鴻鴈經寒起，霜落芙蓉向晚開。陶謝風流知不遠，相逢原是濟川才。

閒行偶興

潮回兩岸水爲天，散步長堤思渺然。幽渚自留孤鶴跡，短簑嘗戀白鷗眠。山中共喜能逃病，世上誰爲未了緣。幾度踏殘雙不借，任教人笑懶殘禪。

暮春喜晴

草青沙白竹林幽，杖錫行歌縱遠遊。荒徑濕雲迷臘屐，小溪新水漲魚舟。花枝嫋嫋驚蝴蝶，荷葉團團起鷺鷗。回首杳然塵世外，坐忘天地一蜉蝣。（清黄登嶺南五朝詩選卷一二）

（史洪權整理）

題虜功雅奏圖

破虜曾驚出塞年，璽書頻沐聖恩偏。多時久藴安邦策，此日無勞下瀨船。勳業曾歸蕭相後，壯圖應占祖生先，名標畫閣疇堪並，入望高淩五色煙。（林雅傑廣東歷代書法圖録一四〇頁）

（陳永正整理）

遊梅庵

采真同法侶，支策叩禪關。入座一燈古，冥心萬刼閒。松風清夜壑，花雨洗秋山。勝地如招隱，吾

將日往還。（明崇禎肇慶府志卷四六）

（李永新整理）

釋通岸

通岸（一五六六—一六四七），字覺道，一字智海。憨山大師書記。後居訶林。工詩，曾與陳子壯、陳子升、黎遂球、區懷瑞、區懷年、黎邦瑊、黃聖年、徐棻、歐必元、歐主遇、黃季恒結南園詩社，稱『南園十二子』。著有棲雲庵集。事見清溫汝能粵東詩海卷九八。

遊悔庵

支公幽事更如何，十載冥心在薜蘿。法演青蓮應自得，詩傳白雪許誰過。名山歷歷空陳蹟，塵海茫茫促逝波。貧病幾時同一笑，東林禪客已無多。（明崇禎肇慶府志卷四八）

采石謁李祠題峨嵋亭

江南雨過羣峯青，沙邊蘭槳時一停。青蓮居士不可見，千秋空有峨嵋亭。峨嵋山月還依舊，昔年曾照樽中酒。爲問騎鯨飛上天，不知更落人間否。

曹溪雜詠

爲愛溪山好，無人衹自看。萬峯青不斷，三月雪猶寒。乳鹿藏深樹，飛鳧過遠灘。興來誰與晤，長嘯碧雲端。
經旬不出戶，春草任萋萋。谷靜有猿嘯，山深無馬蹄。巖懸泉競落，雲凝路應迷。道者何多事，栽桃亦滿谿。
底事消閒日，衡茅適性靈。引泉通藥塢，滴露寫茶經。野鳥分中食，巖花落淨瓶。最憐秋雨後，洗出數峯青。
石徑久延佇，還期逋客過。林深秋氣早，山靜月明多。勝事杳難說，幽懷其奈何。所思不可見，孤磬出烟蘿。
老衲時耕稼，爲居近給園。茅茨十畝地，烟火數家村。野飯炊晨熟，溪舂入夜喧。尋常牧牛去，應不犯苗根。（以上清溫汝能粵東詩海卷九八）

（李君明整理）

詠史

楚國有和璧，秦王欲得之。償以十五城，君臣徒自欺。壯哉藺相如，奉使無遊移。一介西入秦，怒髮且裂眦。完璧竟先歸，嬴政空爾爲。屈身避廉頗，狀若非男兒。智勇何其全，英風千載垂。

輓湛然社兄

憶爾同遊日，清風動給園。應機皆有作，離幻竟無言。雙樹啼寒鳥，空山聞夜猿。寥寥千古意，此際不堪論。

曹溪雜詠

頗適莊生樂，逍遥自不同。獨醒諸夢遠，多病萬緣空。戲舞沙邊鶴，徐來水面風。何人將紫竹，吹弄月明中。

急雨漲溪流，晚晴山更幽。渚清喧飲鹿，風過起眠鷗。響入千巖應，波騰衆壑浮。月明煙水外，深夜有漁舟。

所嗟褦襶苦，擾擾幾時休。未識邯鄲夢，徒懷杞國憂。齊奴終齒劍，飛將不封侯。輸卻寒山子，孤峯枕石頭。

西南驛候潮

旅客聽潮發，依微野望中。霞明山吐月，江静水連空。遠岸嘶寒馬，晴山叫斷鴻。莫揮楊子淚，歧路任西東。

遊月巖

百折蒼崖道，邅回望不分。巖扉遙隔水，石罅半生雲。龍井潭相映，靈宮日易曛。仙源知不遠，雞犬靜中聞。

雨後泊桃花塢

溪雨晚初歇，水亭春氣流。數峯出蘆岸，新月照花洲。海鶴窺魚躍，沙鷗傍母遊。桃源人借問，家在木蘭舟。

晚渡增江

亂山上嵐氣，孤棹向東征。溪樹臨村口，江雲侵縣城。沙寒水鶴叫，月出海潮平。幸有南征鴈，相隨到永清。

訪友不遇

隔苑聞犬吠，童子啓柴扉。上客來何處，主人出未歸。暝煙籠竹樹，涼露濕苔磯。臨發題門去，重來願不違。

夜宿峽口

客途逢日暮，維舸傍巖西。隔岸燈初起，前灣漁正歸。亂帆驚鳥宿，疏柳間螢飛。遠岫推雲出，波涵天四圍。

西湖舟中同諸子分賦

扁舟疑入畫圖中，波面樓臺柳外風。眼底韶華三月盡，天涯朋舊一樽同。鶯聲隔岸邀歌扇，花影連湖臥釣翁。幽賞未停煙樹暝，玉輪飛出海門東。

白鵝潭望大通寺

微茫煙浪接平沙，棹入幽深處處花。天闊恍疑非世界，岸回方覺有人家。帆前細雨春將盡，雲外疏鐘日已斜。征客此時還悵望，離離芳草遍天涯。

贈覺庵居士

塵蹤擾擾世途間，何以先生日掩關。一逕野雲車馬絕，滿林華雨桔槔閒。惟將白業冥真性，不學丹經駐玉顏。揮塵倘容方外侶，論心長傍月中還。

登飛來寺與熊楚伯梁井卿分賦

靈嶽何年帝子遊，遺蹤閒得共冥搜。千尋怪石看疑墮，萬壑長松聽欲流。寺記齊梁餘斷碣，人思李郭有虛舟。憑高久坐煙霞晚，一笑真成汗漫遊。

山中偶懷梁丙孺

混跡人間三十年，故林歸去且隨緣。誰知曲枕流雲外，卻落虛名濁刼前。經罷有琴彈夜月，禪餘無事笑秋煙。傷心偶憶龍華侶，零落荒池舊種蓮。

永泰寺輓宥上人

年來幾度得招尋，擬結茆茨共息心。雨過密林憐舊約，月明修竹想閒吟。鶴歸似響雲中錫，人去空留壁上琴。石火電光非久談，祇應遺恨暮雲深。（清黃登嶺南五朝詩選卷一二）

水簾臺

寒瀑掛幽巖，霏霏自千尺。恍訝水晶簾，清映太古石。有美臨高臺，瞻雲終日夕。俯視塵寰中，勞生何役役。

蒼雪崖

鬱翠兮巖阿，蕭森兮清晝。獨往疲煙霞，長嘯出宇宙。覽勝擬山陰，安禪似靈鷲。焉得同心人，冥棲此林岫。（清康熙禺峽山志卷三）

曹溪雜詠

曉起澹何營，神閒境亦清。草深驕狡兔，花暖醉雛鶯。琴几嵐光潤，蘿軒旭照明。渙然光宇內，隨

處是無生。（清梁善長廣東詩粹卷一〇）

（史洪權整理）

題瑩心泉[一]

一脈靈淵秘，千秋鎮若斯。光涵明月夜，清與白雲期。遠洽藏春塢，平分浴鶴池。悠然心賞處，塵世未曾知。（清康熙潮州府志卷一六）

［一］題，清光緒潮陽縣志卷二二作題吳隱君瑩心泉在東山泉石園。

（呂永光、張玲整理）

題膚功雅奏圖

笑擁貔貅百萬師，陳前重睹受降時。風雲壯護明王詔，日月光懸大將旗。廟算等閒空羯塞，天威只尺對龍墀。赤松遊首功成後，豈負匡山舊社期。（林雅傑廣東歷代書法圖錄一四〇頁）

（陳永正整理）

謁六祖大師

飛閣巍然駕碧霄，天開勝跡自南朝。非臺鏡裏休勤拭，綵筆空中莫浪描。浮世但誇金鏁骨，黄梅誰識石懸腰。應憐一脈曹溪水，涓滴能分萬派遥。（清道光曹溪通志卷七）

（李永新整理）

釋道丘

道丘（一五八六—一六五八），字離際，晚號棲壑。順德人。俗姓柯。開山雲頂，因號雲頂和尚。從碧崖鬀染，禮法性寺寄庵大師受圓具戒。後訪六祖新州故址，道經端州，主法慶雲寺，爲鼎湖開山之祖。清光緒廣州府志卷一四一有傳。

遊浴龍池

探幽窮澗底，盡處瀉寒流。梯磴尋奇絶，捫蘿上石樓。山花香易採，野果棘難求。雨過侵衣濕，還山日未休。

寄博山首座雪大師

奪得吾師肘後符，宗門牢落賴匡扶。鏌鋣横按非誇手，寶鏡高懸正是渠。聚散緣繇誰變異，往來何假鴈傳書。玄沙白紙三緘密，千里同風井覰驢。

入關漫作

蒼蒼雲木萬山秋，一入禪關念總休。已信此身俱是幻，寧知何物更堪求。鳳鳴谷響心原寂，竹翠花黄境自幽。不二門開誰薦得，浄名爭肯按牛頭。

贈鴈木堂李煙客曾宅師諸公結社參究四首

般舟三昧舍安逸，吾佛翹勤七日立。猛然截斷小胡床，一個蒲團何待七。
白馬青牛隨去住，西竺先生何所遇。唯然一貫自銷融，萬象之中身獨露。
女大須婚男大娶，團欒誰解無生句。眼底眉毛始放開，腳頭早跨三台步。
手握木蛇曹氏女，道人本色無刀斧。嘉州大像喫黄蓮，陜府鐵牛滿口苦。

新創雲頂山房

不風流處也風流，占得湖山雲頂頭。若問雲山何境界，門前有水到端州。

雲頂上脊

脊梁豎起慶雲中，龍象全登最上峯。纔插一莖周梵剎，溪聲山色幾重重。

鼎湖築關房上脊

雲頂新秋築小房，脊梁豎起露堂堂。眉間别具摩醯眼，觸處逢渠絕覆藏。

蓮華洞

四望蓮峯湧插天，寰中洞古尚依然。龍吟虎嘯皆清籟，石徑苔生滿地錢。

慶雲頂

按下雲頭好看山，高低峯頂絕躋攀。翻身拶出虛空骨，雲自閒來水自潺。

獅子峯

踞地翻空露爪牙，驚羣不動更吒沙。弄來幾出金毛上，眼底迷麻看轉差。

伏虎罔

伏虎巖前早已降，獻花猿鳥不相妨。錫飛響應空山谷，月映寒潭徹底光。

袈裟田

袈裟曾效此田衣，日用犂耕自不饑。清淨乞求能活命，脂膏消落法身肥。

浴龍池

金軀曾借龍池浴，洗出塵中特達人。奪得驪珠頭角露，神通些小莫能陳。

飛鵝嶺

飛鵝嶺上翠微深，極目煙波萬木陰。趕起一羣飛不散，依依還在綠森森。

嘯天龍

俱胝一指笑天龍，童子循塗没路通。拈過司南針一轉，穿山透地巧施工。

鳳來山

雙鳳來儀擁翠微，好音和雅樂雍無。太平無象真清泰，山靜猶然上古時。

象廻嶺

馴象回塗不着鉤，得優遊處且優遊。逢人嬾說三三話，白醭從教上鬢頭。（清釋成鷲鼎湖山志卷六）

（李君明整理）

釋弘贊

弘贊（一六一一—一六八六），字在犙。新會人。俗姓朱。明思宗崇禎六年（一六三三），初入肇慶鼎湖蓮花洞，翌年禮棲壑于蒲澗，剃染受具。以己事未明，遂度嶺而北，遍參諸方。後歸鼎湖，爲二代住持，號草堂和尚。著有木人剩稿等百餘卷。清光緒廣州府志卷一四一有傳。

山居

佛祖真宗絕掩藏，溪聲不斷爲宣揚。叢蘭抽蕊點山徑，疊嶂排雲護草堂。鄰老病虛頻夜醒，行童癡重慣時忘。人來欲借無縫塔，爲道好皮莫剜瘡。

素雲晴鎖萬峯秋，丹嶂危居一比丘。活得百年猶是氣，悟無少法不如漚。鶻鵰休互嗤高下，椿菌何須論短修。教意宗乘莫我識，砂鍋蔬熟笑無油。

鳥韻花香春自鬧，窗閒林寂道如宜。一條榔栗逢溪度，半卷楞嚴倚樹披。高下隨平田有在，玄黃忽略馬何爲。菩提妙法非空色，緣念未忘被物羇。

數擬出山訪故人，松門觀鶴每逡巡。自閒白社荷衣老，不是黄農木食民。秋夜小亭懷蜆子，西風磐石夢驢脣。真成獨往空千古，一抹溪光姓字淪。

太虚終本無明晦，萬象都來一鏡空。松塢晝清人倚樹，巖臺秋好月和風。總休計彼居迷悟，不必從子較達窮。聽徹溪聲千疊響，只今道與太峯崇。

傍崖築屋遠層城，滿甕蓮花物外情。漁父莫知幽澗趣，樵童安辨隱人名。輕霜草榭芳桐老，暴雨松坡紫菌生。一笑古今成夢事，幾回禪起獨經行。

事得無心理自圓，松聲草色現成禪。石頭何意硬成佛，鼇足空聞直拄天。月被雲遮光不下，水因槎礙溜難前。一時塵刹俱空去，誰辨中間與二邊。

天地未應同我闊，何妨山裏石巖巖。嬾隨雲水出人世，樂愛煙蘿住草菴。撼木風生饑虎怒，釀花酒熟老猴酣。閒閒較歷娑婆國，無似枯禪百不諳。

世上人誰識渾金，聊攜缾錫入荒岑。拓來瘦地三餘畝，苦得虛齋兩半尋。壅有疑情勞面壁，苦無閒步訪山陰。悟迷由汝無多事，獨自盤桓朗夕吟。

寂寂寥寥似可依，坦然尚覺去時非。碧光匝嶺客塵斷，翠色盈軒道意微。風怒晚林摧敝葉，月憐秋冷爲長暉。坐來竹露成珠顆，猶自聽泉未掩扉。

毀譽不干欣厭盡，塵緣終省到茅齋。嚼苗辨藥神應暢，臨水觀經意自佳。暖谷護花雲裊裊，疎林飫果鳥喈喈。滄桑任變寰中事，一榻高眠萬慮埋。

半兼禪律半耕樵，自昔攜笻不限橋。活句每從苦究得，光陰多爲嬾磨消。白翻遠岫銜花去，黑起深潭怒雨飄。故我住山忘寵辱，一龕高臥傲神堯。

祇許閒雲伴佛衣，逍遥物外與誰歸。落花滿澗思樵藥，寒日半山歌采薇。入戶青猿依磬定，出林黃鳥破烟飛。人間世事多如幻，六代繁華今已非。（釋成鷲撰鼎湖山志卷六）

（李君明整理）

釋元覺

元覺（一六二四—一六八一），字離幻。晚居石洞，因以爲號。順德人。俗姓簡。從宗公剃度，禮棲壑受圓具。宗公示寂，遂繼席主法華林寺。後住循州羅浮石洞。事見清溫汝能粤東詩海卷九八。

郊居

生年當五十，行樂敢蹉跎。白髮數莖落，青山幾度過。寒雲沉藥圃，晴日出江波。偶聽鄰翁語，秋田欲剪禾。

古鏡

匣中藏已久，一見一回新。有象知誰識，無言止自親。空秋潭底月，深夜定中身。莫訝風塵掩，從來會照人。

送陳喬生之青原訪藥地禪師

黄門才子久知歸，古寺尋僧願不違。世事已將雲影滅，道心先向瀑泉飛。舟鋪臥簟灘聲滿，葉盡寒山野燒微。從此石房休自掩，夜禪深雪到人稀。

寄懷陶握山

數椽茅屋面江洲，江水滔滔背郭流。病骨幾年隨野鶴，閒情終日在孤舟。一溪清響殘荷雨，萬樹新黄落葉秋。遙憶故人何處所，片雲高挂碧山頭。

黄俊升大士招同雪櫔和尚放舟海珠寺分賦

剖出神珠縱泳遊，水天空闊勝南洲。光搖碧渚連雲漢，氣漾春波撼海樓。未渡五仙疑石化，曾拈一

葦共鷗浮。臺前雅集三生話，風起潮聲見九秋。（以上清黄登嶺南五朝詩選卷一三）

（史洪權整理）

歸鼎湖作

大道原無住，斯行亦偶然。片帆懸渡口，孤棹入湖天。山色留前古，溪聲送暮年。江心應有月，松際幾時圓。

世事多留難，山心誰與期。行當衰老日，况值亂離時。定水呈空色，閑雲寄所思。故交應有念，前路莫遲遲。

題寶積寺

亂餘山路少人行，古寺閒花滿徑生。鐵鑄真僧重過火，土頽金像不知名。石幢有咒雲常護，香閣無基草自平。頭白樵夫頻向説，十年巖壑罷春耕。

送蔡伯昭歸潮陽兼遊羅浮

先生歸去更何之，牢落殘年是别時。投老有心求至道，旁人何事悵臨歧。仙洲漫採長生藥，石洞應留舊日詩。歸去靈山深處隱，閒雲來往定何期。（以上清温汝能粵東詩海卷九八）

（李君明整理）

釋一機

一機（一六三〇—一七〇八），字圓捷。番禺人。俗姓李。會國變，决志出家。年二十禮以霔長老，得剃度。旋入鼎湖，謁棲壑，受圓具。後爲慶雲六代住持。著有塗鴉集。事見粤東詩海卷九八。

次樊長文孝廉遊鼎湖韻

浮生閒未得，隨步陟湖峯。徑曲疑無地，山深何許松。花開明遠嶠，谿響問踈鐘。正好逢僧話，高春逼暮容。

山居

經年不出戶，一榻日高眠。有相非關我，無心莫問禪。山花開復落，窓月缺還圓。新構茅齋起，雲來占半邊。

世情諳已熟，長揖入山林。道遠無人問，詩成只自吟。半生圓澤石，一調伯牙琴。盡付東流去，沉埋直至今。（以上清溫汝能粤東詩海卷九八）

（李君明整理）

釋願光

願光，字心月。遠布和尚法嗣，住法性禪院。嘗與梁佩蘭、陳恭尹、周大樽諸詞人結社於蘭湖，輯蘭湖唱和集。著有蘭湖稿。事見粵東詩海卷九八。

送陳少庵之楚謁所知

粵國千山外，言揚楚水舲。送君出江口，黄葉滿津亭。樹色寒雲夢，秋聲落洞庭。故人一相見，吟眺九疑青。（清溫汝能粵東詩海卷九八）

（李君明整理）

全粤詩卷七六一

釋函昰

函昰（一六〇八—一六八六），字麗中，別字天然，號丹霞老人。本姓曾，名起莘。番禺人。年十七補諸生，與里人梁朝鍾、黎遂球、羅賓王、陳學佺輩，並以高才縱談時事，舉明思宗崇禎六年（一六三三）鄉試第二。會試不第，謁僧道獨於廬山，祝髮於歸宗寺。既返廣州，主法訶林。明亡，徙番禺雷峯，創建海雲寺，舉家事佛。孤臣節士，皈依者衆。歷主福州長慶、廬山歸宗，及海幢、華首、丹霞、介庵諸刹，晚年主法雷峯。著有瞎堂詩集等。清陳伯陶編勝朝粤東遺民録卷四有傳。

釋函昰一

白雲謡

歌謡未嘗始於白雲，體格不必出於五言，吾何爲而有是哉？傳曰：擬議以成其變化。讀者得吾之變化，以會其擬議則幾矣。

崑崙在人間，盼望疑青霄。盈盈瑤池觴，良遘忽崇朝。旦暮不可再，白雲空迢迢。王者豈真樂，仙人徒見招。悠遠非山川，舉足搏扶搖。歎息古今事，猶傳天子謠。

周穆王答歌

玉臺距東土，一瞬分天人。予歸豈勿顧，諸夏多人民。含餔帝力忘，百姓誰疏親。覿面看躊躇，萬年猶若今。婣婣瑤流響，亭亭玄圃雲。相見不相知，迢遙空夢魂。抗手謝青鳥，毋勞翹崑崙。

紫芝歌

高山高可極，深谷深可至。中有四皓者，采芝避秦始。作歌以忘年，蒲輪安足致。富貴良多憂，貧賤乃肆志。天下而既定，漢高徵不出。亡匿曾幾時，竟爲孝惠侍。古今競相傳，皆仰留侯智。青松與白雲，商山今尚在。

可以終隱二章章十句

可以終隱，哀我後人。可以終默，誰廸先民。毋尚孤潔，任其愛瞋。四衆之式，不淄不磷。深心堅忍，盡未來身。題室中左壁。

內無繫念，外無長物。一瓶一鉢，一杖一笠。要行便行，要住便住。無愧古人，無欺後嗣。慎乃典型，永垂來禩。題室中右壁。

聖人一章章十句

聖人無己，誰當寶几。萬象體玄，圓鑑自爾。緣感普周，而恒處此。慎汝後昆，勿立規矩。書禪牀。

題觀音大士像三首

智絕真空，體應羣物。物豈他物，有感斯通。空非頑空，無遠弗屆。來無所從，去無所至。苦樂如夢，覺迷一致。祇此深慈，弗休弗愬。是故稽首，觀音大士。

大士如鏡，照一切心。大士如月，清光普臨。萬象歷歷，隨感而寂。慈能攝慢，悲以化執。機器靡定，同歸靜正。但辦肯心，何疑於聖。我昔早年，將悟未悟。稽首皈誠，曾獲冥護。夢裏投機，如箭鋒拄。賓主出入，有語無語。越三十年，宛爾昨日。凡一念至，鐵與磁石。願汝小子，但堅信此。

大士靈通，多在忍土。以無緣慈，哀五濁苦。感應道交，如子得母。水中月影，非去非到。空谷響聲，前後之步。我以心眼，觀大士處。幾喪目前，而啞然住。能非所觀，所非能覰。絕待而歔，有語無語。以示禪者，如箭鋒拄。俯仰折旋，無容顧佇。信口而呼，縱目所注。神光儼然，不可思慮。大悲觀音，爲物作矩。共此未來，皈命頂禮。

觀音大士讚

仰吾師之深慈兮，置十二類生於懷中。隨所求而各給兮，知根欲之無窮。天與人之不可頓易兮，聊止啼以黄葉。妄無體而必終兮，爾乃需之情竭。望東方之既白兮，猶濛濛其復晦。同乎迷若相濡兮，誰獨當機感之會。入大冶而不自知兮，感天澤之一勺。時忽構而頓醒兮，悔從前之昧略。顧吾身之獨遭兮，幾旦暮而失之。覺而後知其將告兮，歎虚白之靡移。匪覃恩之浪浪兮，孰執手而同歸。底乾慧而極果兮，誓始終而相師。釋及門之洗心兮，禮頂踵而陳詞。

題本師空和尚真

明鏡當臺兮，曜神光乎夜堂。西飆栗冽兮，蘸秋水之杲陽。望儼慈氏兮，近之而不可狎。蕩蕩乎博嶠之遺風兮，當其機而知石頭路滑。悲晚近之羊質兮，尚虎皮之燦燦。侈炎日之峻步兮，寧深雲之泛泛。念石住之微言兮，余小子猶虔虔坐以待旦。

題拄杖二首

年既邁而弗衰兮，壯力由伊。予亦因高下以相諧兮，豈旦暮之能離。著地兮荆披，撐空兮雲隨。直趨兮不顧，運足兮自知。追前烈兮，啓後武兮，將舍是焉其誰。

我憑汝力，汝得我立。汝我兮同心，不可轉兮匪石。絕夷險以進止兮，遵先賢之遺軼。行終古而勿

替兮，挈斯人以躋乎峻極。（以上瞎堂詩集卷一）

笠筷引

北風何淒淒，吹我百衲衣。膏雨何霏霏，澤我西山薇。披衣可禦寒，采薇聊充饑。顧影成獨立，無儔終怨誰。登高眺遠空，心與空俱馳。空裏有江山，江山多是非。是非靡所窮，我心歸無期。忽然返蓬廬，還我未登時。讀書晤古人，將以娱心脾。叔夜不偶俗，東市良堪悲。夜聞鼓琴聲，形神離不離。鮑公謂尸解，此語至今疑。子房已辭漢，竟爲帝王師。文若似子房，事曹欲何爲。嚴辭折董昭，飲藥甘如飴。各自用其天，身世猶雲霓。生死不足畏，人心焉能知。

江南

江南有羈客，朝夕望不返。柳衰寒花黄，狂風吠山犬。潛穎欣青陽，眼見紅復淺。浮雲彌太虚，河水日沔沔。車蓋填道路，相識非我善。臭味自有真，豈以夙昔舛。夕霞流停曜，圓景媚新畚。仰觀衆鳥喧，使我中情遠。不畏新知樂，祇憂相見晚。

薤露

薤葉難停露，露停乾復乾。人一去不來，何不蚤盤桓。富貴期延齡，貧賤憂饑寒。饑寒未即死，延齡先摧殘。金石常誤人，神物不可攢。形容終逮化，有無吾自觀。紛寂竟何待，愚智空目前。勿以春花落，哀哀盈陌阡。

蒿里

送送别蒿里，遊魂向何方。榮名耀當世，寶玉懸中堂。賓從臨高墳，子孫哭兩傍。黄泉無貴客，不如貧賤良。賤士營身薄，觀化同雪霜。蚤將近死心，萬感皆荒唐。近死心不死，年年冬夜長。勸君莫憂貧，但看死貴人。

平陵東

平陵東道傍，松栢不可久。狗自入中庭，斷齧羣鴈首。羣鴈亦孔傷，狗向門外走。禍福豈足問，空名其何有。火照未央宫，十萬伊誰負。人或哀其心，安知皆夙取。歔嗟賣黄犢，不爲薄爲厚。

長歌行二首

寒日照暘谷，漸中光乃舒。光舒寒色斂，萬物承歡娱。日入松景促，猋風集吾廬。氣序有變化，此理無同殊。鄙夫鮮克終，賢士慎厥初。心節不可渝，寵眷從戚疏。所矢定夙昔，生死安須臾。周公感風雷，豈在蔡叔誅。孺子終不悟，金縢胡爲乎。忠佞爲自知，詎更問榮枯。榮枯自天澤，消息還江湖。明昧任宵旦，寒煦觀乘除。身名付天下，吾心安可誣。

慮遠百年短，情捐一夕長。憂時問牛喘，遺身調象狂。彼此不相知，論緒若參商。但觀三春澤，轉盼成秋霜。時雨不終宵，驅雲乘朝陽。天既不可測，人亦何能量。先主稱仁后，顧託誓不忘。恢土限益州，竟以危劉璋。寧我負天下，孟德真豺狼。忍心殺文舉，厚遇關雲長。慈暴出入機，善惡豈有常。利欲從中來，一滴潰川防。事理誰合離，瘖痳各弛張。形神互主賓，斷續趨彭殤。茫茫世上人，買藥誣韓康。

相逢行

仗劍走平原，結客少年場。衝突烟塵裏，橫戈枕長楊。金盔換美酒，擊筑官路傍。忽馳大將檄，扶醉騁鞭韁。慷慨誓捐軀，神武威八方。飲馬長城窟，悲歌動杞梁。功成萬骨枯，誰復念玄黃。凱旋宴太平，王侯冊朝堂。萬騎繞轅門，雲旗搖日光。歎息遊俠兒，一朝名播揚。走卒無白衣，夾路皆笙簧。夜飲徹晨雞，銀燭照垂璫。夢裏見單騎，插羽馳君王。方悔飛鳥盡，良弓不善藏。慴慴蕩神魂，覺後猶徬徨。此豈平日心，自古多奇殃。富貴人側目，不如歸故鄉。故鄉有宗族，長幼攜相望。賣劍買黃犢，畎畝追羲皇。農隙課子孫，詩書出賢良。賢良知外物，身世能兩忘。榮華鮮克終，寧澹性乃常。

隴西行

世豈無賢才，識寡昧所從。遂令當路子，低昂槃澗中。自昔重華氏，畎畝行將終。呂望釣渭川，八十守固窮。苟無唐與周，高棲竟喬松。許由藉神堯，千載景遐風。隱顯恒因人，名實無異同。賢聖不逢時，形跡如飄蓬。攬轡徧中野，所見多樵農。

東門行

相送出東門，生死各不知。人生匪金石，保有重會期。酌酒盡今夕，中心多所悲。新好詎勿諧，猥未經歲時。傾蓋難如故，百然猶一疑。風雨復晴霽，白日成陰霾。眷言懷夙昔，始終思舊知。往見管鮑交，曠久情易移。豈況千萬里，寒暑更相違。此語安可道，默默空自惟。

淮南王篇

淮南有小山，傷悼淮南死。追憶未死時，求仙禮方士。白鹿安可騎，黄鶴呼不已。賓客數千人，所見皆徐市。巨萬填神山，連弩射海水。今視猶昔然，豈但一秦始。愚哉淮南王，誤信少年子。白刃臨春風，八公竟何在。姱修安餘齡，奚必睎久視。

蜨蝶行

蜨蝶畏乳燕，乳燕良可畏。不知天壤間，所遭皆燕類。人亦盡蜨蝶，東西竟何擬。明月照江山，幽谷終弗棄。萬物知所從，莫以形骸累。勁翮隨翺翔，高低各有位。延促安天年，與奪豈人事。委運吾自適，卒爾勿驚異。持此爲遨遊，平生鮮違意。

蒲生行

兔絲緣蔦蘿，玄鳥巢深屋。所託豈不厚，常恐年運速。松枯根葉萎，楝折春泥覆。羽翼良可因，青雲匪我欲。不見蘭與蕙，萍藻欣一綠。榮瘁人不知，顧盼儻非俗。春露誰爲滋，秋霜鮮見毒。白日從冥冥，紅塵空逐逐。淒風悲中宵，驟雨沉廣陸。蘼蕪青復黄，蘭蕙香斷續。盛衰各有時，何山無幽谷。

野田黄雀行

野田多黄雀，羅網無停機。少年有利劍，不肯放雀飛。若肯放雀飛，四海誰瘡痍。湯仁開一面，孔不射宿枝。隱顯自有道，布澤隨盛衰。人各懷其心，猛鷙安足施。富貴苟弗念，日月逝如斯。零落歸山丘，始悔當路時。更聞俠烈人，身意爲是非。慷慨任目前，要令天下知。意氣寡所效，虞卿終奚爲。

遠遊二首

少年事遠遊，不識遠遊難。望望向河北，北風吹我顏。飄飄鴻鴈羣，銜蘆度秦關。翱翔南浦雲，潛鱗沉巨川。貪餌噴餘沫，復見隨竹竿。斂跡逝嶔厓，虎豹號林寒。往來無人蹤，狐兔多傷殘。黄谷奮羽翼，常憂金丸彈。作客三十年，年年摧肺肝。備知遠遊苦，徒嗟頭鬢斑。世無羡門子，不如蚤回還。

遠遊迷盧外，不離迷盧中。偶逢海大魚，忽化爲神龍。神龍無定形，隨意成纖洪。或現南鼈鼻，或時羣蛟從。合馬産龍駒，㦬悷難絡籠。我有豢龍術，乘之馳西東。鞭耳倏不見，隱顯潛吾躬。遥望在山頭，只是住山翁。往來平無奇，安知吾跨龍。

挽歌

重泉不可到，到者幾人來。昔年高會處，歌鐘依舊催。騂騮黄金勒，葡萄白玉杯。昔人今尚在，千秋銅雀臺。臺上昔人行，井幹生青苔。拂苔行今人，意氣揚煙塵。容儀光凝停，引手彈鳴琴。游龍從風翔，輕雲落素陰。今日美少年，他年螻蟻心。秦王與漢武，高陵何喬林。

惟漢行

自昔鴻門會，智士咸危疑。當時已默定，事後方始知。沛公必不死，泰山終難移。項伯以身蔽，意氣良爲誰。臨難心乃見，一諾安可欺。壯心樊參乘，死且不足辭。帝王匪偶然，龍起雲相隨。觀世以知人，忠邪各自爲。范曾數目羽，於羽焉足非。賣主曹無傷，身戮有餘災。興廢古今常，天授多明揚。

大道曲

誰著紫羅襦，據床彈琵琶。意在市中人，聲聲到日斜。繫馬垂楊下，停車傍酒家。曲調豈關手，聞音多歎嗟。將軍笑不言，彼此爭奈何。年年春日媚，日日門前花。相識不相識，滿目空塵沙。悠悠大道間，古樹臨長河。

宛轉歌

春中花盛開，暄風集崇臺。爽氣朗襟袖，白晝淨塵埃。如此良辰何，看看欲徘徊。徘徊還自問，人生當幾回。荆棘生高墳，雨雪空皚皚。今我不惜陰，後人徒見哀。後人復如我，展轉成刧灰。勸君濯淵鑑，靜言觀從來。春花與秋實，榮落時見摧。觀彼榮落時，我心當何持。莫以琴瑟娱，逐樂忘歸期。斗酒雖云歡，萬歲誰相知。何不趁芳華，百情聊以移。

樂辭

世人重顔色，顔色如秋蘭。蘭氣隨風散，蘭花開後殘。眼見花開盡，香散秋風寒。獨坐觀榮瘁，流泉空潺潺。此意難爲言，人外君自看。枯骸舊顔色，舊人今不識。新人即舊人，恩怨豈當憶。

梅花落

梅花良可持，翻惜花落時。花在霜中好，花在霜中老。開落趁春寒，不識春外草。青青松栢枝，常爲斧斤惱。延促終歸盡，尋香苦不蚤。莫憂落時無，但看開時皎。物理豈長榮，春光人見少。百卉望不及，寂寞寒山道。

淥水曲

乘流汎春渚，蕩蕩木蘭橈。日射水頭紅，微風翼柔條。輕衣入芳樹，重陰覆河橋。緩步勝安車，遵畬盼新苗。真樂豈景物，百齡如一朝。山酌薄醇醪，清辭當歌謠。心與諸境泠，寓目皆逍遙。烟光澹將夕，黄鳥鳴咬咬。倚杖望櫚際，去來誰爲招。含情遲回塗，此道何寥寥。（以上瞎堂詩集卷二）

古詩十九首　有序

古人寄詠，不越君臣朋友，或悲遲暮，或傷捐棄，多托閨人，此作詩之體也。予擬亦因是，以反情合道，聊效蒭蕘，至永懷斯人，各有所致，未敢漠然，當不作解嘲語邪。

我昔在中冓，與君生别離。不識别離苦，寧畏死相思。乃至相思死，始知生别好。秋風入羅幃，蕭索哀邊草。迢迢天一涯，顔貌在懷抱。奄忽隨化遷，痛絕安可道。生亦不相見，情教别到老。魂魄終何之，舉頭寒月皎。掩户徒沉吟，人生豈長保。

西猋捲黄雲，白晝揚氛埃。天地一爲變，登高望邊陲。羌獨無良人，胡爲久徘徊。念彼鄰家婦，掩涕向予哀。紅粉憐青春，征衣手自裁。裁就寄沙場，常憂遊冶猜。猜則從他猜，中情誰與回。不學白頭媪，年年守空幃。

天高安可極，海深不足注。斗酒聊爲歡，含情傷日暮。人生如旅泊，傾蓋皆親故。晨起東西馳，行行不相顧。人言五陵貴，驅車向官渡。巍巍望高門，衣冠盈道路。李趙列前楹，珠履盛金路。朝登廉頗堂，夕曳相如阼。所見盡攀龍，轉盼浥朝露。第宅何曾易，主賓非昔遇。白雲仍在天，波宕洪溟固。俛思胡爲來，萬里愴回步。

窮賤人所厭，豈不慕要津。辭褐事簪紱，得意揚風塵。吹笙連北里，歌鐘接南鄰。壯心亦云遂，往來多懿親。詎知松栢側，壘壘列高墳。生前皆榮貴，死後同賤貧。營營一百年，電火追良辰。何不湛高識，虚舟隨吾身。貴賤當有時，俯視如浮雲。

高閣敞雲衢，斥鷃飛不到。奮翅及簷楹，徘徊忽長嘯。空梁亦有巢，颶風終夜號。豈不戀主人，中懷限堂奥。翶翔返蓬蒿，大鵬安足告。扶搖九萬程，望絕空長悼。鷦鷯慙一枝，飲啄從吾好。御風與乘雲，引領非所造。飛飛時復鳴，優游卒此道。

萬里忽懷歸，對景心相違。不耐春花豔，那堪秋草淒。夢裏喜還鄉，到鄉猶此時。花草何曾異，形影終不移。鄉關本無情，吾心自欣悲。寸心苟勿憶，古今誰合離。玄鬢傷白頭，安車慙奔馳。邈邈江山外，遊人空是非。

朔猋動幙寒，谷風入戶清。秋鷹化春鳩，逐雨求將晴。物候恒因時，人心多不平。富貴無貧交，窮居矢友生。茲道豈從今，慷慨猶虛名。世上賴有此，賢哲終以明。息機勿復言，天下皆陳人。夢覺安足知，夷然樂吾真。

喬木不可息，漢女不可思。灼灼桃花夭，家室交相宜。忡忡謂之何，豈不憚愆期。鴻鴈鳴雝雝，冰泮良有時。江汜且終悔，白茅慎毋移。芣苢何足采，兔罝吾所知。願言勖君子，素絲其紕之。

幽蘭比良朋，臨風懷馨香。詩書還昔人，所思在高陽。折花聊以遺，顛倒醉君傍。君醉我獨醒，我醉君荒唐。攜手上河橋，新條排兩行。醉裏猶惺惺，髣髴舊殘楊。行行莫回顧，躑躅登君堂。千里長相思，畏言恐心傷。

盡云天鑑邇，昭昭奚所親。盡云天聽卑，號號如無聞。江漢何滔滔，草木何芸芸。人外有青山，青山多白雲。茅茨共麋鹿，宮闕齊秋旻。秋旻不可逼，麋鹿常爲羣。豈不樂麋鹿，麋鹿猶畏人。萬古只如此，始盡介然心。

人生必有死，衰邁尋病老。少壯矢四方，駕言向燕趙。笙竽連夜動，娱情不覺曉。有客傾蓋交，勸我立身好。中路遽回車，黽勉先賢蚤。榮名勒朝堂，賓從行塵擾。本所獲生平，鬒鬢忽已皓。韓衆安可親，三萬亦難保。念此當何爲，自託豈無道。

衰草曾幾何，盼盼春已綠。百草向人欣，黃鶯囀深谷。會當穠李期，士女爭相逐。晨朝行泥中，日夕貯金屋。恩遇亦靡常，君情多反覆。絺綌不可風，古人其何贖。音響非不諧，悽惋託絲竹。絃斷佇遙夜，沉吟空躑躅。秋水照顏鬢，憂多損冰玉。回憶春燕歸，感化成衰辱。不如未嫁時，素裳聊以服。

極壽鮮至百，城隍故復新。知見留世間，國土遷人民。浩浩陰風吹，凜凜松栢身。已死勿復道，未死誰與陳。未死笑已死，今人猶昔人。智者向我言，人生如浮雲。豪傑與聖賢，終焉成灰塵。丹液多所誤，浮丘空有名。有酒但須樂，安問毀且成。此語不知道，大道忘身形。彭殤豈足計，玄妙匪其珍。榮枯還大化，所賴吾有心。汎汎難爲謀，撫絃鳴素琴。

更有遊宕子，感化思鄉鄰。豈知鄉中土，亦有松下人。久客傷新死，還家悲舊親。遠道羨村井，故里憐他津。人情相去住，欣戚同一真。知且不可移，格格誰與平。安得庖丁刃，爲君易其心。

人有百歲憂，所忽在旦暮。今夕不知明，茫茫竟何去。爲樂貴及時，景短心難御。神仙如可求，執鞭亦欣慕。緱氏山頭鶴，到今過幾度。寸陰良足惜，莫以昔人誤。宣尼歎逝水，豈爲遨遊故。崇德在爾躬，絕續起深懼。

涼猋起何處，浥露掩朝晞。草色白未已，王孫寒不歸。本與我同襟，忽然捐重幃。幃薄夢難同，祇要良人知。自古多行役，亦有回車時。豈不念昔者，新昏情孔癡。情癡焉可久，昔心寧終違。婉轉盼今夕，寒月空相隨。今夕移他夕，誰知寒月輝。
別久音問曠，不疑窓外聲。蟢子焉足憑，簷鵲長欺人。月圓忽已缺，暑去寒相因。書來不敢看，恐是遺東鄰。嘗聞有歸期，寒風暗自驚。午夢迎中途，生憎黄鶯鳴。修阻誰能料，新心知重輕。萬事弗信緣，沉吟空復情。
前路豈無知，青雲多合離。或當成蝃蝀，率爾長陰霾。飄飄萬里餘，安得如舊時。昔心猶在懷，意氣誰能持。旦夕聊相許，乘風難奮飛。體素所當重，歎息瓊樹枝。寤寐予勿忘，爾亦應予思。冥冥天宇闊，相見終何期。
老婦守羅幃，羞見舊衣裳。誰家遊冶兒，不念嫁時妝。紅粉倚高樓，因人還自傷。明月爲誰皎，清風爲誰長。舉目皆索懷，不如歸中堂。我亦曾少年，憶歡時斷腸。幸然決絶蚤，不到悲空牀。此心何日止，橘緑柳條黄。

翠鳥

有鳥縹青色，近集櫚前樹。樹下淵洄瀾，旭日照毛羽。水中與日裏，徘徊不能去。雙雙飛復鳴，飲啄頻相顧。豈不念高棲，錦襟君子慕。因人亦自憐，安知造物妒。一旦虞機張，始悔投林暮。毋爲怨主人，託身非其處。

百一詩

生平喜住山，而匪樂登陟。猶憶居匡廬，頻年乃一出。詎肯離人羣，枘鑿初難入。嘗爲魯國士，志不受繩墨。豈有王子喬，丹溜不可食。離離若參辰，俯仰恒滋惑。桀紂奚無性，舜禹安知習。心知隨見聞，漸漬非一日。阪泉無惡名，南巢有慙德。曹魏亦受禪，人指爲篡立。侯門出仁義，俘虜盡殘賊。當時重成敗，後世覈名實。名實持聖賢，成敗猶甲乙。甲乙古又今，聖賢何得失。事窮乃崇因，邈邈終難必。盜蹠豐且延，顔閔貧而疾。吁嗟乎天兮，三世費窮詰。浩刧一念興，休咎成消息。易言積有餘，慶殃通家國。薰蕕競目前，不知其所集。我觀始與終，以此百情畢。玄璧難爲功，燕石吾自襲。富貴豈不欲，黄雀悲雙翼。長年豈不慕，蓬萊日易昃。世紛久已辭，接輿匪其匹。有身隨饑寒，無心任欣怵。衰榮造化均，忘懷豈靜力。一死復一生，一勞復一逸。蜉蝣自朝暮，鶴曲黿潛匿。修短竟由誰，可以破世執。我亦無奇懷，祇有安心術。行行見遠山，或時坐長默。或時登高臺，一目浮雲逼。雲散空中真，夕照起寒色。茂林環蒼岑，晨風歸廣隰。此趣誰當無，殷勤賦百一。試問張留侯，黄石詎曾識。功成鬢垂垂，欲悔嗟何及。

形影神詩三首 小序

陶言貴賤賢愚，營營惜生，故極陳形影之苦，乃以神辯自然釋之。予取形影，各有所明，互相勖勵，神獨原始要終，使毋滯於形骸生死，亦復毋疲厭於形骸生死，各有指歸，不妨供高明折衷也。

形贈影

天地豈不仁，萬物爲芻狗。斯人豈不仁，大患隨其後。我本奉周旋，爾復勞相守。父母未生時，太虚誰爲偶。忽然成百骸，我有爾亦有。動靜雖不離，泯滅豈當久。曾念世間人，名利空狂走。縱使長逸婨，畢竟將安取。羨爾能無心，我亦恒抖擻。歸盡寧異今，且共樂南畝。

影答形

至理無親疏，近情分苦樂。身心我不知，一味隨倒卓。始終同勞勞，趣避省營度。汝亦待神明，悲歡要先覺。苦樂雖夢幻，忘形焉可學。日夕相體悉，一解一切縛。此理須稔知，且勿候凋落。我固候化遷，悠悠欣所託。

神釋

由我成汝形，形立影恒隨。朕兆匪無因，合離信有時。三一理同然，各各不相期。汝無遺景意，我豈逐汝摧。進止終當無，胡爲更徘徊。汝常爲我役，亦復生我悲。稔知不長存，彭殤空爾爲。善惡吾自悉，詎爲一身貽。生死誰去來，大冶將同歸。面目安有窮，萬化猶若斯。只今鑑顧閒，任性齊靈皮。卷舒從所欲，作起毋暫違。

示旋庵 丁亥小持船

衆生久流轉，迷於自心量。失所精了性，無覺覺所覺。分別見有我，我立生有人。衆生及壽命，一時同具足。展轉生死中，縛脱總迷悶。愚人隨業緣，住於不覺地。智者覺不覺，捨生而取滅。空華陽燄裏，顛倒徒挽目。晴空迥無有，觀者莫勞累。汝與諸佛同，一切貪嗔癡。即是戒定慧，直下無有二。亦無无二想，居然登祖位。慎勿下劣心，流轉不知止。一念自覺非，善哉旋庵子。

謝毓和母七十初度求題小影

謝母雅好道，七十志逾堅。不以福勝慧，火中生紅蓮。又有子若孫，在俗而行禪。錫類攝同事，所交皆聖賢。頌祝匪無物，重以法供先。殷勤乞我讚，以當仁者言。天地不稱壽，大壽語默邊。非數量所拘，得之實有緣。努力須及時，釋迦豈自然。至哉真實相，普現羣生前。

書龔德瞻扇頭

君知造化者，而不行造化。呼牛應以牛，呼馬應以馬。真亦隨他真，假則灼是假。眼孔空一世，踪跡半天下。與君世外交，相看口常啞。同在五行中，各自有陶冶。君示有室家，我固樂山野。死生與險夷，嘻笑而怒駡。但以虛舟觸，胸次恒灑灑。交盡世間人，亦何妨和寡。君索我贈言，咄咄聊且且。願君終解脱，共休乎般若。

禪人製衣示之以詩

此衣如傳舍，一日三易主。須知我與子，亦無決定義。但以此蒙頭，誰論是不是。

戊戌小除示澹書記

我年五十一，適汝四十五。面目各老大，法身無遮護。七年小除夕，喜共今年度。緣聚且有時，況復無上道。道在憂彌深，空憂愧無補。愛爾性忱摯，懼爾性疏稿。我歸自棲賢，晤别猶草草。載庵一月談，投機恨不蚤。屈曲有深言，直捷無行路。暗明絶暗明，回互不回互。十地豈其儔，萬法從茲掃。一喝雙耳聾，一蹋全身倒。釋子非百丈，山僧非馬祖。荷擔莫遲回，須記四十五。

示雪盛禪人

雪盛供我研，即日乞書扇。我書既不佳，報稱亦頗賤。嘉爾解人意，忘我筆墨俚。忻然惠一言，似詩而實偈。汝性如美石，良工待雕琢。因緣信有時，逡巡懼瓠落。汝事余有年，忽務徒周旋。何如一片石，抱璞蹲吾前。我聞古之學，慕道如饑渴。

題觀世音菩薩像 有序

大士像爲葉氏子所施，比丘今毬疑别紙截去上幅，懼而褾之，藏於笥中。比丘今帾請以供養，求予作讚，焚香書於其上。

道以無心得，相以有心現。無心割截平，有心莊嚴展。無心無罪福，福罪有心見。割截與莊嚴，有無心轉變。一人成兩心，兩人圓一念。積精遂密藏，至誠忻佛面。大士無緣慈，照臨仝時徧。各以佛子根，真實通方便。

乞藥

雪山有藥草，可以愈痌疾。具足大地人，信手便拈得。拈藥施良醫，醍醐還自食。祇貴大地知，先須破慳惑。施受總由渠，成佛無他術。

初春聞頓修至丹霞

抗别忽四齡，沈哀先後僕。高樹失慈烏，終恨不成哭。懸鉢毁空中，悲辛愴幽獨。豈無桃李蹊，行行念窮谷。綣彼谷中人，煢煢夷骨肉。寧爾獨無父，巽坎抗宵夙。安樂矢同歸，窮愁厭相逐。嗟今世上情，而我懷慙恧。前路輕冬夏，離憂數往復。遥遥待歸人，彈指未云促。誰駐丹石昂，谷風摇春木。

初春懷石鑑棲賢

石人峯下雲，長覆石梁水。石梁潭水淙，分明來夢裏。五老白雪零，五羊紅桃美。紅白本同時，山川成遐邇。引念情復殷，悠悠幾千里。坐起徒爲勞，無酒安可恃。憬然覺何從，形蹟百年耳。多寶塔中人，古今前後履。蟭螟眉睫間，冥合不自此。優游溪上林，豈俟觀無始。厭聞世外儔，合離仍販市。意氣感當時，睽違亦已矣。死且不可忘，終山有田子。安得至今日，展像誰當似。我有夙世習，抱衾中夜起。忘情卑太上，所鍾非所擬。亭亭百尺樓，極目萬山紫。山外滙重溟，溟深不見底。揆我懷人心，心孤焉足比。

喜枯吟還山

不是怨離别，前途非所知。所憂在吾道，世路安足悲。冬徂春復暖，杳然無來期。桃柳覆曲欄，鳥雀鳴繁枝。對景每獨坐，虚堂席毳幃。童子報歸人，未語先解頤。相見空復情，掩淚恨去時。丈夫貴肝膈，匪石終難移。豈無衆卉芳，喬松古壑宜。千尺映危樓，迢迢與世違。夙志非懶瓚，今昔傷淳漓。口舌畏異同，長貧托海湄。怪石叢高林，益勵霜雪姿。

樊長文生日

谷風吹南陌，高樹鳴春禽。晴川迴長薄，戶牖臨蒼岑。往來者何子，優遊松栢陰。行誼照古道，而無晚近心。壯年曾一薦，異代守素襟。每有袁安困，劉龔徒知音。物情觀累卵，白社依東林。遯世惜微言，恒爲斯人任。今年六十一，設帳遠海潯。道俗慶懸弧，予亦寄微吟。莫厭山澤癯，年年春木森。

樊大願生日

三界如逆旅，千年猶終朝。一枯復一榮，曠刼空迢遙。衆庶樂奔競，太上恒寂寥。奔競竟何成，寂寥長冥冥。我愛樊道人，皆醉而獨醒。壹志在西方，而未嘗離欲。蓮花生淤泥，隨緣興百福。今年五十一，俛仰暢幽獨。高齋來南薰，梵音響村屋。田園樂有餘，豈更羨山谷。顧我非仁者，何能以言祝。但願終遐齡，遮莫遠麋鹿。

棲賢舍利塔 有序

康熙六年丁未夏六月，在家門人古薪唐郁文從燕邸南還，過匡山棲賢，持西堂石鑑覞子書，報本夏四月初旬於石橋之西麓下得舍利無數，極大如豆，極小如菽，皆五色瑩徹。玻璃瓶載以瓦函，函上小石刻『皇宋咸平庚子歲建此舍利塔』十二字。因無佛世尊字，疑爲諸祖、善知識闍維所獲。向傳佛舍利有五色光燦，鐵椎，上下俱陷，餘即不及。廼大慧禪師親見，真淨文公與佛無異，此爲不可辨識。余謂辨在石刻單寫舍利塔字，若諸祖及善知識，則應寫某禪師舍利，此爲佛無疑也。蓋耶舍尊者自西晉負鐵金輪至，明天啟間歸宗半偈因修塔悞出舍利，此在宋咸平之後。然耶舍來匡山，曾駐錫數載，安知無隨身供養，别請作塔者。又鐵輪阿育王建八萬四千塔，役使鬼神一日一夜，分置國土。按神州所造，入八萬四千數，惟十九處。而道俗興福分建，亦何能測量。且佛法東流，神僧攜來，其不及書載，殆無紀極。神異出興，應有時節。殘碑斷碣，經兵火荒蕪，終難埋没。今棲賢適當其運，宜盡誠莊嚴新塔，仍奉藏其中。函昰謹稽首載緣起，並作詩以頌。詩曰：

佛性甚光明，能破一切暗。佛性甚堅利，能斷一切物。流被千百骸，結成五色珠。表此堅光體，法化無有二。念我遺教者，睹珠如佛在。一粒細如菽，供養福無異。況聚千萬珠，瞻仰發夙慧。極果攝微因，感應通心臂。佛是已成佛，我是未成佛。果即在因中，當念無終始。我以此一心，供養諸如來。獲睹佛真身，朝暮常頂禮。金輪觸神光，三十年于此。今復聞棲賢，古塔示瑰異。將建窣堵坡，作詩寄千里。佛身不可讚，我讚非言句。願佛鑑我心，與佛身無極。遂我今日願，心光澤營衛。有理必有事，本舉末自至。廣及諸未來，學佛到佛地。

海幢舍利塔

佛在衆生中，如日處霾翳。霾翳非可入，日光徹空際。佛身如虚空，佛心如光霽。光極與空入，空光交相蔽。結成幻摩尼，五色非堅脆。我識如來心，隨順示真諦。假名爲舍利，金石不能甎。現在與當來，百福之所逮。羣動匪無心，遇境生幽滯。寂感總隨緣，形神不相儷。佛以主攝賓，金剛見精慧。我汝但廻光，彈指消陰曀。如日之在天，百物無疵癘。此以論性功，豈爲形骸勵。我昔在金輪，蒙光滌夙翳。棲賢發神異，今復流法系。慧日照嶺南，丹霞若先契。次第及海幢，貽爾大厥裔。隆隆薄青霄，百道金光麗。萬世福人天，皇風永勿替。

丹霞舍利塔

心光徹內外，如珠入五色。珠與色無性，非離亦非即。非即超形骸，非離浹營衛。月在千波中，波搖青霽。凡聖唯一心，湛昏成二諦。示生死涅槃，而實無堅脆。脆以別生死，堅光表性義。本從心生色，迷色迺有二。蚌含明月珠，體合百骸粹。領納鏡中像，想即妙觀智。流注皆真常，分別非明記。如是五蘊身，與法身何異。祇因一念迷，情生分穢淨。淨穢悟由心，當念絕邪正。佛以此智證，法化無同別。示現別中同，同中別自晰。光耀百千年，福被我遺教。神光觸金輪，仰瞻如夢覺。棲賢發瑰異，感激當其運。移光照嶺南，慈曜無遠近。佛子學聚沙，燔土紫金爛。崔巍海螺巔，晶晶逼霄漢。舉目道與會，布髮形俱泮。見聞起遐情，究此未來際。念念盡圓明，身與心毋戾。

門人崔今嬰居家事佛而先得觀音大士像以其意乞讚焉爲釋之曰子初事佛而進退作輟未克自信是不可不乞庇於大士事大士正所以深事佛也遂讚以詩

如來一大事，而出現於世。大士輔如來，方便爲廣勵。衆生深於迷，須以慈相示。大士如衆母，善惡皆可恃。有不可對佛，不忍欺大士。靠之若泰山，罔極終難比。願與敬禮者，如大士而止。

憶昔二首

憶昔年十八，矢志學浮圖。荏冉塵網中，坐令真人徂。讀書恨不見，猶及宗其徒。博嶠曾有言，吾道惡岐塗。楊朱泣何從，哀彼南北殊。始吾過吳越，親遘良不誣。倏忽三十載，法運當誰扶。當時謂羊角，今日之所無。汨汨若逝川，俛仰空長吁。

憶昔鸞溪頭，門掩寒山雪。側聞飛瀑下，法雷振巖穴。冠蓋列松杉，杖笠相頏頡。主人貌嬰兒，真似誰優劣。猶爭法秋毫，不與稗販埒。今見盡虎皮，雲深山路絕。擴蹟遠海隅，攢眸長捲舌。

寫懷

孤懷與誰論，經冬復徂夏。遲遲雲中人，白龍不可迓。燕石久什襲，藏之乃愈固。千里想神駒，買骨期旦暮。伯樂匪無衣，噴鳴應有數。鳳凰患朝饑，高飛且迴顧。爰念修竹花，結實豈終誤。我愛鹿門山，園林多蔓綠。護彼霜雪侵，淹滯同流俗。流俗安足依，蔓綠長芳菲。山鳥去仍來，悠悠盼春歸。

題衛其自小像

百歲終當盡，豈爲斯人悲。畢生述孔業，一半遭亂離。我有大澤僻，遠引疑先幾。朝遊石鏡峯，暮歸洗馬池。浮沉三十年，見聞無舊知。因人理南策，相見海之湄。不敢論往事，欣然爲後期。雷宗依東林，心跡毋相遺。乘興每儵然，繫舟雷峯陲。樂事不可待，寒暑嗟密移。一旦成朝露，厥嗣哀淋漓。揮涕想音容，抱像乞一辭。展軸猶儼然，相對如昔時。生死俱不言，後世誰當疑。

青松篇

我年已六十，黃花開未殘。落木風初勁，澄江月正寒。所與共千峯，青松當露漙。霜重百卉枯，葱鬱猶可觀。桃李競芳晨，斂容若盤桓。而非黜繁華，意在三春前。而非樂枯槀，庭葩無久鮮。拳曲蔭崇臺，廓落宇宙寬。揮杯就清影，頗覺形骸安。遠近呼良朋，坐久生夕烟。此樂不可說，說樂豈其天。歲月忽自知，俯仰良欣然。我樂與他樂，不離松樹邊。各各起奇情，安得不忘年。

歲晏

撫景歲云暮，山寒人境幽。亂霞空布滿，深松藏徑修。高低距百丈，回曲將三休。登臺觀雲變，倚樹聞石流。忽覩歸鳥忘，豈爲卒歲謀。歸鳥無所知，人心自綢繆。人心不似鳥，似鳥何優游。鳥若似人心，萬物多欣憂。石壁分鳩月，空林限鹿丘。雖有桃花源，顧盼終夷猶。所賴天地寬，川陵容老叟。上有千仞梯，長嘯高峯頭。下有九曲淵，汗漫乘輕舟。相攜三五輩，日出課西疇。以此樂長年，人生當何求。

買花辭

買花莫買葉，買葉草離離。花種從根來，枝葉相扶持。葉墮花影稀，影稀風易吹。風吹花不落，花落自有時。落時非無花，花落子垂垂。春來花復發，枝葉寧虧危。枝葉信所天，非關花盛衰。（以上瞎堂詩集卷三）

全粤詩卷七六二

釋函昰二

雜詩七首

南國有佳人，賦性慕芬芳。一笑惑陽城，婣婣情不荒。席幃竟長年，寸步規中堂。引鏡照斜領，容貌空自將。曾許五陵少，十五宜歸郎。父母勸女行，爲理嫁衣裳。斂衽跪陳辭，願終守雪霜。詎不懷三星，綢繆焉足長。毳褐亦可縫，稗秕亦可漿。百歲將安之，予美耿中腸。日月既云邁，苞稂乃見傷。未逮衾與裯，揆誼終難忘。吁嗟乎冽泉，掩涕歸空房。

嗷嗷雲中鴈，迢迢向南飛。萬里從沙漠，愴惻興予悲。所悲曷云誰，乃謂予中姨。中姨同予生，亦復同操持。許嫁不肯嫁，形與心相隨。忽聞良人殂，潸然淚横洟。雖無琴瑟好，父母曾相期。禮義發天性，此豈世俗知。載鬼且張弧，今昔多然疑。道路既阻修，魂魄竟長辭。我非念骨肉，豈更爲情癡。落葉隨風飄，故株終不移。黄河亦易竭，水流難向西。寒日沉東溟，濯魄乃逾輝。桑榆盼初景，聊爲一登臺。

阿姨行第三，嫁郎好馳驅。馳驅事中原，結客皆市屠。所許多侯嬴，夷門幾捐軀。易水去悠悠，空慙劍術疎。惸惸未亡人，截耳守志孤。張羅豈不密，其如南山烏。自古臣致君，節婦死故夫。栢舟汎共姜，危樓墜綠珠。委身各有道，生死良不誣。我悲猶同生，志異行俱殊。百年曾幾時，精識當何如。天地會終極，四氣相乘除。白骨棄黃泥，寸心觀有無。不見川上波，逍遥鴈與鳧。

夕竟出東門，蟾兔起遙岑。初照不至地，空水白粼粼。鬱勃昏經塗，先後聲相憑。崇樓聳睥睨，已過越王城。人影怯松風，腐草流青螢。湍流漸寒響，石梁月微横。搴芳藉頽軌，慷慨論生平。斂皓繁霜滿，屯雲蔽前林。厓巘隱漭沆，明没見秋燈。躡足端所向，入樹宿鳥驚。茅屋沉霧中，扣門如無人。長老烹旅葵，晨餐饟五更。飽粟坐磐石，灌木搖高岑。慮澹匪忽物，俗簡情易親。虎狼不在山，遨遊隨淺深。回顧今何時，空憶呂嵇名。山陽無舊居，何以賦予情。

少年慕勳名，挾策向京都。朝辭萊子衣，日暮登公車。萬里謁君門，所志在攘除。朱戶盡金張，許史無空廬。鼓鼙徧原野，北郭皆丘墟。文臣死疆場，游說多穰苴。九重日焦勞，閶左夜笙竽。貢公不可學，胡爲滯通衢。寸陰詎勿惜，繕性吾有餘。徘徊去長安，浮游歸蓬居。豈不懷匡濟，天運當何如。漢興擢良何，隋衰生世虞。何山無良材，拳曲顧盼紆。此理良固然，志士徒欷歔。貧賤安足驕，將以返生初。偃息川嶽間，真樂非禽魚。

日中影自仄，豈待薄虞淵。流曜漸西夕，燭炬詎足然。舉目昧熒熒，哲士慙幾先。人天雖合并，難以希時賢。一死不可生，及生猶遷延。既已絕世用，吾當純用天。周望勳安在，鄧禹名空傳。渭濱與鄴下，至今河潺湲。冢上呼黃鶴，子安何時仙。功澤在一世，形骸無千年。聲象非永久，探索維幽玄。撫時知代謝，觀身悟脆堅。懸鑑窮將來，乃居萬物前。沉寐忽一覺，枕間聞夜泉。響寂竟何從，悄然復成眠。

青青頭上天，汩汩江中船。亭亭北山松，噭噭南浦鴻。豈得不雜處，萬物羣相攻。人爲萬物靈，蠢爾當何從。肆顧足徬徨，無寧猶夢中。夢裏登太華，交遊皆赤松。明月生紫烟，流光停碧空。浮丘駕雲螭，洪厓乘輕風。相視如舊知，長嘯撫焦桐。一彈嫦娥集，再奏吟商龍。所食白石脂，所居瓊瑤宮。語笑非人間，顏貌疑初童。歲月豈有厓，惝然聞朝鐘。羣籟漸俱入，展目東方紅。猶憶顓頊時，東南傾共工。伯禹腹於鮌，九載弗成功。秦穆殉三良，賢士運何窮。愚智競芳穢，哀樂心相同。情隨物化遷，一雌復一雄。蜾蠃負蛢蛉，生死將安終。

詠史十二首

嬴秦泝顓頊，實肇諸大費。治水錫皁游，貽爾大厥嗣。勤周肆封爵，賜之岐西地。陳寶得其雄，將無爲秦始。食馬三百人，豈直當世利。種德被子孫，威加殄爾類。隆功德所乘，德薄功難再。並一古帝無，六王不足斃。咸陽兵可銷，阿房複渡渭。殺旁絶人知，阬儒塞巷議。詩書竟何仇，揭竿豈文字。皇帝傳萬年，山鬼知一歲。陳勝奮臂呼，萬國諸侯至。功成不務德，天命安可繫。

天下自歸仁，乘敝易見澤。長者人共推，況有西楚霸。雄兵號百萬，瞋叱皆辟易。背關殺義主，遂爲帝王藉。神龍排九霄，風雲生羽翮。一敗彭城東，折木揚沙石。再出滎陽西，黄屋回劍戟。殘暴人天厭，子惠一當百。呂公識微賤，老嫗安足覈。君子慎幽邈，小人懷顯謫。邇可遠在茲，上帝日臨赫。英雄各自爲，委身矜一擲。若無良與平，東西決晨夕。鴻溝限天塹，龍蛇異窟宅。五年起布衣，成敗爭毫髮。所信維穹蒼，穹蒼不可繹。撫時崇明德，天心在咫尺。

天子起稼穡，賣穀布兵弩。謹厚亦復爲，子弟乃安堵。美髯劉將軍，大敵猛如虎。三千乘鋭奔，百萬成塵土。雷雨溢淄川，溺死安足數。功成失伯兄，引過不敢語。三輔喜東迎，漢官今復覩。晨夜趣南轅，幾爲傳吏虜。兼行犯雪霜，惶惑不知所。冰合滹沱河，乃有白衣父。邯鄲拔其城，焚謗安行伍。蕭王推赤心，銅馬獲真主。短兵接高阡，突騎胡相距。南郭千秋亭，正位順羣佇。大寶歸仁人，萬靈賴依怙。撫我誰當仇，元吉自天祐。

天命邈難諶，仁暴恒相持。漢室至桓靈，國祚亦孔衰。既生劉豫州，又生操與丕。挾主令天下，苟郭多從之。維我與使君，英鑑誰當欺。不可與爭鋒，臥龍猶守雌。運會倘默定，鞅掌欲何爲。仁人之用心，盡瘁以死期。連營七百里，嘗爲此輩嗤。孝直即不死，骨肉終難移。丞相真天威，南人無所施。魏延不可用，豈故從坦夷。竟出五丈原，仲達安足窺。有道未必昌，古今長歎咨。姦雄亦有成，聖哲能無疑。曷求所從來，毋爲昧當時。

治世恥言功，撥亂難爲德。周公安足類，國史從來直。攷古至隋終，掩卷長太息。江都不可留，羣盜勢孔亟。神速趣關中，柴師會渭北。賢謀揖軍日，一見如舊識。驍雄攝英主，不疑懷敬德。大業率由誰，而乃論嫡立。功薄圖自固，嫌忌反成側。人事上應天，秦分太白出。騎虎竟何從，六月之四日。諸子尚復有，哽咽終無及。澤被在天下，萬世悲其質。貧賤無傷心，崇高多險仄。勿生帝王家，此語堪涕泣。

撿點作天子，天命不可違。黃袍竟加身，人心奚所私。慚負若之何，清夜終難欺。試以詢仁後，處此宜胡爲。干戈將揖讓，遂古良有之。百姓詎勿恤，殘虐當殲夷。事類乖中情，君子之所非。幼主豈獨夫，恩遇匪叢疑。姬公茍莫恃，孺子誰與歸。申菽其不芳，糞壤以充帷。滄溟胡寧枯，崑崙胡爲移。荃蕙化爲茅，久曠安足知。趙氏一塊肉，三百以爲期。

微子竟何去，朝鮮聞鶉鳩。箕子託佯狂，爲人畫九疇。比干諫而死，形骸以爲仇。孔聖稱三仁，芳躅傳千秋。迂哉魯仲連，一身奚所求。強秦並六國，不知曾聞否。刻石徧川嶽，尋仙窮瀛洲。古今多帝王，東海空悠悠。更有田北平，除蕪鉏荒丘。管寧終不仕，讀書到白頭。

君都而臣俞，千古瞻清夷。天性不可易，相得寧無時。昏庸棄忠良，芳潔蒙讒譏。不可終如何，若命殆安之。嗟爾楚屈平，憂心亦孔哀。寵眷鮮克終，練要捐塵埃。武關不還轅，余馬獨徘徊。親知復弗諧，日暮誰爲媒。皇天安足問，雲旗空委蛇。終焉從彭咸，江中悲不悲。憤惋匪骨肉，中情恒相隨。形骸既勿恤，修名欲何爲。靈樞返宵夙，九曜爭光輝。章黻曄且煌，舊鄉亦有犁。寸心苟不忘，率土皆潢池。日月有明晦，桀摯奚是非。

古稱鴟夷子，三徙有榮名。仕越諫伐吳，會稽幾危傾。反國共憂辱，二歲乃行成。計然策十五，報吳卒以平。横行江淮東，諸侯誰與爭。功成受上將，遺書投海濱。致産數千萬，齊主聞其名。相齊曾幾時，歸印辭鄉鄰。閒行止於陶，貿易兼躬耕。累貲復巨萬，中男行殺人。千金不死市，禍器致莊生。長男重棄財，竟以殞其身。貴既不可久，富亦何足陳。人生若朝露，不如賤與貧。去彼復取此，終慙頭上巾。

天下馬上得，不可馬上治。陸賈稱詩書，嘗爲漢主詈。新語十二篇，美言令人愛。利弊中當時，亦復令人畏。賢哲貴周身，憂國先防忌。好時可以家，多買腴田地。家有五男子，槖中裝尚在。從侍常十人，十日更相替。極欲數擊鮮，千金足一醉。來往公卿間，益增飲食費。聲名藉漢廷，不知其所爲。祿産既伏誅，孝文新嗣位。大勳歸將相，乃謂用其計。世間恕醉人，或當有此事。

龍門曾詣闕，獻策弗能用。教授河汾間，弟子從之衆。累徵更不起，名藉一時哄。風雨足以庇，薄田良堪種。著書可自樂，談道與人共。假使獻策時，大爲隋文重。伊吕豈終隱，楊元相伯仲。雖有蟲上心，考槃不可頌。奚似寧北海，山谷長讀誦。語不及世間，邴王交磨礱。衹畏彥方知，刑戮安足痛。道路塹拾遺，遐邇返羣訟。所負吾不知，行藏有微中。

吾愛臧子源，慕義行哭秦。時乖事弗諧，揮戈絕陳琳。瞋目聲琅琅，投命畢君親。陳容起坐側，激烈氣衝巾。寧與臧生死，不同將軍生。一日殺二士，坐客淚涔涔。吾愛孔文舉，正氣淩星辰。鴻名梟海內，蘭艾難爲林。撫尸詣京兆，哀惻願相狗。吾愛唐魏徵，努力爲良臣。恥君非堯舜，切諫終其身。吾愛狄梁公，北斗南一人。不欲知譖名，俛仰滌素襟。亂政弗逆指，志在歸廬陵。脯醢暫適口，供疾維术參。從容將忠欵，卒以返唐庭。吾愛武攸緒，棄官隱嵩岑。盛夏居石室，冬巢茅菽深。釋服買良田，混俗同耦耕。中宗召問道，再拜還崚嶒。丈夫遇不齊，所貴在寸心。寵辱酬當時，明昧亙中情。屋漏訟秋毫，豈以謀身名。

老子

精一而既邈，三代樸以漓。尚聞周柱史，眷言守中規。無欲妙常淨，有欲覈所依。浮游浴玄虛，神物無相違。久久返自然，顓致之循持。古者垂衣裳，百姓冥是非。運替文質殊，一揆成兩岐。仲尼歎猶龍，理窮拙言辭。今日爲長年，長年其糠粃。大聖不可作，斯道猶近之。

關尹子

吾愛關尹子，澹然絕羣慮。世有大聖人，旦暮欣一遇。情冥如處暗，暗中明可數。夜夢成於思，天地職此故。聖不去天地，無識無所住。虎變而鼈行，紛紛以棋布。狥跡同衆人，至神獨離寓。斯道久不傳，誰復超所趣。安得如是人，相將窮鳥路。

孔子

堯舜禹湯文，直接尼山丘。原道本乎中，未發當何求。喜怒哀樂時，一簇破青眸。尚論古之人，機括能不謀。萬禩有真詮，焉敢同悠悠。人倫百世師，我亦曾側修。窮達各有道，體用寧相仇。願言有國家，上下其率由。

顏回

之子不遠復，復其見天心。三月能不違，力盡知疏親。一間竟勿逮，洙泗乃無人。簞瓢士之常，風雨歲時深。所矢貴自信，豈直爲安貧。道在物我忘，迢迢空古今。世間愛其名，山林多隱淪。聖賢行何從，貴賤吾知音。

莊子

莊周夢蝴蝶，蝴蝶爲莊周。是中無作者，萬物將安休。指與非指喻，相去何短修。死豈遂知歸，滑疑終悠悠。明照非天均，因是焉足由。譬之千萬派，到海聲俱收。聲消不是海，是海行傾湫。一切悉意言，過此誰與儔。吾思道在邇，作止空相尤。要以解龘識，聊當聖賢謀。

不飲酒二十首 有序

讀陶元亮飲酒詩，顧侍僧曰：『世之高士，酒以陶情。吾教所禁，當何易此？』侍僧曰：『世人以飲酒爲樂，又安知不飲酒之爲樂更夥？即以不飲酒爲樂，可勿易也。』予頷之，作不飲酒詩如數。

康狄肇作醪，大禹戒亡國。牛飲竟喪朝，虎酣乃敗德。中山過一斗，玄石葬千日。攝生且勿計，歲月良堪恤。人生一百年，誰道更媮逸。一醉忘百憂，醒後豈不憶。不知未醉時，身世齊得失。避影而處陰，重爲君子惑。

醉鄉在何處，試問東皐子。窅然喪天下，皇帝曾遊否。阮陶之所至，恐當是塊壘。不顧世間名，沉湎竟奚以。旦昏無移時，雙眸湛如泚。回以視世間，興滅嗟逝水。賢智處其中，如電與泡耳。醉又當何爲，不醉亦如此。晨鳥東西馳，日落歸山梓。山高圓景微，朔風連夜起。攬衣坐茅堂，此心不可似。

梅花寒更韻，霜氣曉來清。山高常背日，暴藥當午晴。中食飽麤糲，隱几困以瞑。悄然入勝地，高陽徒有名。倦起呼酩奴，習習清風生。摳衣下石門，遠近觀冬耕。收種候春澤，千畝皆植秔。斜日沉西江，返照搖雲根。石壁掛松影，已見蟾蜍升。緩步謠歸途，寒燈懸茅庭。小僧接笠杖，大僧擎紫英。此中有真意，醉人安足聆。流光過石火，真成拋青春。

竹林阮步兵，縱酒落世事。母卒猶彈棋，二斗不足醉。一號血數升，放達將安在。所以貴有我，此心終難昧。哀樂循固然，豈以一醉寘。孔聖云汝安，乃以折狂蔽。天性焉可誣，守此達禮義。出處吾自將，不醉亦何累。

世人笑我拙，有酒不肯斟。我笑世人狂，醒醉各失真。醉時醒時言，醒時醉時心。醒言不可道，醉心安足任。兀兀徒自爲，言行互商參。往昔多醒者，被酒同醉人。醉心尚可易，醒亦非其倫。因醉乃有醒，當爲醉人瞋。瞋中多雜亂，益傷人醉深。

季鷹仕晉惠，慮禍歸鄉閭。嘗因秋風起，忽忽思蓴鱸。顧榮乃酣飲，廢職徙中書。人臣盡明哲，王室誰爲圖。鹿車乘伯倫，荷鍤隨一壺。未死而計埋，設心何能無。當時以爲賢，逐名多近愚。此身苟可遺，窮達恒晏如。才勢兩俱窘，方寸吾有廬。生死亦偶然，毋爲豫名模。

居山三十年，蔬食不過午。騰騰無所爲，於世復何補。一食已足多，豈敢更奢取。年邁愧躬耕，賴有同道侶。兀坐嘗思過，勉此安心處。惺惺尚不堪，悠然見前古。

省慮道之媒，省事道之賊。世無無事人，欲省省不得。細泯營一家，君子匡王國。優遊泉石士，所計維衣食。計食豈不耕，計衣豈不織。一衣足三年，再食日始昃。耒耜良苦辛，將以解微識。飽煖無餘情，千峯影自息。即使長饑寒，我心終不惑。此語寄世間，各各當努力。

中士重名教，上士慎幽獨。幽獨吾自知，寤寐徒往復。心一境乃空，觀化成相續。絕物豈不勞，詎更狥所欲。醉者之墮車，不死焉足贖。苦霧積寒林，微香汎石屋。破衲深蒙頭，不真亦不俗。此士過華胥，風味似天竺。

結宇崇厓下，冬景多寒雲。飛鴈迷雲中，空有聲遥聞。日出已近西，羣巒列餘曛。千仞臨江湄，暮帆微見人。遠睇在天上，下視水無粼。我乃不知處，思共誰爲鄰。坐對晚甘侯，頭無漉酒巾。清歌每竟夕，翛然忘極貧。

我有一枝藤，嘗拄海嬴巔。東南抗巨靈，北與楚雲連。目不接千里，江山常現前。青嶂皆崒嵂，排疊成蜿蜒。桐椅晝森森，靈鶩翔翩翩。幽谷産奇葩，臨厓噴飛泉。中有淩霄臺，登高望神仙。駕鴻乘空來，上下生紫烟。此豈夢中事，亦非意云然。太白醉一斗，酒中無百篇。我無太白才，寧當醉時詮。願聽予一曲，長謠歎無緣。

生亦我所欲，一死不可逃。東吳有張悌，可以勵士操。牛渚至今在，江水空滔滔。今日我死日，仲思安足邀。曾受丞相知，常恐負賢豪。賢者詎不重，知己誠難遭。此心苟可已，角巾歸蓬蒿。人生貴適意，痛飲讀離騷。何自苦乃爾，九原無醇醪。

一冬風不勁，豫料春寒凓。氣序有盈虧，但以往歲則。新穀止初夏，舊絮尚一襲。人事可先謀，盡力一百日。過此何必知，且勿計得失。世人解窮愁，多賴杯中物。我意不如此，百情當自抑。假使卒然至，有酒飲不及。試問華亭鶴，何不蚤種秫。

人情如潰川，一決輒瀰瀰。川潰賴隄防，情流曷以止。欲止不可止，但觀情所起。萬物皆由情，萬情皆由己。情本由己起，亦復由己止。借物以移情，一止又一起。一起不再起，一止不更止。起止如浮雲，碧落長如此。堪笑陶淵明，乃以止利己。請觀未止時，已已終何似。胡爲逐清顏，頓忘千萬祀。

古今有高士，借酒以自適。不知醉翁意，相效竟成滑。才滑適清狂，貧滑適放越。滑世抱牢騷，滑化仇形魄。爲樂乃得苦，百情徒役役。巽坎安其常，啞然見疇昔。持此狎田畯，悲歡共晨夕。慎勿與人異，異處終變易。遠睇碧空盡，萬載無廣厏。

人生皆勞勞，爾獨放山澤。蹇頭無春醅，何以百骸釋。我亦不自知，少小耽泉石。地遠世情疏，心閒形不役。山深聞午雞，清談少遊客。不欠酒家錢，安眠竟至夕。開戶常闃然，空對石巖白。將以樂餘年，詎辨阡與陌。修短總由天，九十或一百。

莫道黄虞邈，至今有遺民。茅房因樹縛，倚石臨高深。佳禽時復鳴，可以悦素襟。豐暇移短榻，遠近藉層陰。長幼能玄談，相與晢古今。此樂非世間，負苓或其鄰。往往一告語，反以爲醉人。人醉不知足，我醉不知貧。寒風入蔽廬，衣薄多酸辛。

吾生亦云足，塵網曾一羈。父母解此意，山林相與歸。肥遯豈當易，至今有餘思。少壯事場圃，耆邁少提攜。晨興欣綠疇，日入散長堤。返照上墟烟，村井行人稀。暮鳥度河陽，倒影隨舟移。好景多在晚，正當人醉時。壽極至一百，一半無所知。不如遠嗜好，使心常希夷。大道難爲言，聊以豁沉迷。

嘗因今夕歡，攢念昔人迂。鑑彼天祿閣，回車就溺沮。相與挈壺觴，願言忘居諸。居諸良易忘，榮瘁行須臾。靈爽託營衛，豈遂同虚無。此生苟可達，後視今何殊。繕性弗及時，空令年運徂。見聞從物化，安得復其初。澤涸多異同，歎息園中蔬。

天道不可知，可知惟寸心。榮落歸自然，不動如崑崙。委化成喪志，災沴乃見侵。忠信自有道，生死自有倫。抱柱不是愚，汨羅無知音。守一誰與明，情極難爲任。骨肉匪所愛，報稱寧一身。九原如有知，哀愴何異今。滄海變桑田，古今多陸沉。弦筈不停晷，念念空相尋。悟此復何爲，淵然返吾真。朗鑑猶昔時，何必爲醉人。

不厭酒　有序

淵明作飲酒詩以止酒，終焉謂飲酒之不可終也。予作不飲酒詩，益知醉中之趣，非飲者所得，故以不厭終，猶遠公之招淵明。丹霞亦以是詩揖諸高士，或當展眉以就，不信玉泉仙人竟遜青州從事也。

我得酒中趣，醉卧山之陰。清醑不入口，沆瀣消形神。怡然百慮息，萬緣如遊塵。對境無寂諠，對人無疏親。順之不禁喜，逆之依然瞋。對水白茫茫，對山青嶙峋。寒煖別冬夏，上下空古今。此醉無醒時，不如世間人。世人多感激，所恨吾有身。愁中浮大白，將與無何鄰。累月亦有閒，千日防醒心。一醒安能醉，憂患仍相尋。俯仰大槐宫，閑殺洞庭春。何時到江南，雪壓漁船深。

嚴霜篇

嚴霜下原隰，秋草日以衰。遊宕思鄉井，飛禽重徘徊。庭柯畏金丸，參天怒馮夷。寒猋忽朝夕，高木先折摧。豈無勁羽翮，不離故山枝。故山不可離，寒猋無已時。巢卵詎復惜，託足良多岐。南翔盼北岫，東集念西馳。飲河驚淺浪，野田農人欺。仰見雲間鴈，悔蚤不追隨。晚尚未易決，奮翅何憂遲。

黃鳥歌

黃鳥翔高岑，徘徊若爲匹。渴飲西江湄，饑餐山木實。一旦餌稻粱，乃墜虞人術。金羈勒良駒，誰憐千里質。翹首東南飛，愴然懷昔日。豈不奮天路，瞻戀成膠漆。晴空闊且長，迢遙盼崒嵂。往者何能追，時乎安可失。浮沉復浮沉，老死終無述。

春佃六首

幽谷逢春至，藹然慁予情。江流日以長，山鳥時一鳴。重雲蔽羣木，冥蒙遂所生。斯人獨不然，耳目餘聰明。萬物紛其前，安得返無名。役役百年中，毀譽爭虛聲。何不乘青陽，優遊同耦耕。曠觀古與今，賢智多無成。惜此荷鉏人，來往空生平。

久雨不敢厭，有事在西疇。戴笠隨人行，望望荒山丘。春風吹我衣，飄然忘去留。愛彼綠偏野，遠近馳雙眸。試問往來者，知我心中否。與爾情均同，所異能不憂。飽煖百念灰，饑寒豈無求。

一身寄天地，生事隨人間。山澤吾自爲，勤苦有餘閑。樂道當如是，名譽匪所干。招隱愧鄭谷，矜貧薄袁安。饑渴苟可支，泉石足忘年。春林生意滿，心逐禽魚歡。種蔬不待暖，布穀畏猶寒。去年瓜豆遲，野羹良辛酸。萬事須及時，豈但耕鉏然。

新晴喜見日，微風蕩青林。弱柳未成條，雛鶯試好音。和氣徹上下，奇懷發良晨。挈象觀初苗，終歲賴不貧。所欲亦易足，俯仰無餘心。倦歸茅簷下，讀書思古人。黄虞詎關世，安知不如今。出戶望空遠，高山臨星辰。

谷風寒不栗，山日多所欣。泉聲遠近别，深淺綠畦分。燕歸尋先巢，去鴈不成羣。大小農事忙，誰與觀斯晨。好事悦予懷，閑情慙昔人。自知景物同，老興聊云云。莫言世如幻，幻中良有真。澄江搖古木，怪石羃春雲。

甲子行當健，今春逾往年。日食幾一升，頌詩嘗百篇。措心無他營，所慕維耕田。貧賤固其分，畎畝誠多賢。燕逸豈不娱，揣己難爲安。邇因老且病，衆務慙身先。徒以口舌勞，兀傲誰與憐。君子貴自處，吾亦非苟然。（以上瞎堂詩集卷四）

摘茶八首

南方有嘉木，穿地一二尺。其樹如瓜蘆，孤根終不易。嘗産丹丘山，服之生羽翮。海嬴爛石中，春至頗堪摘。雖非穆陀種，可以愈痕癖。一飲營衛舒，再飲痞終夕。三飲通神明，清風起兩腋。采采勿傷株，傷株枝葉竭。

先春祇有一，託根乃見異。荒瘠本從天，沃土非所寄。生長千峯上，飽飲烟霞氣。石花首劍南，紫筍湖州次。不關物性紛，稟受亦足累。天宇固自真，見聞豈容易。甘露既在手，安得子尚味。雙林傅大士，結庵顓所事。

三春日云暮，言采東山薇。薇熟兼糲香，日永食易饑。正午強加餐，既飽神昏疲。一覺至西逝，倒照疑朝晞。誰當過鶩子，飲我霜華杯。雙眸忽如電，羣巒依舊時。微猋散林薄，夕景上樓臺。行旅望村烟，嬴角四山催。落落孤雲外，遠見耕鉏歸。

日暖氣初斂，抽芽畏春霖。蒸焙貴當時，活火候晴岑。睡足與禪足，一杯松風吟。儻家安足識，相對維白雲。寧可作蒼頭，不慕王侯珍。絕色當誰辨，素濤兼玉塵。予意豈在茲，七盌無餘心。一日兩三回，振枯散遐襟。此味播九區，陸羽非知音。

昨日采新筍，上上嬴峯巔。報道蟬翼肥，今年勝往年。當暑庶有賴，不學黃山仙。住山先種茶，次乃言耕田。耕田百日功，種茶期三年。饑渴不切身，身泰心悠然。客至粟一盂，烹葵當割鮮。繼以驚雷莢，帶露和春烟。豈祇六不羨，還待日高眠。

瑞草產高山，乃不受灌漑。鮮妍莽沆間，何曾別天地。遇濁混不齊，清中煞有味。自潔滌人煩，於物匪無利。寘之邦國上，難與邾莒比。時或逢高人，大瓢聊以試。白雲浮太虛，驟雨松聲細。豈必登蓬萊，只在玉泉寺。我也沾餘瀝，釋然薄蘭芷。茗能祛肉毒，又能解宿酲。肉毒中身淺，中心當奚平。舉世皆醉人，誰爲沃寒清。我無此二疾，攜瓶趁早春。出山雲作沫，拂水暖猋輕。豈直扶顏色，將以濯餘生。武夷栽自昔，至今空知名。不可獻天子，萱帶徒自榮。當時蘇學士，極口羨甘馨。酌水貴知源，須是石頭城。縹色入磁盌，水菽難爲名。善飲不得味，誰聞月澗聲。冷煖何關舌，雲外獲其真。能仁當自別，祇有蔡先生。

采蘭

幽蘭産深谷，不與衆卉爭。雜之蓬蒿間，桃李非其倫。豈不羨紅紫，梁園多俗情。芬郁世所慕，幾人披荊榛。春風吹春草，習習帶餘芳。獨茂誰爲伍，援琴聊自鳴。聞香思王者，龍虎兆嘉名。采采紉作佩，終焉懷生平。

種菊二首

萬卉各有奇，潛穎候春澤。茂林鬱佳氣，蒼茫競紅白。霖澤殊未終，春開復春落。芳菲不到秋，詎關覆載薄。梧桐一葉飛，草木皆蕭索。獨立何煌煌，黄金曜霜萼。豈不畏寒猋，抱一從旅泊。將以貽幽人，遐襟恣磅礴。晚登君子志，碩德須早植。

南陽山上水，飲之臻遐齡。武林曹太虛，種菊盈户庭。紅子如櫻桃，大黄當心生。鄰女良宿緣，摘食乘風輕。又有楚屈平，冉冉餐落英。長生匪予志，牢騷匪予情。所愛甘且芳，當秋能獨榮。山林鮮秀實，聊以同其人。晨興荷鋤畚，殷勤趁殘春。

種竹二首

丹霞多異木，篔簹别一山。常恐綠陰短，分植諸巖端。天帚不可偏，横掃碧空烟。碧烟無盡時，此帚天門懸。陽嶼有平石，名之爲仙壇。方廣十丈餘，四圍青琅玕。風來動遐音，宫商自成彈。相傳羽化人，石上去不還。潔淨無塵籜，至今空盤桓。我非愛方士，愛此清風寒。敢效李衛公，日報竹平安。

昔有文與可，閒居維獨笑。笑笑終無言，寫竹發其妙。當時少人知，祇有東坡好。何如武林山，兩兩相比肖。幻者嘗似真，似真真不較。寒玉一溪烟，渭川千畝道。抱節葛龍遷，作花丹鳳到。樹之爲庭實，君子多所傚。

種蔓菁

東疇秋已獲，西嶺鉏荒蕪。將以植蔓菁，來春調苦蔬。有粟不畏饑，肥羹勝薄酤。可以樂晨夕，豈更求有餘。運促慮欲遠，景遷情易徂。萬事畢目前，毋爲事踟躕。堪笑東陵瓜，後世名其廬。

負薪

冬月不積薪，春來雨淋漓。新木烟熢熢，猶勝無薪炊。三旬閉巖谷，日出仍稀微。人力向青林，候化宜先時。荷笠行雲中，脚下從水泥。錯過詎復憶，迄今且奚爲。斧落木自折，縛株不去枝。四顧志欲滿，横千隨人歸。一回忙裏得，寒暑寧再違。

勸耕二首

古者重力田，自信無所疑。陽城猶畏人，奚比歷山時。南陽終勿出，豈維帝者師。外瞻内且畬，名實恒相虧。況我巢居子，只有食與衣。無衣終歲寒，不食一日饑。饑寒頻叩門，不如苦耕犁。人生貴微尚，手足匪所私。吾道無所爲，百慮捐耒耜。此意慙農夫，農夫當胡爲。

人言一歲苦，所志在秋穫。營營商賈心，不知苦中樂。一鑊更無餘，今日忙如昨。晨征入雲烟，微昕見飛鶴。午食藉畦蔬，藜羹任斟酌。腹果力氣麤，一斫一株落。遠近歸牛羊，萬山沉日脚。暮鳥隨人聲，嗚嗚繞松杓。青螢高復低，蟾影摇屋角。

聽泉

晨起啓山户，長天空一色。俯瞰江山遥，高深靡所極。山上松風喧，猿嘯禽蟲唧。飛湍走千溪，人語交相集。衆響成奔雷，師曠焉足給。仰見烟雲流，平觀羣木立。心隨耳目遷，欲返返不得。於焉西陽沉，忽爾萬象入。風靜樹不搖，鳥宿衆獸匿。解衣就牀眠，遠聽流泉急。不將雙耳迎，涓涓到胷臆。吾臆安可逃，泉聲豈當默。上下自乾坤，勿以音象惑。

喜雨

九旬淋雨少，一夜足三秋。鑿石引千尺，迢遙下林丘。接竹竟至炊，聊以息擔頭。湯茗既以豐，亦復滋田疇。山客願易足，稻蔬無多求。倏然天地內，一飽忘百憂。山色可飫目，耳醉泉風颼。信手隨烏藤，濯足滄江流。百骸各自娱，豈更羨王侯。王侯學我易，難逢林下休。舉眼漁樵人，將無爲我儔。

寒食

一月斷烟爨，相傳爲介推。割腕心何切，抱木情何哀。黍飯與醴酪，終不入泉臺。忠誼反見疏，古今多疑猜。豈果有斯事，聞歌皆徘徊。雕卵染藍茜，千秋後殿開。無限今人樂，安知昔人悲。柳風起新火，又到清明時。

上巳

屋倚千尺厓，門臨九曲淵。欣逢上巳日，芳春猶及妍。山客忘新故，禊祓仍世傳。護生非千金，石泉如天泉。淥水宕丹峯，回流濯繁鮮。野服薄連綺，藉草誇瓊筵。勝事追古人，周秦肇何年。華林豈維昔，西池今猶然。樂極悲相隨，此理無深玄。代不乏哲后，亦復多豪賢。宴賞正當時，歎息忽在前。落花不上枝，歸禽逐後先。對此惜良晨，景過生人憐。

久雨弗止

天澤豈厭多，春泥行深耕。九州霑易滿，一暴新苗焚。陽石不可鞭，草木倚玄冥。寧使白日烈，不願天無雲。烈日枝可濯，土乾根難萌。猶憂榆筴後，田上無焦明。二月園蔬足，三四稻粱生。稻粱終歲望，蔬蓏四時更。詎直予中心，普天翳同情。盼盼祥風起，濛濛垤鸛鳴。不以柴門掩，睠焉懷暫晴。

登海嬴巖頂定舍利塔址

三春風日麗，摳衣登重基。千仞插青霄，八方蟠龍驪。呵護自何年，乃以藏吾師。妙高高不見，別峯長委蛇。化城極西北，寶所良在茲。淵源大東南，銀河天上來。頓超十九地，鬼神安在哉。再湧金輪巔，負鐵予寧辭。稽首大覺尊，長跪遙致辭。清淨本如然，法化終無岐。此山曾有無，天龍焉足知。靈光曜今日，雲烟猶昔時。星日繞簷楹，幢鈴搖須彌。多子誰後先，萬古將不疑。稽首大覺尊，天宇空恢恢。

過沥山

寒山有佳色，理策臨清漪。倚棹過緑玉，將以觀冬犁。捨舟登古岸，髣髴玉淵時。所異谷與川，動靜各有宜。停步稍顧盼，撫景心相隨。遥遥望石門，雙峯一徑微。梯窮萬山出，忽然就長隄。土屋三兩間，依巖縛茅茨。爨烟穿石竇，雲影隨高低。下有丹溜潭，水落松風吹。泠泠潭上人，分明見鬚眉。樂此畢生平，耕鉏復何辭。古者食其力，辛苦當爲誰。日暮且歸去，明春予再來。

秋日山居

掩室白雲巔，瞑坐聲光滅。滅處不能知，漸返覺通徹。目入紙窓明，耳透泉聲咽。開戶風颼颼，秋山天氣冽。攜笻過竹坡，徑轉秋蟲切。所遇山中人，但笑而無説。我觀笑中懷，千偈難分别。以此盡世間，一切言應絶。説天天無名，説地地無轍。山色與泉聲，誰道廣長舌。未説是非無，説已是非絶。正説是非時，如聞隔垣垤。瞋與喜何從，相對言辭拙。日日瞑坐中，長笑當不輟。

中秋無月

中秋五夕前，尋涼登紫玉。皓魄懸高岑，影散千林浴。萬里無片雲，横眸九霄矚。聳身淩星辰，轉覺澄漢局。語笑停空中，信步天路促。晨起理盤餐，片鱗追隔宿。微雲曖太虚，桂影罥羅縠。及望晷愈乖，夕賞且繼燭。班荆坐簷下，情殷景自淑。底事維目前，慎莫期後復。氣序不可知，人事亦反覆。澹若忘固然，美景焉可續。委運樂無窮，天真吾自贖。

九日

觀水水初涸，登山山漸寒。水涸尚可汲，山寒磨衲單。衣單當徹骨，汲井領斜看。誰把茱萸酒，憑誰爲整冠。菊花開燦爛，澗水急潺潺。何處不相似，狂歌到日殘。

孤鴈

數年聞鴈聲，感慨多所繫。今年聲愈悽，一鴈落天際。念彼百千鴈，存没何能計。哀此一鴈孤，一去不知歲。羽毛亦自美，江山豈不麗。死生物之常，何地不足瘞。所傷共一羣，先後終難逮。薄影沉西江，秋風吹浪細。江月夜夜寒，不敢翹清霽。

訪菊

秋色澹欲入，攜筇訪山菊。林幽山逕迂，香氣散松竹。坐石良欣然，毋勞更僕僕。世人愛見花，見花徒悦目。悦目曾幾時，鮮美限宵夙。榮枯何苦知，春温而秋肅。我亦隨化遷，餘齡信幽獨。物理返自然，神智空攢簇。颼颼朔風起，萬景沉山谷。舉頭寒月西，晶晶照茅屋。

望歸鳥

霜氣横秋旻，暮鳥歸何遲。犬疾墓草枯，風勁冥鴻墜。蒼茫雲樹中，目極百憂萃。人各有其懷，淺深隨所寄。景物感凋衰，撫心時一慨。阮藉窮途哭，荆軻易水淚。首陽伯叔歌，東籬彭澤醉。孤英與節烈，情愫當無二。茫茫靡所歸，安得不喪志。我昔二十餘，懷古多寤寐。緬想百年終，身没名何爲。愧彼巢居人，萬感消食睡。茅茨三兩間，言笑有真意。

望歸人二首

歲暮懷歸人，蒼茫雲木外。登高不可見，入室聞寒籟。髣髴簷下聲，捲幔日已昧。日昧猶平時，對此偏無奈。

山澤誰不樂，衣食豈自然。叩門良有時，淹滯將窮年。一諾未云易，寧更嫌遷延。世間重財寶，慷慨安得兼。客心久已降，節序無後先。市井歸人忙，對之如夜禪。俛仰匪我畏，所畏在脆堅。中願苟或諧，可以遂林泉。歸期知隨人，吾心徒拳拳。

竚立

竚立松根久，秋風吹敝衣。回望萬山合，山高身愈微。悍悍百歲人，寒暑恒相違。嗒然忘形骸，萬里如初歸。廓落匪宇宙，目前徒清機。視聽還尋常，色響仍昔時。沙靜歸鴻晚，溪深落葉遲。白雲終何來，明月寒更輝。一滴鼓洪溟，古是今誰非。

長嘯

長嘯千峯頂，下方聞不聞。倚杖落紅葉，開畬燒白雲。雲端邈天際，不見其中人。樹下一斂目，隔山來斧斤。丁丁徹遐邇，寂感乃愈紛。聲象體自玄，聖哲無所云。坐起翘青冥，高低陽鴈羣。

夢

世間維有夢，可以識吾心。見聞鑠覺知，動止久非真。譬如鏡裏像，萬狀無疏親。中宵懸崇臺，形影安所陳。忽當炬與日，始悟光生塵。夢中境何從，只是牀上人。覺知不及謀，一息成古今。寸心豈出入，翕闢誰爲因。登高攬八方，邈然散遐襟。所見皆人外，海嶽搖參辰。馳目不能返，焉知吾有身。

螢火

腐草生豈易，飄零信此身。誰憐玄夜苦，微光遠趁人。白日不可見，難爲平旦心。冥冥泱漭中，隨風忘高深。迢迢自星漢，所照非長林。烈炬限華堂，耿耿遺中情。夕露安足畏，晨晞吾獨矜。聊以託荒穢，薄翅且從今。

疾風

疾風欻然至，無人窓自開。折木震巖谷，黑雲變樓臺。耳目不爲易，知非大塊頹。死故從所生，寵辱恒相推。物理本自然，而乃重徘徊。此疑盡一世，終古無能裁。絕慮求真詮，冥然失從來。一覺山霧晴，萬壑餘清哀。

酬客

客問我何意，蕭然住此山。我答客何愚，何不觀我顏。我顏又不戚，我心何曾頑。我非武陵人，亦非南陽賢。又非無爲謂，終日長窅然。一衲三十載，夏熱冬猶寒。客至無美酒，烹葵酌流泉。相對無游辭，所舉楞伽篇。日入羣動息，連牀同夜禪。終宵松風聲，至曉不得眠。我有懶瓚計，放足且隨緣。覺來日已高，此訣不可傳。

莫厭貧十二首

人生莫厭貧，厭貧多所許。食貧許粱肉，始覺薇藿苦。衣貧許章黻，皮褐畏予侮。粱肉豈不甘，所惡呼爾與。章黻匪不華，君子貴自處。鳳凰巢椅桐，游魚樂繁渚。上下忘其天，各自矜鱗羽。離離田上苗，丁丁遠山斧。田竇雖足歆，宵旦移寒暑。萌隷終歲瞻，毋寧詢季主。

水木徹上下，飛潛塵外迴。靜言冥初終，風物各自永。閒者得其真，此豈富貴諗。所遘良足多，空廬抱寒影。璵璠但有名，明月慙獨醒。噭噭嗟陸沉，安所貴顏閔。海鴿不是雀，入淮雉作蜃。貞脆忽不覺，久暫成松菌。東谷悲淒風，去鴈遺玄景。弦望互相催，晚節當誰秉。

貧賤無長慮，富貴有深嗜。多嗜常多憂，薄慮鮮所蔽。人情類皆然，是亦焉足概。往昔古帝王，自視若胥隸。持此貧賤心，行吾所無事。衡門棲遲者，所貴非寡累。一身不足營，萬物我皆備。逍遥託巢許，黽勉夔龍志。即使長獨處，耦耕豈不愧。植杖竟何人，豈以隱顯異。

人生貴寸心，所感易汨没。順風揚灰塵，寄託終不擇。自古得意事，賢士多困折。浮榮果霜實，不如守巖穴。寤寐恒勿忘，動止信前轍。美人自遲暮，何辭愆歲月。肅此勵芳晨，慎修匪明哲。三閭不可學，漁父羞滅裂。悠悠時運遷，毋徒傷井渫。

崇基臨荒澤，松栢生其間。詎以霜露零，孤根移歲寒。晚穫收良田，幽香遲秋蘭。時物良有然，吾將樂考槃。漢祚久已易，此世無彭韓。隆替還乘除，運去身名閒。原始要厥終，吾生豈漫漫。見聞如逝波，心知不可還。昏覺當爲誰，悠悠須自觀。

海嶽無真幻，古今多修短。雲裏怪石巉，波中古木澣。晨風鳴高林，烟霧宕空滿。相對盡竟日，過目徒窾窾。朝貴勳名馳，野賤約心欵。心境兩相外，囂寂成乖沴。乃有感慨士，興懷寄繁衍。凌雲登崇臺，悲歌恣凄泫。又有逃虚者，絶物以自善。豕鹿遊無人，俛仰情俱緬。山色連溪光，紅緑春深淺。萬彙體恒玄，至今不可辨。告汝巖谷居，莫當欣厭遣。

顔氏樂聖道，陋巷匪所矜。孔門七十二，一士稱安貧。蔬水曷云易，饑寒託生平。生死尚殊塗，未可言忘形。夷齊餓首陽，季路猶結纓。節烈輕一時，古今皆有名。名與實俱捐，吾以觀其心。槮槮東嶺松，悠悠西山雲。渺渺金烏墜，亭亭玉兔昇。子期不復作，千古誰知音。崑崙不可竄，戾天有飛翰。巖穴不可藏，高岡猶追隨。巨淵不可入，浮沉將何之。不如共一處，動靜相因依。父母豈我欲，天地豈我私。柴門設不關，蒿牀聊自支。慎勿爲楚相，楚相安足爲。盡忠以至死，其子無立錐。

原憲并日食，端木出連駟。兩賢恒相從，只有歎已耳。道勝無怨尤，夜耕可卒歲。世豈乏劉龔，人生貴立志。榮叟年九十，帶索樂弗匱。所造吾安知，豁達庸何易。幾死之散人，優遊同直寄。自古笑亡羊，殉名如殉利。待激西江流，索我枯魚肆。

山澤罕人事，與世頗無干。啓戶朝雲攢，及午始見山。暄風爽林際，景落絺衣寒。田圃各西東，荷鉏當暮還。樹裏課勤惰，雜言忘辛酸。豈守固窮節，吾分應如然。四海無親疏，去住各有緣。草木春夏繁，天氣秋冬妍。日夕省營慮，豐約隨目前。

弱冠不知道，抱志志四方。讀書慕先賢，設心追上皇。蒿日切時艱，夙夜矢濟匡。寒雲起西北，中原臨蒼茫。千羽投西江，感物情慘傷。天運不可回，猖狂歸山陽。豈惜饑與渴，念彼蘭桂香。蘭桂生幽谷，不畏秋露霜。祇憂荒穢雜，逵路無津梁。眷言懷斯人，攬衣起徬徨。

徬徨守先訓，焉敢欺後昆。此世無是非，同異徒相因。吾道流爲名，久已喪厥真。性澹時愈乖，安得不長貧。孤蹤豈足尚，黔婁乃無鄰。矯俗非夙志，維當尊所聞。偃鼠腹易滿，促弦無緩音。去去勿復道，終焉從予心。

銅雀臺

誰道昔人癡，繐幃猶昔時。昔時人皆慕，今日人皆悲。亭亭西陵臺，歌吹聲遲遲。不關歌吹異，人心有盛衰。飛甍一百二，連接烟雲垂。玉盌盛脯糒，瓊漿上金巵。此樂極生平，死亦安能離。當令泉下人，長聞銅雀辭。

南陽李鑑湖寄桃杏核各數百顆 鑑湖即丹霞山主也，先攜家避亂山中，後捨作今別傳寺

武陵不可入，豈復訪蓬瀛。中州有奇士，攜家來海濱。選勝丹之丘，僑居最上層。琴書藏石室，雞犬雲中鳴。皇天何遼遼，激烈星辰横。伯氏不吹壎，悽惻淚沾巾。家人懷桑土，扶櫬向舂陵。雲烟還長空，丘壑付隱淪。墨池後芳泉，紫玉紹金輪。昔居不種桃，始以見厥心。今寄維緗核，千里託中情。釋此毋片言，當歌歌不成。重臺朱千仞，回淵綠一泓。還將舊時月，相待故山人。松桂寒無恙，莫當桃杏陰。

陸太守孝山入山

世榮詎不慕，所貴維物外。但識電火機，何辭金印大。古者不賤目，偶與水雲會。今賢有奇情，往返丹山旆。丹山指二千，居食恒依賴。感激發微言，欲解東坡帶。萬彙自乾坤，焉有函無蓋。起喚陸大夫，庭株落寒瀨。搖搖空影中，相對豈夢事。縱使百千刼，春光今夕在。

沈秀才融谷入山

何人江上來，面目清如水。遙遙向石門，尋我萬山裏。巖前青林舒，衣上白雲起。讀書破萬卷，相對難爲似。豈不釋世紛，淵明曾一仕。但存霜雪心，遲爾十年耳。張燈酌流泉，寒燄入杯沚。杯影與壁光，畢竟何者是。言窮神自會，他時須記此。

讀仞千鴈影詩

金風起肅殺，凋落先梧楸。知時貴哲人，不如鴻鴈儔。嗷嗷鳴青天，徬徨向南州。氣序乃相逼，匪爲稻粱謀。偉哉求寂士，覩影發清謳。寒暑識代謝，物化冥顯幽。悟理捐形骸，色空生雙眸。玄景靡所遺，江山亦不留。俯仰徹上下，所見皆浮漚。萬物同一鴈，羽翼空綢繆。象類常寂然，聖人行多憂。憬然知無從，豈羨乘雲遊。

寄旋庵都寺

人生貴自處，勞勞欲何爲。豈不懷豐功，動静宜知時。爾年五十四，百歲半過之。年年徇土木，日日計度支。山菊與谿梅，夢中相對誰。我年日以邁，爾少只數朞。縱使更百齡，所憂常别離。何如松桂側，竟夕論心期。山芋可繼粟，荒年恒不饑。語笑皆羲軒，而無衰世疑。靈龜未易捨，觀我徒朵頤。隨身登古臺，下視西江湄。飛帆去如鶩，安得暫相隨。念爾如飛帆，汨汨寒風吹。欲傾萬斛懷，千里重躊躕。

寄黄山還生二首

聞君隱黄山，仍戴竹皮冠。去秋飛一札，看看度歲寒。約我當春來，又是桃花殘。運化一何易，相見一何難。山深多白雲，玄鳥今復還。欲倚千尺松，爲君築淨壇。老眼望已穿，踟躕空長歎。

此日爲何日，鶡鶡巢深林。一枝豈不擇，滿腹何沉吟。丹山亦有河，飲啄隨天真。爲君假羽翼，翺翔垂秋雲。懷袖寧三年，字字感予心。

悼離言

寒猋自西北，薄曙淒中林。攬衣起徘徊，慷慨懷昔人。壽不及顔子，而有樂道心。擔笈三千里，六七年於今。風雨守窮簷，抱志暫安貧。念此冰雪姿，意氣干星辰。精鋭造物妒，乖沴中肺金。適予移茅屋，扁舟發榕陰。依依向長薄，帆没海烟深。到山始一月，遽然聞訃音。盼望絕雲濤，中宵情莫任。爲學苦不蚤，清標負高岑。自夏復徂冬，驅隙忽鬖鬖。猶憶别離時，美言竟斯晨。九仞虧一成，石上空微因。（以上瞎堂詩集卷五）

全粤詩卷七六三

釋函昰　三

讀大唐西域記十三首

記云：蘇迷盧山，東西南北繞四天下，南曰贍部，自本國至西域皆屬之。金輪王出，王四天下。若無金輪，則贍部惟有四主。人主即本國，象主指西域。四主之外，各有所隸。記云：君臣上下之禮，憲章文軌之儀，人主之地，無以加也。清心釋累之訓，出離生死之教，象主之國，其理優焉。人以治身，象以沃心，本國兼之，吾復何憾。

世無轉輪王，贍部有四主。人主南面尊，上下中規矩。象主清心累，聲教流東土。刑名所勿逮，可以翼周魯。貞淫通三世，功高於伯禹。生當仁義邦，復飲五天乳。一葦從西航，兒孫安足數。努力同斯人，毋寧負前古。

記云：屈支，西域諸國名。西域謂陰爲勢。

屈支有明王，崇道事黄髮。遊覽歷遐方，爰用訪奇跡。監國屬懿弟，誼重將安適。割勢封金函，丐俟駕旋發。厥後成搆禍，因茲竟獲白。親愛日以隆，出入排庭闕。路逢五百牛，刑腐在旦夕。自念形體虧，宿業不可謫。竭貲解牛戹，願藉慈善格。形體乃復具，始以辭宮掖。王聞歎奇哉，厚寵旌其閥。仁智良不誣，設心當在昔。

記云：婆羅覩羅邑中窣堵坡，爲羅漢化波你尼仙後身處，羅漢自迦濕彌羅國遊化至此，偶見梵志捶訓童稚，令學聲明，不覺失笑。梵至問故，羅漢曰：『汝聞波你尼仙所著聲明論乎？』志曰：『童稚現誦垂訓已久。』羅漢曰：『所捶童稚，即彼仙後身。彼以世聰，役心異典，不究真理，神智唐捐，賴有別善，不致失足。如來聖教，指導歸源，斯無荒誖。昔南海之濱，枯樹穴中，有五百蝙蝠。因行商經宿，煨寒聚火，連燒枯樹。商侶一人，適於火光誦阿毘達磨藏。蝙蝠窃聽，愛好法音，忍不出穴，遂致命終，俱得人身。以聞法聲，聰敏利智，出家證果。後迦膩色迦王與脅尊者，集五百賢聖於迦濕彌羅國，作毘婆沙論，即枯樹蝙蝠，予是一數，汝當令子改轍，慎毋再耽，終至淪墜。』言畢不見，梵志感悟，放子出家。鄉人從化，至今彌篤。

將夕雲霞變，玄景忽已滅。中宵霽光風，薄曙春寒洌。境遷情屢易，識紛智乃汩。文句競華質，高明神理滑。見聞遺所知，焉得心路絕。展轉名義興，玄解肆分別。誰作聲明論，今日何曾劣。童稚匪他人，祇昧當年說。五百阿羅漢，豁然成超越。迦匿彌羅時，髣髴枯樹穴。莫倚淵鏡微，皓首不能決。

記云：大庵没羅林爲無著菩薩請益導凡之所，西有如來髮爪窣堵坡，其側爲世親菩薩從兜率下見無著處。昔世親與無著、師子覺三人約先生兜率必來相告。師子覺寂三年，世親始捨壽。乃以六月報命，於夜初分，燈火忽翳，空中大明，乘虚下降，進庭階爲無著作禮。著訝其暮，乃述往覩史多天慈氏内衆蓮花中生，慈氏讚云：『善來廣慧。』旋繞一匝，即來報耳。無著曰：『師子覺何在？』曰：『我旋繞時，見在外衆中，正耽天樂，未暇相顧。』無著云：『慈氏何相？演説何法？』曰：『慈氏相好，殆不容言。演説妙法，義不異此。然妙音清暢，聞者忘倦。』又記世親未入大乘時，曾有所毁，及聞誦十地經，感悟追悔，欲執銛刀，斷舌以謝。無著曰：『昔以舌毁大乘，今以舌讚大乘。補過自新，豈不更善。』世親乃止，遂詣無著，咨受大乘，竟致悟製大乘論。

覩史多上人，大庵没羅心。未斷銛刀舌，善來蓮花身。三年不相報，六月下階庭。相好不可言，妙音誰與聞。一人乃多形，一心乃多因。多形人豈幻，多因心自真。先後俱不到，春風吹蚕林。萬木一時茂，天上亦成陰。

記云：吒阿濫摩僧伽藍爲無憂王所建，召集千僧，凡聖兩衆，四事不乏。值王遘疾，知命不濟，欲捨珍寶，崇樹福田。權臣執政，誡勿從欲。因食留果，玩之半爛，乃握果長歎，問諸臣曰：『贍部洲主，今是何人？』諸臣對曰：『維獨大王。』王曰：『不然。我今非主，維此半果，而得自在。』遂命侍臣持施雞園，並宣王語曰：『昔一贍部洲主，今半阿摩洛王，稽首大德僧前，願受最後之施。』僧捧半果作羹，普供收核，起窣堵坡以旌顧命，名阿摩洛陀窣堵坡。阿摩洛陀，印度果名。

作善乘權貴，權貴豈能長。展布不及時，徘徊徒心傷。一贍部洲主，半阿摩洛王。積寶非己有，力弱心乃強。此是最後施，施心安可忘。鐵輪威已盡，雞園羹獨香。巍巍窣堵坡，日月搖恩光。

記云：金剛座上菩提樹，即畢鉢羅，高數百尺，枝莖青翠，冬夏不凋。千佛成等正覺，皆坐其下。無憂王初嗣位，猶信衺道，翦伐根莖，令事火槃羅燒以祀天，烟燄之中，茂葉含翠。王觀異悔過，以香乳灌漑，達旦如故，益加欣篤，疊石周垣高十餘丈，至今猶存。

印度畢鉢羅，空刼來迢迢。莖葉青且翠，冬夏恒不凋。中有千聖座，下極金剛牢。大地悉震動，此處無傾搖。伐樹不留根，枝柯就焚燒。烟燄尚未靜，火中仍參霄。人天安足護，靈株終條條。欣厭各自爲，培覆空徒勞。

記云：菩提樹東，尼連河大林之北，有香象池，昔香象侍母於此。母盲目，唯采藕根，汲清水，恭行孝養。有人迷路，哀動林木，象愍前導。既得歸，白王興兵捕之。纔指象處，兩臂墮落，如斬截狀。象縛就廐，不食水草。典者問之，忽作人語曰：『我母盲冥，累日饑餓。今見幽戹，詎能甘食？』王聞，憐而放之。

尼連林外池，香象侍母處。采藕汲清泉，於世復何與。林外有人聲，徬徨悲失路。象導人以歸，人指象往捕。豈待兩臂落，方知鬼神怒。幽戹本自甘，盲母誰爲哺。仁王自有心，上帝日臨汝。名利終當盡，此心安可負。

記云：屈屈吒播陀即雞足山，釋尊臨般涅槃，以金縷僧伽黎囑大迦葉波入此山中以待慈氏。其山高峻，三峯並峙。

屈屈吒播陀，三峯挺絕崿。尊者迦葉波，受囑於中託。捧持金縷衣，敬候慈氏作。三會法已周，憍慢當誰藥。登高一彈指，山開見無學。授衣仍致辭，先後無二覺。喬木映丹厓，白雲迷歸鶴。靈鷲尚儼然，歲歲花榮落。

記云：釋尊初年爲小乘，許食三淨，說楞伽後已制全斷，後人尚有藉口。印度記云：帝釋窟東伽藍，因乏三淨，其圖仰覩鴈羣，戲曰：『今日衆僧乏食，摩訶薩埵宜自知。』時一鴈退飛，投身自殞。衆僧悲感，乃遵聖訓，建塔瘞鴈其下，以昭遺烈。

帝釋窟之東，漸教昧隨機。三淨安得常，仰見羣鴈飛。詒言衆食乏，應聲投身遺。悲感動見聞，執情終以移。人豈不如鳥，聖化良有時。至今窣堵坡，照耀同吾師。

記云：印度記載，釋尊集講於迦布德迦伽藍林，時羅者網捕，終日不獲，疑有術止，懷恨發言。釋尊乃令緼火以待，忽有大鴿投身其中，羅者始慰。隨後方便攝化，竟致離俗，疾證無學。

網罟不可設，匪但戕羣生。禽魚多異跡，隱顯難以明。大鴿濟羅者，乃是金仙身。深慈聊爾爾，所矢終何心。仁暴性靡常，遷延寧至今。

記云印度記：孤山崇峻，樹林鬱茂，名花清流，被厓注壑。上多精舍，頗極剞劂。中奉觀世音像，威神感肅。有人斷食求見，一二七日，或足一月，便見菩薩從像中出。昔南海僧伽羅王清旦臨鏡，不見其身，維覩贍部摩竭多羅林中端坐先像。王感慶圖求，既至此山，實維肖似，乃於其山廣建精舍。

孤山竟何在，鬱鬱青樹林。名花間清流，被壑注層岑。煒煌金闕迴，坐列多精靈。中間擎蓮臺，琅琅海潮音。機感當所求，像外如有神。予言盡大地，一境無二人。昏蔽落塵網，萬象隨心形。不見僧伽王，目前成異因。晨起攬清鏡，忽然空其身。徧覩皆多羅，草木四山春。上有天華冠，赫赫威光迎。圖訪至摩竭，鏡裏曾親臨。此豈夙所構，因事聊以明。

記云：南印度有國王女，臨嫁日路逢獅子，侍衛奔散，遂爲獅子負入深山。久成字，育生男女。既長，力格猛獸。男與母謀，逃歸城邑。後獅子失婦兒所在，肆威遠近，殘害人民。當國王招募，男竟應召，母不能禁。獅子踞林，萬騎雲屯，無敢近者，男獨當前，父見馴伏，至刃入腹中，猶懷慈愛，含苦而卒。王以爲異，誘以福利，震以威禍，然後具陳。乃重給酬功，遠放誅逆，裝二巨舟，實以糧寶，遣飄海外。其男舟至渚中，爲獅子國，其母女舟泊波刺斯西，爲大女國云。

維人與獸交，乃以産兇逆。不信兇逆徒，亦從人類獲。怪哉獅子父，慈心終勿革。威寧踞長林，萬騎盡辟易。一子當其前，哮吼忽已歇。剸刃入懷中，忍痛竟至歿。世人謂之癡，我謂慈無別。天下皆吾子，覆載及窮髮。

記云：瞻部有大商主名僧伽，子名僧伽羅，與五百商人入海販寶。至寶洲，遇風，爲羅刹女誘入鐵城，各相配偶。娛樂既衰，將幽鐵牢。羅感夢求脱，尋號泣聲，升一高樹，下望牢中，多所拘縶，皆先誘人，將恣血食。詢知海濱維有天馬可以相濟，但當執鬣，不得回顧。一時五百人奔至，女亦追挽，掩涕哀切。五百人情懷愛戀，悉皆退還。維僧伽羅識志堅定，女知不得，乃凌虛空，先抵其家，白知父母，並以訴王。王悦其色，遂留宮中，羅數諫弗從。妖媚迷亂，漸致殘害。召餘五百鬼女，深閉宮門，一夕而盡。國輔老臣，哀悼莫及。闔國共推僧伽羅福智兼至，立爲國主，發兵浮海，攻破鐵城，救回衆商，多獲珍寶。因以王名改爲國號，即釋尊本生事也。

寶洲多美色，可以傾人國。維有僧伽羅，庶幾祛此惑。大海何茫茫，誰執天馬鬣。驤騰雲路中，回顧即淹没。妖媚豈不工，降心吾有訣。哀哉五百人，湎洟終難脱。延禍及宮庭，貴賤同湮没。悠悠古自今，內外須明哲。

悼大牛

之子解塵網，相將十五年。五年予在匡，十年歸佛山。適值分衛時，相見江流間。爲衆忘疲勞，精神澤癯顏。轉盼曾幾何，鬚鬢蚤已斑。客春中深寒，半月不得眠。願言病既瘳，長揖陌與阡。欲返爾形神，侍我巾瓶前。強飯始兩旬，輒聞隨人緣。菩提薩埵心，豈肯圖自安。憶我入丹山，再覩陽牖翩。偶逢舊山人，方知竟淹然。生死安可逃，形魄傷雲烟。覺海空茫茫，靜觀徒往旋。誰當諳水脈，安流汎晴川。

秋夜謠

萬里無片雲，青霄非所擇。今古一同然，當秋顯精色。歸鳥空中真，流星界天石。湖水入孤帆，水中天更碧。遙光射羣巒，萬木生寒栗。俯仰失從來，斂襟恣吾適。

雙鏡樓

一鏡從空出，清光透簷隙。白白入雙眸，併作琉璃國。中有五色雲，隱顯鏡中錯。四窗常豁然，陽餤生虛室。古稱百尺樓，高廣非其匹。高出九霄上，俯視猶蝸角。横亘踰八荒，轉足失廣漠。遠睇彭蠡濱，秋水連天白。近枕紫霄高，松竹羅其側。山晴天氣朗，時花愛麗日。百鳥翔且鳴，高低竟晨夕。星月繞榱楹，寒空徹几席。風雨至無時，轟雷震山嶽。瞬息復晴霽，萬木光通澤。時運無古今，觀聽有榮落。流覽一鏡中，雙眸自開合。

耕田二首

舉世競干謁，俯仰喪其真。性豈與人殊，難忘賤且貧。遇境輒自信，行濁而志清。此語非聖賢，大言以狥情。性習本同源，明昧互相傾。理必不勝欲，觀淺乃無成。凡夫貪着事，吾師之所箴。有初鮮克終，豈不負生平。長揖謝世間，決志歸山林。饘粥亦可食，努力事躬耕。少者效勤劬，晨宵予在心。但得無餘想，山水有知音。

淹留四十年，宵旦爲人謀。此道不可傳，明珠徒暗投。悟理貴力行，空聞豈真修。市井多佳士，所識非王侯。追呼馬隊中，君子之所羞。營營竟何爲，不肯歸山丘。所食不過飽，麤衣省多求。日出荷鋤去，日入濯清流。百慮不干懷，自春乃徂秋。精識與奇情，終古行當休。嶧陽産孤桐，爨下獲其儔。宿霧隱高林，百里聞虎吼。孰是聖人徒，而爲吾道憂。

秋夜與諸衲坐月

管絃邀月醉，醉後月還山。何似千峯頂，年年共月閒。微雲元不礙，澄江影自瀾。光搖萬木動，靜極鳥聲寒。目前多所陳，意短境乃慳。人愛秋月佳，智者獨不言。物理非有無，事會成寂喧。夜落羣動息，心閒林壑寬。因月得其真，無月亦恒然。萬古猶若斯，人間徒厭忻。空明山嶽峙，斂目歸虛玄。亦豈在象外，吾徒當冥觀。

送真詮化米

廬山有山叟，弗與王侯友。晚年居廬山，一路植榆柳。兩年柳葉長，相將蔭南畝。蔭多稻苗稀，年荒豈柳咎。風雨非不時，苗蟲酷天狗。去年工食繁，麥粥苦已久。今歲秋無收，遑以恤其後。有衲辭出山，所欲給衆口。衆口誠待哺，志操非可苟。元亮頻叩門，禮義看授受。饑飽信當時，平生安足負。

培牡丹 閏八月初八日

名花遜牡丹，色香皆第一。珍重花開時，灌溉先秋日。沃土培根株，塵坌非所擇。香臭本殊途，忻厭互施設。用厭以爲忻，即臭成香潔。物理無美惡，人心有同別。君子道豈常，仁智分畛域。萬類同一花，芳穢待時節。忘穢得花情，愛花因人熱。隨世呼馬牛，倒想何能及。但看春明林，我心終匪石。

閏中秋翫月 是歲中秋無月

閏亦中秋月，胡爲此較妍。雲盡當空媚，桂影無正偏。因閏識從來，翳中體恒然。休更懷宿昔，爾乃矜目前。萬古清光偏，明暗分後先。暗先難爲明，明後誰獨憐。且盡今夜歡，夜夜青霄寒。顧影成陰霾，遮莫疑當時。

買墳

莫買他人墳，墳地不可耕。人骨在地下，掘地傷人心。人心詎殘忍，天性難爲貧。饑寒在目前，安知祖父親。孝弟隨所知，名實互主賓。所知有時昧，不如不知真。買墳與賣墳，相安世上情。我自不掘地，豈共仁義鄰。

三良

一死安足難，斯人應自觀。勳名蓋宇宙，恩遇洽肺肝。時異人云遷，慷慨多空言。不可以理揆，理直情易捐。君子慎當念，轉瞬分嶽淵。李陵終負漢，蘇武幸生還。豫讓徒自苦，荆軻易水寒。四子皆賢豪，硜硜各自存。衰利從中來，久暫非所存。三良臨穴時，撫膺豈偶然。持此必死心，金石不能堅。聖賢行終身，名誼空周旋。此道誰與知，黄鳥哀無期。

劉參軍

蜉蝣與鼀鶴，延促一彈指。劉伶閉關鍵，窮年學周史。不見猥無目，不聞安用耳。神將守汝形，醉昏終不似。心若死灰積，形如槁木曳。耳目心形殂，雖生亦已死。何不未死時，雲霄恣高視。飲啄猶生平，吟笑深竹裏。客至或放譚，不欲見即止。所憂叩門難，麥粥今年苦。

哭澹歸

人生莫不死，既死安可傷。形役一百年，終歸無何鄉。況已六十七，詎足論短長。所傷法運衰，死者皆賢良。法眼在一時，歲月多荒唐。波旬入人心，善觀其向方。狂者中以名，狷者與世忘。忘世非佳士，狥名豈道望。名反以利終，菽林雜蘭芳。斯人向予言，相對生悲涼。已矣無真人，少壯猶茫茫。掩戶坐晨夕，淚血沾巾裳。

輓願海

國久無真忠，忠者多見戮。家久無真孝，孝者先無祿。爲孝豈凶德，老病宜孤獨。秋中痛吳門，氣咽不能續。再展海雲章，零淚繼宵夙。天高霜氣寒，林空山木禿。代謝理恒然，老少相往復。委運付生平，饑食聊自足。早不聞孝思，使汝長受福。

孝子吟

我有一孝子，不幸先我死。子死父爲瘞，父死當誰理。今年七十四，建立猶未已。法界如轉環，誰起復誰止。努力且向前，有事如無事。無事即坐禪，有事隨時處。處到没遮闌，兩腳捎空去。生死與涅槃，大衆留不住。違順爭目前，身後還歸汝。順亦汝心生，違亦汝心起。生起即爲因，形影相依倚。法空汝不空，有無成妄計。先佛曾有言，慎莫信汝意。

吾生 甲子三月十三棲賢作

吾生豈不樂，人事轉參差。所願殊未酬，靦腆紆歲時。舉世無真人，將以遲初機。愚昧寡所見，異同爲是非。道衰絕儔輩，相對強言辭。懼以小人心，翻成愛見悲。久割三界因，戀戀欲何爲。先德不可負，後死安可期。垂垂衰病年，飲淚豈自知。綢繆苦不早，歎息貽來茲。

答居士

至理便爲滲，大道落蹄筌。西來無旨意，何處有單傳。生心已非性，離人誰是天。不立立自昧，動必傷自然。饑餐知饑餐，倦眠爲倦眠。只此一念差，過乃踰大千。特地自知非，金銷石匪堅。舉頭天外看，所見皆先賢。

示禪人

聞君五十一，七月是生日。汝徒欲稱壽，請我爲着筆。爲問生何來，以何爲真實。過去已過去，未來未可述。目前者一着，明白而深密。特地指向君，回首日又出。

贈妙峯

妙峯今年五十一，適值持船放生日。湛子乞言作壽言，山僧清晨爲捉筆。但願年年護此生，無生即在生中得。君不見青蓮池上草芊芊，長空鴈過無踪跡。

文玉居士七十一歌 有引

憶己丑臘，承邑侯萬公、總戎李公請，說法大雲，一時縉紳文學並集爲蓮社，文玉居士稱白眉，故及門諸士多公族。年運漸邁，法喜不衰。今年七十一，因長公暨諸賢宗乞言于予，予聞而樂之。贈人以言，顧非其儔，然法愛固不敢辭，謹爲祝曰：

天地之大德日生，聖人大寶不必位。世間所重誰仁賢，況復降心歸善逝。法交猶憶十年前，十里香花擁法筵。選佛君家半籌室，堦前玉樹猶翩翩。江門一別江水深，烽烟雲水兩浮沉。三老重來秋再半，聞君慕道同初心。白衣護法如護己，等視羣生如一子。大覺金仙曾有言，長壽因緣祇有此。祝君從此更七十，存心濟物長如佛。

金剛說法圖引 有序

金剛圖爲陳全人所繪，藏笥中三十餘年矣。因吾法子首座無公誕日，適海幢結金剛長期，遂題圖貽之，俾供室中，上效如來說法機感明露，下體祖師傳心遮圍祕密。東土西天，靈山瘴海，今古自他，非數量所知也。

著衣持鉢柳風長，洗足跏趺華雨香。希有世尊唯自喻，如來護念爲人忙。千年古鏡當空鑑，一室傳燈五嶺光。黄梅夜半袈裟話，華梵同音到海幢。

題普賢圖

心本無生示現生，示現之中無有我。無我我亦虚心境，誑惑世間與同事。一切世間悉如幻，識取如幻真實現。差别無非根本智，根本差别無有二。文殊爲倡普賢和，二妙圓成如來住。何人以此微妙筆，繪出普賢無相身。騎象直向華屋中，一毛頭上帝珠重。

解空閣製硯歌

混沌以前無黑白，未剖人文先誕石。海嶽成形天梵來，聖愚凡哲多奇蹟。陸亘一片坐卧常，鐫得不得非所擇。深山大小空嶙峋，千年路滑猶荒僻。解空老人補南天，攫取端巖不盈尺。欲蘸毫端染太虚，一畫大千青碧碧。鍾王懷褚戰龍蛇，如蟲御木何狼藉。珍重雲中似虎形，香水磨礲生羽翮。

桃花辭

桃花紅，桃花紅，年年一度二月中。不羡汝豔如人面，亦不取汝醺醉容。武陵溪上，流水已空。誰管他劉伶去後，洛陽城東。可煞是梅花初落，牡丹未開，敻敻一樹，笑倚東風。

庭樹曲

庭前一樹落，庭前一樹榮。榮時雙雙不見落，落時已落不知榮。落不知榮榮暗驚，年年忽聽寒風聲。大塊生物恒不平，既生落者何生榮。胡不同入溪流清，使我獨立貌長生。一朝伐木山丁丁，千古歎息徒虛名。

喜雀吟

淨成喜雀不見喜，日日噪簷貧似水。水貧流入溪，溪流直到蠡湖止。湖水隨風吹，北風吹上灘頭逢石齒，舟破貨沉賈客死。風息順流入大江，江水深無底，多凶少吉何時已。水富豈如貧，山中一勺青無滓。數杯雨前香，一任喜雀噪簷，日高僧不起。

烏鵲吟

烏鵲聲嘈嘈，飛上飛下不離樹上巢。樹杪畏風吹，風吹猶自可，低樹蛇侵無處躲。去年逐一雛，今年吞卵巢幾破。烏鵲那，人情物理一等招因果。勿貪沙邊魚，林間岸畔自死蟲蛙隨時過。養成毛翮健且長，曠大虛空一任東沖西突何曾奈得我。（以上瞎堂詩集卷六）

種蔬

道人何所事，生計钁頭邊。舉世無相識，鋤雲幸自憐。山花没小逕，春水滿荒田。客到且休問，郊原尚未平。

送袁普類還寶安 乙酉

送汝且歸隱，難逢無事人。才多常憫亂，母老莫嫌貧。安攘千秋業，田園此日春。悠悠塵世外，猶有草茅臣。

夏日雨後

木橋人初度，雲樹尚微茫。持此幽閒意，如聞蘭蕙香。風輕簾欲動，荷靜院生涼。午睡夢方足，一聲清磬長。

黄石藏惠藥

從來不厭病，以此入無生。萬境皆休歇，一心無所輕。鳥歸深樹噪，月向高空明。惟有石藏老，能羈予俗情。

梁未央死難二首

嗟予腸欲斷，念子且何之。學道生平篤，遺情此際遲。聲名世共仰，生死君須知。白刃春風冷，懸崖撒手時。

嗟予腸欲斷，念子且何之。遂志應無憾，修名亦是癡。當觀身世幻，莫動黍離悲。回首雲山闊，龍華爲爾期。

霍覺商父子四人死難二首

生平多慷慨，死國在儒林。父子情偏重，君臣義獨深。碧潭今日事，明月古人心。俯仰堪誰語，一堂玄對森。

共明千古節，就義且從容。生死去來際，衣冠談笑終。草堂雲漠漠，寒夜雨溶溶。一片情孤絶，相期入碧峯。

出小持船

一住兩三月，蓮花空滿池。郊原戎馬急，里巷故人思。不了蒲鞋債，仍還茅舍移。悠悠無着意，何日白雲期。

次韻答晉江陳文長

隨處生涯足，鋤雲帶晚霞。窓開青滴樹，人在碧籠紗。問道看庭栢，當機指菊花。知君非俗骨，何日唱還家。

夏日即事

荒山無一事，當戶數松疎。夜短眠不足，日長饑有餘。風聲撼林谷，雨氣浸庭除。對此莫須惜，解襟空自娛。

秋日寫懷

秋月年年白，秋風歲歲清。自從一心靜，遂使萬緣輕。落落疎林意，蕭蕭寒夜情。曠觀塵世裏，誰擬學無生。

題東坡畫竹

塵垢滿天地，此君清欲狂。濃烟生素絹，薄蔭到繩牀。覆我真難待，披人似亦涼。東坡千古意，相對共茫茫。

開北徑二首

北園開一徑，小景足幽情。俯仰乾坤闊，優遊林木平。海連天逾白，人共月長明。我亦逃名者，誰當混獨醒。

古者知何似，吾今獨杖笻。白雲常入戶，青靄數當峯。薄照明秋鴈，疎林起暮鐘。不堪人事改，誰與覓高蹤。

偶述

秋雨滿巖壑，横流似海潮。漫漫天地外，望望水雲迢。白日知何處，晴巒不可招。坐看人境寂，魂夢一時銷。

秋夜登樓二首

高樓一以望，頓覺野懷賒。月射潮頭動，雲流山背斜。寒塘孤鴈影，烟樹萬人家。百尺應難再，憑空思未涯。

俯仰江山外，悠悠孰共看。有懷瞻野岸，無語倚欄干。鶴下寒空淨，風高碧漢寬。欲明今夕事，相對莫頊顓。

與崔石師泛舟

與子乘桴去，何妨盡日遊。江山能友我，漁佃總方舟。拚醉不須酒，無心亦似秋。他年回首處，風起綠榕洲。

勉訶林諸衲

寒到驚秋盡，無雲天欲垂。道情添老大，人事暗遷移。掃葉供烹茗，擔泉先灌葵。韶光應共惜，世路此何時。

出關前一夕

遂有出門意，方知破院閒。野雲常漠漠，流水自潺潺。此夜望中月，他時夢裏山。坐寒松影怯，歸鴈度前灣。

次韻答楊伊水

竹院逢君處，相看古道存。從來無剩法，慚愧獨稱尊。新月窺人影，寒鴉代我言。更尋晴雪夜，移榻破雲痕。

訶林春歸二首

廛居日易逝，不覺報春歸。鴈影空潭盡，禪聲遠樹微。江山三月裏，人事十旬違。積雨留寒色，焚香但掩扉。

忽憶登臨處，風烟足往年。山懸千里外，春别一旬前。歲月催華鬢，乾坤限遠天。玄心惟自鑒，去住總茫然。

羊城即事

一郡旌旗滿，孤城落照間。散騎何日出，大將幾時還。近海歸無渡，連雲舊有關。猶憐竹逕外，徙倚獨看山。

侯若孩過訪

憶别當殘臘，重來又在秋。多君霜雪意，重我石林遊。風雨搖山嶽，池塘泛海鷗。席簾香正煖，天地一虛舟。

寄無得

道人生計拙，緩步出山門。日日看高嶺，行行過別邨。無人知此意，有口不堪論。遠訊熊禪者，年來或未諼。

苦雨

一雨經旬日，閉門誰與同。人從烟暝出，心付水雲空。歷歷江山外，濛濛天地中。放歌殊未已，學得古人窮。

喜晴

清晨一開戶，澄霽如平時。不減青山色，多添綠樹姿。白雲歸洞急，紅日上梢遲。策杖園林外，鶻鴣啼向誰。

出小持船作二首

嚴城不易出，獨許看雲人。附郭餘孤木，空齋無四鄰。水亭深夜月，烟樹舊時春。對此清幽趣，誰憐夢裏身。

簾疎月到簟，高臥獨依違。黄鳥聲何急，青山夢亦非。一庵煙水闊，千里霧雲微。無限傷心處，孤城人影稀。

聞亦非隱天目

天目中峯變，晴嵐萬壑陰。馬嘶荒草斷，人宿暮雲深。何日乘潮上，别峯清欲臨。遥知攜手處，應盡故園心。

登樓

濛濛煙霧裏，峯岫隱如無。地近市廛舊，人看世界殊。白雲迷曉日，青燕引飛雛。一上樓頭望，臨風涕欲俱。

贈范華宇

將軍不尚武，矢志在安民。萬戶傷心處，孤城此日春。高山曾有夢，流水付何人。笑指溪橋近，相看憶舊因。

訶林憶舊山二首

不見雷峯頂，心知海寺東。聞鐘疑隔岸，對雨憶長松。風鶴從來舊，烟霞此際隆。百年多病日，歸思正無窮。

情深山水日，豈爲覓桃源。倦鳥藏深樹，驚魚沉巨川。拂波楊柳月，依岸竹林烟。一自不知樂，浮生空惘然。

與梁同庵王說作夜坐風旙堂

中夏坐宜夜，夜深鳥不啼。相看今古盡，無語是非齊。殿迴薰風細，樓高雲氣低。等閒過一夕，險韻漫分題。

一嘯

一嘯江天暮，長吟風物新。無家終作客，有鉢未曾貧。不識雲山路，空知林木親。平生多意氣，強半爲人瞋。

晚登風旙閣

望處江山舊，憑高獨愴然。曾隨章貢水，直抵秣陵天。六月溪樓上，三年樵舍前。風光今夕異，撫景倍流連。

送陳康叔復徙仁化

惜別非歸路，胡爲千里行。客心徒自苦，去住此時輕。暴雨中席至，西風向晚生。前途望秋月，莫動故鄉情。

出訶林聞羅季作訃

別子方三月，倏然成古人。誰知昔日諾，空結再生因。俠骨終難副，詩情孤絶鄰。窮交看欲盡，横泗獨沾巾。

王園長侍郎入山

破寺尋僧至，呼名尚儼然。座中今日意，石上舊時緣。榾柮燒寒雨，鬖鬆坐暝烟。干戈猶滿目，珍重惜餘年。

示梁同庵

懶僧居破寺，豈是世間情。幸托隨緣趣，相將寄此生。愛閒嗟往事，畏俗厭時名。念汝年差近，堪爲林下盟。

與王説作 復大雲之請

君但先爲復，年來欲住山。多因酬世拙，以此樂吾閒。黄獨豈真美，青松未可删。尚能不賤目，雲水去留閒。

己丑冬赴古岡大雲請因示諸衲

萬里寒烟直，虛空起大雲。長廊風葉捲，古殿月華分。歷歷應非物，忉忉何所云。一堂僧與俗，誰見復誰聞。

古岡除夕

忽忽過今夕，迢迢遂去年。空居人世外，猶共歲時遷。野火横星漢，寒鴉落霧烟。江城除夜禁，春色自林泉。

與諸衲遊知園

名園誇獨勝，想見古人心。漬水成寒渚，爲山控碧岑。平臺歌舞歇，荒逕草萊深。相對同他日，悠悠自古今。

遊圭峯

人日尋幽壑，圭峯舊有名。徐行憐日暖，小坐愛風清。敗葉殘碑覆，枯椿野鳥鳴。青山空壘壘，無限古今情。

歸過石澗

別有一天地，巉巖路不窮。白雲扶怪石，碧澗浸寒空。杖屨虛無際，林巒杳靄中。歸途情更慊，習習起東風。

古岡聞警

所見非今日，驚聞又一時。天心不厭亂，人事欲何爲。薄海旌旗蔽，孤城畫角悲。十年塵世外，歸夢亦遲遲。

將還雷峯留别古岡諸子

一自聞風鶴，深慚遯者譏。尋生人有路，策杖我何歸。舊築青山穩，征帆野岸微。江城重回首，春草綠依依。

諸子送予江門口占慰别

岸柳難爲别，江風欲送行。迢迢郵路迥，漠漠野烟横。揮涕憐兒女，牽衣愧父兄。不看分手意，誰識住時情。

過藍田訪岑梵則二首

何期當此日，復見老成人。未亂先歸隱，爲園及早春。沙田將播種，茅屋絕無鄰。借問生涯事，年來欲慕真。

惜别自今日，交遊憶十年。鴈歸蘆渚冷，人到杏花前。往事不堪論，遐心總入玄。悠悠江上水，遥望白雲邊。

還雷峯

夜夜還山夢，夢中山宛然。青松猶夾岸，緑竹已參天。卻恨忙年月，深憐舊草玄。看看秋又盡，歸鴈入寒烟。

還雷峯寄王説作

歸卧雷峯下，聞君去古岡。同時見秋鴈，一棹入寒塘。籬菊何年醉，溪雲看獨長。人生幾回别，老大畏行藏。

蕉林看巖關主病

昔年曾病肺，以此獨憐人。賴有詩能孏，兼之道欲貧。輕風衣外冷，微月柳中新。疎拙林泉下，誰知閒處真。

送商丘伯侯若孩

歷亂沅湘道，迢遥潮汐西。身名吾輩重，離别世人迷。寂寂夜猿嘯，蕭蕭斑馬嘶。安危付君國，千里緑楊堤。

喜老父薙髮

七十方離俗，皤然成老僧。人間猶父子，世外得親朋。底事商塵刼，清宵共佛燈。隱峯曾有妹，先此樂仍仍。

秋雨

積雨沉秋漢，寒雲没太清。長林迷去路，棲鳥暗聞聲。天地何曾别，江山此一更。坐觀烟暝闊，徒有古今情。

中秋馮紫光過雷峯二首

年光驚易過，忽忽又中秋。不見故人久，相攜山徑幽。白雲横嶺路，黄葉斷溪流。借問生涯事，百年誰短修。

客心差不俗，僧況亦殊清。共坐長林下，難忘故國情。水流寒鴈影，林噪暮鴉聲。鄭重憐兹日，蒹葭白露盈。

九日登三老峯

葉落萬山紫，披雲信短筇。恰逢重九日，獨上最高峯。海色連秋漢，風聲雜晚鐘。黄花今又醉，猶是去年儂。

梁同庵書辭北上賦此寄別兼訊祖心弟

因亂頻相失，驚聞復遠行。長安從舊路，出處此時情。萬里山川險，三春風雪清。故人猶可晤，期以慰生平。

冬日

厭鬧思投老，甘心墮小乘。時危郵寺穩，道替竹林增。適意惟高枕，清談共數僧。海門紅日下，危坐剔孤燈。

冬夜

獨坐高峯上，雙眸寒夜中。乾坤容我拙，今古與誰同。入望青山舊，當懷明月空。何人知此意，冷冷憶盧公。

元旦

元日晴明好，林泉天地寬。競看新草木，猶憶舊衣冠。野鳥啼春晝，山僧耐曉寒。莫愁時序改，不盡碧雲團。

落齒吟

食笋忽落齒，方知非壯年。人生愁漸老，吾道樂其天。歲月忙中過，滄桑夢裏遷。一杯清茗罷，吟嘯自便便。

新月

橋頭初月上，相見隔年新。影落千江冷，光生萬戶春。海門潮淼淼，山路石磷磷。何必清輝滿，娟娟早可人。

送王說作歸龍江

別去當正月，相期二月還。三旬風雨夜，百里海雲間。吾道難爲俗，君心亦自閒。梨花涼月上，人影待春山。

諸子夜集方丈

相對今何事，相期盡一生。夜寒茶椀重，人靜燭花明。密坐偏多意，微言豈爲名。山中與山外，誰會此時情。

喜訶衍還山

入山將午食，風暖日光遲。乍別驚予瘦，歸來愛汝癡。漸深楊柳色，應長薜蘿思。觀世同春夢，閒心欲付誰。

宿訶林

不到訶林久，悠然鐘磬音。戰爭成佛地，雲樹幾人心。畫角孤城暮，春風古殿深。徘徊今夜夢，依舊在長林。

病四首

始信我能病，閉門惟一閒。鳥聲喧瘦日，人影謝空山。茶爲傷脾少，詩因攝慮艱。年來方有願，獨宿寒雲間。

不耐秋山色，扶筇一啓扉。畏風因步緩，倚竹覺身微。衰柳拂茅屋，孤鴻立釣磯。夕陽邨犬吠，林外有僧歸。

久矣無人事，病來心更休。只嫌筋力少，難上碧峯頭。野火燒何處，海風吹暮秋。寒房掩深徑，落葉空颼颼。

寒月復相見，霜天此較新。下庭雙屐重，倚檻數峯真。瘴海高秋迥，清溪白石粼。一回傷老病，萬事但隨人。

夢達此

獨行傍山水，病中知汝情。兩年歸未得，昨夜夢分明。兵火經州縣，遭逢數姓名。簾前悲喜處，山犬吠秋聲。

輓陳慧業道人

生死泥洹等，多君一去來。因緣如及盡，迷夢未曾乖。白鷺烟光淨，金牛月影迴。精魂他日舊，回首話生臺。

九日掃老父塔

尚有孤墳在，空聞松栢哀。青山憐我瘦，黄菊向人開。日落大江闊，風高獨鴈來。明年記此日，珍重幾登臺。

送思圓

世外應無恨，忘情亦大難。話空千緒失，夢劇五更寒。雲水何人趣，溪山後日看。送君從此去，相憶路漫漫。

轉禪病出訶林

久病傷爲客，寒蟲候月艱。三冬訶子舍，八載荔枝山。始覺浮生促，深知平日閒。近思蘆服味，念汝海雲間。

贈姚夢峽

世亂方知道，遐心滯草廬。欲明今日事，莫誤古人書。獨坐疎鐘外，相攜寒月初。身名殊可已，鑒此百年餘。

送商丘伯侯若孩扶柩歸中州

子有君與母，死别復生離。寒月空相照，白雲殊未知。驅車出庾嶺，歸里正秋期。望望商丘路，徘徊繫所思。

因侯若孩寄匡山蠡雲

十載匡山夢，因君寄短吟。爲停彭蠡楫，一訊虎溪音。塔影千巖出，松關積雪深。寒灰猶可撥，欲避俗人尋。

送人入匡山

我有匡廬約，君先問落星。十年松樹火，此日石頭形。夢入溪聲細，橋分山色青。爲言林下叟，出歲返蓬扃。

姚夢峽生日戲贈

三十四年前，當知亦偶然。胡爲於此日，更欲賀初年。鴈過長空澹，江搖寒日圓。一生魂夢裏，榮落在誰邊。

十一月三十夜

明朝又臘月，因病覺時過。祖意逢人少，青山去日多。亮公曾有約，瓚老定如何。早歲深雲志，而今鬢漸皤。

元旦懷止言澹歸諸衲

念子遠行役，況復上元時。燈火何方照，川原此夕思。柳風吹客袂，春月映山池。夜永寒雲重，應憐江雪遲。

孤松和諸子作因憶歸宗復生松

寒影斂幽壑，濤聲響萬山。一株非我意，孤韻共人閒。幹入春雲裏，枝横夜月間。鶴巢應未改，猶待老僧還。

偶歎

近海山猶淺，平林春尚寒。一從淇水北，五見梅花殘。自好終無術，因人亦復難。舊居匡嶽麓，時向望中歡。

聞轉一訃

肺病知難待，終傷朝露情。形骸一日重，海嶽百年輕。月落梅花夜，雲寒竹葉坪。橫梁與孤嶼，徒有昔人名。

聞采石訃

花發當朝露，鶯啼怯暮春。誰憐老病日，慟哭少年人。薄慮頻經亂，移憂豈厭貧。雖餘諸梵侶，亦復漸相淪。

聞范華宇治圃卻寄

於世復何事，隨時學種園。一身餘草澤，八口待轅門。城柳移畦影，春禽啄月痕。相思聊以寄，寒暖不堪論。

送山品臺設領諸衲上華首

三老潮頭暗，百花春後明。莫頻回首處，遙慰故山情。離亂田莊舊，辛勤手足輕。吾門多樂事，不是畏時名。

螢火

尚爾微明志，遐心共隱淪。昏霾應自見，白日畏投人。春草獨行處，禪房閒坐身。高低憐羽短，曾不卻迷津。

分粥與饑者

戎馬嗟何已，秋田苦未登。井閭無少壯，貧病絕親朋。笑我生方拙，憐人強不能。一瓢分衆粥，慚愧遠投僧。

離欲爲衆乞食

山淺松花少，枝危鶴影高。圖將六月息，不愛一人勞。俯仰隨雙屨，風塵有敝袍。秋風初入戶，遲爾返蓬蒿。

食荔子懷止言澹歸

去年同擘荔，坐月板橋新。復見手中物，頓思江上人。紫霄朝暮石，京口去留津。一紙南安信，浮沉十二旬。

得吼萬瓊州信

海外行人少，艱難遠寄書。兵荒千里外，存歿九年餘。目盡無飛鴈，天長只敝廬。徘徊山日下，一倍惜居諸。

酬王園長兄弟

羡爾難兄弟，煙雲共此遐。心閒餘歲月，世亂苦桑麻。野寺門前路，石樓峯上霞。因君思舊隱，山色十年賒。

因亂奉母蕉林阿字頻爲省視感而賦詩

亂離慙我母，辛苦賴人將。影息秋畦近，鐘鳴蕉葉長。山中一食暇，林外幾家忙。因數振嚻俗，超然及上皇。

示阿字

大道無人識，微言爲爾開。白雲將眼去，明月照心來。坐落西風夜，行冥古徑苔。嗒然天地外，相見一悠哉。

豁橋古木爲雨所仆戲示阿字

四時停熱客，一雨歎離羣。對月全無影，臨風那復聞。根看仍屈曲，葉積故紛紜。物理此中得，榮枯豈足云。

輓英目青

山上曾來往，悄然生道心。去秋猶有約，此日竟難尋。草色青還白，溪流淺復深。伊人不可見，殘月想微吟。

悼目青卻寄社中

忽聞高士訃，未免一長嗟。白社人難再，青山日易斜。此生如可托，何事欲離家。颯颯秋風起，應憐兩鬢華。

將出嶺留别雷峯諸子

一别榕谿寺，蕭然獨杖藜。六年林磬渺，千里暮雲低。山水何曾異，鄉關各自迷。夜帆忘所向，恍惚隔谿西。

留别華首諸子

避亂尋深處，遥空一别難。昔時相勉句，今日盡須看。便舫知何去，投人强作歡。北風吹暮雪，應念石門寒。

留别張夢回

惜别張居士，慇勤寄一言。干戈猶未已，瓢笠尚能存。山淺無黄獨，林深有白猿。古今看欲盡，相待惟蓬門。

留示吼萬吼萬期以九月至雷峯

君將從海發，我復向山歸。去住一何定，佳期多所違。秋波風色急，寒月嶺頭稀。若到雷峯夕，懷人望翠微。

臺閣灘懷時盡

旅病方思汝，衷懷未可論。所施慙所報，知己重酬恩。灘淺石流疾，秋高霜鬢繁。到山黃葉盡，寒夜感誰存。

泊韶石四更見月

山月出殘夜，清波寒照人。推篷惟獨坐，高詠孰爲鄰。塔影看何似，江聲聞最親。邨雞催曙色，煙棹又前津。

病留凌江寺

避地思投老，征途復苦辛。古城寒戍火，多病老僧身。寂寂凌江寺，蕭蕭楓葉津。昨來雲水客，云是廬山人。

旅病憶梁同庵

歸山愁旅病，因病益懷人。寒日殘流亂，秋風永夜真。此中無可語，他外只閒身。十日前來夢，廬山見欲親。

韶陽道中病起適無侍者復病

我病差能飯，君行復被風。心懸千里切，途哭兩人窮。忍凍推殘絮，頻興候曙鐘。青山豈易得，珍重百年中。

度大庾嶺

愛雪辭鄉國，秋風送馬蹄。庾關終古峙，猿狖至今啼。五老人初望，三山日漸西。徘徊下原隰，疊疊白雲迷。

道中被詰

問我何處去，擬歸廬山岑。途艱多病衲，慮淡無機心。一鉢陳年飯，數篇行路吟。生平頗自信，何事苦稽尋。

道中憶止言澹歸

匡山計日至，京口望人來。幾時同到岸，扶我一登臺。羣鴈驚風起，孤舟乘月開。章江寒色動，無那暮砧哀。

過十八灘二首

世事當今日，時時十八灘。激流飄作雨，危石望成巒。牽纜烟波渺，隨人出没寬。聞鐘知近寺，翹首倚船欄。

漩澓無行徑，波濤不忍看。舟穿疊石捷，篙放急流難。沙鳥立何意，漁人坐自安。詩成聊獨詠，不覺夕陽殘。

阻風宿險處

旅泊不知處，深邨似有人。波濤殊未已，舟子益相親。乾葉弄寒月，淒風吹夜燐。無心造物妒，辛苦隱山身。

曉過螺川

螺川寒日上，依舊照金牛。烟水流殘磬，江風吹暮秋。戰爭虚歲月，存歿幾交遊。都是歸山事，人間易白頭。

舟中口號

灣灣江上水，直直渡頭烟。烟散烏啼岸，水寒漁聚船。已過殘邑里，未到好山川。欲慕東林遠，高眠槐柳邊。

峽江望匡山

停棹望匡嶽，幾非人世間。兩月江中水，十年湖上山。風波行欲盡，巖壑終當還。沙鷗與松鶴，見我何時閒。

吴城望匡山

十年歸夢積，一望白雲鄉。山近江流緩，天空霜夜長。明朝彭蠡水，向夕古松堂。老大深爲計，風波不可忘。

到歸宗悵止言澹歸未至

匡山不易到，之子滯江城。更憶臨岐話，難爲曠別情。衲衣千縷薄，榔栗萬山輕。多是少年事，風塵愧老成。

到匡兩月疊聞梁同庵崔石師訃音

宿約成虚夢，初聞復自疑。益傷離别易，難免死生悲。夏木蟬聲急，朝鐘日影遲。暮年惟有隱，莫遺世人知。

頓修三決之鎮江寄候月鷺兼促止言澹歸諸子回山

聞君在京口，我已到匡廬。信息憑諸衲，寒溫嬾作書。風烟平潊浦，人物亂樵漁。空谷待歸客，白雲横太虚。

寄止言澹歸

有約今秋返，相攜五老前。知爾南中苦，憐予海外偏。溪聲僧夢穩，江色客心懸。且歸就禪寂，休計買山錢。

與須識夜話

是非非我計，今古皆空名。肝膽尚須惜，胷懷豈易明。人心離復合，世事敗還成。何似寒溪水，朝朝霜氣清。

同善鄰須識遊玉簾泉

歸山不出戶，初過玉簾泉。萬壑危橋隱，一峯寒瀑懸。何人開石徑，引我入雲烟。最愛金輪近，閒攜三兩禪。

促諸禪還山而漸侍者獨返且有期予下山之約怪而示之

人間不可住，決意向棲賢。乞食從橋外，編茅傍水邊。一生丘壑性，半世友生緣。怪爾還山後，相期話未圓。

對雪示諸子

萬里溪無色，千峯影到欄。莫將銀世界，空作月明看。開眼皆憐白，何人不畏寒。羣公知此意，無復悔衣單。

初住棲賢口占 甲午

爲愛匡廬僻，尋幽到峽橋。山圍松樹老，泉逐夜鐘飄。午食蒸藜暖，朝鋤乞種遥。茅居猶未縛，辛苦木鈴搖。

病二首

此身原可厭，況復病相因。出入難如意，辛勤徒累人。形從衣裏怯，山向牕中新。情境何曾定，低頭祇自親。

萬緣教散去，一衲且相依。身共水雲淡，心隨鐘磬微。未須分彼此，無復計從違。語默二俱喪，人疑魯祖機。

高泉感賦

意重難爲繼，恩深每易諼。但知無限苦，只是不能言。放辱非吾事，沉淪有母存。一春風雨惡，愁倚杏花村。（以上瞎堂詩集卷七）

全粤詩卷七六四

釋函昰 四

棲賢山居十首

愛友尋山住，山深人未歸。不知秋色暮，空見鴈南飛。樹密溪雲重，峯高霜月微。夜來松火怯，獨自理寒衣。

門前看五老，石上待三更。望月不知處，沿溪每獨行。雲開見鴈影，泉遠聞人聲。莫訝無相顧，高情感易生。

潦倒一枝筇，逍遥十里松。偶逢犢鼻叟，同聽石溪鐘。驟雨不出谷，晴雲隱亂峯。忽然殘照起，猶見金芙蓉。

自笑吾生足，支藤上紫霄。松門山日近，野火石雲燒。老母留芋供，鄰僧隔水招。一聲樵笛響，催我下峯腰。

老病心逾澹，饑寒韻更偏。獨憐山月外，無計秋風前。拾栗煨牛火，驅茅下麥田。明朝重九日，容易度殘年。

客到無留處，情乖懶見人。牀頭多病衲，殿角一閒身。夜色秋旻淨，泉聲曉夢真。昨聞江上信，又阻白門津。

我自立溪上，水流何太忙。年年松樹綠，日日峽橋長。林月窺巖戶，山風壓草堂。幾人相對暇，熟炙橘皮湯。

偶來楓樹下，孤影息秋陰。澗淺搖清瀨，風輕爽素襟。行人歸竹遠，散犢入林深。何處不相似，時時壓此心。

病骨憐秋夜，夜長不可眠。久疎蘆菔味，慚愧白雲禪。開戶望霜月，隨身過野田。晴空山勢聳，一鴈入寒烟。

山中常作夢，夢裏不知山。雙屨隨人去，千門得食還。夜泉寒竹簟，秋月白柴關。同道如相憶，歸來共學頑。

諸衲侍長慶老人掃博山塔詩以勉之二首

亂山殘雪後，病骨尚能支。乃祖思先澤，而師愛汝癡。春寒青黛草，烟煖白雲芝。此道惟高隱，毋忘金井池。

道衰知自貴，後死倍應難。微尚因人僻，能言爲汝歡。隱甘三畝宅，貧憶半旬餐。未可辜先覺，層巖只耐寒。

送長慶老人先入嶺南

不敢更言別，師行隨後歸。幢旛遷柳岸，童行返柴扉。雲覆庾公嶺，香迎荔子磯。到時應夏盡，秋氣襲人衣。

寓紹隆

偕隱尋深處，無緣遂半生。病同松鶴瘦，貧共雪山清。斂目常終日，橫眠每四更。不知連夜雨，空有水流聲。

解即覺寺事欲處以侍寮棲賢人至始知其行乞江北感而懷之作詩四首

罷汝棲賢守，歸余侍者寮。遽聞北地去，竟負南山招。積緒千言少，離憂一夢遙。更憐去秋事，零淚紙窗飄。

汝志堪誰副，予心獨汝知。愛人徒自苦，遇事但成癡。不可爲啼笑，寧當問信疑。歸程須早計，莫畏晚風吹。

近有調心法，隨緣一味憨。肝腸惟自笑，面目向人慚。夏雨將秋氣，朝雲起暮庵。斯文還後死，榮落不成談。

世人心似面，豈敢愛長生。苦樂一身盡，悲歡百歲成。澄潭難見底，孤鶴不堪鳴。以此懷漁父，乘槎何處輕。

聞秋風寄即覺

六月秋風起，行人知不知。何須梧葉盡，方覺鴈聲悲。北地稻粱早，南湖菰米遲。歸山霜未降，更勿滯佳期。

送漸侍者

難爲慈母道，養子自應知。信伏叢疑日，瞋多在喜時。去驚秋隴早，歸訝雪堂遲。風雨百年暫，寒山影未移。

自慰

不到傷心處，誰當便爾休。贏來方寸暇，放去百千愁。鶴頸終難短，鳧脛未易修。願從今日往，高舉白雲頭。

丙申冬日來機奉母南歸

同生惟有汝，遠俗得予心。奉母三千里，僑居最上岑。隨緣歸嶺表，重別立庭陰。此去應無憾，廬山面目深。

因老母南還寄酬王說作

佳詩勞遠錫，又是一年餘。無意爲疎節，行人落報書。故園應不改，深谷已成居。幸自歸慈氏，知君待敝廬。

聞鴈懷阿字

塞鴈幾時發，羈人來未曾。歸期看已過，計日尚相應。年邁悲窮子，薪傳愧五燈。舉頭唯見月，何以慰山僧。

偶成

但見寒暄易，不知何所爲。海潮兩度至，澗瀑四時垂。獨立看雲變，閒行任路歧。吾衰矜道貴，頓起遠人思。

歲暮示諸子

歲暮歸人少，年高去日多。時違成荏苒，緣在莫蹉跎。此道非難易，論功費琢磨。法庭傷晚近，相對意婆和。

悼袁特丘中丞四首 有引

特丘丁亥見予於廣州小持船，一晤便如宿好。嗣予徙訶林，入雷峯，音問未嘗少間，每相見輒多勉勵。壬辰乞作優婆塞，漸知有向上事。明年入匡，過陳郕，特丘始有出世意，會行急不能待。後特丘歸公安，予亦返雷峯，相距四千里。凶聞忽傳，疑信間因語止言、澹歸：『此公與老僧一段葛藤，應不止此。』及報確，甚慨因緣之錯過。嗚呼，吾實負特丘矣。

凶信疑難定，書來始覺真。十年師弟意，一旦古今人。老死非所諱，因緣不可陳。精魂何處覓，未易憶前身。

易別成辜負，多時恨未收。匡山從昔峙，楚水至今流。我隱何曾隱，君休竟不休。此生堪幾誤，慙望武昌樓。特丘欲爲僧，以予入匡急，不能相待，遂成恨事。憶崇禎庚辰九江與熊心開經略道別，亦以住匡心切，弗獲同入京師，竟至永訣。後先同一追悔，二子皆居楚，故結句云云。

長生不可學，但願莫長離。解語人難再，多情我易悲。遺懷憐舊好，悼往惜今時。止言、澹歸皆特丘宿好，聞報悼歎竟日。相續他生事，論因亦自知。

而媳師吾妹，謂頓徹比丘尼。能參出世禪。及門多割愛，歧路歎前緣。任運元無住，千生總偶然。憂傷唯我佛，底事未堪詮。

悼無方二首

歸山將一歲，哭子畏心傷。因悼袁高老，重添淚數行。死生真電火，來去怯冰湯。瀕海無人處，春蛙聒夜塘。

一上金仙殿，常思作殿人。雷峯佛殿，無方實董其成。香臺頻咒願，願汝記前身。海鳥千波影，山花隔歲春。論因無苦繫，當不重迷津。

聞阿字還棲賢有懷

豫章遊客至，云已返廬山。沙漠方辭苦，雲林知就閒。玉淵新瀑水，石峽舊松關。有興終難已，何時到此間。

旋庵四十七初度

汝年四十七，今日是生辰。自托應無地，因人亦厭貧。一山松栢密，百口稻粱辛。古道知難和，同誰與認真。

祝本師空老人六十初度二首

薰風動寰海，慈日滿高林。道在人天重，機停歲月深。千年松鶴骨，萬壑水雲心。賴有羣生願，羅浮花氣森。

未遂西山志，難忘塵刹恩。大悲勞父母，得力愧兒孫。庚子春風正，珊瑚海日溫。願同龍象祝，歲歲法庭尊。

聞雲南報因酬汪居士是日海幢老人六十初度澹歸侍坐

十載汪居士，相看各皓然。見聞成異代，悲喜但隨緣。幸有吾師在，還生子弟憐。入河歸壽海，吾道至今傳。

辛丑聞鴈

塞鴈何時至，今秋不欲聞。天高江水渺，地闊嶺雲分。澹影寒塘靜，疎林落葉紛。一聲隨淚下，繚亂不成云。

懷石鑑姜山

發棹已一月，行程計二千。螺川接風日，匡埠望林泉。幽谷危樓隱，深溪古木懸。三杯招隱下，懷我石梁邊。

懷足兩

帶雨請經去，揚帆不問程。願歸三峽寺，知返九江城。霜葉留山色，風林隱澗聲。冷情宜絕壑，吟詠寄生平。

遣雲中視睹者靈

一茗將靈几，遙空愧老憨。春風寒古殿，蠟炬暗新龕。已盡生前句，難爲身後談。大雲烟雨舊，山鳥自諵諵。

送祖印之廬山

匡山不可到，到者即宜家。我昔曾將母，君今欲學畬。望湖千樹裏，入澗一峯斜。深谷喜人至，烹泉話晚霞。

悼鐵機二首

年高見少亡，事苦心彌傷。人固無長在，子尤未易忘。森森雲樹密，濯濯海天長。試問身前後，悲歌時欲狂。

誠求未易達，誰度他人心。父母憂從昔，乾坤慘自今。晨參疑在列，夕步似微吟。此恨終予世，山高共海深。

壽張夢回五十一初度

老叟歸山後，梅花作蕊時。聞君過學易，愧我未吟詩。子大家聲播，名逃身累遺。十年巖壑夢，雲水正相期。

丹霞山居十二首

憶住廬峯寺，因人每著忙。十年情已淡，千指計偏長。竹影移新月，松聲到夜牀。閒心猶有此，吟詠自相將。

日落千峯失，蟬聲遠樹微。月光先見水，山氣靜侵衣。絕頂重泉下，遥空一鶴飛。此間誰不到，扶策獨行歸。

久住如初到，春山雨過時。重雲籠瘦石，枯樹吐新枝。水滿河梁没，蟲藏野鳥饑。開門觀日上，來往百情移。

斂想成虚呰，擡眸見佛燈。鐘聲隨葉落，日色照江澄。牧豎歌方出，林僧歸未曾。繞壇方一匝，足力減烏藤。

啓戶竟何之，行行空自知。三休林下徑，獨照島邊池。日落雲根透，風搖竹影移。都因心想憩，嬴得目前機。

乞食叩門出，攜鉏候雨晴。啼林山鳥悦，過竹曉風清。入澗知雲重，分畦到月生。生涯予自足，辛苦一身輕。

萬事不須計，千差只目前。無人長自默，有月不成眠。山峻星辰近，溪連草木鮮。看雲殊未已，回望一燈懸。

連年頻舌病，今夏喜身強。六十又過二，山林多夕陽。雨來雲脚白，泉落夜風長。老眼難成寐，曉聞松柏香。

生長蓬蒿性，居山不怕窮。柴門開向日，石磴步乘風。望遠高爲室，謀生蚤種桐。心知明月外，迢遞泬寥東。

老去住山好，山深逸事兼。懶眠青竹簟，横睇白雲檐。茶氣勝春釀，香烟透夜簾。幽懷成獨往，微月上松尖。

頻年無俗夢，始覺住山深。月落猿啼霧，烟銷鳥在林。半開青竹牖，一暢白雲吟。目送江帆遠，焉知世上心。

開門見白鶴，獨立門前松。斂翮能無憶，凝眸虛所從。夜泉添過雨，新月起高峯。摇曳復何處，幽尋信短筇。

送雪木毬侍者出主會龍

何曾兩辜負，十載菔蘆禪。擔荷良非易，撐持聊試先。智眼澄湘水，悲心混市廛。眉鬚應自惜，遮莫怪天然。

贈姜山

有衲學無爲，千峯隨杖藜。負薪時見苦，種藥竟亡疲。愛友心常拙，吟詩月每移。肝腸從自許，不願世人知。

贈角子

閒窗愛獨坐，禪暇稍吟詩。與世真無涉，逢人輒解頤。幽棲偏得性，辛苦勉從師。所賴惟多病，投艱或可遲。

雪木院主入山卻贈

湘江成久住，數月未曾閒。無事難離院，因人時入山。落帆摇鳥外，走馬出林間。冠蓋南城近，陪歡莫上關。

喜陸太守孝山長齋因其生日作詩四首寄之

山中傳好信，數月已長齋。悟物知生事，平情近道懷。幅巾稱弟子，梵唄響庭階。更憶蓮池上，芻言次第諧。

公堂寧礙道，隱几忽聞雷。側耳承誰力，古人今再來。竹聲和午磬，雲影落香臺。寂寞官齋裏，居然萬壑回。

誰云吾道隘，太守近能禪。視事經壇外，觀心曉箭前。護生先茹澹，息訟共清緣。多士南州徧，絃歌鐘梵邊。

悲心猶及物，室欲見初生。寂感於何兆，形骸空有名。一身從隱顯，萬彙託生成。月落秋潭夜，分明鴈過聲。

秋風二首

颼颼不可聞，霜葉落紛紛。送雨歸深壑，催鐘度遠雲。一帆天外至，衆籟枕邊分。蕭索當秋意，泠然聊贈君。

秋草吹將盡，寒香忽送來。輕盈衣帶下，吡吸紙窗開。羽客歸何處，幽人獨上臺。徘徊山日落，蕭瑟夜猿哀。

秋月二首

一片寒光徹，山河影自分。鴈翎空裏映，鶴唳鏡中聞。藉草明衣露，盈梢濕水雲。西風吹浪起，江色白紛紛。

萬里光如畫，誰能別一天。澄江沙際迴，賈客夜深眠。銀燭照難見，磵泉清可憐。捲簾看獨遠，浩淼欲茫然。

秋燈二首

靜夜疎林透，遙山一點微。風高圍土屋，月落上人衣。不共華筵醉，如憐獨策歸。寒雲千嶂合，誰與待朝晞。

西風月未上，明滅出秋原。我自暗中見，人從光裏昏。歸舟搖遠浦，落葉點孤邨。掩映前林動，夜深疑有猿。

秋鴈二首

雪消方北邁，霜動又南征。生自沍寒地，曾無炎熱情。河山今古暫，雲水去來輕。爲愛空潭影，長留秋月明。

溪關非所計，蘆葦是生涯。自顧寒雲影，誰憐明月懷。一泓秋水怯，幾字曉天排。南北空沙渚，飛鳴成獨諧。

看病二首

日日憂人病，不知余病深。何曾增藥力，空費老婆心。夜月虛階步，山鐘促曙襟。久安生老死，猶自獨沉吟。
余心不得已，靜想亦奚爲。續命非關藥，勞形只是癡。百年同旦夕，轉盼忽支離。獨坐空長嘯，人天何太遲。

春晴

春日麗如此，雲開應有時。落花紅點徑，垂柳綠成絲。海燕頻將子，山泉已滿池。老來閒步履，安得少年知。

寄端州文社諸公

端州有蓮社，聞欲入丹山。思見宗雷久，方慚慧遠閒。臨風裁素札，對月待春關。須憶身前後，茫茫去住間。

送衣石下山兼訂復來

六十又過四，千華重授衣。青山不可再，白首好相依。梅發隨流去，春來逐鴈歸。相期寒食候，垂綠半開扉。

得澹歸稍病即愈之訊時會龍擬新搆走筆寄之

岌岌憂予老，勞勞愛汝賢。儘教身外絆，何可病相纏。近水還成屋，臨門見泊船。展書歡無極，此意孰相憐。

月下見水仙殘葉

寒月照殘葉，花疑入月中。似看空有色，不見雪乘風。香遠餘蘭質，冰銷濕桂松。莫將搖落意，孤負藐山翁。

杜鵑花

千株紅照日，深淺染啼痕。不盡湘妃淚，難招蜀帝魂。芳心隨野闊，春色向人論。莫以悲歡態，年年醉石門。

望石鑑歸舟不至二首

遙聞石長老，歸自棲賢堂。知爾風塵苦，憐予海日長。江深連夜雨，風逆半程檣。出戶望春樹，新晴泛夕陽。

眼望千峯邇，心懸一夜遙。山禽迷野岸，春柳暗横橋。夕照江河闊，風燈雲樹搖。何堪更籌量，歡會在明朝。

何事二首

何事獨愁緒，年高猶未閒。坡懸筋力少，人病藥囊慳。薄曙先鐘起，深宵後月還。不如聞見遠，甘學二乘頑。何事獨愁緒，勞勞空自知。勢窮那可已，心苦欲誰爲。學道翻成累，投閒已恨遲。坐看山月上，遮莫夜猿悲。

已許二首

已許老來暇，忙忙六十三。知從今日去，復作幾年憨。薄劣唯堪隱，愚狂不自諳。曉看春又盡，竹影入澄潭。

已許逃人世，深山愧道名。自甘不是佛，人乃未忘情。柳暗藏鶯密，天高見鶴清。幽棲堪卒歲，何苦獨營營。

春晴月下與諸子散步

共步層峯下，新晴夜月初。松高人影怯，雲散鳥聲虛。倚石聽泉落，迎風過竹疎。人生如此夕，消得幾躊躇。

江漲

江漲因春雨，羣山滙巨流。水禽飛上樹，賈客不登舟。稚子爭持釣，邨翁忙鑿溝。茫茫烟樹合，吾自倚高樓。

與角子夜話懷姜山江寧二首

相對復何語，燈搖此夕情。無心居野寺，有夢到江城。恩在身名重，緣拋道誼輕。誰當信疇昔，期爾盡生平。

未盡今宵意，難爲千里心。殘鶯啼短燭，細雨滴離襟。舊話憐當日，新愁起夕吟。白門何處院，笠影動城陰。

慰棲賢石長老病二首

犖犖堪誰道，軒渠爲爾吟。一年愁去路，千里獨歸心。世故逢人淺，肝腸與病深。且將形影息，高臥錦江岑。

何曾吾道拙，帶病事深耕。辛苦酬先澤，綢繆淡俗情。千谿停鶴夢，一枕入蟬聲。金井橋邊水，秋來徹底清。

康熙庚戌孟秋制府周彝初持服北歸道出韶石訂入山不果賦詩三首奉柬兼以爲別

奉命臨南越，含哀返薊門。雙旌發穗水，千騎指相原。布地初成果，論因知有源。公施造樓至閣初成。途中應計日，遙禮法王尊。

孝治興朝重，覃恩守制還。公丁艱疏入，奉詔奪情，再請方許終制。哀音聯北鴈，遺愛見南蠻。願深樓至後，心許懶殘閒。渺渺江雲暮，停舟何處灣。
節鉞王臣貴，靈山囑自今。斷腸縈子舍，翹首望祇林。雲影藏龍淺，天花積雨深。他年重奉詔，應記入山心。

雲從大士隨制府還北口占寄別

專閫軍威重，陪鑾入帝鄉。相水搖龍虎，丹山仰鳳凰。金繩天界現，玉軸梵宮藏。盛事非今昔，空聞姓字香。大士施造藏閣。

輓劉平田儀部

文章傳勝國，苦節著當今。高寄遺民蹟，徘徊選佛心。八行餘緒論，千里想清音。邈矣嗟梁木，典型何處尋。

病中劉德馨太史過訪

再訪情彌篤，人扶出見難。病魔辜客意，官舫送秋寒。暫作江淮別，寧知天地寬。明春有歸鴈，消息到長干。

黎同三見訪索詩時予在病中

廣南有佳士，遠訪廬山岑。臥病機輸我，維摩默至今。隔林人影怯，掩燭夜堂深。寫照霜筠月，三年出袖吟。

復生松用謝秋水韻

鐵幹嗟猶在，相看各自憐。冰霜還暮歲，澤溉不乘權。弔古成今日，傷生憶往年。祇須同後死，珍重未凋前。

玉簾泉用倫使君韻

界破青山色，相看面目真。不因矜碎玉，何事到金輪。莫問東流意，還同此日春。雲烟籠不住，迢遞出風塵。

送端嚴侍者歸省

寧親千里去，一衲念春寒。匡嶽經初隱，黄梅莫久安。燕雛新引子，竹笋未成竿。望汝歸長夏，南薰山日漫。

用韻送方樓岡之楚

泉石添新夢，干戈滯故鄉。興亡非我事，去住爲人傷。歸鴈逢春雪，饑蠶念古桑。江淮千萬里，湘水旅魂長。

初秋示大紹禪人歸省

送汝寧親去，西風妒晚荷。蟬聲辭石鏡，鴈影到淮河。故里白雲少，家山黄葉多。夜來牛火怯，須憶老婆和。

題一樹軒示諸子二首

將軍無此樹，獨立歎當時。蔭闊人空過，風多鳥不知。高柯憐曲幹，密葉覆低枝。暫託安禪處，還山爾莫悲。

夢裹水雲隔，貪涼附薜蘿。海隅疑廣莫，瓠落對山河。席戶迎風細，推窓得月多。榮枯不可問，寥寂當如何。

送嚴天莫入京謁選

送爾選官去，天然今不然。幞頭無道俗，朝宁賴英賢。湖水通淮直，廬峯逼漢連。匡時須努力，投老在何年。

悼旋庵湛都寺六首 有引

旋庵三十年殫力叢林，若緇若素，皆識其純一而非勉然，此老朽所不能去心，而與大衆同其嗟歎者也。若夫承事師長，體悉心曲，雖千里之遙，一事之細，極曲折艱難而無難色，則老朽所獨知，而未嘗與大衆言及者也。永訣逾月，未有一悼語，蓋情之塞不能出諸吷也。頃讀阿長老詩，乃用韻一申其意，因示諸子，使知弟子之得於其師真非偶然，即以慰旋庵於中後陰，當無所憾云。

不敢爲人累，心孤意自闌。誼衰知道喪，時邁覺情寒。社燕辭霜白，秋鴻叫樹丹。每因朝露委，都作暮齡看。

華陀不可學，把藥泣漣洏。盡意起遙夜，論心限此時。達生嫌世薄，問卜愛人癡。門外西風急，披襟信步遲。

人情今古盡，夕月與朝烟。好客常終日，揮金信一拳。豈堪分水乳，容易論因緣。已矣真風邈，予當遠石泉。

萬里秋山好，凋零逼歲除。晴空填翠黛，碧漢挂蟾蜍。草樹無常色，光輝亦暫舒。悠悠塵世裏，誰獨愛吾廬。

行業人天重，因緣吾道輕。莊生寧厭死，尚子欲如生。易引丹霄步，難辭荆棘行。洪波鼓冥壑，長人亦自驚。

色聲情易盡，來往夢難消。眼見浮漚幻，生當識浪嬌。莫嫌千仞壑，珍重一梢瓢。與爾他生別，應防獨木橋。

秋夜坐竹下口占示淨成諸子四首

開徑豈容易，搴蘿賴汝曹。閒時須得趣，忙裏莫辭勞。竹月篩空地，松風走怒濤。縱觀塵世苦，無過住山高。

月色入林悄，溪聲到枕寒。山中風味別，人外泬寥寬。有力耕鋤易，無錢結構難。莫嗟生事薄，乘夜繞秋壇。

往返含鄱路，鳩材作棟梁。他時茅殿月，此日草頭霜。莫笑買山拙，應憐避世狂。請看秋鴈影，隨意上瀟湘。

秋漢連湖白，山楓入澗紅。孤爾獨行外，暫予靜對中。境疑勞逸異，心與憶忘同。歸鳥投林疾，高低息夜鐘。

訶衍摩靜主五十初度

五十年前事，能無墮悄然。視生如汝否，掩室占誰先。竹密棲雲煖，山高見月圓。風光猶未晚，汩汩念時賢。

送塵異歸省

寧親爲令子，何以慰而師。萬里干戈日，三冬霜雪時。入關逢舊識，出嶺數新詩。予老無人侍，言歸莫過期。

遣慧潛隨塵異但子歸省

勞汝送予子，子安予乃安。臨風須早泊，戴月慎朝餐。去路桃花煖，回山梅蕊繁。此心隨所到，夢倚碧琅玕。

一峯辭予淚下感而示此

辭我歸丹岫，潸然淚滿襟。去留傷老大，山水畏高深。爲道思初日，離情盼遠岑。及時須努力，莫負古人心。

偶成

世情何足論，壽夭亦徒然。妙指法琴瑟，同根翻地天。白雲籠嶂北，溪水遶門前。高臥鏡樓下，誰云造物偏。

送塵異掩關

繞腸離我子，冷面作而師。祖道於今墜，天龍捨汝誰。莫嘗刀上蜜，休繫藕中絲。十載清霜操，斯文允在茲。

劉莘叟攜其子二人孫四人入山有詩見贈而韻四出予即依其格答之蓋詩取見情不必區區也

別駕劉莘老，遙來看老僧。言真無巧拙，情至少逢迎。話我似彌勒，誰當辨濁清。多攜孫若子，相視笑亭亭。

憶方樓岡

之子頗好道，難忘是世心。勸歸江上穩，偏向楚中尋。失路疑南北，乘風竟陸沉。普施應有作，休負白頭吟。

辛酉元夜吟

世上真如夢，興來閒一吟。明燈過午夜，獨坐擁寒襟。大澤龍蛇蟄，高峯霜雪深。嶧陽有孤樹，爨下亦成音。

和塵異松下春蘭詩二首

春蘭松下放，弱質倚松盤。豈易承春暖，曾經怯歲寒。枝蟠香自結，月照影成瀾。大樹知能護，尋源人共看。

花瘦松脂毓，根盤蘭葉張。春霜難損色，夜月暗生香。高蔭朝昏靜，深藏臭味長。仰看雲影布，榮落豈相忘。

送澤萌遇長老住華首

吾師開法地，虛席已多年。鉗斧承先匠，雄風仰後賢。高標千嶂木，深牧兩溪烟。坐斷飛雲上，紅輪覆五天。

初春送山緂監寺之西安

出山何所適，百二秦關長。旅次謀晨夕，春寒慎俶裝。垂鞭堤柳短，中食客途忙。寶殿賴經始，倚門夏日長。

病中三首

老去因人病，情疎且自寬。蒙頭銷意氣，撥火耐春寒。霜月澄潭迥，梅花積雪殘。一雙青白眼，長日似流湍。

俯仰成辜負，思量總惘然。博山臨別語，寢室撫膺年。舉目看朝菌，遐心托杜鵑。老成趂落盡，遮莫誤先傳。

自顧顒王在，殘燈豈復明。餘生猶有待，後死得無成。我法如江漢，傾懷託弟兄。誨人吾不倦，寧更惜身名。

新種梅花開一朵

去年栽此梅，今歲一花開。稍露知根在，不萌畏雪摧。枝繁憐獨立，寒盡待人來。白眼應誰見，憑欄香暗回。

詩成行者報再放一朵

一花開可喜，況又一花開。清韻非無偶，幽姿不待媒。雙雙寒月並，寂寂暗香陪。莫道知希貴，孤根護寶胎。

歎逝

天高不可問，人事日荒唐。芳草綠綿密，王孫歸渺茫。釋子平湖歿，無禪穗石亡。餘生多涕淚，孤鴈入寒塘。

季春書懷

山靜無人到，春深鳥不知。少眠憐夜短，多病厭身危。不覺夕陽下，空嗟朝槿遲。雙眸青復白，豈敢憶當時。

鏡

當臺光自滿，與像一無窮。信此空成色，懸知異亦同。徽猷千古上，掩映十方中。寒照無人處，深潭吼夜龍。

空

誰擬虛空相，所見是頑空。鈍置僧繇筆，徒勞造化功。易開雲裏月，難繫嶺頭風。廓爾無知識，寥寥太古中。

水

本自無筋骨，能乘萬斛舟。入河惟一濕，到海滙千流。且莫驚波浪，還須識泡漚。相逢冷暖意，智者翻增愁。

風

號號吹萬竅，難觸是虛空。豈費纖毫力，惟觀動靜同。誰當隨所轉，勢盡恨無窮。有感斯皆累，休誇列子功。

卜隱洪巖

解院尋深隱，洪巖最上關。碧霄憐老拙，高視謝人寰。舉世魔風熾，慙予壯志頑。願生真有道，早慰聖明顔。（以上瞎堂詩集卷八）

全粵詩卷七六五

釋函昰 五

歸宗山籟一百四首 有序

我宗無語句，亦無一法與人，矧文字乎？惟是法運衰晚，真悟人少。聰明人多以聰明之資，久侍知識，從垂手處揆之一千七百則，若向上，若向下，若門庭施設，若入理深譚，識解依通，往往微中，而真悟之士，反見樸拙。故予謂六祖大師與雪峯、雲門諸老，若值文勝之日，未有不當面錯過者。真人之未易識，時習蔽之也。嘗讀近錄，有雜糅聯語如六朝體，又如七才子詩，八句中多用至十六事。詩文家且猶卑之，以之說法而欲人悟於言下，恐無此事。稍具正眼，亦復爲之，外重則内必輕，吾以知其中之所存矣。年來痛誡門下，除舊習魯論，以其所近應酬世諦，姑不在禁。若早年剃落，少一習氣，便是多一便宜，猶訧訧不已，真可謂舍其田而耘人之田矣。吾道貴悟明心地耳，古云離文字相，離心緣相，使其獲自本心，盡天下人目爲不通文，不達理，亦復何愧。老僧固曾習魯論者，設禁以來，不作詩文三年於兹矣。自歸匡嶽，乃有山籟，繇其天有所甚樂，故其籟有所自鳴也。天樂貧，故其籟以貧鳴；天樂拙，故其籟以拙鳴。貧與拙皆山性也，性既山，其籟亦山，是山籟所由發歟？世有愛予山籟，或不罪予先自犯禁，且即以此而與天下士守禁益篤，是爲善讀山籟者。若曰此老慮人弛禁，故終爲是説，然則老僧之不欲人弛禁，究至何意？不欲人弛禁，而先自犯禁，又究至何意？是不可不細詳諦審，而後語人曰：『此固自禁之而自犯之也。』老僧始合十以謝，使天下聞吾過。

滂沱昨夜雨，晴好忽今朝。策杖歸初地，登堂布舊條。予早歲依先師剃落于此。老成懷德在，小子習心銷。從此風規遠，金輪瑞氣昭。

勝地傳匡嶽，名藍屬此間。右軍初捨宅，耶舍接開山。六朝頻易主，一代愧爲顔。紹續兵荒後，安禪但掩關。

來日嗟猶及，去年何足云。歸烏愁暮雨，衰草怯秋雲。林下惟行道，山齋罷論文。時名焉可苟，垂老畏空聞。

昔年曾住此，屢夢到山中。彭蠡城邊月，鸞溪寺裏鐘。簇新春草緑，依舊野花紅。黄鳥知予意，關關囀晚風。

梅花開雪裏，不畏寒風吹。百卉凋傷日，一溪烟雨時。枝從行路折，香愛曉窓知。自愜幽人意，寧辭鴻鴈疑。

已得溪山意，何疑世上情。臘窮松自見，寒盡草頻生。撼樹風聲慘，入潭人影清。嗒然忘語默，不但百懷輕。
世間貴文字，吾道慎支離。以此薄詞藻，相看空墨池。鑿溝疏水路，先雨葺茅茨。莫笑禪枯澹，清宵試一思。
管奏石泉細，圖開巒岫橫。臨池愛人影，近柳羨鶯聲。日落溪雲重，月明山霧輕。萬緣何處去，持此慰生平。
日暮欲何去，迢遙咫尺中。繁花紅岸北，細草綠疇東。舐犢憐牛老，廻車念客窮。塗長誰信宿，條柳倚春風。
觀世得無我，隨時且愛人。山川若是畫，泡幻更誰真。寒鳥生臺飯，空林雪夜春。等閒離合處，迢遞總風塵。
雲水何曾異，茅房獨自真。晴空休瞪目，寒色更宜人。豈愛潭中月，知無花外春。莫隨吾與若，疑誤住山身。
高峯月正白，一半是溪雲。空滿川光合，烟沉石溜分。寒灰香後散，歸鳥聲先聞。如夢誰堪似，吾今不欲云。

衰老成疎節，孤危寄上岑。鐘聲霜殿濕，月色夜堂深。雪鳥無尋處，春花不擇林。豈甘爲散誕，隨分見余心。

石鏡搖初日，金輪隱暮雲。如何此際見，不似昔年聞。雨過寒塘靜，風交春樹殷。從來人貴耳，佇望獨云云。

名利能生詐，人心各自良。常因狥理處，迸起護情方。泉石能降習，烟霞別有長。曾隨寒澗水，一鑒得參商。

坐月候鐘鳴，階前蟲韻清。定中山覺靜，閫外水無聲。花影何曾動，天光空自横。禪房門半掩，廊外有人行。

廚灰方欲冷，添鉢望歸來。朱戶知難扣，青苗猶未栽。香烟遲午食，鳥雀下空臺。松徑無生客，庭陰長綠苔。

輕飆不入戶，就地且乘涼。殿後垂楓密，門前藉草芳。江山寧有盡，寒暖但隨方。得意即爲樂，長歌過夜塘。

雨足期秋熟，無雲嗟去年。適予復來此，一衆總茫然。到處扣門拙，還山得食偏。好從今日始，努力耕山田。

昨日米船到，肩擔出郡河。正當秧好插，更值吏催科。午食尚難給，差徭且奈何。青山豈易得，勉矣莫蹉跎。

負米遠千里，開書欣八行。吾門猶有此，一衆豈虞荒。稚子白葵扇，老翁青竹牀。當軒且磅薄，乘倦到羲皇。

行行自行行，性住步常輕。一往知何事，週遭空復情。鶴鳴還子和，魚樂果誰明。久矣忘渠我，何須辨濁清。

心知非一一，林木自森森。不識雲烟幻，惟同巖壑深。枕窺明月白，溪近野棠陰。絕跡何云易，誰從行處尋。

一條雲路直，千頃野田平。湖氣干霄漢，松濤引梵聲。山深不數夏，僧老漸忘名。吾欲從茲去，相將混耦耕。

山雲時出没，溪水日平漫。世外無拘束，人間有易難。屋疎宵不寐，肺病午方餐。野鳥真堪近，喃喃不畏寒。

出門遂覺遠，仍在此山丘。獨自有餘樂，於人無復求。綠疇眠白鶴，赤土塗黄牛。所向何曾異，從生至白頭。

茅堂飲啄慣，不願朱門多。林下拾朝菌，池邊賞晚荷。無人常獨立，有興忽長歌。恃此能無病，兼之遣睡魔。

目前生意滿，到處野情疎。藤挂偷梨鼠，苔沉入澗魚。農夫忙播種，稚子懶觀書。曠大刼來事，悠然見太初。

山池荷未放，忽已過端陽。花木宜天暖，人情躭夜涼。去年苦不雨，今夏滿方塘。預卜秋田稔，可能無再荒。

主人有逸興，招我坐龍潭。危瀑乘風下，平流倒日涵。縱觀心欲一，細聽耳成三。明日端陽節，攜笻返故龕。

是非何日已，同異百年身。了此不相顧，何勞問幻真。天高雲出没，林闊鳥疎親。秋草自衰變，西風寧與人。

山深氣序易，六月著寒衣。酷暑不終日，輕飆時到扉。欺人夜色冷，落澗泉聲微。久矣忘艱苦，誰爲别是非。

年來無彼我，誰謂匪心安。古道于今少，人情到此難。鵬飛六月息，鷦寄一枝寒。相笑何時已，逍遥海嶽寛。

山嵐朝不散，水霧午猶遮。地僻惟僧到，縣貧無藥賖。崖頭懸拄杖，石上曬袈裟。只此自知處，須憐日易斜。

山遠有猿嘯，溪深無水聲。夜來雲際火，照見古湓城。微月入林淺，歸鴉到樹輕。心間紆暝色，含盼不勝情。

別去三千里，傳來一紙書。王家增佛日，山叟愛吾廬。華屋少年侈，茅簷老景舒。仰人殊未易，服食倚耕鋤。

閒心山事夥，堪見不堪云。鶴照池中影，人行嶺上雲。林交容馬過，池闊到村分。日夕疎鐘起，誰從定後聞。

懶眠常竟日，紙被喜新成。門外無人候，牀頭有鼠聲。鳥來從自去，雨過不知晴。寄語朝中貴，能無此夕情。

莫道丹霞熱，鸞溪熱有餘。雲高峯頂薄，雨少栢陰虛。樹密風過岸，籬穿日照廬。但除心裏火，隨分且耕鋤。

百歲行過半，全身託翠微。猶嫌芻食惡，更覓菜羹肥。過午金仙訓，憂貧魯士譏。我心真匪石，抗手謝同衣。

只今惟守拙，閉戶遜時賢。身退名何在，情窮道不還。朝看雲裏岫，暮聽竹邊泉。與衆同居止，降心一味禪。

匡月入湖小，千波影共圓。月光不到水，水月豈從天。對鏡看羣岫，依林數過船。箇中誰是主，斂目獨澄然。

自笑生涯拙，猶能不怕窮。就泉惟酌茗，移榻愛當風。到老憑誰力，千峯一策通。不知人事易，隨意任西東。

湖水連天白，登高見遠帆。肝腸付寥廓，形影托松杉。心在何勞聖，情忘莫厭凡。一般孤月迥，容易住層巖。

山雞半夜鳴，月落溪雲生。坐久懸燈暗，門開宿鳥驚。何人於此得，獨自繞簷行。三十年前後，松濤一樣聲。

祇園臨大路，獨立數晨宵。官樹貧人斫，春田野火燒。雲封當澗屋，月暗近山橋。夕鳥催歸客，松林斷續招。

祖意在山邊，水牛眠野田。深知黃葉趣，不坐白雲禪。鳩喚栽秧雨，風牽上水船。此中無限意，肯向外人傳。

山食只麤糲，憐予謝少年。豈當爲苦節，貧賤得安禪。多病偏宜澹，無緣但聽天。相從忘歲月，始覺及門賢。

興來譚往事，相逐過西溪。解意忘前後，因人有笑啼。語諠山嶽靜，樹遠夕陽低。微月掛簷隙，回途尚不迷。

故山幾日別，臨崖一指間。依然丹岫月，只度大庾關。飲水知源遠，耕田傍寺閒。老年筋力少，不敢畏癡頑。

院後遺殘屋，吾師舊掩關。湖光先日照，塔影駐雲間。對此無餘說，衹應時往還。且教蓖子住，予欲老投閒。

理策隨身去，行行過石橋。夕陽懸樹杪，山犬吠藤條。認得靈谿路，曾無道士招。玄關予亦透，但不上青霄。

獨嗅不堪聞，孤松影到曛。落虹搖淺瀨，歸犢出深雲。顧我當奚似，於人何可云。古來多顯達，壘壘見高墳。

身在難忘世，機停始見山。龜蛇知雨至，鴻鴈及春還。月出胸懷爽，霜飛道路艱。層巒與孤嶼，能得幾人閒。

目前誰是客，夢裏悟多身。莫辨客中主，寧知身外人。西風飄一葉，萬木斂三春。啓我惟秋色，優游林下真。

盡言黃獨美，難得白雲橫。豈是一生事，都酬曠劫情。鐘敲霜葉落，鴈叫碧潭驚。不了目前意，空憐道者名。

密樹連雲暗，殘荷雜草香。心孤寄水月，年邁歷秋霜。世有高僧傳，人無辟穀方。方知林下士，多半爲閒忙。

羣岫當軒入，寒泉到枕邊。何須更舉足，只在此中眠。覩影日中鳥，聞聲夢裏蟬。蕭條自岑寂，莫與懶人傳。

黃葉紛紛墜，白雲片片飛。只聞辭社燕，不見擣寒衣。世故山城遠，清秋霜露微。野人無感激，寂寞掩柴扉。

三日松風生，五天簷雨聲。此時大麥熟，秋穀倉箱盈。荒後人心約，安貧勢利輕。世間與世外，何事不相成。

秋原懷遠蹤，想像正無窮。問路草初白，遙山葉欲紅。銷磨雲水裏，俯仰客情中。灑拂禪房靜，還家聽塞鴻。

一覺開門出，月明纔四更。江流浮夜色，石瀨引秋聲。斂聽忽何有，冥心合太清。誰當更復憶，不可號無名。
五更山吐月，四望空無雲。樹轉西峯影，風斜北鴈羣。上關仍就榻，稍坐見微昕。世事惟高蹈，關河了不聞。
柳葉夏已長，稻花秋更齊。山門無一事，尋伴步西溪。老鸛認人慣，田雞過午啼。郵夫知雨至，指樹覺天低。
菊花開燦爛，溪水日潺湲。不覩黃雲暗，焉知白露繁。稻粱遲社燕，茗盌對山村。回首成衰邁，還應望石門。
出櫳金鑠鳥，殺羽向山丘。不啄黃金盌，空棲青樹頭。往還愁俊鶻，居止學巢鳩。長翮虛空闊，高低縱晚秋。
何處堪棲息，烟霞隱梵宫。鳥搖籬菊嫩，犬吠夕陽空。問世無成策，安心只是窮。老僧惟有退，含笑委長風。
滿目無山水，全身已在林。不因人自昔，那得我從今。香暖流雲幙，鐘寒怯曙襟。當時誰坐斷，塔影尚沉沉。

斗大梧桐樹，當簷引晚風。半留山月到，更與野禽通。子落知秋老，枝疎惜歲窮。衰榮看欲盡，獨立意誰同。

鴈叫微霜後，林寒細雨初。板橋先度客，野圃罷燒畬。望寺僧歸疾，投城馬去疎。前途雲樹合，回步竟何如。

閒情銷隱几，獨覺愧婆和。秋水無心照，山禽有影過。拂空翻鳥跡，把火沸冰河。人道虛神用，吾師念積屙。

流水去無返，年華暑復寒。根塵如夢起，識浪幾時乾。白日忙閒過，青山歲月寬。嘗聞高隱客，還共夕陽殘。

五更開戶望，孤月照禪真。腳踏生臺影，燈搖遶佛身。風停花入定，鴈過水無塵。不到空潭曲，難論曠世因。

不是遠人跡，都緣避世譽。經行苔徑没，燕坐草堂虛。生死當知處，浮漚豈易除。年來消息斷，慙愧客情疎。

主院至垂老，因人敢愛閒。幸然無俗客，乘暇且看山。掩戶推雲出，開窓揖月還。高松投鶴影，永夜不成關。

人定鐘初歇，燈明夜最真。聞猿幾喪我，觀樹亦猶人。萬籟歸何處，羣機得所因。誰當更消息，孤負陌頭春。

賦性偏多癖，違時追昔賢。疎才居事後，勇退在人前。自合棲巖壑，難教入市廛。愛人殊未已，有約白雲邊。

午睡鳥呼覺，交交聲未休。不知吾覺後，鳥意復何酬。濯濯風前柳，洋洋石上流。山中長似此，卒歲樂優游。

髮白垂將徧，眸青尚可觀。往年筋力異，來日杖頭寬。禪寂終宵盡，房櫳薄暑寒。豈堪貪茗盌，更使夕陽殘。

空谷歸人少，高峯落日寒。望雲慚老大，深夜繞欄杆。萬事省心力，六時惟內觀。浮生豈容易，休作少年看。

欻然一自返，頭白老青山。俯鑒遊魚戲，仰看飛鳥還。身隨松鶴瘦，心逐野鷗閒。旦晚清陰下，安知世路艱。

不擇名山老，江流盡有源。金輪承雨露，華首接雲根。一榻長霄迥，千峯古木繁。終焉復何憾，相視欲無言。

含暉欣晚景，立雪憶當時。我亦承人後，誰無一日知。江流深不測，雲影變多奇。峯頂孤松色，歲寒然後知。

百歲過駒隙，憧憧何所成。機深天性薄，欲寡道心生。世故豈難見，林泉空有名。吾生少營慮，於此獨能明。

不識幽棲趣，徒勞招隱心。長空無鴈影，流水誤琴音。虎豹畏山淺，魚龍忘海深。高林多綺角，莫向洞庭尋。

誰信子期死，伯牙仍鼓琴。從來無覆處，豈敢貴希音。住久識山性，聽多知水心。晨宵欣獨往，林下莫沉吟。

往復長松下，相逢豈異人。暗投愁按劍，什襲愧非珍。過澗鬚眉在，啼林鳥雀親。生平吾不昧，以此得安貧。

背山朝隱霧，傍殿夜聞鐘。忽憶此生事，都忘何處從。百骸成聚散，一覺有春冬。飲啄同山鳥，登臨信竹筇。

望夕光沉魄，晴林影尚微。爲雲曾不是，即月豈全非。過眼山容隱，含情夜色暉。若教遲皓潔，已喪目前機。

坐落西軒月，行看東嶺松。易教雲作水，難信石成鐘。物理自衰變，人情時夏冬。是誰能免此，同上最高峯。
對人時累足，閉目不觀空。偶起探晴嶽，攜筇過寺東。古松搖澗底，怪石出雲中。多少住山事，茫茫逐異同。
寒月窺簾悄，晴雲覆岫陰。一般閒景趣，識得道人心。視聽當猶昔，溪山豈自今。願同泉石老，猿鶴許相尋。
一榻蒙頭坐，千峯夕照移。重雲低匝地，微月上高枝。氣暖龍蛇蟄，山寒鳥雀饑。不知春信至，即在夜長時。
積雪通昏晝，叢光掩嶽川。閉門寒色歛，擁褐夜燈然。三事白頭衲，一牀黃獨烟。青山非世僻，容得懶成顛。
萬古一彈指，雲山夢裏看。目前銷不易，榮落始知難。大雪危峯出，殘冰饑鳥歡。擁罏對良夜，獨自耐深寒。
百情安一遇，得解不成文。雪滿雲山合，澌流河漢分。掩窓寒隔紙，煮茗葉燒雲。俯仰觀塵刧，冥心知所云。

人羨龐公好，全家隱鹿門。但知山澤美，寧畏虎狼喧。獨樹難藏影，旋嵐不著痕。此心無去住，何事更招魂。

春草露先白，霜根雪後青。擁鑪當秉燭，餌藥失頹齡。引興尋梅澹，憑高共鶴泠。不辭搖落盡，寥寂自寒庭。

閒中數往事，往往歎前因。不信先賢語，幾成衰世人。身名存石室，巖壑老風塵。借問鸞溪水，能回白草春。

歎惜今時事，難追往哲風。道隨炎冷異，心與利名同。拙樸甘吾蹇，文章讓世通。陸沉終不易，何苦問汚隆。

何人能獨立，雲靜與山深。萬木無行徑，千峯穩住心。拚教風逐虎，輸去月同琴。想望人天際，迢迢流水音。

山澤匪耽寂，雲林自作師。好隨明月去，休被晚風吹。亂石填階砌，長松蔭後籬。一從深入後，鑪火不曾離。

繩牀方斂足，不覺到餘曛。碧澗沉清影，青霄無片雲。夜猿愁月照，山鬼畏僧聞。自笑爲人淺，都慚與物分。

晚年宜好靜，日日數生涯。候種畏寒早，爲園及暖乖。臨風多遠思，明月易生懷。不作餘齡計，忙來亦自佳。（以上瞎堂詩集卷九）

歸隱羅浮詩報老父 辛巳

潦倒雲巖日惘然，聽泉時枕石頭眠。且非有意逃人世，那得閒情結俗緣。蓋代勳名都是夢，大家生死倩誰肩。年來老大心須歇，百刼光輝在目前。

還小持船示諸子

眼前一望黍離離，燕子忘機歸亦遲。當憶百年緣散處，莫隨頃刻念生時。黄粱未熟誰先覺，荷葉初開我已悲。幸自臨池多暇日，無生有訣慎相期。

次韻答吉州周天木

今人行業古人心，落落孤標物外尋。白鷺洲前春有脚，五羊城外海無音。雄才未遂甘丘壑，清夢猶能到石林。世運興衰看不盡，赤松橋北未沉沉。

送梁弼臣北上 乙酉

天上只今已如此，丈夫出處倍相關。時危不可徒干祿，親老何妨暫住山。綠樹清泉身足隱，眠雲坐石道能閒。秘書未必赤松意，笑殺留侯空自還。

郭無傷鄺無畏見過

金粟如來是後身，澄潭孤月淨無塵。看同鏡裏人何似，話到聲銷道易親。鐵樹開殘寒臘燄，雪花藏得舊年春。水雲上下深深意，鶴影松虬好結鄰。

西樵寫懷十首 丁亥

乾坤內外絕爲鄰，夢裏何勞問主賓。治亂興亡千古事，死生老病百年身。白雲欲鎖寒山色，梅萼誰憐凍臘春。石上因緣知幾幾，莫教浮世笑閒人。

破衲蒙頭一味真，隨時粥飯莫嫌貧。伊耆阪涿今何在，滄海桑田豈有垠。已過身名他日淚，未來事業舊時人。憑誰深信三生論，共坐樵峯話往因。

一日閒來一日足，百年愁去百年忙。須將後事翻前事，莫誤今狂學古狂。松覆石牀人外寂，門開竹徑意中涼。諸緣易盡心難盡，好悟無生萬法忘。

溪聲山色淨無塵，獨坐雲峯意自新。無智無能空笑我，多才多藝總輸人。百年生計須臾棄，歷刼操存旦夕因。一領衲衣閒不徹，簞瓢陋巷幾曾貧。

世外難忘物我情，敗非成是不須爭。時來用盡生前福，事去徒矜死後名。一念乍興曠刼累，萬緣休歇此身輕。林泉大有甘心處，寒夜孤筇傍月行。

身前身後事誰明，纔憶因緣暗裏驚。猛士難催金鎖骨，精兵不破涅槃城。平原兔盡歸將晚，黄石松疎蔭未成。一自世途機滾滾，青山歷亂少人行。

十年丘壑夢魂輕，漸喜人忘舊姓名。影現情緣迷處盡，融通起滅静中明。鳥啼花落空巖意，月淡雲寒流水聲。老我儒冠勞半世，柴門猶得寄餘生。

覓得茅庵奉老親，玉泉清冽映松筠。試茶暫過石橋北，步月遥看菊徑新。睦叟無鞋應愧母，隱峯有妹足閒身。亂離法樂饒天樂，好共人間識舊因。

身隱須教心共隱，遣情爭似泯情佳。桔槔轉處聰明巧，機軸停來天地差。逐浪隨波人易偶，離非絶句道猶乖。可憐林下逃名者，名重如山時未諧。

青山滿目匪人間，榔栗横挑自往還。過客但聞時事慨，論心每覺道情慳。目前活句堪誰舉，天外搖頭笑我頑。近日有人知此意，明年三月掩柴關。

戊子春掩關雷峯諸道俗見訊示此

四十年來彈指間，荷擔大道不知頑。無緣常恐法輪墜，多病偏憐夢幻慳。業識未乾迷悟假，垢心忘盡聖凡閒。于今剩有蒙頭衲，敢效高僧閉死關。

恭懷空老人

香花曾結勝緣歡，十載追隨行路難。憶別忽驚風俗異，感寒時念衲衣單。月明千里心相照，雲起雙峯影獨看。已是道人情似水，一回潮滿一回瀾。

夢餘軒

浪跡閻浮四十春，依稀重記刼前身。白雲萬里空雙眼，綠影橫空足幾人。近竹淡烟他日夢，隔橋明月舊時津。江山今古長如此，高臥峯頭我欲貧。

初秋

月落風高秋漸橫，此時誰復論浮名。巍巍獨坐虛生白，寂寂幽林露有聲。久住深山無此意，偶觀塵世樂閒情。竹林薄夢先桐葉，不到寒更衣欲輕。

懷祖心弟

故園泉石亦遲遲，萬里雲山此一時。常對夕陽愁去鴈，每因風雨夢連枝。望空天地月能語，思共林梢花不知。聞道江南多故老，笠瓢相訪未應疑。

懷湛六

四十扶笻筋力微，遠簷平望獨依違。月明萬里霜天直，雲淡疎簾秋水肥。遠樹蒼茫㚔客夢，亂流明滅有人歸。光輝已自成今古，賺我寒更露滿衣。

戊子九日

去年此日亂離中，霜葉寒花今又逢。鴈羽不堪窮漠北，戍歌猶是大江東。烟銷衰草橫塘靜，日照疎林秋浦紅。潦倒莫辭朝落帽，夜猿聲急白蘋風。

九日洪少宰西巖袁都憲特丘放生小持船賦此卻寄

聞道重陽白社開，德雲不在妙高臺。儘教魚躍鳶飛去，識得長天秋水來。貝葉肯和霜葉脫，曇花應傍菊花栽。金錢不買陶潛醉，别有醍醐露一杯。

九日憶梁未央用臺設韻

百年踪跡客情慳，占得雷峯一日山。籬菊飲殘陶令酒，茱萸看盡杜卿顔。死生多故聞秋鴈，老大無心臥竹關。爲語登臨但乘興，長江滾滾幾時還。

復風旛堂舊趾 己丑

夢斷風旛不可尋，虚堂猶見古人心。一池春水臨高閣，十畝荒烟想故林。人事暗銷芳草盡，道情偏共亂雲深。月明此地知何限，薄影横窗曾幾吟。

答商丘伯侯若孩 時風旛堂新復

披衣夜夜覩明星，古寺寒塘戶半扃。笑我抛閒居市井，多君相見望州亭。千家燈火銷兵甲，萬里烟波注海溟。野老新承堂搆舊，好添封事進壇經。

夏日書懷

雲裹無家何處歸，平生踪跡尚依依。休心閱世機常鈍，拙算投林願亦違。入夢青山一榻穩，逢人丹荔半餐肥。亂離不作終朝計，潦倒濃陰暫解衣。

初秋郡守丞倅諸公過譯經臺

浩公載自鹿門至，諗老牀頭接趙王。不是野人情簡略，都緣護法意深長。虎溪苔印秋容淡，玉帶光流山色涼。珍重諸賢然諾處，譯經臺畔木樨香。

秋日喜袁特丘劉同庵過訪

門無分水繞長松，亦枉高軒林下逢。竹院風高先見鴈，經臺日午不聞鐘。無心於世秋偏冷，有意尋僧夢獨濃。相對祇應閒着眼，百年踪跡問雲峯。

與崔石師泛舟

深閉柴扉獨種園，何人招我破雲痕。竹搖青影落河渚，日蘸寒光出海門。秋水連天橫小艇，晚烟籠樹失孤村。歸來一路漁歌起，蘆荻洲前月色溫。

憶老親

寒涕垂垂一比丘，依林傍岸獨誇猶。甲兵老我半生事，饑渴消人百歲憂。綠竹沿溪已無夏，青山入座望臨秋。海天浪拍門前月，遠映高堂清欲浮。

答劉客生中丞用來韻

客生爲大司馬同庵弟，後入雷峯脫白，字思圓

海天秋色共茫茫，鴈影長空入草堂。有句不堪酬長老，無心曾否問空王。裴公已結香花債，諸子誰教秘密藏。選佛未應遲破衲，幞頭先願爲人忙。

葵扇二首

誰將碧眼入芳叢，裁就雲團欲蕩空。豈與世間忙臘月，且隨雲麓度秋風。逍遙蓬戶宜高士，搖落朱門傲貴公。手裏仙人君見否，不曾遮面透羅紅。

嚴寒始見世人容，寥落風塵獨有儂。逸士正宜青竹塢，老僧攜上白雲峯。輕裾泛夜如飄素，薄暮投涼擬坐松。似我何須畏炎熱，和衣清晝夢魂濃。

秋夜述懷

一龕燈火月微明，似聽孤猿坐五更。毳衲豈無芳草意，蒲團猶有倚寒情。十年辜負西山夢，今日空

慙漁父名。假我百千疎散計，亂雲疊嶂老餘生。

寄龐若雲用梁同庵韻

窓間猶見數峯青，已報秋歸霜滿庭。添我道情空落落，賺誰人事獨惺惺。紅爐點亦欺殘臘，萬派聲須到巨溟。倚石慣知寒瀑味，乘風無限意泠泠。

答梁同庵疊前韻

揮空長劍倚天青，萬里無雲月在庭。雙眼閱窮終古意，百年聊復共人惺。夢甜林麓空羣岳，坐擁溪流失四溟。誰道珠江江上水，亦隨殘臘凍泠泠。

如是居憶椒園用憨山韻

川原歷亂欲誰歸，獨有山人到竹扉。恍忽舊時梅影冷，似曾寒坐月華微。百年人事空潭影，一夕雲林孤鴈飛。特地不堪重話處，倚欄頓爾發清機。

弔王勃用達此韻

高閣淩霄尚壯哉，何人風雨渡江來。影沈湖水秋烟冷，韻遏匡雲碧嶂開。多藝如君應薄命，閒情似我亦憐才。遙知萬古長天色，一度登臨恨一回。

酬汪明府用來韻

一從谷口白雲橫，世上誰當問隱名。綠水繞門依古渡，青松夾岸喜秋聲。繩牀久向空中坐，玉帶難忘方外情。此語莫教消息漏，溪橋深鎖夜烏輕。

歲晏和何朗水韻二首

江門春色自何來，冷淡寒香暗裏催。物化共看誰着眼，旅懷獨酌未成杯。勞勞人外虎溪月，落落更殘牛糞煤。野衲不知時序易，數株松樹一瓶梅。

擾擾勞生又到春，鐘山投老倦蹄輪。乾坤有恨銷窮臘，江漢無情問隙塵。黑白異同今日夢，枯榮寵辱百年身。匡廬且縱陶潛酒，贏得酡顏倚雪筠。

西樵碧玉洞與諸子卜築

誰信匡廬千尺練，曾移一半到西樵。多年夢斷黃巖路，此日寒生碧玉條。遠眺寶峯雲影亂，近開靈鷲雨花飄。可憐十八多佳士，築得沿溪度石橋。

庚寅二月雷峯即事

野寺疎鐘接晚笳，薊門殘雪嶺南花。十年征戰江雲斷，二月風烟山日斜。古洞暮猿淒絕岸，荒原明月照誰家。越王臺上西風急，夜夜哀魂到海涯。

次韻答侯若孩太傅二首

海闊天空鳥不藏，孤城日暮怯微霜。烽烟暗鎖千門柳，羽檄分馳萬里驤。戎馬十年腸亦冷，竹牀二月夢先涼。一般桃李春開盡，今古雲山漫度量。

野寺孤村泣斷燐，半生魂夢若爲真。可憐按劍看投夜，始信寒巖獨有春。沐雨櫛風多載恨，鋤雲耕月一身貧。勞生擾擾同今昔，更莫長歌慟鬼神。

懷王園長　時園長入曹溪

四望重圍鳥鵲愁，何人乘月獨登樓。海門一夜寒沙起，香水三春野服游。古寺黃鸝啼欲暮，嚴城畫角吹成秋。河山萬里應同恨，雪竹霜筠此日投。

雷峯夜雨　時老父初至自廣州

細雨輕寒夢不成，蕭然一榻自生平。嚴城春夜近無夢，野寺雲溪漸有聲。林外不妨花落盡，籬邊猶愛笋初生。江山此夕同何夕，慙愧幽人空復情。

春晴望訶林諸衲

竹院春深亦乍晴，青山歷歷水盈盈，白雲草木連沙漠，玄菟旌旗擁穗城。人在重圍風雨暗，鳥啼高樹霧烟輕。從來識得榮枯理，不謂離羣感獨生。

雷峯三月三首

浩刼江山足戰場，白雲歸處是家鄉。一簾夜雨澆殘夢，百囀流鶯過短墻。春色到門山犬睡，淡烟遮岸海鷗忙。乾坤有地藏癡拙，古木森森待日長。

遲遲春日醉松門，生趣翻從世外存。七十老翁初入寺，八年慈衲望孤村。風低弱柳拖烟色，雨過新潮長石痕。一上峯頭占海氣，越王臺畔黑雲屯。時老父新棄家爲僧，老母爲尼已八臘，亦促居近寺。

清簟疎簾鎮日眠，百年多病且隨緣。鴈翎去盡潭無影，燕子歸來春可憐。淡淡野烟孤嶼暝，重重青靄遠山連。蕭條人事逢寒食，猶聽悲笳入暮天。

秋日懷出山諸衲

疎林斜日照紛紛，斷岸長亭入暮雲。野寺無人掃敗葉，寒江有客阻妖氛。月明橋北等閑過，鴈叫霜天何處聞。離亂不堪期別後，青山誰與問孤墳。

秋月

光臨江漢九垓寬，百尺峯頭萬木寒。到底龍潭清碧碧，排空鴈字白團團。此心已許先秋素，睹影何勞後夜看。獨倚長松發深省，一聲横笛五更殘。

喜光半入山

蕭條瓢笠出巖城，破寺相尋物外情。笑我溪流黄葉亂，賺誰谷口白雲輕。十年有夢山何在，深樹無人鴈過聲。莫是秋原戎馬急，卻教白髮閉門生。

九日雷峯登高

萬方多難此登臺，今古興亡盡客杯。北郭白梨何地落，東籬黄菊滿園開。人歸野渡秋原晚，日入長江霜氣來。一領衲衣寒不到，百年猿狖爲誰哀。

十日再登峯頂

珍重茱萸露一杯，與君今日更登臺。秋光未盡看如此，少長相攜笑幾回。林木亦同人事改，江山不共鴈聲哀。休心閲世還憐我，潦倒長松薄暮堆。

十一日三登峯頂

何時何地獨支藤，三上峯頭尚有僧。風起煙銷江練碧，雲寒霜重石牀冰。平原返犢笛聲遠，古木留人月色增。萬載清秋應共此，柴門深鎖佛前燈。

秋盡

海門風急浪千尋，萬里山河老衲心。流水過橋紅日落，古榕低岸白雲陰。相看獨我知秋盡，徙倚同誰到夜深。搔首碧天無限意，石寒林靜鴈聲沉。

答李山農

寂寂雲溪但有名，似應珍重過橋聲。誰憐雪竹題詩處，殊愧金山贈衲情。遠嶽漸無青草色，近潮猶聽白鷗鳴。年來旦夕成今古，何日遲君石上盟。

遣懷

身前身後路漫漫，滿目雲山夢裏看。零露不凋楓葉盡，哀鴻到處菊花殘。田横壯士何年淚，煬帝歌姬舊日歡。惟有老僧與孤客，夜深常覺月明寒。

憶匡山諸衲

自從瓢笠辭匡嶽，不覺蹉跎又十年。嶺海雲寒僧漸老，金輪雪重月頻圓。幾人守獵猿啼處，十里還山花信前。遥憶嘆陽初解凍，同誰巖下試新泉。

庚寅除夕

一簾燈火坐殘更，百歲曾無此夕情。忍見新燐流大漠，不聞歸客向孤城。癡心且逐今宵盡，活計從他後日生。收拾壟頭黄葉亂，悔教身世賺浮名。

雷峯春事用明教韻

世事浮沉孰可攀，隨緣只合老青山。吾宗後死有人在，懶病餘生假我閒。獨坐焚香孤野興，推窻覽鏡笑頹顏。聽潮暫過溪橋晚，一望春深雲樹間。

識盡震六自皈隨予十年相次而歿撫今思昔情不能勝詩以寫之

獨坐峯頭淚欲頻，十年風雨夢中人。迢迢雲漢何堪問，滚滚江流豈復親。烟没臺空成異代，鳥啼花落又深春。一從俯仰知多少，我亦悠悠信此身。

辛卯除夕

青山迢遞海門東，目斷長年一夜中。人在水雲閒歲月，夢隨梅柳入春風。半龕燈火光無際，萬里關河望欲窮。去住獨憐寒鴈影，此心不繫與誰同。

壬辰元日

山門瑞氣入初年，龍象齊瞻古殿前。曙色漸回春樹影，雲衣常帶篆爐烟。依微村岸行人少，寂寞川原歸鴈連。舉額但祈戎馬息，林泉無事日安禪。

初春

東風初拂月初弦，寂寞柴門送鴈天。夢斷梅花空見葉，望深楊柳未成烟。一聲畫角山城遠，萬里行人春樹邊。珍重白雲啼鳥處，幾回惆悵綠蘿前。

正月十七日

此日干戈傳海岸，一年憂樂問田間。園林雨過春猶淺，里社燈殘人尚閒。鳥語忽聞山客去，鐘聲初歇暮潮還。江城遠近胡笳起，嫩綠重雲早閉關。

得止言舊冬書

何事音書報早春，長征三月限通津。連天衰草八行淚，動地悲笳萬里人。楚水雪消帆影亂，吳山日莫柳條新。歸鴻欲寄不知處，綠樹平沙杜宇頻。

送離欲足兩廣慈乞食東江兼柬陳康叔王園長

花落紛紛春正深，蕭條瓢笠下孤岑。同人且暫虛磐石，到處何妨共竹林。重雲細草山中路，岸柳沙禽江上心。甘贅定知貧衲意，相投門巷莫沉吟。

清明

清明山郭黯朝暉，去國離家長翠微。青草塚邊一鳥下，白楊堆裏幾人歸。寒烟萬里迷春樹，細雨遙天濺客衣。試向越王城外望，流花橋上落花稀。

袁特丘送澹歸入山

破寺尋僧又五年，香花重見昔人賢。壁間高韻遲投老，槽廠行人欲解禪。谷口白雲何處入，溪流黃葉舊時緣。通玄頂上應無憾，滿目河山只偶然。

懷剩人弟瀋陽

天涯別緒古今同，又見歸鴻入遠空。七載滴殘寒夜雨，九旬欲冷杜鵑風。沙場牧散鐘聲外，嶺海人疑夕照中。南北更憐楊柳處，黃雲青靄一無窮。

送商丘伯侯若孩二首 若孩以僧服奉田太夫人柩還中州

旅櫬相依向故岑，十年逋客幾沾襟。江山併作終天恨，禾黍徒縈異世心。淇水疎鐘隨曉騎，桐門斜日待秋林。雲峯尚有安瓢處，不學田橫入海深。

迢遙萬里愴孤臣，轉戰頻年歸幾人。衰草斷垣無白髮，辭家去國有青春。荆山西望三川盡，淮海南浮四塞均。自古帝州看壘壘，月明深夜憶閒身。

中秋同諸子坐月

古殿蒼茫對月明，青山獨有老僧清。風吹不散長天色，蟲响暗連落葉聲。萬里山河雙眼淨，三秋林釁幾人情。鬚眉共照寒溪水，何事悲歡卻并生。

送止言澹歸先入匡山

曾憶紫霄峯上話，十年留滯海門東。空山背日寒猶在，春草無人綠未窮。覆甕悔教黄葉去，移茅定在白雲中。撑持賴爾難兄弟，相送河橋念朔風。

壬辰除夕

萬里津梁歸此夕，幾人心事付初年。初年猶是近村寺，此夕竟同寒戍天。夢裏雲山應不改，客中歲月已徒然。何堪更憶匡廬舊，暮梵晨鐘古木邊。

癸巳元旦

漸老應憐海外身，一年寒熱又隨人。分明昨夜春光早，卻訝今朝曙氣新。草木知時先坼甲，杯盤獻歲久非辛。東風便送歸鴻去，雲影潮聲亦自真。

過北寮看采石病

東風嫋嫋柳初低，野寺蕭蕭鶯亂啼。幸不客來虛隱几，卻逢僧病強扶藜。潮連海岸魚梁没，雨過春園笋蕨齊。百歲定知酬一死，茅堂山日莫相暌。

夏日與劉見顒王入聞阿字無方白庵須識諸子小坐山亭

古木森森直似春，茅簷土屋自爲親。從來隱几幾忘我，今日空山喜見人。頓入鐘聲一覺裏，悟將雲影百年身。相期更有千峯在，莫雨朝晞應未貧。

袁特丘劉見顒何一字見過

緩步尋幽過草廬，霜清啼鳥宦情疎。竹林閒就峯烟裏，山徑寒生秋雨初。萬里歸心鐘磬失，百年羈旅夢魂紓。飄蓬莫作亂離事，但信吾生只自如。

喜謝伯子司農入山

歷落交遊三十年，秋風相見海潮邊。頻經禍亂君能老，暫閱窮愁詩亦傳。黄土終歸當世士，綠蘿深繞幾生緣。蕭蕭古木寒山靜，勝事空知晚更憐。

旋庵四十又一

月流桐葉清輝悄，風掩蓬關薄曙寒。一度逢生秋水怯，四旬如昨鏡花看。心存遺澤傷年邁，手自栽松及露溥。辛勤立雪成何事，深草堂前語默寬。

初秋懷出山諸衲

瑟瑟西風動竹扉，關心寒色轉霏微。三間舊擬雲中去，一鉢新期海上歸。有時橋岸逢人立，何處江山無鴈飛。白首更憐千里夢，寒花霜葉石門違。

秋夜有懷

梧桐葉墜碧天開，落落閒情秋夜迴。風送泉聲出谷去，月將寒色近簾來。右軍池上鐘初歇，揚子江頭鴈已哀。瘴海别峯霜冷處，一時回首妙高臺。

與袁特丘 予將之匡廬

梧桐葉墜噪棲鴉，楚客逢僧話轉賒。雲外峽橋猶有路，烟中霜樹已無家。遠公林下風初動，王粲樓頭日未斜。信我定寬陶令酒，何年丹壑醉流霞。

瓶花

寒花難得是深紅，時見晴開霜葉中。不與上林春鬭豔，欲教籬落色知空。西風似有微音入，秋雨誰將衰草同。且向飄零頻著眼，一瓶清冷自無窮。（以上瞎堂詩集卷一〇）

全粤詩卷七六六

釋函昰　六

癸巳秋將之匡山寄别廣州諸子

臨岐不作别離情，望裏烟霞足此生。聞鶴已傷行路意，畏人猶諱買山名。十年瘴海餘秋色，千里雲帆入鴈聲。寒夜紫霄深雪處，論交先寄石羊城。

匡山懷剩人弟

歸臥廬峯憶舊因，夜深誰共侍瓶巾。千株松栢前朝樹，萬里關河羈旅人。明月未殘竹影寺，黄雲長蔽鴈門津。艱難閱盡頭先白，兄弟遥看淚欲頻。

禮金輪峯舍利塔

層崖疊嶂擁金輪，辛苦誰憐負鐵人。寺是右軍開晉室，塔傳竺土肇西秦。雲霞縹緲諸天儼，日月升沉百代新。稽首長空餘涕淚，感恩徒有剎塵身。

秋夕奉懷長慶老人 詩成次日，即接老人書，師弟相感如此，不可不識

一別雲山歲月虛，問安猶記朔風初。曾爲弟子恩非薄，仰事吾師愧有餘。月上禪西幢影亂，燈明方丈履聲徐。金輪捧足何年事，泥首長空掩敝廬。

九日悼梁同庵

吳山越水共茫茫，會盡因緣亦自傷。半榻寒燈風雨舊，一簾秋色夢魂長。故鄉望斷空千里，折柬開殘但八行。曠刧不忘師弟子，只今無奈菊花香。

甲午四月八日再禮金輪峯舍利塔

二十年來話未圓，今朝重禮窣波前。心懸海外烟霞幻，足履雲中色相捐。徧界不曾藏面目，一峯何處論中邊。此生定遂終焉願，坐斷羣巒獨晏然。

送頓修真佛行乞兼懷嶺南九江諸子

金井橋邊風習習，玉淵潭上月娟娟。十年殘夢無尋處，一夕離歌盡惘然。已許白雲成我友，又隨流水作人緣。因君忽動無窮思，嶺海豫江霜葉前。

與即覺頓修話舊

二十年前古道存，瞿塘無路覓精魂。此心欲向青山付，佳話空傳流水喧。衆病漸侵何可久，情緣疎

淡不堪論。焚書直入亂雲去，忍聽人間説感恩。

用韻酬阿字時阿字以結茅留江州

寂寞雲中又一秋，忽驚柿葉滿峯頭。九江澄漢堪聞鴈，五老斜陽獨上樓。入郭應知泉石穩，投林殊歎道名浮。買山誰作住山計，辛苦都忘在沃州。

須識以端陽入嶺訂予九月還山霜露已降消息渺然病中多感紀之以詩

到海定知三夏盡，歸山曾約北風初。夜寒病骨應愁汝，秋杪長途每繫予。解語好教窗外鳥，忘懷只有案頭書。一杯蘆菔何人進，坐候晨鐘霜月餘。

十月九日病起

白草紛披孤磴出，青烏啐啄敗垣寒。野人病起若初到，舊處經行作夢看。亂葉拚將流水去，千峯忍見夕陽殘。龐眉石上知誰世，細雨斜風衹自歎。

山中病起人境初涉而茅屋待結遠人未歸悵然興懷書寄阿字

一生多病爲人忙，百事違心徒自傷。世亂有山容易住，道衰無侶不成藏。白門僧去溪雲斷，鴈翅書來海日長。爲報江州莫久滯，北風吹雪入茅堂。

冬夜懷足兩

蕭條寒色掩山齋，夜靜鐘殘影自埋。念爾情窮尚孤寄，因人腸冷一興懷。狂吟海岸應無伴，共棹江雲那有涯。古道只今寥寂甚，不勝惆悵步庭階。

入博山舟次石港 赴長慶老人召命

舟行八百半長途，石港臨村客況孤。水落沙寒深夜火，天空雪白滿江蘆。深山紆曲奔師命，杖履疎違愧我愚。明日香臺重泥首，慈雲千匝護雙趺。

溢石灘夜泊與阿字頓修書懷

古木森森山鳥鳴，孤舟日暮不勝情。多時沙際三人影，到處灘頭一水聲。胸次欲横星漢外，鬚眉猶照晚霜清。風塵賴有敝袍在，地角天涯莫寄名。

奉侍長慶老人高泉晚步詩示隨行諸衲

早春乘興午風溫，樹裏行人望遠村。回首忽驚新客邸，亂坡如出舊郊原。巍然碩果吾師在，蔚爾新枝若輩存。溪鳥一鳴山盡綠，百年此日竟誰論。

雪五首

半落層崖斷壑中，靜依雲樹望成空。月疑淺影若堪似，梅逐餘香未許同。不信馬蹄能久白，獨憐帽柮傍深紅。何人高臥峨嵋頂，滿目寒光路欲窮。

潔白何曾上獨峯，只教巖麓絕人蹤。壓斜茅殿萬山悄，欲啓柴門深夜從。幸託青松堪自見，卻嫌紅燄愧爲容。禁寒或亦饒孤賞，聊許高人一寄筇。

濛濛萬象獨憑陵，何物光茫積素凝。面目冷然遺草澤，肝腸如見託崚嶒。若爲熱處偏成水，不耐寒多竟作冰。惟有野人茅舍穩，斷橋孤嶼一枝藤。

一夜嚴威生大漠，萬山如醉儼成降。尚堪爲白先投嶽，未肯成冰但入江。素練條條千樹一，青眸皎皎幾人雙。淒清莫作窮冬事，破衲蒙頭早閉窗。

霏霏如絮到茅茨，想見烟深草没時。零淚似傷寒日落，投空匪畏北風吹。四山昏翳愁青黛，一室冰稜笑白眉。只恐暫晴樵路穩，無人更起剡溪思。

送漸侍者歸省

悵望湖州未敢歸，故園楊柳欲依依。忍看國破先離俗，但道親存便返扉。萬里飄蓬雙布屨，十年回首一僧衣。悲歡話盡寒山在，殘雪孤峯望晚暉。

萬年山居

夏日生涯易到秋，陰森松竹倚山樓。懷高霄漢從風雨，倦倚匡牀聽鵓鳩。三藏豈須歸白馬，五千何用覓青牛。柴門寂寞烽烟外，不信人間有許由。

四月雨中即事

風雨飄搖茅舍欹，日長寒竈午炊移。山中乞士方離院，江上歸帆已過時。播穀預占今歲早，種瓜須記去年遲。商量浩浩成何語，羞聽黄鶯啼短籬。

送阿字之瀋陽訊剩人弟

羅浮匡嶽十年外，吳水燕山萬里餘。鴻鴈影分沙磧暮，鶺鴒聲急朔風初。牧羝地識蘇卿雪，洗馬池深刺史廬。海外干戈烟塞遠，關心雲樹正躊躇。

阿字臨行口占示之

萬里傳持白紙書，往來無伴莫躊躇。父翁消息全憑汝，兄弟天涯欲慰予。雲水不教沾一滴，衲衣珍重更無餘。仙歌日待遼陽鶴，早晚溪橋認舊廬。

初秋書懷

兀兀山堂意漸降，飄飄秋葉送寒窓。三年遊子傳臨粤，聞見一入嶺。萬里征人已渡江。阿字往瀋陽。入北定瞻新帝闕，回南猶是舊蠻邦。關門自此無防閉，夜夜胡笳到石幢。

棲賢懷古

谷口白雲何處入，堂前深草易生悲。讀書高仰名公跡，拭淚徒銷濁世疑。烟雨屢更殊未定，溪山長峙不堪思。相看更莫論千古，他日興懷正此時。

丙申生日

窮年兀兀似憨癡，鳥道虛空舉向誰。伯玉知非先一臘，香林走作未移時。寒溪石上吟何已，空谷人來未可知。白日降心唯此道，千松巖月意遲遲。

送來機奉母還嶺南兼寄社中諸子

青青竹笋春船遠，白白山雲谷日舒。我母畏寒歸嶺海，而師好靜滯匡廬。四依清苦爲徇道，三業精勤勝讀書。珍重故園搖落後，十年楊柳夢魂餘。

懷阿字

慈烏啞啞盼危枝，況復投荒萬里疑。想去欲知經夏處，望歸空記出門時。匡雲影覆千山衲，邊月寒生五老帷。關塞極天戎馬日，卻憂吾道苦相思。

懷足兩

結茅相傍石梁東，一臘雲烟心事同。乞食隨人過貢水，還山有約憶西風。千家曙色投朝市，六月寒林坐晚鐘。老去漸哀吾道喪，蹉跎歲月別離中。

懷叽萬須識

匡廬深谷駐寒烟，誰共開池種白蓮。借飯有人從楚澤，寄囊無路到秋天。獨行市井見新月，徙倚茅堂聽夜泉。所歎道孤年運邁，夢魂猶繫穆陵邊。

滕王閣

撥雲倚棹度江津，戴笠登樓景倍新。雨過西山人望越，尉陀封南越王，故嶺南亦稱越。風回南浦鴈歸秦。背城畫角孤烟晚，近水蘆花隔岸春。俯仰一回思帝子，碧霄無際浪無塵。

滕王閣五首和足兩韻

早年瓢笠及登臨，亂後棲遲遂至今。懷古況逢新畫棟，憑高因見舊蒼岑。歌鐘幾向人間換，詞賦猶憐世外尋。我亦臥遊舒遠矚，長江孤照白雲心。

高樓雄鎮坐春風，勝國洪圖今古同。戎馬喜隨歌舞散，文章愁逐玉鑾空。江魚雲鴈浮沉外，南貢西山日夜中。俯仰共知遊覽意，臨秋應信蓼花紅。

東南平望控通津，豪貴才華異代人。樓閣只今全盛氣，江山終古有餘春。閒雲自是當虛檻，極浦何辭長白蘋。莫向登臨重懷抱，杖頭無地覓風塵。

夜濤千里錦帆輕，錯落嘉賓足盛名。倚醉清風同此日，是誰豁眼得生平。牢騷作賦詞人淚，慷慨當筵壯士鳴。滿目河山成曠代，平觀空有老僧情。
高懷年少獨登樓，縱是無家亦乍愁。四望雲山忘作客，一聞鴻雁暗驚秋。蘆花宿月沉沙渚，羌笛因風滿鷺洲。天地自來虛槖籥，不堪人事日悠悠。

還嶺南道中得阿字長安書

多病已拚匡嶽去，因人復向海門歸。聚船南貢江橋在，布穀春疇山日違。萬里音書添旅思，三旬風雨想征衣。馳馳未可酬風穴，白日紅塵泥帝畿。

初還雷峯示諸子

七賢遠別成何事，三老重來信有因。若與交臂新交臂，吾猶昔人非昔人。老榕垂蔭酬初地，弱柳沿溪似舊津。再禮慈雲深自省，肯教狼藉故園春。

憶即覺

虎門水殿春燈迴，獅子樓臺霜月殘。千里江山一路直，百年梅柳幾回看。卻因多病傷吾耄，每到良宵念汝單。案上毘尼須盡讀，法庭秋晚攝僧難。

寄懷阿侍者

三年纔得一封書，夢裏還山信屢虚。病去隨人歸瘴海，懷深無計問江魚。而翁憂道長思汝，尼母憐兒每向予。何事五旬心氣盡，秋風凝眼倚山廬。

六月書懷

在道平觀習漸輕，空憐形影笑餘生。肝腸於我終無易，意氣逢人暫一更。暇日且教銷貝葉，高談聊亦寄閒情。杜多未必無知己，淨護鬚眉入太清。

茘支

海外靈株自古今，江南江北絶相尋。濃陰難覆胭脂色，錦質誰憐冰雪心。近水似拚形影託，爲園聊寄姓名深。畏寒豈是安鄉國，白草狼烟情不禁。

喜阿字歸自瀋陽

去從溢水趨遼左，歸背幽燕入嶺東。三年雲月何曾別，萬里溪山自昔同。踏雪但知陵寢在，逢人休道子卿窮。生還已是吾門幸，休向關門怨朔風。

送雪草還歸宗兼寄棲賢諸子

悵望湖山頭漸白，送君臨別益淒其。金輪夜月虚殘照，珠海西風怯早吹。帆指庾關雲暗處，人歸晉寺雪深時。玉淵再會終無負，一語先傳猿鶴知。

廣州三首

陸賈清談收百粤，衣冠曠代見忠良。秩宗首義車先裂，文苑連營陣亦亡。萬古江山皆易主，一朝簪紱自從王。何人搆鬬紆傳檄，闔國身殲築怨長。

粤秀山前鼓角哀，越王臺畔草堆堆。飛龍白日旌旗閃，獨驥黄塵斥堠來。王謝入爲麾下客，賈商推出濟川才。十年巨室誅求盡，閭巷蕭條喬木災。

萬里悲笳朔氣深，故園搖落倍沾襟。登樓漫擬劉琨嘯，出郭誰爲梁甫吟。普天丘墓無新舊，近海雲山有古今。去國豈須憐鄭谷，徘徊鷗鳥是知音。

懷棲賢二首

卜隱匡山曾六年，玉淵金井坐流泉。出頭已訝盤空勢，拭眼誰憐避世禪。生客久拚青草裏，袁特丘約入山不果，近傳物故。孤蹤猶滯白雲邊。白雲山在廣州。存亡去住知何定，怪石長松亦有緣。

石人巖下草萋萋，洗馬池邊日漸西。故山猿鶴夢中覺，千里風烟望裏迷。便擬梅花同雪早，難將海色共潮齊。時危兩負青門客，招隱遲回黄葉溪。

夢棲賢

昨夜夢到棲賢谷，泉聲鳥聲相間鳴。高樓欹側雲僧少，狹徑支離山犬驚。牛屋緊圍藏芋種，薑田翻轉下蔓菁。地爐歎息歸何日，隱隱聞呼大小名。

寄棲賢

早年卜隱盟丹壑，反望匡廬作故山。留滯海門非我意，暫隨鴻鴈寄書還。新松不厭百千樹，舊屋從教三五間。謹護柴扉容客到，但妨豺虎莫偷閒。

冬泉 有引

雷峯無佳泉，故飲河水。河通潮，性鹹，一衆苦之。十月鑿石得泉，味甘且多。冬天久旱，萬井皆涸，忽然得此，洵爲過望，命名『冬泉』，作詩誌之。

冬日水枯穿地骨，泠泠湧出映眉泓。十年鹹海空愁熱，一掬香流但有名。可汲豈須傷井渫，真源那復待河清。莫勞櫓斷更招隱，到處佳泉愜老情。

與諸子探早梅

瀕海輕烟古寺東，一枝初放竹林中。寒香漫道當春異，疎影偏憐今夕同。落落路傍疑過客，垂垂人外泣孤鴻。相尋未必終寥寂，對此幽姿妒晚風。

己亥冬至

嶺外再逢長至日，烟裊風輕散縷愁。豈無海市堪舒眼，不是匡廬莫上樓。戎馬鄉關今日淚，溪山松菊百年秋。管灰紋線人間世，衰變從教雪滿頭。

赴龍溪樊郝諸公探梅之約三首

海闊風高起遠思，扁舟乘興恰同期。杜陵看去愁偏亂，裴迪相逢春已遲。笑我衣單寧畏此，催人頭白欲憐誰。一冬深雪香爐仄，肯似黄村薄暮時。

昔歲匡梅愁獨賞，今年風物好盤桓。地僻更逢豺虎遠，僧閒兼有謝陶歡。香浮玉盌人烟暖，色冒冰壺日影寒。回首頓忘天地外，石梁金井欲漫漫。

萬山積雪駐寒烟，殘月疎鐘欲曙天。曾憶抱襟開戶坐，卻疑餘夢到林眠。疎斜且出黄花後，攀折徒憐青草先。相對盡期深谷裏，莫教人羨上皇前。

龍溪諸子再約黄村觀梅阻雨不果是夕林將軍招遊波羅

濛濛細雨暗新潮，路濕春泥冷灞橋。豈爲滴殘香蕊薄，都緣寒滑馬蹄驕。黄村風雪昨堪望，浴日烟波晚更招。暫隨海鳥遲花信，乘興還來未寂寥。

波羅舟中呈林將軍並同遊徐梁諸公

飛鷁定覘波浪穩，浮杯遂作海門遊。旌旗射日搖鮫室，鼓角喧風落鴈洲。將軍禮數能寬客，山叟疎狂欲狎鷗。蓮社相期盡劉許，豈如張翰漫乘流。

南海神祠

祝融神廟千秋祀，聖代封題百粤名。喬木逾深滄海色，巨濤難蕩古今情。厓門日月沉珠浦，南越風雲儼穗城。幾歷興亡香火在，年年銅鼓撼潮鳴。

浴日亭

薄漢祥雲開紫氣，一輪寒日湧滄溟。陰霾洗蕩孤陽起，乾德清明萬彙醒。曙色已澄新宇宙，夕暉猶映舊辰星。海天上下觀垂象，百代興懷在勒銘。

登西臺李木洲故址

黄灣東望獨悠悠，鴈過西臺悲昔遊。花草已埋吳藻麗，衣冠想見晉風流。平林風震星辰動，大海潮來天地浮。九原只在河山裏，淚灑新亭未易收。

登海光寺樓

萬里波濤驚絕漢，高樓回首幾人悲。休將作賦擬王粲，錯比行吟哀楚詞。寒日獨懸滄海外，浮雲欲變古今時。登臨自笑同年少，塵幻無心鴻鴈知。

訶林菩提樹

古殿巍峨接穹蒼，庭蟠嘉樹自梁唐。朝鐘暮鼓風鳴葉，翥鳳飛龍月上廊。鐵幹婆娑撐法苑，霜枝峭勁拄禪堂。袈裟重覆思壬午，俯仰乾坤垂蔭長。

海珠寺二首

濤心湧出梵王宮，蜃氣溟溟露瑞容。四面波瀾搖畫壁，一城笳鼓雜晨鐘。海上乾坤成殿閣，簷前風雨吼蛟龍。自從宋代開忠簡，回首厓門烟霧重。

蕩漾青蓮見佛尊，千年鐘梵至今存。飄飄帆影來天漢，浩浩潮聲撼寺門。雲連雉堞旌旗暗，水落魚梁市舶喧。滄海共深香樹蹟，渚烟沙鴈自黃昏。

挽瞿庵 有引

瞿公，予三十年前交好也。水雲行脚，廿載于今，歸來數月，遽作古人。夫年運變衰，豈能長保，第一水盈盈，弗獲永訣，殊難釋然，爰作悼詞，以誌不忘。

三十年來意氣真，芒鞋踏徧可憐春。清風明月留佳句，衰柳斜陽想幻身。衣鉢只教歸故里，風流終不見情人。嶺南自此無尋處，越水吴山孰問津。

憶匡山舊居五首

一回瘴海心難歇，兩住匡廬計未成。守院數人常入嶺，開春隨鴈幾歸程。溶溶石上新潭水，寂寂松間舊磬聲。庭下梅花經雪瘦，不堪重憶倚寒情。

泉凍無聲鐘漏稀，玉淵松影佛燈微。白分檻外千峯雪，紅上爐邊百衲衣。海臘不寒梅落盡，山春雨負鴈空歸。共誰曾住棲賢者，此夕風光能幾違。

峽橋茅屋堪誰託，珠海禪房且自安。山水多因青鬢誤，風烟空向白頭歎。舊移方丈從蛛蝄，新植松杉作虎欄。幾載經營巖壑在，潺潺一路石門寒。

疊疊山河天地間，晴空望盡鴈洲寒。潮聲慣作泉聲覺，海色長當山色看。鄭谷莫輕今世易，沃洲真見古人難。垂垂五十又過二，千里雲烟夢未安。

蜃海蠻風吹短景，嚴城哀角動寒林。人情已覺蒼茫晚，世路還同漭沆深。夢裏松花應十畝，望中湖水欲千尋。南來豈爲稻粱計，渚鴈沙鷗見遠心。

送漸監院還棲賢 庚子

匡廬曾悔別離去，相送潮頭歸思同。殘月漸隨孤棹遠，青山只在白雲中。爲留高樹邀巢鶴，想到清秋聽夜鴻。賴有楊岐芳躅在，肯教寥寂舊家風。

哭千山剩人法弟三首

鴒原北望霧雲重，白草堆中古寺松。萬里誰教還馬革，千山今復號熊峯。死當邊野非吾意，終誤才名惜此宗。椎拂縱横知負汝，弟有書索予法子，未及遺發，遽聞訃音。白頭吟些欲何從。

烏玄鵠白盡乾坤，俠骨平心欲並論。至性自應投絶域，深悲何必恨中原。十年羶雪酬先澤，七刹幢鈴答後昆。覺範子卿終一死，空餘骸骨弔關門。

斷舌何年悟世親，虚庭六月憶天人。徘徊行處鑾烟舊，想像空山塞雪新。匣裏恩書緘碧血，磧中遺履拜黄塵。臨風俯仰慙孤調，愁對秋高白鴈翻。

九日雨

近海高秋蜃氣侵，更愁寒雨苦登臨。河山不到一翁眼，松菊相憐百歲心。把茗欲當陶令酒，閉門聊效杜陵吟。青谿何事斷腸處，獨對流泉霜露深。

悼具三

早年避亂投泉石，因病辭家渡海雲。白社尚存居士筆，青山添作苾蒭墳。淚泠松埠新霜露，夢繞蘿龕舊見聞。借汝再來吾已老，不堪孤鴈唳斜曛。

漸監寺再還雷峯

荔枝初熟披星去，梅樹花開帶雪還。我久冥心同水月，君於何處訪雲山。孤舟臘月回初地，破寺寒天盼老顔。添汝三峯數點淚，增余五老一回歎。

辛丑初春出海幢適同學從長慶來談及剩人殊增存歿之感

會日愈驚離日遠，怡山轉見白雲邊。干戈不限三千里，鬢鬢徒嗟十六年。鴈影久虚寒磧外，棣華重綻煖春前。鸞溪立雪幾人在，相對珠江只惘然。

懷阿字掌孟崖州

絕塞驅馳經兩夏，珠崖跋涉又當春。鶺原多難空勞汝，茅屋深移更累人。蕩蕩薰風車轍遠，條條細柳草堂新。興懷豈盡傷離别，白拂微言清晝貧。

上華首臺

不到羅浮已十年，登臺松栢望蒼然。幢旛曾遶一人後，堂構空慙七衆先。舊植菩提堪蔭月，新移石磴尚聞泉。峯頭老少疑殘夢，淚逐西風落枕邊。

冬日即事

日日扶筇望海涯，目前生計衹衹些些。一泓潦隔平田闊，千樹松排東嶺斜。山外不知何處岸，雲中依舊野人家。閒過木橋詢老叟，今年豐稔少嘘嗟。

憶三峽澗

買得青山千里外，愁來空復向誰論。溪中疊石疑巖竇，橋下重巒鎖洞門。高松仰看行人小，遠水平邀繞座喧。最是數年金井側，一杯招隱易黄昏。

諸子邀遊匡門詩以謝之 壬寅

孤情不欲向匡門，興廢誰將世外論。鬱勃定知埋古殿，蒼茫何處弔忠魂。露濡荒塚青山冷，風撼洪溟白晝昏。祚移時去無今昔，千古難忘是感恩。（以上《瞎堂詩集》卷一一）

暇園留題

岡城幾歲歌鐘地，此日香花勝事新。曾識主人池上水，再逢公子竹林春。干戈過後悲存歿，巖壑當前孰幻真。園有英石假山。野鶴何心細擇木，爲憐松栢長荆榛。

初夏得石鑑凌江報

兩旬風雨到庾關，一紙音書達故山。聞道干戈前路遠，定隨鴻鴈早秋還。三吳烟水十年夢，五老雲峯幾日閒。懷抱自深明月裏，清光無計夜鐘殘。

聞石鑑四月十九日度嶺計此時應到棲賢

扁舟一葉向湓城，此日雲峯眼底明。高樹鶴疑新箬笠，隔橋人喚舊時名。茅房五月谷風冷，松徑三更溪月生。興洽頓忘千里外，懷深併起故山情。

中秋大日庵喪次 去年經理華首老人後事，亦在斯時

淒然今夕是何夕，依舊去秋煢獨身。仰看忉利空無際，回望雙林淚轉新。愁極卻憐知己在，阿首座、離侍者、鐵書記侍坐。夜深偏憶故山真。懷棲賢舊隱並石鑑、姜山諸子。誰攜拄杖從金井，曾見賓鴻到海瀕。

重陽前二日陳小安入雷峯遂有丹霞之約

異代何人許共尋，秋風回首幾霑襟。維摩且喜不曾病，惠遠終慙未入林。黃花莫問當年酒，白髮難爲後日心。更欲訂君同長老，天然覿面海雲深。丹霞有長老峯、天然巖。

八閩陳季長西蜀喻賡三入山

海島茅庵門半開，何人一棹趁秋來。黃花滿地慙無酒，青涕垂膺懶撥灰。雲裏有家非劍閣，山中無夢儼南臺。在福州府。相期未盡千秋業，回首西風松栢哀。

秋夜懷頓修

高秋靜院寒先至，孤月長塗影倍憐。生死頓疑千里外，悲歡徒憶十年前。相看容易成歧路，共閱艱難更遠天。歲月豈堪離别過，殘荷衰柳幾潸然。

水仙花二首

姑射仙人下彩虹，緑裳霓袖隱芳叢。性從水石餘香膩，質合冰霜解色空。寒夜無人應入月，曉窗孤影易乘風。相看只有閒雲鶴，玄賞都疑在鏡中。

濯濯幽姿寫不成，一溪風雪晚來清。北山弱蔓難爲影，南國繁香愧得名。無力倚空春意倦，有懷乘月縞衣輕。探奇總作淩霜韻，别島深雲惜此情。

夏日李曉湘司寇尹恒復中翰見過和曉湘作

遺老相攜訪僻居，水清山淺混樵漁。投閒賴有霜筠寺，袛對難酬竺尚書。密樹池邊聆好語，孤烟墟上送回車。臨門再訂重來往，三伏林間風有餘。

得頓修返匡山信

憂極忽傳匡嶽信，平安不敢問歸程。一腔熱血此生畢，兩地關心到死輕。聞道自通先世論，感時當憶住山情。荷花殘落西風起，淅瀝長疑戶外聲。

秋日寄何紫屏憲副

憶癸巳入匡山，時紫屏留滯韋涌。比返閩中，而予亦回五嶺。今年得白門書，聞已五十矣。念去住之無定，歎韶光之易逝，道業難成，相見何期，感而賦詩，聊用誌勉。

瑟瑟西風潮汐邊，香花誰結未生緣。靈光不隔三千里，魂夢徒迂十二年。金井珠江瓢笠異，雞鳴鳳翥劍書懸。多君學易幾無過，笑我浮生雪鬢顛。

喜陳法楫過山堂

寂寂山堂戎馬外，何人負笈入雲林。嘗因亂世得高士，豈爲憂貧生道心。秋雨窗虛寒色漸，晚鐘人定野情深。身前身後茫茫裏，珍重垂楊倒夕陰。

戲柬姚六康 六康與予同舉崇禎癸酉鄉試，近聞其送程周量中翰還朝，有是秋入都謁選之訂

五旬待劖階前草，選佛還教先選官。但識人間原是幻，豈嫌山上笑彈冠。舊時文社曾稱長，此日祇園賴悉檀。題壁未應忘雪竹，何年重過玉淵寒。

酬彭進士羨門二首

世間安有閒雲鶴，君獨名成恣遠遊。野寺似曾題雪竹，木犀猶故放山樓。豈當再過辭生客，卻訝前

因擬狎鷗。且勒高文留貝葉，他年應記碧峯頭。

衰柳寒花歲歲同，光榮憔悴共秋風。欲知物理騰騰外，只在塵緣滚滚中。千里合違成雅遘，一宵言笑總無窮。含情更有凝眸處，别指庭前百日紅。

秋日警衆

梧桐葉墜去年秋，電火難追鏡裏頭。可是聰明成底事，枉隨聞見重夷猶。百年身世看朝露，一代才華逐水漚。幸自心知同此日，猛然提取莫悠悠。

尹恒復中秘見過

頻年轉戰知交盡，相對真疑夢裏人。心淡自應廉吏後，時危曾現宰官身。趨庭有子能娱老，避世尋僧得正因。開士漸推蓮社長，羅浮今亦有遺民。

送石鑑覞西堂領衆棲賢

憶别匡廬又七年，湖光山月待人圓。栽松未了何生願，插草遥看後日緣。拄杖已傳庾嶺信，深山知有石頭禪。烟霞到老真成僻，爲寄遐心峽澗邊。

送記汝典客隨石西堂之棲賢

借汝篁溪一日别，酬予金井十年情。懷高深谷饒雲水，誼重連牀老弟兄。霜葉滿山人外色，雪花投澗枕邊聲。箭鋒試向鋮芒柱，千里幢鈴夢裏生。

曉湘李大司寇八十一初度

今古齊觀刼外春，朱簾高捲彩筵新。霜威尚見前朝老，雪鬢長看後代人。黑白且圖良友對，敲推羸得野僧鄰。桃花流水從通塞，穩臥鍾山松栢身。

春日李司寇惠詩及粟卻酬

風雨瀟瀟春正深，落花流水共誰吟。青山不到人間眼，白首偏憐世外心。飽讀新詞能永日，饑餐脱粟臥長林。懶殘未必無知己，怪石蒼松豈自今。

乙巳冬聞沙汰之令

山犬不驚松戶舊，寒花猶遶竹籬新。袈裟有詔從初服，雲水無私歸道人。牛火漫煨餘涕在，鶴形還對一經貧。甕頭黃葉須收拾，莫濫恩光誤早春。

陸耒庵六十初度 南雄孝山使君尊人

久慕雄州賢太守，高堂長侍白頭人。從來愷悌多仁壽，始信廉明有老親。五嶺薰風披永日，一河慈潤滙通津。山中野叟遙多祝，願憶生前最勝因。

尹恒復中翰遣公郎兼中持書入山旹沙汰寬旨賦此酬之

野老歸山去不辭，誰持折柬寄相思。遣兒未肯同裴老，開社還應愧遠師。近日林梢仍向化，避人茅屋豈終移。物情纍卵同今昔，珍重篁溪石上時。

再示兼中

天語新傳法運回，寒梅依舊雪中開。雲閒僧臥青山穩，林外人尋白社來。空寂欲同真夢泡，豪華休作幻樓臺。吾門大有酬恩句，舉向高堂進一杯。

得曉湘李司寇見懷詩用韻奉酬

絕島寒林自掩關，深居從不爲人聞。千株松栢清陰外，萬疊山河落照間。雲欲收時空不礙，鶴曾棲處法仍還。書勞太傅思應劇，會借遐心到藥欄。

丙午元日

炎洲孤嶼阿蘭若，臘轉霜殘又到春。梅柳喜迎初歲景，幢鈴長繞去年人。光天寶炬隨潮遠，匝地祥雲捧日新。百尺倚空烟水闊，洪崖何處石磷磷。

示程周量舍人

大道幸然同內外，隨緣且現宰官身。王臣付囑非無意，居士傳燈豈異人。十里香花今日勝，一園寶帶舊時因。主賓機感何年事，珍重鍾山雪竹春。

寄廖崑湖太守

匡月湖烟尚未收，幾人此日憶同遊。河山牓有霜筠色，雲水飄餘桐樹秋。五馬重㔮金井畔，三車還擬墨池頭。拭眼因緣今古合，一書先報李江州。

丹霞詩 有序

日赴丹霞，舟入江口，雲烟縹緲，水石迴環，奇峯間出，出没無路，轉轉如行萬山中，比知此山之勝。漸近，望長老峯腳，疑衡亘蜿蜒，從無餘地。及登岸，數遶入關門，迥出意外。主山崇深，左右朝對，峯巒林立，如與本山相連。舟所繇長江，如南華香水溪，又如棲賢金井玉淵，而實下臨百丈，一川平闊，遠睇孤危，到來豁朗。此極奇極穩，真梵刹之備美者也。澹歸謂與曹溪、雲門鼎足，洵非過譽。垂老得此，猶敢歎相遇之晚耶？初入院，縱目應接不暇，無開口處。澹歸謂：『和尚法眼，不可無以表彰。』乃隨足力所及，輒成十二律，名丹霞詩。因命能文諸衲，隨意屬和，不拘各體，總以識一時山川人事之合。

初入丹霞

壁立崔嵬透一關，不攔榔栗跨千山。空中風起石梁隱，足下雲生鳥道頑。長老峯高終古在，天然巖待此時還。羣巒盡在霜煙裏，夜月横江萬木寒。

法堂

紫玉屏臨翠石欄，萬山林立一峯寒。瓊樓金殿空中幻，寶几華巾雲外安。窮子衣珠終自得，仙人羅扇不須看。一鋪直接庾關上，香水潺潺到此間。

望長老峯

萬丈孤危在目前，亭亭不與衆山緣。但看八面無行地，想見中峯直到天。遠近雲巒供怪石，淺深沙磧繞晴川。寶華王座當空倚，路滑還他長老禪。

紫玉臺

左控重關拱上台，擎空仙掌向陽開。影分白日臨深壑，玉斵丹丘作露臺。絕巘流雲當北障，亂風吹雨度南來。石籀古篆何年事，暮轉寒飆楓葉哀。

篻竹坡

碧巘崎嶇長綠條，野人憑望晚蕭蕭。拂崖停日倍秋露，積石臨江生洞簫。鳳翅影連青嶂色，龍鱗吟動紫林飆。山南帝子今何在，砂起霧來寒欲搖。

芳泉

何人鑿石及寒泉，桐葉潾潾玉檻前。出浪定占清淨應，負缶翻爲桔槔憐。曹源一滴澄今古，渤海千漚競後先。吸盡西江無著處，雲深還待擁輪賢。

晚步松嶺

歲寒猶見一叢青，高託層崖覆石屏。夜月不侵無草地，曉風頻護獨椽亭。蔭垂千仞連雲棧，響答長江入海溟。倚杖聞猿卻回首，下方誰夢到林坰。

登海螺巖

重巖飛閣近天門，俯瞰羣峯勢獨尊。晚秀倚空徒自鑑，草玄無上與誰論。心同雲漢形俱外，目對星辰意不繁。踏徧且歸山盡處，妙高終日到黃昏。

龍王閣

龍王閣下有龍池，池在山頭龍不知。布水爲雲封洞壑，順風吹雨到江湄。出頭天外星辰繞，舉足南陲草木披。徧界不曾藏聽睹，六窓長蔽晝暝時。

與諸衲遶海螺山腳二首

奇山怪岫赴螺城，欲注南湖浸未成。突屼洪崖插漢立，森羅列嶂擁雲横。火龍暗度千尋壑，丹鳳高昂萬里程。擬挈亂峻歸上界，先教人向別峯行。

身在此山山不見，潛移一步大家看。慈威倒正無人處，蜒蜿哀斜入畫難。倚樹仰空飛瀑細，搴蘿就石宿雲寒。自慚垂老逢真境，更繞千回興未闌。

過錦巖

峭絕雲屏松徑欹，大巖疎闊石離奇。傍無宿地僧歸少，門對西江日到遲。瞻仰金容疑近古，指麾靈鷲定何時。杖頭舉處無多路，歎息人間鐘梵稀。

朝陽巖尋故址

朝陽巖下訪遺宮，樹鎖寒烟萬壑中。金像瓦穿殘日照，僧房門掩敗垣通。落泉流漫廚灰冷，墜葉縱橫谿路窮。試看石牀苔没處，陰晴疑有虎狼蹤。

丙午除夕

朔風吹鴈落人間，塞北江南夢欲殘。萬里溪山看臘盡，數峯松竹到春寒。佛燈自照夕陽外，僧笠誰從鳥道寬。一夜石泉流不住，曉鐘依舊出雲端。

丁未元日與諸衲泛舟江上

梵王宮在碧峯頭，初日迎春瑞氣浮。香散紫霞歸洞壑，鐘搖松響出江流。欲看金闕參差影，共泛晴川汗漫舟。回首畫圖丹嶂外，何人乘興晚悠悠。

元夕

山中歲月無新舊，撫景隨人樂事仍。泉落石聲調玉管，月移雲影暗春燈。早鳥喚林千嶂綠，夜猿啼雨一江澄。人間物序憂遲暮，只有閒情屬老僧。

春日登山門石閣

懶步峯頭曾幾日，憑高又見草芊芊。畫中山鳥啼無數，夢裏春花開正妍。上界窓臨江岸遠，下方人望石樓前。風烟滿目誰爲主，已覺身隨雲樹邊。

送澹歸行化五羊

五年辛苦走山城，搆得名藍愜老情。畫壁樓臺筆下起，蓮花宮闕舌頭生。看雲只有三冬日，冐雪還登二月程。春草自青潮到處，江流偏作送人聲。

寄海幢首座

鬖髿雪鬢滿頭斑，垂老于今始入山。上嶺人扶登絕頂，下坡杖倚到前關。晚秀茆房還我住，龍王書閣待僧閒。封題卻憶舟中語，寫去新詩一破顏。

寄雷峯諸衲

白頭遥望萬峯低，小隱何人守故谿。去國塞鴻先我見，入門春燕傍誰棲。河橋日落漁舟近，海樹烟深村路迷。生事百年消一病，青山依舊白雲齊。

春雨

春山將雨雲先布，雨隱雲中聞石泉。閉戶卻疑空刼住，開窓如對上皇前。香烟欲共衣衫濕，茶氣能令几席鮮。衆籟頓歸暝坐裏，萬峯誰記一千年。

子規

已知宫闕生芳草，猶抱愁心泣夕陽。無那東風增悃悵，有時寒雨助淒涼。聲隨流水涓涓遠，血染殘紅黯黯傷。莫向山齋悲舊苑，曉鐘微月夢初長。

對花

年年二月放新枝，挹露含烟似有期。笑我冷來和月老，憐人熱去妒風吹。牆頭一朶春能豔，澗底千叢夜不知。閒把膽瓶移近處，莫教香透捲簾時。

種桐

山居生計唯耕植，共道栽桐勝種田。無稅不驚雞犬叫，有鉏休仰子孫賢。偷禾鼠往鄰村去，薙草人閒鎮日眠。三歲便教花作實，滿篷風送賣油船。

南雄陸太守孝山書至卻寄

書至始知遊興阻，迢迢空谷想遐音。多時莖草縈丹壑，此日清風隔碧岑。自笑身形難似鶴，空教松樹儼成林。水雲上下生涯舊，墨綬何時拂石陰。

贈陸亦樵

當年丹荔頻相對，此日青山又到來。居士持齋忘歲月，比丘行腳徧巖隈。開懷泉石供圖畫，入眼雲烟絕坋埃。閉戶默然同靜者，一番臨别重徘徊。

悼離言

夢裏猶驚久病身，老榕窓北已無人。難留去影思曾住，想見新苔長舊痕。生死豈惟千里隔，合離深恨一冬頻。離言病篤，時適予上丹霞，開春便得訃音。道情盡日傷流水，誰向長江問古津。

中秋前五日與諸衲宿片鱗巖

偶共尋涼過露臺，追歡更上片鱗隈。依巖挂屋千峯頂，繞壁横空一徑開。夜靜鐘聲從地起，月寒秋色自天來。休將此夕疑他夕，幾轉幽懷到刼灰。

九日

年年此日在高山，更不登臨但倚欄。百歲定知黄菊在，一瓢且對白雲寒。鴈辭玉塞空秋草，犬吠霜鐘起夜壇。底事暫隨吟望處，風流不與夕陽殘。

棲賢石長老生日

老僧舊住溪橋上，卻憶當時亦五旬。潭影杖搖山日落，紙窗燈暗夜猿頻。門庭枯澹思先輩，田舍荒蕪賴後人。莫倚年華少提挈，壽昌七十钁頭春。

秋日閲陳全人梁同庵英卓今遺稿感而賦詩並示諸子

瑟瑟西風薄暮生，百年衰柳幾回榮。鏡花久逐東流去，水月猶憐獨夜明。斷束故人空有淚，當時孤韻已多情。道心不向吾門冷，珍重雲山好弟兄。

金公絢生日

繁華閲盡老王庭，炯炯雙眸意氣横。感恩豈必曾相識，慕義殊慚暫近名。盈户總爲朱履客，遙山猶繫白雲情。因君益我林泉興，幸託長庚耀此生。

蕭孟昉生日

曾聞負鐵鑄金輪，公先世曾修金輪塔。覺海隆因屬後人。意躁天中香已舊，闍耶手裏麨重新。清水欲收丹壑綱，梵音先咒毒龍馴。公有願築南湖，作放生池，先施梵筴各十二部入山。勝緣久植遐齡祉，相見還期大冶春。

六十一詩十四首 有引

予去年作青松篇，今年復作六十一詩，蓋荒山岑寂，撫運自娱，不覺成韻，寧足示人，乃當軸鉅公不忘衰朽，或枉高軒，或郵遠札，無爲瓊報，敢代復言，冀簿書帖括之餘，少爲領略，知世外閒情，聊復爾爾，亦當杯盤狼藉，别出一品蔬蔌也。

一週甲子又從頭，生事如環誰去留。白髮不知人厭老，青林空見葉爲秋。朔風吹鴈來衡嶽，寒月遲猿下石樓。多少陵陽餘歲月，世間猶此憶滄洲。

閲盡興亡隱逾深，匡廬彭澤共浮沉。空教黄鳥啼來日，誰向青山問昔心。一夕寒花猶是古，萬年流水始如今。長松幾歲勞相伴，識得儂渠薄曙襟。

青山壘壘忘歸路，白露皚皚濕客冠。三代廢興猶欲問，一身前後不知寒。老來方悔少年拙，病去難尋向日歡。誰解預爲衰暮計，石門攜手共盤桓。

久滯塵寰想洞天，歸山不覺已三年。人過六十有何事，峯住千重只是禪。下界殘陽雲影裏，上方初夜月明前。聞道近多乘興者，隔江應見剡川船。

紫霞深處曙鐘寒，風轉袈裟罥石欄。心逐夜猿聲裏憩，身隨雲侶臘前觀。高幢月落烏初覺，疊砌枝橫露未乾。此意靜中看已老，一林松菊繞香壇。

微霞薄照影漫漫，世上愁從落日攢。閒倚石樓思往事，忽驚陽鴈報新寒。頭顱久豁重添雪，杖屨猶存數繞壇。不用更尋華表鶴，六旬人物已凋殘。

衰病自知來日少，偷閒人去臥時多。目前祇有無憂得，身老其如此道何。啄木鳥懸楓樹上，摘茶僧向石梁過。山中底事逢時節，歎息人間詠伐柯。

漸老漸知吾道穩，更無餘夢到羲皇。伊耆龍馬昔全盛，阪涿熊羆今淼茫。江雨未收山日出，夜鐘纔憩曉雞忙。韶光冉冉同流水，誰信松門活計長。

年年見說人多往，豈有昨宵今再來。猶向石坪低處望，不妨籬菊暫時開。峯高引水當階濺，日逼移槐隔檻栽。青山得住何嫌老，返景初殘月上臺。

久住匡廬無雪詩，去年二月苦吟時。青山依舊人添老，白髮無私天亦垂。萬頃冰田春尚早，一庭玉樹夜何其。石梁回首寒猶在，獨立松簷卻問誰。

海螺絕巘覆洪濛，老眼臨高豁大空。越水東流流不住，楚雲西望望無窮。風吹落葉知何處，月到寒宵只此中。欲倚長天青碧碧，一聲鴻鴈隔千重。

居山只合種山田，豈爲無心作俗緣。人事強如千日日，世情薄似一年年。道貧不欠他生債，身病長賒買藥錢。便採菊花當服食，頹齡無酒亦陶然。

手扶人背上丹梯，只是臨高眼莫低。老去尚能誇足力，興來差不厭人攜。猿貪果熟連枝墜，鳥識僧歸隔樹啼。暗數登山今四度，明年還擬搆巖棲。

萬仞峯高獨坐時，紙窓虛映滿頭絲。古今不到眼前盡，雲月從教人外移。僧繇豈有圖空手，榮叟贏將入老詩。自此更生千歲日，石牀題徧定無疑。

己虛庵主出先華首座下住瓊南二十餘年與余生同甲子適當攬揆分奉舍利以福遐齡

羅浮古木不知年，移向瓊南作話傳。厚蔭偏宜炎熱地，新枝重發沍寒天。一周甲子伊誰主，十萬程途後日緣。化度未終吾與汝，靈珠分曜海潮邊。

戊申冬日屬西堂石鑑代主長慶臨别示此

十年未弛吾師擔，三請深慚居士心。林孔石有札促余。多爾逆撑曹洞水，爲余雄據大溈岑。先宗斷續寧論後，古道凌夷直賴今。千里臨風無别語，甕頭黄葉愼知音。

石長老入閩已有别句臨行再書扇頭二首

老大翻驚歲月頻，那堪更作别離人。三年寒暖初停夢，一夕雲峯又隔春。有意菊花成聚首，無情梅蓴送行津。風烟轉盼分閩粤，錦水華山卻認真。一瓢峽澗冰霜重，千里雲幢身世輕。話月總教隨刹土，臨門猶悔出山情。庾關古已多行客，烏石今仍對會城。拄杖到時春已半，堂前不信草頻生。

寄林孔石

折柬殷勤又七年，肝腸重布菊花前。卻慙堂構乘承後，轉見王臣囑累先。白社遥知宗炳意，青山分去遠公禪。臨風更有無言句，他日相催一默然。

曾公實過訪 舊同年友也

看君幾歲籜皮冠，試問從來爲選官。念我故山腸欲斷，因人岐路淚偷彈。已成白髮南洲暮，卻憶青袍北邸寒。莫怪童齡多慷慨，低垂猶自倚闌干。

作金攜牡丹回

傾國名花好自持，豈因零落慎相期。竹籠馳馬慙當日，雪棹逢僧寄一枝。無意桃葩開始盛，有情丹壑恨來遲。回首沉香亭上事，空令人憶暮春時。（以上瞎堂詩集卷一二）

全粤詩卷七六七

釋函昰 七

南雄陸太守同闔郡諸宰官招入華林

宰官招我下重關，榔栗横肩自去還。愛聽三車遲近院，曾先五馬入深山。風流況有宗雷並，雲外偏宜皎貫閒。願見久忘朱戶貴，麻衣高座鬢毛斑。

建封灘尋靈樹禪師舊址

青松高出建封寺，信棹灘頭問古津。舊址久成豪族塚，原田半入俗居人。坡斜漫滅無行逕，竹出參差多著塵。五百方袍何處去，清溪水涸石磷磷。

晚泊有感

布帆忽憶十年前，獨樹臨江晚泊船。戍角淒凉林外壘，漁燈黯淡渡頭烟。行塵擾擾人非昔，流水涓涓夜穩眠。世事總如寒浦鴈，飛來飛去暮雲天。

初入華林

近郭名藍半壑開，華簪方服對高臺。雲生几席僧催至，香滿山廚客帶來。萬里風烟霜竹斷，三生魂夢午鐘催。相看未易論疇昔，且共遐心倒茗杯。

贈阮若生

閱徧興亡一布袍，早傳名字到蓬蒿。心同野鶴青冥近，身傍雲庵白社勞。賣藥韓康疑市隱，栽松道者愛年高。投閒豈爲田園樂，止酒尋僧不姓陶。

華林送李別駕廷標入覲

折柬尋僧幾日情，俄聞萬里逼王程。一官久繫皇恩重，三徑從拋樂事輕。梅萼漸看帆影遠，杏花回首馬蹄横。遥知丹石薰風下，野老欣傳返旆聲。

龍護園

太守新修别院深，遥分祇樹落城陰。官閒喜傍烟霞蹟，僧僻慚牽纓冕心。定化絃歌成佛國，已將鐘梵入名林。谿壇曾見聞樨者，空谷寧愁金玉音。

還山留别陸太守

真成一日堪千載，太守高懷豈偶然。撥蹟直深塵刼外，論心須憶古皇前。香花已見當年事，雲水還期後日禪。歸棹未應愁此別，石門遥望夕陽邊。

歸舟晚望

久住青山性未馴，出山何似入山頻。猿聲豈爲催歸客，江色長疑送去人。沙上白鷗寒照水，祠前青竹静臨津。石門深處夕陽閉，昔指雲間是隱淪。

歲暮

就隱丹峯幾臘殘，昨隨人去四旬還。夕寒鶴自歸松頂，月落雲仍到竹關。萬里客鄉知歲盡，一天風雨待春閒。孤懷淼淼誰堪共，獨拄桄榔吟上山。

寄酬南康别駕沈赤巖

佐郡名豪隔蠡湖，官齋如水對青菰。攜觴自有陶彭澤，看竹應尋舜老夫。深謝朔風馳鴈翅，空慙明月寄香爐。多才會見勞丹詔，還許山人懷刺無。

程大匡儀部入山卻贈

異代名賢去住間，偶攜書笈扣柴關。永和風味難爲客，彭澤田園豈易閒。息影且依春樹暖，登高莫厭石頭頑。憑君舉目看塵世，更有何緣好似山。

春懷

坐對青山一望寬，山山如黛鏡中看。馬嘶芳草青烟澹，燕繞空梁白晝寒。微雨閉門春寂寂，落花沉水夜漫漫。信知世慮由來薄，亦有幽情時倚欄。

春日寄雷峯社中

庚關殘臘惜歸時，門掩春風日漸遲。衰鬢自憐山興洽，閒情惟有水邊知。淺深綠樹藏茅屋，開落紅花蔭竹籬。不分雨過雲又起，望中難見向南枝。

趙孝廉蘇生歸自江陵與同榜潘廣文伊蔚過訪

同年並轡訪幽居，出處支離話有餘。千里遠歸淮海夢，一官猶釣錦江魚。難將身世論今日，且向雲山問草廬。松下石牀眠不盡，殘冰衰柳燕來初。

送沈融谷回浙秋試

青雲直上鄉關路，寄别題詩惜柳條。郡幕已深庭樹影，融谷於孝山太守爲内外兄弟，時客其署中。秋江還擬桂香飄。三春去馬遲征鴈，九夏歸人獨聽潮。才子聲名應此日，十年回首話非遙。

春日即事

朦朧春色石樓前，落盡桃花聽杜鵑。水漲錦溪知夜雨，月沉丹嶂起朝烟。山中各自成昏晝，世上曾無異食眠。芳草王孫歸未得，幾人於此獨潸然。

芳草

何處東風送大堤，王孫去後獨萋萋。郵亭日暮烟方合，廢苑花飛葉未齊。乳鹿眠雲春更暖，芳筵坐客晚多攜。無邊勝事山川上，説向侯門醉似泥。

憶崇禎丁丑寓鷲峯寺上元日早朝

梵王春殿曙鐘催，卻望金輪紫禁來。萬炬光中軒騎入，千官頭上午門開。遥瞻鳳闕仙班後，始拜龍墀鵷從回。白雲殘夢思周穆，縱有瑤池亦劫灰。

憶與陳全人下第南歸舟次金陵宿報恩塔院

六朝王氣盛當時，水滿秦淮繞帝畿。帆落舊都江色暮，月搖金塔梵鐘微。壯心淡泊聽蓮漏，客路蕭條戀禁闈。回首山陽成往事，不禁禾黍歎依依。

憶過姑蘇

西風散髮闔閭城，回首姑蘇淚暗生。孤客不知他日恨，旅懷空愴昔人情。秋高葉落吴門冷，夜半潮生海月明。三十年來吟望處，江湖繚繞暮雲平。

憶過西湖與余中丞集生汎舟

蘇堤衰柳鴈初飛，短袖峨冠靜對誰。萬古湖山猶此日，六橋風雨憶當時。故人夢斷西州渺，病鶴天遥松月移。記得少年曾有約，一瓢長乞浙江湄。

金陵懷古　此余爲白衣時所作也。因拈憶舊諸篇記及附載於後

建業樓臺烟樹微，蒼茫天塹鴈斜飛。大江南北誰能限，西浦神仙願已違。昔日顧榮輕白羽，當時王道重烏衣。方山日夜長如此，淮上千年古帝畿。

寄姚石埭六康

北望金城思渺然，寒蒲新柳夕陽天。遥山鴈去三千里，獨樹鶯啼四五年。官閣聯詩知政暇，宦情如水記生前。故園更有樨香在，莫學淵明醉菊邊。

桐子山

桐山早歲已知名，今日親從鳥道行。一縷雲根逾嶺路，半空人語隔溪聲。新栽緑樹埋烟重，舊引紅泉落澗清。此去數程江岸近，不教人作武陵行。

春日再過㴔山

西浦春畦生野烟，北山疎雨過遊船。一條舊路依層砌，無數新陰異去年。近接紫霞迴峻嶺，遠臨芳

樹帶長川。高臺日暮天風起，水逝雲寒思渺然。

黄徵君過訪

江楚名儒不姓龐，雲山次第到湘江。石頭路滑蒼苔徧，螺髻春深烟樹降。看竹最宜風滿座，聞花應愛鳥窺窗。灰心更有詩囊在，荒院留題韻自將。

上巳寄南康太守廖昆湖

泬寥春色近何如，花落寒梢影自疎。藉草遠過江浦岸，燒畬還課北山鉏。波光幾歲摇高嶺，雲氣從朝覆敝廬。此日獨懷彭蠡守，袖中存有故人書。

春日淩世作陳無隱淩稚圭葉御題陪黄徵君入山

數數離家謁上方，此回陪客趁春光。蹋窮芳徑草新綠，啼徧楊枝鶯舊黄。出郭未除寒食火，入山偏近野棠香。殘紅黯黯都教盡，世上浮生幾著忙。

寒食

年來底事覺荒唐，無數春懷掩上方。萬竈寒烟逢禁火，千條弱柳送殘陽。岸高臨水蒼波遠，日永看雲紫陌長。處處古埏封白紙，陰森松栢去人忙。

清明

近臣賜火何年事，淺緑深紅過此生。已看細雨連三月，卻聽啼鵑正五更。侯門盡醉當花落，馬背餘醒拂柳輕。撫景不堪愁蝶夢，因人空切住山情。

春望

多情每笑無酬處，獨上高樓望遠空。細雨自零春岸迥，斜風偏送柳條東。百年暗逐江籬暮，萬事銷歸山槿紅。寥落莫愁頭白盡，死生寧不與人同。

悼言全監寺華首

離家已是五年餘，總向殘山守舊廬。離亂寺田空有稅，往來羸稚不成鋤。出門自負干寒暑，掩室貧炊數麥蔬。肺病兩冬猶未釋，伯仁由我痛何如。

壽劉焕之副戎

真隱何殊水石間，王門深遠意相關。入世但尊程氏學，論心唯許遠公閒。常供軍儲先輸國，時捨僧田爲近山。最喜年華纔不惑，佇看儒術徧塵寰。

楚黄趙處士入山見訪

楚客春遊望石門，一肩風雨冒寒原。因尋茂宰知山近，卻枉高軒到日昏。野鳥避人過遠樹，潭龍噴沬見深源。憑高莫指前谿路，苦竹林邊有夜猿。

寄足兩侍者

舊院何人潮汐中，十年立雪恨西東。頻行方丈莓苔破，久病牀頭藥罐空。門對孤松分鶴影，窓臨野竹惱春風。老僧近亦多愁疾，獨掩高峯聞夜鐘。

落葉

一葉辭枝影便單，烟深沙淺亂離難。因風恨不寒燒盡，踏月空憐屐齒乾。卻憶題紅疑有字，若逢爲笠也須冠。紛紛樹上殘陽裏，正好和雲作畫看。

落花

辭枝片片逐東風，不信繁華過眼空。山月自寒今夜夢，碧雲愁鎖舊時叢。徧尋踪跡徒勞蝶，狂逐馨香尚有蜂。但識初終無二致，依然滿樹紫兼紅。

姚大參亦若擬僦居太平舟次相見率爾有贈

曾因避世入丹丘，公昔避亂丹霞。北望衡陽幾度秋。亂後將家依幕府，歸途訪舊過汀洲。谷口殘鶯啼柳暗，石門斜日映江流。看雲休逐三川遠，卻指鄉關在豫州。姚，中州人。

送澹西堂之海幢兼寄阿首座二首

薰風又送下江船，共許青山各一天。柳色漸深人去後，鶯聲偏逐馬行前。半旬雲寺傾長日，幾夕燈花話隔年。若問老僧春夢足，多時曾遶木蘭邊。

不信遙山更有愁，蒼茫烟樹越王州。見攜孤策辭林鳥，知共何人上海樓。潮帶殘陽歸客艇，月隨零露下蘋洲。蕭蕭朝暮孤峯外，極目長天空白頭。

詔復濱海遷民故業三首

市上驚傳鬻海魚，幾年禁令忽聞疎。流民多恐無歸日，望里翻愁空故墟。城犬隨人尋舊路，野鴉遷樹避新鋤。不堪悲處還成喜，童稚編籬且種蔬。

官府唯聞復故基，荒涼田舍欲何爲。餘生便是承恩日，後死彌深設慮時。已分辭根同敗葉，卻因回律惜殘枝。夜塘寂寂春蟲切，雨過疎籬帶濕炊。

死生誰復問身名，尚在幈幪愴倍生。妻子流離今已過，家園存没眼前成。辭巢社燕先秋恨，淚血啼鵑薄暮情。天道好還憑未得，人心將作感恩平。

酬阿首座並寄澹西堂二首

渡頭長繫過江船，樹裏尋源六月天。海燕漸辭山槿後，塞鴻應見露槐前。道情斷續同流水，世事飄飄似去年。自是吾門生計在，可堪惆悵白雲邊。

抱璞生愁刖亦愁，腳跟無線繫皇州。若教此意如秋葉，不惹閒心上庾樓。臨水已沉潭底影，看雲猶憶鴈回洲。苦吟豈爲誇同調，一曲清歌笑白頭。

李别駕入覲回署適當誕日作詩寄之

萬里朝天歸早秋，西風昨夜報山樓。去時憶别愁青黛，回日逢生尚黑頭。楊柳舊烟仍繫馬，梧桐新月照牽牛。時值七夕。王程鞅掌年方壯，共喜恩榮發豔謳。

七夕驟雨

西風初動暮山寒，萬樹濃陰綠未殘。星漢自高虚夜色，鵲橋無路暗雲端。人間驟雨應遺恨，天上新涼欲盡歡。景候不殊人事别，新詩攜向佛燈看。

余生平摘過頗切輒有面從之感賦以自責

我亦年來厭此心，無人終日對高岑。盡云有石能攻玉，誰信真鍮不博金。晚倚西風寒似昔，曉臨秋水淡如今。一林霜氣從空下，單複衣衫各自任。

初秋

山院炎蒸苦莫何，西風忽向竹間過。梧桐新月難成寐，楊柳殘烟好放歌。足疾偏憐憑藥力，心閒每恐入詩魔。寒蟬遠樹聲逾切，始信深懷冷處多。

唐樸非有北上便道入山之訂久候不至

遥望錦帆過急湍，短章裁就寄長安。已開山閣延朱履，卻訝香塵隔玉鞍。秋草定沾朝露濕，黄花空送夕陽殘。八方輻輳春風暖，誰信柴門雪夜寒。

送唐樸非北上兼寄程民部周量二首

長安有路路茫茫，目送征帆鴈影長。九萬程途新羽翼，一朝邦計舊文章。杏花首擢誰先達，金馬聯翩接後行。應笑老翁頭白盡，懷人猶自憶春芳。

鳳池幾歲絲綸貴，空谷頻年金玉遥。坐斷寒雲歸紫壑，望窮明月上青霄。公車過處猿偏切，廟算閒時雪未消。欲寄宋曹逢解袂，離歌一曲起漁樵。程曾爲中書，故有起句。

送廣慈侍者歸隱廬山

一笠風烟望故山，石粱流水尚潺潺。投林輸爾鞭先著，待月愁予身未閒。遠接湖光高築室，近穿松逕自爲關。聽猿更有幽懷在，分付溪雲留半間。

酬盧處士黼子

西樵居士在端州，遠寄丹山最上頭。二十年虚宗炳社，一千里憶剡川舟。雲端話斷星巖夜，錦水人歸碧玉秋。世故儒生誰獨念，黄埃滿市莫淹留。

庚戌元旦書懷

出世已經三十年，紅帔白髮拜金仙。身閒在世豈容易，夢覺隨人只倒顛。夜雪曉風思煖㿻，松濤溪管羡高眠。未來人事應難料，又報鐘聲上法筵。

送姜山侍者行乞江南兼寄匡山諸衲

一鉢江南萬戶春，入廛須是住山人。朱門豈有嫌支遁，白社何妨狎許詢。易見鄉關他日夢，難辭師友此時身。秋風返棹經廬嶽，爲囑同門且耐貧。

寄姚六康

因僧乞食下彭湖，試問陶公憶我無。去歲緑楊仍在目，今朝黄鳥已頻呼。晴烟客棹詩能苦，春雨官齋酒再沽。獨有白頭人悵望，深山何處望雙鳧。

寄黄師古

柳條初發送寒原，更有懷人欲並論。千里布帆愁錦水，一池荷葉憶篁村。馬卿有意先爲客，杯渡無心自到門。珍重封題隨鴈去，無窮春色趁王孫。

聞石長老歸自閩中卻寄此詩兼訊廖太守昆湖

別去閩城未一年，秋風忽報返湖船。正疑人重烟霞僻，卻似天留水石緣。雲裏峽橋仍古路，雪中金井迸新泉。坐逢謝守爲予道，近欲移茆五老邊。

贈與安竟書記 與安即錢塘陸麗京也，擅岐黃之術，兼通三學

脫卻黃冠著錦斕，還丹誤服得童顏。真人未必居蓬島，藥草終須到雪山。剩有君臣紹洞上，更無文字到人間。才華洗盡看南斗，莫學黃龍在泐潭。

送作金行乞虔州

生涯且向塗中去，寒鐸還從山上來。布袋展開塹白汗，芒鞋踏倒笑青苔。衝將苦霧行荒草，又帶斜陽歸霧臺。無限風流猶未厭，滿船珠玉待人回。

初春與諸衲遊黃沙坑

春遊老覺步行難，弟子肩輿過遠山。石壁舊坡須數轉，野田新屋只三間。犢窺僧背常偷菜，犬逐人行先到關。自是大家新歲聚，一年唯有此時閒。

二書記種桃於法堂方丈之間新花爛熳余偶過玩竟書記索詩示以此作

移得桃花近竹扉，一般景物昔人非。白猿夜夜千峯切，紅雨年年二月飛。金閣儼臨西子面，玉容長

映老僧衣。千株何似此株好，不及靈雲未見時。

寒夜偶成

老病況兼春夜寒，山堂寂寂佛燈殘。非無厚絮嫌衣重，卻有多人任意難。心憩久安身世幻，願深不作有無觀。搖搖壁上交珠網，法界原來在此間。

送澹西堂下廣州並示阿首座

剩水殘山又到春，龍鍾雙袖不知貧。久膺道法慚無狀，豈外形骸欲認真。楊柳含烟初送暖，山花照日見行塵。相逢但道予猶健，潦倒林泉信此身。

再送姜山行乞江南

驪歌唱罷不勝悲，春水梨花二月時。細雨閉門寒坐怯，暖風吹袖獨行遲。長干日落逢歸客，溢浦烟銷見廢祠。極目川原千里外，關心唯有老人知。

牡丹花開訝其憔悴戲示諸衲

鄂君何事減生平，豈到山中繡被輕。國色但存興慶白，天香猶見雒陽名。不將富貴撩人意，故作清癯稱道情。直待懶殘寒涕盡，明年應有露苞生。

苦雨

父老傳聞雷打雪，果然四十日春霖。江連野岸魚龍出，樹鎖寒烟虎豹深。田圃預憂新夏旱，經櫥先受綠莓侵。人間欣厭應難免，未必皇天無此心。

秋日送李廷標赴雲南郡丞

秋草萋萋送别頻，賓鴻應識宦遊人。一官到處青山在，萬里回看白社貧。筇竹高低逢玉案，滇人老幼候雲津。暫勞佐郡威蠻服，會見泥金鳳詔新。

秋日懷悟石陸太守

瑟瑟西風梧葉疎，訟庭鶴唳夜燈初。一簾秋月還霄漢，十卷楞嚴對梵書。斂目欲尋相見處，閒心幾失朗吟餘。年年此日霜天迥，鴈影長空知有無。

答紹元居士

千里香花今日事，一林松韻昔時人。名題華藏還從本，石鐫如來信有因。月滿峯頭閒布衲，雪沉川上憶綸巾。山鐘夜夜寒風度，吹向星巖入夢真。

送陳季長還閩並寄怡山社中諸子

歸帆一過石門寒，空谷難留久客歡。丹嶠共憐孤鴈影，金崎誰待夕陽殘。淵明自有田園樂，惠遠焉知世界寬。白社若詢山衲信，爲言牛火正盤桓。

歲晏懷姜山

東風吹雨下長干，又見梅花帶雪殘。夏杪一傳廬嶽信，秋來幾聽鴈聲寒。艱難客路誰能久，冷煖人情我已安。聞道開年定入越，輕舟應過子陵灘。

孝山太守入丹霞阻雨建封灘

間似青山忙似城，若爲離合倍關情。東風欲送石門影，椒雨仍留屐齒聲。雲掩春燈山路寂，浪高官舫夜江明。此心久已成相見，魂夢何勞兩地生。

並頭蘭寄和阿字澹歸二首

同心只許二人知，泄漏春光卻怨誰。千里遠持華萼信，一峯斜掩日長時。放先已笑青蓮拙，裕後潛教嫩桂移。林下獨宜深對月，靈根翻茂莫相虧。

兩朶幽香一蔕開，逢人休更説從來。風前泣露楚人思，月下聽猿王者猜。獨秀何妨同衆草，爭榮時亦破荒苔。孤芳盡日寒林裏，肯向瑤琴歎活埋。

沈融谷將入都門過别

白社名流覲上台，暫辭山侶一徘徊。文章有價龍門近，巖壑爭先鳥道開。掩映桃花承雨露，悠揚榆莢趁春雷。迢迢帆影隨歸鴈，記取明秋芳信來。

酬木公尊宿

白雲何處足安排，萬里河山一草隈。當念久知忘刦量，入林元爲濟川才。共期砥柱傷同異，不取移茅絕去來。底事只今誰舉似，佇聞法鼓起春雷。

壽尹中書恒復

禪者歸山問昔遊，知君七十去年秋。世間歲月豈容易，山上雲烟忘去留。招隱久虛宗炳社，懷人頻上仲宣樓。高齡相見難期約，遠泛滄江空白鷗。

仲春得姜山報知以此時入越卻寄

一年纔得兩封書，桃雨霏霏柳雨疎。吳嶠夕陽投寺晚，錦江歸鳥囀簷初。迢遙客路饒新語，寂寞家山掩敝廬。收拾笠瓢還舊隱，春光容易待樵漁。

悼仞千壁西堂 歸宗聞訃作

昔辭雷岫獨躊躇，再別丹山意倍孤。慶喜堂虛人去後，自雷峯還丹霞，時離言將寂；今自丹霞還歸宗，又得仞千之訃，皆侍者寮。鉢曇花落鴈行殊。仞千以侍者改雷峯西堂。七年行徑空芳草，此日雲山有鷓鴣。

老我鸞溪成底事，不堪吾道日芳蕪。

海幢阿首座生日

法源曾出古皇前，洞水汪流浹後先。諗老尚紆行腳日，雪峯已是入閩年。魚龍寂寞珠江闊，虎豹縱横石鏡懸。貴胤久成誰灌頂，高樓極目鬢皤然。

初春陪廖使君曾文學遊玉簾泉

明珠十斛瀉寒隈，幽谷憑誰眼豁開。最喜使君能撥草，更逢名彥共登臺。風飄素練朝烟細，月浸冰簾夜色廻。終古不曾停此日，卻因嘉會憶從來。

過東古雪悟禪師卻贈

一岫獨當欄外穩，石門回首衆峯移。長年痞寐酬今日，奕世光儀荷此時。返照欲浮湖底月，寒雲猶護嶺頭枝。名山老我應無憾，來往能辭倒接䍦。

春日倩闍道者入山二首

萬壑千峯共一林，桃花落盡又春深。移茅豈作避人計，爨木偏多流水音。解語應知黃鳥意，高懷忍聽白頭吟。休將底事同時俗，杜宇寒枝未易禁。

戶外新篁已過牆，忽聞語燕復窺堂。秋風似昔空留社，春月于今仍照牀。塵刼有身難問世，夕陽無腳向何方。開山我亦成孤調，回首雲烟只自將。

病中寄阿首座

塵刹難將歲月論，每因疎越見寒暄。一年一度深秋鴈，何夕何時入塞垣。種菊豈惟期晚節，搴蘿誰不羨吾門。月明俯仰猶今昔，亦有聞猿欲斷魂。（以上瞎堂詩集卷一三）

玉簾泉用劉德馨太史韻

飛空素練玉同瑩，萬古長留花雨聲。曾借東坡深夜偈，更逢摩詰對山楹。影搖皓月沉空谷，夢繞枯藤濯此生。好景莫隨黃鶴去，遐踪應共白雲情。

又用葉桐初大士韻

泠泠清影擘雲開，誰傍珠簾石徑廻。千里有帆應計日，三生無約亦登臺。遙天噴雪無留影，灑墨凌空自作堆。寂照已饒張拙韻，攀藤重許到山隈。

陸義山舍人入山

深山一自埋清影，誰向鸞溪寺裏行。無著嶺頭空有約，天親湖上舊知名。木樨可遂聞香意，蓮社應無生客情。且就松陰磅礴坐，他年須憶鶴歸聲。

陳元水見訪病中少關展待以詩贈之

高掩柴關人影稀，一秋伏枕願多違。隔林傳語芳名舊，倒屣留歡足力微。相見定應期後至，入山何可但空歸。揮毫且作他年券，松鶴溪猿認客衣。

容瞻公見訪 得程周量寄書。周量方出守桂林，書中道其從楚入粵，即事賦詩並呈瞻公

忽傳谷口貴公來，入座鄉書次第開。同籍故人從帝闕，及門官舫過湘臺。山深江闊何年極，鴈去雲飛此日催。更囑陶潛須縱酒，荒蕪松菊易成哀。

開先山鳴禪師六十初度

重興祖刹逢獅吼，一代真風付後人。身在此山慙昔日，雪大師主開先時，適予掩關歸宗，不獲相見。道隆堂構荷芳晨。無窮自可禳山鬼，常住偏能現病身。千尺龍吟投耳順，班荆容我話長春。

丹霞澹長老六十初度

如來壽量付何人，湧出因緣刼外春。只少六年稱弟子，卻於五位定君臣。臨機輸汝棒能疾，得意慙予道未親。且喜分身還集處，端然寶塔露全身。

新春偕澹長老遊玉簾泉

門内風烟許共尋，病餘春色與年深。雲山有意難登陟，泉壑無心自晝陰。半日樓臺增勝槩，千秋人事只如今。飛霞噴玉終何極，老大相將且放吟。

程周量寄詩並繭紬賦此酬之

十年烟水思鄉客，萬里王程限遠岑。寒念雲山添老衲，情紆塵刹見高吟。牡丹已覺時人夢，霹靂全彰隱几心。桂府一麾非久滯，廬峯還待擁牙尋。周量時以職方郎中出守桂林。

與方樓岡學士談千山舊事

廿年人事不堪論，把臂猶憐意氣存。且盡金山深夜話，欲招宋玉一春魂。河山萬里誰同調，雨雪千峯自閉門。身世悠悠成曠刼，每因芳草念王孫。

哭開先山鳴禪師

雙髻真風在及門，十年鈴鐸報師恩。名山我遂失良友，先席誰堪託後昆。林白鳥哀深院寂，香殘雲暗幾僧存。洪波自古撼冥壑，入水長人豈易論。

甲寅春日廖昆湖太守解組歸里適予有移茅之役不獲出祖詩以送之

政成得請還鄉去，正值桃源花發時。五老清風吹滿袖，三山遲日照龐眉。金輪難買陶潛醉，予將去鸞溪。珠海誰呈宗炳詩。海幢無子請藏北行。自笑水雲情未瞥，一條榔栗送君遲。

挽真佛

有子傳燈心已安，蓮華臺上足盤桓。玉淵步月溪聲舊，錦石登山屐齒乾。放老豈虞調衆拙，避人寧計買山難。訃音正值移茅日，憶昔嗟今眉欲攢。

送即覺還海雲並寄社中諸子

鸞溪一住已三年，衰病無心作俗緣。見説鄉關人盡望，其如雲水意猶牽。白頭生計應無別，青鬢儀型莫放顛。若問老僧高臥處，紫霄峯下綠疇邊。

柬倫宣明使君

老病輒聞衰世事，無緣空抱古人心。閉門風靜看花影，倚樹日遲聽鳥音。三徑久荒遲貴客，五陵夐絕託瑤琴。溪山莫笑無陶釀，也有清談到夕陰。

退院詩十四首 有引

廬嶽退居之志，十年於兹矣。長慶兩度見招，堅辭弗起；歸宗一請便諾，儼然而來。蓋欲借路還家，因風吹火。易子孫而禪席，還祖道於名藍。然後掉臂出門，指峯深處。詎謂三年未究，老病頻仍；數月以來，人緣交互。乃翻然杖策，遂我初心。住棲賢老方丈，待紫霄新結茅。萬竹千松，一日三覺。古人登山長嘯，棹艇洪波，此心此景，於予何憾。匪敢追芳往躅，庶免貽譏今時。率爾成章，貽闕高識。

生來業運滿應除，幸托龍天得退居。廬嶽故丘曾有約，金輪祖席且從虛。黃花晚節凌霜早，白竹新鋤數畝餘。淨成在紫霄峯下，山中人相傳古白竹，諸誌無所攷，故易今名。自此幽棲少鄰竝，清談無客或觀書。

曾向清溪讀梵書，順治甲午閱藏於此。老來還傍草堂虛。窗前綠竹已成蔭，屋後青山又舉鋤。愛樹不妨啼鳥換，避喧寧畏遠人居。往還自此無拘束，仄徑隨身月上初。

厭事久思雲外室，愛身仍託寺邊身。鼓鐘夢裏驚如昨，眠食時來得任真。聞道郡城多斥堠，焉知溪上有閒人。投閒若更受閒累，到老何年是了因。

堪嗟吾道失真傳，名實相虧愧昔賢。光大祖宗憑法鼓，可哀可痛。虛霑信施費官錢。是平心話。算來底事何人少，空把光陰暗裏遷。損己爲人真個話，蹉跎三十又三年。

終年寒涕只垂垂，已分違時老更癡。茅屋近溪雲占盡，山堂依樹月來遲。高峯不入澄湖影，病鶴長棲絕壑枝。寄語世人休笑殺，春花秋葉兩相期。

古今浩浩足商量，誰轉西飆山葉黃。萬里干戈江色動，一林松竹鳥聲涼。山頭野鹿如無事，樹裏人家似著忙。探幽戴日忘勞捍，浹汗如珠歸路長。

閱世幾埋孤鶴影，含情時復向人前。鍾期既死琴何用，黄石難留書已傳。雲隱一峯星漢外，天搖雙鏡夕陽邊。水聲深處多歧路，莫逐樵夫入遠烟。

到處相逢說入廛，不因多病不知年。門庭施設兒孫事，老大生涯水石邊。天下何人能穩坐，山中無事但高眠。無窮歲月從今日，修短安危總聽天。

寂寞湖山秋氣清，欃槍日夜少人行。野僧不識川原事，父老新傳郡縣名。丹岫人歸無信息，澹歸初春還嶺。白門書去稍關情。阿字近寓江南。閒心亦有閒今古，歷數興衰感慨生。

秋深落葉埋芳徑，避亂人多向遠山。送客未嘗過谷口，蹇驢時見到雲間。戶外西風欺病骨，籬邊新月照頹顏。一辭院事閒如許，又聽鼙聲早閉關。

一山深又一山深，郢客無端未許尋。嘗因衰世近名事，益見前賢遠害心。俯仰白雲空萬里，週遭黄葉自長林。日來漸得眠中趣，不信靈山直到今。

相尋寂寞古人高，取次多年誤汝曹。大刹盡爲豺窟穴，一丘猶是我蓬蒿。柳溪地闊宜桃李，鶴嶺山深足羽毛。訶衍住鶴鳴，角子住柳溪。萬頃湖光閒自得，笑看人世日勞勞。

謾說林泉寄一枝，無心猶恐懶成癡。心境相待，卻恐要癡不得。初終後夜繞欄處，春夏秋山坐石時。溪鶴伺魚人不覺，山雲到樹鳥先知。記得往年爭洞濟，涅槃城裏豎旌旗。

休隨流俗負初心，生死何曾兩不侵。未舉青蓮應解語，空教黄葉誤知音。龍蛇易辨當機眼，水乳難忘薄曙襟。今日始知前日過，廬山衹有此山深。

寄旋庵解虎並社中諸子

退身卜得紫霄寬，準待誅茅度歲殘。老景衹知黄獨美，少年休訝白雲寒。非關苦節成孤往，每念酬恩亦大難。且學懶瓚聊自慰，還鄉又在數年間。

經開先上山鳴和尚塔

幾日相過笑語歡，西風轉盼隴楸寒。溪橋一别人千古，山寺重來竹數竿。夜月已添新塔影，寢堂猶挂舊蒲團。扣門不作西州慟，直向深雲定裏看。

過棲賢憶即覺

重踏溪橋萬慮輕，今人丘壑昔人情。老漢退居，即覺與有從臾。青山不改寒松色，白水猶留峽澗聲。種竹莊前看已老，攜瓶石上憶隨行。黄家兄弟皆淪落，歎息吾門百感生。即覺俗姓黄，真佛如禪即其從兄，先三月而逝。

上巢雲二首

曾託溪雲留半間，十年椎拂未嘗閒。已隨梁燕辭秋社，又逐霜鴻入楚山。淺草尚多戎馬跡，高原休笑鹿麋頑。朝看湖水連天白，擬傍西峯共設關。雲居在淨成峯西。
攬盡湖光釋素襟，俯臨羣岫倚高岑。蹲雲遂有牛頭石，觀水還堪鴈影吟。簷際星河連絕巘，下方燈火點疎林。解空住處看彈指，淨成擬作山樓。莫負當年遊歷心。

生日前一日聞南康戒嚴

生日今年異去年，連宵風雨忽晴天。山中歲月無新故，世上興亡迭後先。萬古雲霄高著眼，千峯林木獨成眠。平觀總是刹塵事，回憶當時已惘然。不堪回憶。

入嶺道中寄訶衍角子澤萌廣慈作金圓湛

廬嶽于今已刦灰，白雲流水盡生埃。荒榛待闢誰堪守，新竹成陰我再來。絕食自甘同大衆，避人何憚走千回。一生一死尋常事，珍重寒溪雪夜杯。

乙卯人日酬樊月藏孝廉並寄大願文學 時予初還雷峯

匡廬歸棹逢人日，是處宗雷在眼中。蓮漏久虛潮上月，蓬門重啓鴈回風。四方戎馬留村寺，十載家山倚竹笻。存没未應停笑語，喜君兄弟信能通。

酬謝鄺門許二荄二文學

已分匡廬埋老骨，干戈萬里促行塵。謝家兄弟風流舊，玄度襟情笑話新。近海烟深含嶽色，遠山雲薄想晴春。十方多難饒相過，韻事何妨到水瀕。

偶成

亂後無炊強下山，難忘熟處向庾關。海雲舊院曾相約，廬嶽新鉏且放閒。戰伐不爭窮髮地，行吟偏有荔枝灣。落便宜處得便宜。日長睡足觀潮上，大樹交風到石欄。

話月堂紀夢

夢裏還山亦當歸，紫霄深處稻花肥。三間茅屋仍依樹，一徑松風尚掩扉。蝴蝶豈知身是幻，莊周應笑我猶非。雞聲枕畔蘧蘧覺，話月堂前燈影微。

勉樂說還丹霞

咫尺丹山不肯歸，已看紅脫荔枝磯。誰言錦石非深隱，謾說香爐待息機。閱徧人情還老大，許同宗党莫依違。世界雖闊無別路。灰心賴有吾門在，古道于今豈盡非。也須有斤兩在。

與諸衲赴大石李村荔枝之約

老人不是貪鄉果，爲就雲峯過遠村。只箇荔枝休道著，欲同冰雪倩誰吞。小舠蕩槳重陰淼，二力肩輿驟雨翻。自是閒中忙不徹，好將風味寄高原。

喜澤萌來自開先並示塵異時塵異偶患瘂

萬機休罷付雷同，買得青山湖水東。乞食暫迂戎馬外，耕田先指靄雲中。千兩黃金難買瘂，一生白眼拚教聾。漸看人事多疑信，卻有吾儕自遠從。

寄南康倫宣明太守

津梁遠託濟時艱，屢辱榮施動老顏。世亂一丘難穩住，情高千里欲將還。真僧只合依深壑，謀食惟應自種山。更乞大賢終盼睞，紫霄容我永投閒。

彭飛雲刺史入海雲偶談往事感而成詩即以爲贈

盡是湖山去住人，聞名何似乍相親。論心輸我棲雲老，問世還他居士身。萬古興衰花上露，兩朝形跡鏡中春。酸辛話到沅湘事，四十年來夢轉新。崇禎末，制府熊心開參先老人最篤，後經略西師，在楚被逮，刺史適居其署中。

方樓岡入海雲

金輪惜別誰當後，珠浦重來我獨先。相見不須教瞬目，投機只箇得從緣。西風鼓棹江流疾，山月窺人霜葉穿。海島何如匡埠夜，萬峯沉雪一燈懸。

遲紫霄人不至

入關忽忽重逢臘，數折梅花當雪看。多病每思廬嶽切，避人猶覺故鄉難。平臨海日行無地，獨坐虛堂夜不寒。意内久懸山信渺，峯頭黄葉夢中乾。

雪木歸自博山見予海雲聞其母謝世辭還省墓因示以詩

一肩風雪亂中來，祖席欣聞未刼灰。舊院隨行黄葉在，北堂遺愛白楊哀。百年去住人何限，萬里雲峯夢欲回。悲喜且從今日盡，相催還有妙高臺。

海雲歲暮

老病空驚歲月深，白雲終古戀高岑。近人漸失溪山意，薄海猶存貧賤心。戎馬百年成往事，川原此夕惜寒襟。香爐猿鶴勞相待，空谷誰憐隔歲音。

馬鐵印嚴鼎臣二參戎入山

愛我西江意藹然，高懷重過海雲邊。故山千里干戈日，荒院殘年梅柳天。返斾定知壁壘靜，到門應覺鳥聲偏。官艘自繫榕橋下，話落寒潮只悄然。

方樓岡自五羊之楚

干戈滿地竟南詢，烟水迢遥隔岸塵。難向三生求父母，誰從五位定君臣。因風蕩槳楚雲淼，借徑還鄉江月頻。我亦永懷廬嶽頂，何年同泛蠡湖春。

吴觀察采臣入海雲 吴督理鹾餉

亂後軍儲未易供，百蠻生事欲從容。羽書緩急空籌餉，閭井蠲輸賴勸農。賦役尚寬僧戶稅，尋盟深愧虎溪蹤。麻衣身在陪軒冕，秋葉蕭蕭落遠峯。

秋興八首 丙辰海雲作

三老高空入五天，只在此中。南星一夜隔烽烟。塞鴻不度庾公嶺，江店難逢海客船。萬里秋風悲此日，千峯寒月憶前年。蕉黄橘綠真堪慰，卻引愁人到海邊。

皇圖北極彩雲邊，舊事傷心在目前。萬里公車催朔雪，午門紫氣望堯天。孤城羣盜方三日，許國元勳限五年。金盌玉魚千古恨，何堪鼙鼓入林泉。

三十三秋汙祖席，前年七夕始移茅。干戈匝地驚林木，居食從天笑斗筲。入海已深龍鼈蟄，望山猶隔虎狼咆。高峯雪月何生事，泣向西飆作解嘲。

繡戶珠簾閉网塵，笙歌不似舊時春。黄金勒馬侯門貴，白璧鏤刀壯士殉。陸賈千金歸漢德，鉅橋萬斛識周仁。王師到處空秋草，何用衣冠繫一身。

海月湖風自一秋，南征北伐兩悠悠。富強豈是帝王事，成敗那深將相憂。萬古乾坤開碣石，滿天星宿照寒洲。艱難世故空雙眼，錯認揚州是冀州。
龍虎風雲出大荒，蛟騰魚躍滿河梁。楚鷹自獵身能白，籬菊迎人色欲黃。靈武何年成往事，神仙無地問汾陽。滔滔江漢連天碧，遮莫瑤池在上方。
百二秦關定帝州，祖龍何處覓浮丘。不信魯連能蹈海，卻疑李廣未封侯。雲山一自歸黃鶴，沙渚于今泛白鷗。觀水再逢梧葉冷，乘槎應溯蠡湖秋。
聞道荆門未解兵，九嶷秋色對湓城。僧歸湖上無消息，客到虔州有戰爭。三載孤蹤憐躑躅，一樓明月帶欃槍。逢人但問西江水，日下黃塵蔽亂營。

寄王廉憲仲錫

嶧陽孤樹逼青霄，流水高山向泬寥。擿發久推今廣漢，持平還擬古皋陶。千尋渤海羣龍戰，萬里秋風一鶚驕。聞道遐心垂顧問，東籬花待晚蕭蕭。

梅影詩示願海

山齋不作師雄夢，那得佳人入戶來。四壁疎斜疑帶月，一簾浮動已成埃。未堪折贈誰當幻，更欲移踪獨上臺。恐傷潔白聊同夜，自有寒香透刼灰。

磊園捨作禪林招予主社感而留題

四十年來事轉新，此時泉石昔時人。右軍第宅今猶在，晉室山河久已湮。拄杖尚能觀布地，栽松真欲論前因。深堂鴈影何由度，莫話寒山春信頻。

龐若雲招遊亦庵有懷梁同庵

蘭若重遊興未衰，到門一望卻猶夷。當歡亦自知今日，後會難忘是往時。籬落暫增新結構，山前尚有舊交知。夜堂細語人何在，滿目河山涕欲垂。

除夕瞎堂梅花再放

嶺表梅花不見臘，今年寒盡數枝開。誰憐海國僧歸後，故遺廬山春信來。就下似臨三峽水，因高疑傍七賢臺。暗香處處應無別，欲剝黃柑擬雪杯。

中秋後三夕與諸子翫月感賦

連宵忍見天河淨，風散重霾缺亦明。落落河山人北望，悠悠關塞鴈南征。傷今聊作昔年興，感往偏憐此夕情。珍重庭前寒魄影，蘭亭樂事惝然生。

丁巳九日海雲書懷

近海寒花亦未開，故山佳節幾登臺。最憐千里同秋色，不共高林倒茗杯。落日亭亭江路邈，長天迥迴鴈聲哀。逼真現前。淹留每恨無成計，勝事空嗟歲月來。

悼旋庵湛都寺

頹齡歎逝苦低垂，至性從今更有誰。伏臘定先同列覺，艱難猶畏老僧知。嘗因高誼添身累，衹恐勞人卻病遲。回首西風成隔世，不堪揮涕憶當時。

寄尹恒復中書

蹤跡浮沉憶鬢華，當時文社幾週遮。辭山客久依殘寺，有子年高只住家。斜陽轉景扶危柳，旅鴈回風落淺沙。白首相思何以贈，一杯清茗寄流霞。

生日酬王廉憲仲錫吳觀察采臣

草白花黃霜已深，調孤絃緩負知音。全生豈盡庖丁技，三樂終非榮叟心。遂枉文章歸白社，尚紆瓢笠寄東林。難忘高誼惟今日，指顧湖山起越吟。

又酬南康太守倫宣明郡丞李子文

入嶺時維六十七，當當七十尚盤桓。廣南望雪頭先白，湖上瞻風葉正丹。雲間招手勞宗炳，火裏煨牛愧懶殘。千里珠光搖海嶽，益增歸思倚欄干。

又酬社中諸子

因亂離山托海瀕，朔風初動水粼粼。三千路阻干戈日，七十年催老病身。慧遠幾時歸淨社，宗雷隨地識前因。莫辭秉燭燒殘夜，鶴唳猿啼夢裏頻。

又示各山

損己何曾遂利人，智者大師云：『予初志一生取辦損己利他，今只證五品位。』蹉跎七十可憐春。足知塵世無成事，應惜雲林暫住身。萬古江河猶往復，當時觀聽自疎親。迢迢空刧誰爲主，莫逐生緣濫夙因。

將還廬山留別社中諸子二首

孤嶼寒暄不記年，蜃樓海市幾推遷。片帆且趁東風便，老眼回看穗石偏。春燕任教巢舊屋，山池重見長新蓮。人間聚散何曾定，雪夜還應待剡川。

垂老生涯在石門，萬峯積雪暗寒原。今心未易酬先德，古貌終難媚後昆。海客已隨春鴈去，溪聲應共隴花繁。流光冉冉干戈裏，影息深雲起自存。

佛山遇嚴玉寰提督奉召入京卻贈

百粵如今海不揚，相江一戰敵宵亡。始知事久論終定，足見功成跡逾光。石勒豈能窺晉室，張巡全未失睢陽。臣心如水天心鑑，萬里星馳入帝鄉。

泊彈子磯 嚴公招余同舟

得附官艘稱野情，碧天巖壑望中生。重圍初解韶陽堞，插羽仍馳西粵兵。幾歲干戈銷客夢，一江風雨滯王程。莫嫌老大歸山暮，松菊荒蕪賴晚成。

舟次别嚴公

君趨鳳闕我還山，共載江流兩月閒。戎馬未酬臣子志，風烟已換道人顔。拍天湖水春乘漲，鼓角官艘夜入灣。計日虎符重出鎮，雙旌遥指白雲關。

奉柬制府董公

憶昔鸞溪紹祖山，時荒分衛荷隆頒。出門倚杖慙僧服，避地移茅入庾關。洪府遠聞江路静，孤峯仍逐使臣還。寅緣一望孫弘閣，七載銜恩想像閒。

哭石鑑覞子

八旬萬里望寒原，倚杖山堂笑語温。欲啓蔣生當日徑，俄招宋玉百年魂。孤松日暮憐歸鶴，斷壑春深泣夜猿。從此掩關忘歲月，不知誰是我兒孫。

五月一日申刻睡起有感

閉門睡足申初起，峯轉斜陽到竹扉。萬里干戈餘此日，五年江海待忘機。黄葉不教流水去，白雲終向故山歸。獨憐跋涉同行者，失我三人淚滿衣。

戊午歸自嶺外以中夏上巢雲

山堂九夏無人到，策杖尋僧問石源。田盡樹連迷虎徑，雲深溪斷見松門。當窗湖水浮衾枕，隔岫禪聲入夢魂。徙倚忽思珠海日，不知身已在高原。

讀石鑑遺詩 戊午七月三十日

讀罷遺詩意惘然，中間離合總堪憐。瀝乾熱血難尋夢，欲趁餘生直上天。幾回後事悲前事，安得今年是去年。顧我掩關慙已晚，閒情休更落中邊。（以上瞎堂詩集卷一四）

全粤詩卷七六八

釋函昰 八

秋蟬四首 有引

廬嶠初還，新構未集，僑寓三峽寺之『雪泥爪』。日坐長松下，蟪蛄徹谷，哀音動人。偶憶『露重身難進，風多響易沉』之句，不覺慨然。情異世殊，均有所寄，天籟待發，因感成聲。豈效古人，聊當榾木。

輕身高木可悠悠，斷續酸傷獨不休。觀世已甘朝露薄，因風猶作歲華憂。響徹千峯人在夢，生從一蛻影臨秋。若教似汝腸應斷，白首難爲玄鬢愁。

歷盡孤危動蔡琴，華冠幾歲遂投林。悲鳴竟日終何語，静抱長松只此心。萬里秋聲風切切，一枝寒色月森森。最憐客淚傷南北，都在離懷濕曙襟。

無求不敢向人清，繁響徒縈十里行。曾學金人長杜口，忽逢玉露自成聲。高棲未必全關節，棄穢難辭是近名。翹首長空如獨訴，豈堪了了託閒情。

衰柳疎槐影自單，微吟真欲寄琅玕。端綏有意陪高士，華首何心入侍冠。飛映晚霞還就蔭，飽餐朝露不知寒。綠陰深處情猶熱，莫訝嗷嗷到日殘。

與塵異論及姜山慨然有作

生别何云遂死離，百年人事不堪思。從今晤對知多日，憶昔綢繆已後時。淚盡江河空滚滚，看窮日月自遲遲。寒山賴有安心處，收拾殘編欲付誰。

秋日遊白鹿洞時督學邵公太守倫公重修書院賦呈倫公二首

鹿跡難尋木葉乾，紫泥何事到雲端。一人顯晦千秋繫，百代樓臺幾日歡。青松自蔭講堂静，畫棟高臨流水漫。不堪回憶讀書處，鶴唳猿啼白晝寒。

代出真儒起陸沉，丁丁伐木振雲林。乾坤重换新堂構，山水還能增道心。曉月欲分香岫色，西飆誰辨嶧陽音。曾從五百占名世，一睹遺風景仰深。

遊凌雲留贈主人

沿溪萬竹深深處，壁削凌雲自一峯。貪月少栽當砌樹，愛人常策北山笻。長年一衲寒暄换，小榭臨窓苔蘚重。交臂忘懷成好友，更期借榻得從容。

遊玉川門留贈主人

何人築室鄰三疊，千尺飛泉冷布袍。徑鑿巉巖依石壁，門開空闊俯林臯。月來自照一龕静，雲散長看五老高。最愛秋山留晚景，行人寒夜衹成勞。

題三疊泉二首 有引

余初遊玉川，門人指爲『三疊泉』，夜歸按古志而疑之。翌晨，拉諸子直探其源，始歎天下山川之奇，非好奇之士未易得見。題詩勒石，俾後之遊者，必以是爲觀止也。

千丈寒泉天上來，巨靈三劈起風雷。泠泠玉屑鏤青黛，洸洸珠簾罥紫苔。歎逝冥心歸有道，臨流染翰待洪才。吾門目擊知何說，萬古龜龍剖不開。

高山流水何年事，俯仰登臨今古情。羣嶽欲干霄漢直，長川不共聖人清。一條拖練探龍窟，千片摧冰護蜃城。頓入光中忘歲月，琉璃國裏許誰行。

還廬山與塵異第一次對雪二首

五年相失忽如昨，黯淡千峯暝色移。嚴冷投人偏欲近，潔清於世肯相期。翠竹且教凌後夜，青松不敢傲當時。毋忘白首輕寒意，擁被爲君賦雪詩。

君看五老與天齊，錯落羣巒影漸低。地軸壓沉茅屋在，星辰無恙野雲迷。青青草樹難爲色，白白津梁易上泥。一夜紅爐銷不盡，曉疑明月滿峯西。

淨成閱工口占

當初結宇看容易，累石千層費巨財。寶殿未成遲佛住，山樓粗就即僧來。欲移楊柳沿隄入，擬鑿蓮池對戶開。雙手如錐聊話會，一牀錦繡待人裁。

許明府逸林見過夜話次早陪上淨成有詩見投率筆奉答

未竟夜堂無義句，明朝且遜杖頭論。崇山仄徑回風細，淺水微烟過雨痕。望望豈知春已入，行行空覺鳥初喧。一鋪功德聊回互，又待花繁到石門。

春日口占呈郡中諸公

紅桃碧柳到窗前，倦倚繩牀聽杜鵑。曾歷興衰如昨夢，漸忘名字自今年。少延生客調山惰，故縱高談放老顛。被物修名官占盡，獨留一壑恣吾眠。

詠木蘭花

翛然高倚松杉上，白比梅花廣大身。赤體凌霜寒徹骨，多情含睇暗憐春。似嫌弱質慙傾國，獨許微香稍近人。莫以繁枝掩冰雪，藐姑叢裏絕芳塵。

二月初九日山樓豎棟示諸子

東風吹雨過南皐，一片晴雲捧日高。撐棟架樓人力健，敲金持梵谷聲豪。巨靈護我終成住，乘願同人豈見勞。不愛繁華愛岑寂，夜寒誰解聽松濤。

寄澹歸二首

年年樗散愧相師，覽鏡遙憐鬢似絲。此道幾人同踢倒，登山饒我獨扶持。湖中春水堪乘興，月下晴雲好共披。荒院木蘭花盛發，折來清供欲貽誰。

下江路斷偏爲寄，入嶺人頻懶作書。不能仰面成疎放，強欲誅茅似有餘。峯抱石坪宜架閣，屋連荒壠且開畬。前途未必無知己，卻較還山得自如。

倫太守宣明許明府逸林祀匡廬便道見過

雨暗郊原春尚寒，一行車馬駐雲間。山祠酌酒千杯劇，野寺尋僧半日閒。欲問滄洲終覺遠，回看紫岫若爲攀。溪聲竹影娟娟媚，不信峯頭老更頑。

李郡丞子文同倫太守許明府祀匡廬倫許二公入寺李公獨上白崖詩以寄之

江州司馬慕高蹤，貪引山樓聽夜鐘。冒雨幾人過僧舍，搴蘿獨自上雲峯。何妨不見戴安道，有興還尋南院顒。莫厭東林不設酒，署齋長掩一重重。

與諸子賞牡丹用塵異韻

山寺何來富貴花，汝曹應是厭繁華。無端乘驛從京邸，誤殺含香醉晚霞。天外落紅春日早，人間繡被夕陽斜。上方更有琉璃國，試數峯頭第幾家。

淨成邀看牡丹是曉風折一枝行僧送來口號一律示之

東風不是妒花開，一枝先折過溪來。檀心已入青宵夢，葉底難藏錦繡堆。棲賢昨日所賞黄萼名『檀心』，淨成折來名『葉底藏』。似厭芳塵輕絶袂，敢辭青目重登臺。從來仙種皆忘物，自有憐香護寶胎。

淨成看牡丹

尋花又向石溪東，豈逐君王笑臉中。一朶微醺仍淺碧，數株輕紫倚深紅。影搖茗盌沉春綺，香結雲嵐遞晚風。怪底琵琶遮不住，笙歌繚繞萬山重。

巢雲看牡丹酬廣慈靜主

看花再上一層峯，明歲新知即舊逢。廣慈許以大紅一本移淨成。春露已承當日渥，御袍先賜隔年封。娟娟國色含風淨，郁郁天香裛雨濃。先日大風雨。金帶莫愁遲莫意，魏公門外許從容。

淨成石泉

曾聞陸羽題招隱，天下標名第六泉。紫岫更饒甘露味，洪源高出石流鮮。子瞻到處西湖在，宏覺他生鐵鎮傳。笑我住山多苦澁，一杯常得試雲邊。

曩在海雲偶得一天風雨沉山閣之句時塵異諸子侍坐命作對語塵異以萬古雲烟鎖石門應予心異之己未八月初七入雙鏡樓忽憶前事正當斯時因用舊句足成一律以識夢中之境始信人之心願原非虛設也

淹留江海惜精魂，且喜今朝獲旦昏。嵐影鶴聲新耳目，竹林牛火舊寒暄。一天風雨沉山閣，萬古雲烟鎖石門。起視不知成浩刼，六朝人物想應存。

送劉莘叟別駕督漕北行

山中送別限溪橋，萬里王程向日遥。記得去秋松嶠月，望窮長夏灞陵潮。軍輸幾歲功曹貴，戎馬今年相國驕。回首征帆隨鴈影，北風吹雪下雲霄。

中秋雙鏡樓與諸子玩月

雲裏高樓結構成，憑欄一望萬峯晴。移牀且待黄花盛，玩月先當白露清。階下牡丹新影瘦，山中植牡丹皆以中秋爲期。簷前湖水疊波泓。頹齡賴有良宵樂，數盡長空過鴈聲。

哭法緯濟同學

同出師門愧弟兄，烽烟幾歲夢魂驚。悲離已作他生事，悼往終傷此日情。白鶴何年歸華表，黄巖依舊在溢城。一杯清茗將雙淚，千里遥稱妙喜名。

足疾

寸步難行人事非，六時高臥壯心違。黄花自向籬邊綻，白鴈誰看天際飛。有約不辭摩竭室，無言長掩懶殘扉。緬惟曠刼匪容易，莫負錦斕當日衣。

九日病起登雙鏡樓二首

重陽再見此登臨，久病翻憐少壯心。黄葉已尋幽澗落，白雲猶閉獨峯深。多餐籬菊寧辭老，細看茱萸又到今。寂寞湖山窓裏盡，秋風高頂幾成吟。

萬里秋深松栢哀，幾人於此重徘徊。入簾西日四山暮，極目長天獨鴈來。宿草曾經春露早，寒林已見朔風催。川原一往成今昔，誰向峯頭數刼灰。

獨鶴

摶雲萬里竟徒勞，沙水無魚入九臯。不鳴莫論誰堪和，在蔭何妨影自高。體皓不貪松月照，息深無慮北風號。鸛雛鶡稚休軒舉，若向人前惜羽毛。

孤鴈

北風吹雪白紛紛，孤鴈南飛紫塞分。顧影每憐江上水，貪程不見嶺頭雲。稻粱汝亦甘爲客，寒暑誰當念失羣。春到自知沙漠闊，遠天嘹嚦獨峯聞。

答劉別駕 劉督運北回，惠詩並紬衲，依韻復之

萬里王程往返忙，賢勞獨我爲才長。漕臣轉運供軍國，詔使聯翩出帝鄉。直省報旱及地震，使者賫溫詔慰諭。發賑可能周率土，其亡真信繫苞桑。蒙頭有衲喜何級，和韻成詩興更狂。

己未仲冬十一日計塵異當以此時度嶺率題長句一章

常思吾老及人老，歸省情知許出山。去日自辭星子石，計程應到庾公關。法門有子皆他子，膝下承顏憶別顏。相見定難期久暫，海瀕江岸水潺潺。

夢軒書懷

入山早計今生事，三十蹉跎到此時。鞭馬已無千里疾，解牛徒善一刀遲。曾爲弟子知恩重，謬作人師歎道衰。息六愈深鵬起處，便乘雲翮出天池。

大雪開簾看牡丹臺

無賴病夫朝尚眠，不知風雪霽長天。千重珠網開丹壑，幾樹珊瑚種玉田。看去已忘今日後，坐來殊笑數年前。孤懷卻喜無人對，靜抱寒襟花葉邊。

己未歲晏

山中今又度殘年，七十加三貧病連。同學已歸黄土盡，及門多在白雲邊。客來到處攢齋料，工去逢人借賞錢。舊事不堪更提起，生涯只有日高眠。

南康太守倫宣明見過 時倫被論待命

山中交臂非今昔，白首誰論世上情。曾到帝鄉知士賤，卻從林麓覺身輕。寒梅冒雪香彌遠，霜竹乘風影倍横。百歲升沉一彈指，看君贏得學無生。

倫憲明文學入山賦贈

幾載音書意渺茫，翩翩今喜到山房。相看水乳多生舊，若問因緣後話長。萬里江山非遠近，一靈明昧豈荒唐。君家兄弟多高誼，三徑隨時到不妨。

放言六首

從來住處難如意，四十年居大衆中。今日退閒猶我造，小樓高出與山同。窗間湖水寒光淼，屋外蔬畦霽色葱。只有一般堪笑煞，或時富貴或時窮。

富來架屋連雲棧，轉眼春糧不夏謀。佛殿勉裝過歲易，工錢賒落待誰酬。竹壟鶴嶺知難販，鶴鳴山深多竹，苦多無販者。木取花園勸助修。活計隨時窮則變，人生何用苦營求。

入山五日辭歸省，塵異人疑豈有他。疑其被債累。炮藥莫貪銀罐好，典衣休惜子錢多。移將野果當窓種，灌取秋葵待客過。百事到來終做去，住山須是老頭陀。

提瓶挈水非容易，久住都來信宿因。近學維摩空一室，還同魯祖坐三春。親承盡是門庭事，道誼難爲溪壑人。豈到白頭方覷破，生涯誰道有天真。

廣海閩山豈不安，幾生夢繞紫霄寒。一枝已遂巢居樂，滿腹寧憂河水乾。未曾九十驕榮叟，坐斷千峯笑懶殘。寵去辱來看欲盡，刹塵何似太虛寬。

饑飽寒溫總聽天，生來不乞半文錢。非關性僻偏甘淡，只是人前恥受憐。心裏無求堪作佛，世間有欲豈能仙。從他瞋怪從他愛，我自堆堆白晝眠。

庚申初春得塵異去冬書

一程書信隔年還，細讀猶能慰老顏。寶鏡自傳寒月夜，寂光常照老梅關。重經古道疑來日，乍聽新潮別故山。想到板橋回望處，幾多人倚石闌干。

正月二十一日

心閒性僻多幽趣，幾許天真總著忙。退院七年成後座，歸人三月滯南方。更買鄰山樵徑斷，多培修竹引泉長。若無愁病虛廊下，古木森森春草芳。

偶得辛丑八月上華首臺作不覺潸然復用原韻成詩聊寫懷抱時庚申七月晦日也

舊事荒涼不記年，殘篇收拾倍悽然。西風葉墮梧桐後，山月寒生霜露先。數歷艱危餘老病，不堪紹續托林泉。難忘涓滴成孤負，虛願何曾到眼邊。

中秋倫太守見過

宦海波濤覺後驚，人間如夢信空名。東林不滿陶公意，逵路殊深揚子情。萬里秋風催錦瑟，千門寒月駐霓旌。豪華易盡心難盡，誰向鍾山悟此生。

倫太守昆仲楊文學以貞過訪

何人並轡訪山隈，道是尋僧乘興來。入座翩翩今賈董，談心落落舊宗雷。雲橫谷口樵歌出，風過溪頭牧笛哀。錯比龍鍾雙舞袖，德雲不在妙高臺。

秋興八首

誰向峯頭數刼灰，河清海竭兩徘徊。新亭淚盡江山在，故國歌殘禾黍哀。落落燕泥秋社没，亭亭鴈字西風催。淵明不解長林意，爛醉東籬任菊開。

羽檄星馳萬里津，清秋白晝蔽行塵。五都無市三川舊，七萃何人六郡新。衰柳不知承白露，寒花恰似倚青春。世間豈有西王母，周穆當年認未真。

國運誰當論短長，唐虞終古仰明皇。田横不死客仍散，諸葛雖生漢亦亡。秋老漸聞蟬響促，日西惟見鶴歸忙。尼山歎逝川猶在，試與當年聖者商。

三十春光一布衣，太平時節下重幃。金門待漏心偏壯，鐵鏁沉江願始違。悟物幾年成遠託，閲人今日已知非。川原壘壘還今古，葉盡秋林早閉扉。

一天星宿話應難，露滴秋原淚未乾。七軸蓮花毫素盡，十重帝網寂光寒。生前有夢隨蝴蝶，死後無人托臂肝。月落澄潭看不徹，夜深攜策繞闌干。

達天委命是吾師，萬古人心未易知。秋盡故憐籬菊早，春先猶恨柳條遲。張良豈果爲韓出，徐庶何妨與漢辭。謫宦弔湘哀賈誼，因人聊寫在廷時。

天網恢恢不可逃，興亡千載恨王曹。一生未易償忠逆，當世誰知慎節操。報楚伍員終過甚，酬知聶政亦云勞。滿山霜氣澄秋漢，縱步青雲豈是高。

長源何事乞歸山，功大難爲骨肉間。富貴每多孫子累，崇高偏覺孝慈艱。秋風萬里投林疾，寒月千峯入座閒。莫道深雲高卧足，近名干譽亦須删。

聞鴈

北鴈南飛朔氣侵，悲鳴未必爲知音。飄飄萬里憑風力，斷續千行到嶽陰。細認江蘆歸路遠，難攜海燕入雲深。曠觀物理皆如此，老我桄榔信宿心。

塵異廣慈呈對雪詩用韻和之

白晝亭亭日漸淪，川原如醉淨行塵。舊時草樹全無色，一夕江山盡變銀。流水不知溪遠近，隨風先見石嶙峋。幾翻綉繡長空在，耐得深寒景倍真。

牙痛諸子入候時正大雪命西軒圍爐分賦

世逢多難厭餘生，買斷青山尚畏名。老病日思先佛訓，寒溫時感後昆情。新歸共說關梁澁，舊住惟言菽水清。爐火初紅風味別，現前佳句雪中成。

夭鳳

鸑鷟初生未解飛，雙眸炯炯羽毛稀。發聲震嶽驚羣鳥，昂首淩空撼落暉。尤物自來人欲殺，靈姿巧遇命偏違。梧桐世上多疑誤，九萬雲霄好息機。

冬杪示諸子

歷盡秋冬又逼春，回風舞雪萬峯新。自從多病方知老，久謝閒名懶見人。厭亂忍聞當世務，早眠猶得住山身。去留但聽諸來者，第一同居莫厭貧。

哭澹歸釋子二首

憶別山堂意黯然，相期隔歲返林泉。木蘭花發詩頻寄，山菊霜零夢已先。去春有詩促歸，今秋夢來辭行，數日即得訃音。僧史未酬當世業，澹歸欲重修僧史。道風空付後人傳。普賢行願誰如汝，長子於今永絕絃。

愛物情深轉似瞋，隨緣衣鉢散僧貧。生營獅座酬初志，死塔他山見夙因。每念孤懷真類我，嘗于岐路愧求人。師資相搆何期合，百刼千生兩認真。

送塵異但子掩關

扶搖萬里豈徒勞，鯤化還教惜羽毛。海運莫隨風力轉，龍門休畏浪頭高。爲資世論饒宗說，欲起寒泉擬桔槔。好把青銅照兩鬢，誰當牢落老蓬蒿。

柬倫太守

南康之警，公適報丁艱。兩臺以其能，疏請奪情。禦寇事定，論敘弗及，且齮齕之。予感其事，爲作此詩

保障江城艱鉅身，十年風雨見孤臣。從來世亂思廉頗，誰復功成憶寇恂。苦塊賢勞扶社稷，潢池安敢答君親。獨憐狡兔川原盡，翹首九重淚點巾。

澹歸靈骨入塔

投江料非諸子事，歸嶺寧違汝夙心。澹歸臨寂，囑諸衲闍維後將骨石投大江，復云：『汝輩若持骨石塔丹霞，必得凶報。』既訂生還三峽寺，何妨死塔五溪岑。孤衷豈植燃燈後，大願還同樓至深。老眼淚涔揮不斷，千生魂魄許相尋。

謝鄰門貽梅影詩用韻和答以酬其意

月下開門送一枝，滿林珠玉不勝思。休傷歲暮難爲折，惱亂春愁是此時。只有孤蹤投客意，何曾香氣惹人知。疎斜自向山溪早，銀燭珠簾影每遲。

寄酬閩中諸護法

笠瓢幾度戒前程，老病人扶畏遠征。尚冀裴休寬後命，彌慙慧遠濫虛名。花香已見多生願，塵刹難忘此日情。溝壑未填終不負，山頭猿鶴聽分明。

慰長慶諸衲

盡道歸山山日長，半銷衰病半心傷。老成凋謝吾宗喪，少壯參商門戶荒。沉雪振衣臨海衆，深溪涉水出山堂。僧歸閩寺休惆悵，須念而翁滿鬢霜。

送李藿思刺史開化

將軍急爲收滇郡，刺史新除出紫薇。百姓已遭荼毒久，深慈應念脅從非。大君有命威先奪，廉吏持平亂後歸。萬里單騎臣力竭，清忠知與世相違。

簡殘帙得悼旋庵作　二月初四日

誼重難爲繼後塵，道衰聊與數前因。非關今日方知汝，卻憶當時尚有人。海寺再來曾四夏，湖山歸去又三春。淒涼偶撿殘章句，舊恨隨聲雙淚頻。

牡丹發蕾

年年三月牡丹開，未及花開春漸回。欲挽春光誰著力，望窮花信獨徘徊。移根尚憶中秋早，沃土曾經兩夏培。葉底穠苞應計日，等閒容易到重臺。

眼昏

去年齒痛疑生盡，今日偷生眼又昏。牡丹蕾小花同葉，山徑雲搖石作豚。世故無聞真法界，目前不見別乾坤。解嘲未必全因老，亦有微言過漆園。

諸衲呈望牡丹花不開詩

遲遲花信費疑猜，蜂蝶空勞去復回。楊柳低垂枝欲墜，芰荷初蒔葉頻開。似嫌富貴先承座，卻愛慈恩後舉杯。白首自知山日永，洛陽笙管爲人催。

隱几

休將心事自羅籠，法界誰當較異同。情爲烟霞成絕世，道因衰病到無功。山堂隱几紆塵刹，石磴凌風跨海東。笑煞神通移聽睹，人間天上一何窮。

百合花用足兩韻二首

花以無名勝有名，野林僻徑稱山情。微風度水香宜遠，高日眠雲夢不成。遁世豈矜塵外見，近人最是熱中清。折來未必供幽賞，獨憶當年溪上行。

影落荒林靜者知，微香不與衆芳期。雲深絕壑水流處，月靜高空雨過時。邂逅芝蘭隨臭味，窮通山日自葳蕤。從來物理多同異，指點川原付畫師。

辛酉中秋

秋空雲散碧霄澄，萬里江山倚太清。此夜月高人盡賞，誰家香冷夢初成。光輝不作悲歡色，今昔偏從寒照生。惟有鴈翎斜度急，一行倒影入河明。

高方伯欽如入山

遠客登山談往事，無端併起刹塵心。水中有樹還榮落，鏡裏無人非古今。萬里長空過鴈影，千年畫壁臥龍吟。憑君高著雲霄眼，莫向浮生枉尺尋。

許太守浣月入山

使君爲政訟應稀，亂後民生貴息機。飼鶴衙齋秋日永，尋僧山院晚風微。意消坐對忘賓主，論發由中絕是非。我亦無心方外侶，閒雲流水共依依。

秋思二首

高松白鶴辭巢去，腐草青螢入夢來。秋色不曾爲客改，寒砧一自向誰哀。東山月出臨無地，南越猿啼舊有臺。回首石樓殘茗在，豈須沉醉菊花杯。

山臨海岸烟波近，不到霜深寒已知。燕畏高秋辭社早，鴈疑殘渚向南遲。風吹白草終何處，日麗黃花曾幾時。豈愛披雲作長嘯，石門風樹正相思。（以上瞎堂詩集卷一五）

山居十首　紫霄淨成作

百歲光陰大半過，西山消息近如何。石門有路知通塞，空谷無人但嘯歌。三峽小橋黃葉少，五溪流水白雲多。嘗因世上疑天上，縱得長生事轉訛。

已辦深山老此身，到來山事又從新。擬安水碓尋溪路，取轉租田替佃人。秋月滿天雲影碎，西風匝地鴈聲頻。目前景物隨時得，收拾僧房且過春。

坐石何年到夜深，臨溪松竹已成林。一時人事將非昔，萬疊峯巒又是今。月影入潭無透路，雪花投樹有微音。每當寒到知身老，燈暗香殘怯曙襟。

虎跡縱横萬壑陰，難辭生客遠相尋。傳來世故疑前代，看去人心豈但今。風細稻香過淺草，日西簷影上高岑。已知寒暑遷流盡，更説頽齡雪鬢侵。

一般雪色白如綿，隨意風吹墮野田。萬里飛花誰不愛，千林掩室獨頽然。極深斷壑堆難化，絕頂孤峯出最先。久住山中冬景好，地爐宿火到新年。

青帝乘權闢大荒，雪消冰泮石泉長。山花遠近春光偏，岸柳高低風力狂。野鳥不知聲巧拙，曉烟無計色蒼茫。試從簷際偷舒眼，大塊何曾有主張。

有客籃輿破早霜，尋僧訪道意偏長。逢人但問葛洪子，覿面難酬粉署郎。衰柳幾時曾淺碧，寒花今日且深黄。青山白水看容易，猿叫陰風送夕陽。

萬頃湖光入鏡樓，四窓虛豁水天秋。短墻砌繞圍黄獨，長徑松高映綠疇。山雨欲來封蟻穴，溪風驟至起龍湫。夜長一覺雞初報，再理重衾倚白頭。

山居遮莫厭長貧，盡日逢人但任真。雲散密林關不住，泉分遠磵漏還頻。芰荷花發猶當曙，梅蕊香舒未是春。誰道塞鴻南度遠，澌流已到玉門津。

歷盡風烟好住山，滿林叢棘不須關。白開高頂松花瘦，紅脱孤崖楓葉閒。倚樹微吟寒始覺，繞空長嘯老成頑。萬峯重疊知深淺，莫守層陰誤鶴還。

送倫太守歸里

一帆寒色動邊霜，萬里歸人向夕陽。無意馬嘶芳草白，有情鴈叫菊花黄。淵明豈爲思田里，疏廣何曾薄帝鄉。自是此身將隱矣，聊傾滄海濯行藏。

倫公備述去志未免有懷再賦二章

百年前後事荒唐，業運常遷智者傷。客散且羸身易退，位高猶覺世難忘。是非何定三人易，寵辱同歸一夢長。他時聞道堪朝夕，靈鷲尼山兩不妨。

黄金難贖東隅失，白髮徒增逝水悲。學道不辭違世早，成名應畏去官遲。潯江沽酒移舟處，峽澗探泉坐石時。話盡今宵君且去，春花秋葉一相思。

送楊以貞文學　久在倫太守幕中。倫罷官，與之同歸

亂餘江海一儒生，如雪肝腸不世情。貧賤只今無鮑叔，死生終古有程嬰。一身爲友唯狥誼，萬里離家豈近名。月夕風晨知己在，升沉誰復問前程。

重陽先一日文日送白菊命行者和茗稍覺後時戲作

明朝九日應無事，撫景書懷定有詩。且趁此時風日麗，不妨先赴菊花期。堂僧喜供霜英早，行者慵烹玉液遲。更待登高人興發，茗杯山果共追隨。

辛酉九日

蕭條人事逢佳節，雲淨天高景倍生。落帽幾人羞短髮，繁霜空自對寒英。愁飄紅葉減山色，愛聳青松聽鶴聲。歲歲茱萸看不盡，江帆溪月此時情。

秋杪偶成

老去臨秋歎往年，羅浮丹岫草芊芊。餐英自惜籬花晚，落葉空憐梅蕊先。指點風光還景物，悠揚空闊對山川。遐心一往成宵旦，半掩柴關萬壑前。

秋杪夜坐

滚滚江流無盡期，關關林鳥欲何爲。餘生總是艱難日，勝事難追少壯時。賴有黄花留歲月，無勞萱草解憂疑。遐心一往憑誰問，坐落寒更山月移。

初冬示玉泉侍者

不信吾宗竟陸沉，梅花初綻雪霜侵。庚辰已辦終焉計，甲午還尋夙昔心。雙樹尚零金槨淚，孤桐難續嶧陽音。乘桴浮海誰從我，俯仰雲霄可自任。

淨成上老父供阻雪十日二首

隔溪有路通幽處，望見松門別一天。因展先容歸故隱，獨登煖榻戀深禪。寒林掃葉煨牛火，亂砌尋源引竹泉。雪久地爐生事拙，焚香重理雜華篇。

雨雪濛濛天地昏，指中馬外眼前存。遠思幾處未歸客，近對何人可共論。浩浩風傳新水碓，皚皚砌遶舊蔬園。此時此際成孤賞，獨擁寒襟深閉門。

送劉別駕莘叟賫捧入京兼寄少司農劉默庵

功曹轉運忽三年，話別秋陰山月圓。聖母更勞上壽表，故人重寫贈行篇。一官盡瘁忘霜鬢，萬里關心共雪天。爲問侍郎相憶否，亂離去住兩茫然。

思過示諸衲

尼山有過幸人知，我又何人敢自欺。功罪已明應共見，是非終定不須疑。蓮花出水非今日，柳葉隨風惜往時。一回提起慙何極，願汝諸賢自得師。

自慰

道衰無侶莫徘徊，生死如環任去來。兩袖龍鍾人共棄，一雙黑白眼常開。先賢鼻孔還華藏，後學乖離付刼灰。俯仰只今吾老矣，興酣長嘯上高臺。

歲晏

歲晏今年似去年，朔風吹斷鴈行偏。關心歧路知多日，斫額長空歎暮天。白首豈堪同壯志，青春終欲遜時賢。簷前積雪千峯曉，一盞寒燈夜不眠。

早春周贊皇郡丞攜二子並呂胡兩文學見訪

因緣今現宰官身，須憶然燈共記人。不信三生逢石上，何期千里到溪濱。陪歡嘉客豐年玉，接武賢郎聖世珍。情洽豈辭歸馬晚，雲山從此往來頻。

寄雪悟禪師

忻逢空谷竟忘年，回首鸞溪在目前。閲世暫浮滄海遠，避人終逐草堂偏。凋傷骨肉難爲老，俯仰雲山只是禪。千里肯同牛糞火，數行應爲巨靈先。

春日送許逸林明府行取入京

幾年民瘼賴誰求，邑有神君四境休。百里津梁無斥堠，三春風雨足田疇。升聞自是銓衡事，子惠殊爲閭井憂。入對更祈陳利病，野人斫額祝安流。

二月醉梅

二月尋梅樹樹空，一株臺畔最玲瓏。開經雨雪香猶在，看到晴明色較濃。向人不欲全舒白，止酒何妨稍著紅。花信過時難入俗，疑醒疑醉付東風。

哭阿字無子二首

珠江絕袂幾傷神，千里歸山尚早春。離合分明今日事，行藏誰定剎塵身。失羣鴻鴈高飛急，背水將軍轉戰頻。力盡勢窮還法運，一條直路出風塵。

法界何曾有短長，長生路上見參商。餘年頻送春花落，掩室都忘秋葉黃。萬里寒空人寂寂，千峯殘月曉蒼蒼。笠篌妙指無宵晝，卻教門庭事更忙。

掩關淨成玉泉入候未見而返次日呈詩即用其韻答之

幾歲紆廻峽澗東，相隨杖屨日從容。山鶯一任啼朝樹，岸柳何因掩暮峯。春露已沾新綠濕，夏雲偏指舊谿封。無門有路通霄漢，倚立堂階隔萬重。

虔州郡丞董昭時南康郡丞周贊皇都閫徐質美見訪因病掩關不得出迓走筆以謝

並轡尋源訪隱淪，千峯依舊可憐春。曾陪石上暫知我，未識荆州愧病身。暫借溪山爲舉似，尚留面目憶前因。解空已到休彈指，何待他年再問津。

偶作

取信於心何所事，穿牛落馬總徒然。千波競發隨高下，一亘晴空絕後先。看去牡丹春已老，移將蓮萼夏初妍。目前生計些些子，留與雲山作話傳。

劉別駕莘叟入山 劉從都中初歸，以潞紬見惠，予臥病，弗獲展待

萬里王程歸永日，紛紛竹馬迓湖東。城頭峯出鳥飛外，谷口雲封僧病中。深棘舊尋三徑在，斷金難隔二人同。尚期把臂秋山早，覆我寒襟共朔風。

秋夕關中

萬里河山夜不收，西風初報井梧秋。江豚吹浪雲歸嶽，社燕辭巢月滿樓。光景不殊今昔異，道心如醉水天浮。關中消息堪長嘯，嘯指潯陽沙際鷗。

紀夢 有引

壬戌七月二十日夜三更夢慈雲閣上堂，閣下有樓，失其名，所呈法語有『綠鴨江三十萬』句，前後皆忘，法侶中數人屈指如某某他年皆同來此云，覺後紀之以詩。

無端身在碧巃穹，俗氣蹔登法座隆。綠鴨江昇三十萬，慈雲閣上最高空。梵音直透青霄外，衣袖逍

遥白日中。龍象幾人還有約，他年無負與心同。

紀夢詩成後再賦一章

寄跡塵寰豈異塵，因隨流布幻中真。癡心尚有無窮願，業運徒遷有限身。夢去總皆天上事，病來難戀眼前人。但知法界無由入，盡此餘生且莫陳。

彭少參眉白同檗庵道者入山 少參軍功報最，將入都謁補

萬里王程暫駐鞍，峽嶠深處足盤桓。題名華藏非容易，解組黄虞卻較難。自是鵝王能擇乳，還他鴈塔且彈冠。同行況有無爲子，塞雪燕雲莫畏寒。

關中七月念九日早起

蟪蛄切切動秋聲，積雨今朝喜暫晴。宿霧頓捐初日淨，曉烟如洗萬峯明。鶴離松頂驚巢鳥，僧踏溪頭向郡城。閒倚南樓一長嘯，不知身世欲何成。

中秋病起與諸子玩月二首

萬里湖光夜氣清，病餘秋色倍分明。青山皓潔看同世，碧漢孤懸最有情。掩映雲中紓短景，悠揚空外霽長更。今宵且喜羣英共，不信蘿庵夢幾生。

百年幾度共中秋，回首悲歡付海鷗。蟾桂不停烏鵲影，川原高舉白雲頭。寒空遠鑑千峯衲，暖席橫吹萬戶侯。莫倚清貧傲當世，一般晴霽入雙眸。

王昌侯觀察過訪

有客尋僧過峽橋，西風微雨馬蹄驕。一丘已謝閒名久，三徑忽傳佳氣飄。青草何嫌臨玉節，綠楊偏欲繫金鑣。病餘還有清談興，不覺龍鍾白髮饒。

九日同塵異登雙鏡樓

瑟瑟西風萬竅號，危樓盼望意如何。百年擔荷歸吾黨，一日承歡喜爾曹。髮白不妨人共棄，眼青未許嶽爭高。蕭條草木秋將晚，珍重鳴陰出九皋。

聞非影病餘干

頻年添鉢病人間，耐盡長途秋未還。無限關心勞夢寐，那堪傳語越江山。藥爐宿火同人少，旅舍新寒獨夜閒。最是迢迢烟路遠，相思不覺慘頹顏。

秋杪病起得嶺南耗

山齋深掩避新寒，爐火初紅夕照殘。坐聽天風知鴈急，病餘鶴骨見衣寬。五嶺招魂無宋玉，千峯臥雪有袁安。百情未盡悲何極，自覺年來夢已刪。

玉泉呈鴈字詩

不分氣序卻知寒，但到西風便入關。長幼後先諳物性，縱横點畫落人間。觀窮玄象蹤應没，影印空潭榻亦難。斜抹太虚驚絶筆，如蟲偶爾莫成頑。

塵異獻菊

寂寞秋山百卉殘，誰將霜質傍闌干。元亮東籬徒酩酊，侏儒玉笥費盤桓。把茗共餐知味苦，移牀獨對愛香寒。自慙傲骨同幽逸，聊作吾門晚節看。

答張文學二首 與周贊皇郡丞同入山，别後以詩見贈，推獎過情，甚愧于心，即用原韻答之

間名久謝掩青山，獨足峯頭指顧間。正訝馬蹄喧石磴，忽聞鳥語響柴關。故人茂叔能重到，生客敬夫也共攀。流水白雲陪色笑，將知塵世有時閒。

何勞車馬到深山，久絶虚名落世間。文章豈貴洛陽紙，道德空傳函谷關。入手明珠爭照耀，插天岱嶽絶躋攀。從來國士酬知己，不信林泉盡日閒。

雪中上淨成

一病沉沉夏復秋，已將身世等蜉蝣。盤空未盡千峯勢，坐石重看三峽流。恩大難酬塵刹願，道衰徒

負幾人憂。波波揭揭成何事，冒雪還應到上頭。

壽倫太守

罷官江海得優游，更欲翺翔上國遊。林麓儘多閒歲月，身心無限可綢繆。豪華易盡誰堪託，甲子難教再一週。酒醒試思寒夜後，光陰如箭雪盈頭。

謝君章郡丞入山 攝南康郡事

洪都司馬署黄堂，地控湖山過石梁。松下襜帷紆仄徑，雲中飛蓋掩斜陽。白蓮有社慙非主，黄獨煨寒笑大方。不棄龍鍾垂顧盼，長林豐草儘生光。

長至書懷

短景纔添一縷長，北風吹雪限津梁。寒江想見歸帆影，落日徒嗟去鴈行。慮重自知成老態，道孤誰信爲人忙。朝烟夕霧終何極，舉目雲山謾度量。

壬戌除夕

雪月霜風歲歲同，溪南山北有無中。目前衹是勞生事，夢後誰論造化功。送臘梅花寒已徹，迎春椒葉氣初融。人間此夕忙如市，依舊明朝日出東。

送許太守浣月歸養

郡齋如水一閒身，拜表辭官爲老親。家有田園堪仰事，船兼琴鶴莫憂貧。山樓看月思玄度，道路攀車借寇恂。歸去庭幃多樂事，板輿佳話又重新。

東南雄太守李廷標

回思十載雄州事，軒冕麻衣去住心。寒暑不侵松鶴羽，溪山長隔嶺雲音。一枝深樹翔初集，滿腹洪流飲已深。兩地月明知共照，乘風聊寄白頭吟。

癸亥除夕

一歲光陰餘此夕，千門梅柳接新年。人心寂寞同山水，世故推遷有後先。知見欲留徒歎逝，身名如幻惜生前。縱觀衰變誰堪覺，獨抱寒襟問古仙。

春日送周贊皇郡丞

周賫捧入都，便道爲其公郎畢姻兼攜家回署，故中間並及之

萬里馳驅上表章，春風搖曳趁長楊。去時望闕從江右，來日攜家出建康。京邸鳳雛初比翼，湖中鴈字欲成行。黄花滿徑頻相待，再見千峯話夕陽。

尚都統宜芾入山時將搆梵殿叨承淨檀賦贈並謝

久囑靈山紹祖風，先王行業與心同。精忠已泐天潢上，法輔長留海嶽中。舊沐恩波歸鶴蔭，新承祇

布壯龍宮。無窮感慨成今昔，干舞堯階忻共逢。

送文水祖太守持服北歸

望雲日日暗傷神，凶信傳聞倍苦辛。慈母已歸安養國，孤兒痛愴賢勞身。遥知靈炬傳清淚，自著麻衣挹素塵。任是羣氓攀去轍，難留五馬駐通津。

病中

解帶蒙頭夜夜同，坐聽寒雨怯霜風。禪心淡泊悲歡外，老景生涯疾病中。休對目前言夢幻，誰當事後說真空。西山消息還遲我，笑殺時人看畫龍。

勉衆

一念依違百念生，誰能轉處不留情。須知事夢心非夢，若待因成果已成。明鏡當臺毫髮現，空華翳目鬼神驚。勸君慎勿隨生滅，覆水難收後日名。

觀世

按劍自傷投夜意，報瓊轉覺願初違。千年桃核成溪錦，萬里江津限夕暉。柳倚東風隨意拂，燕拖春沫認梁歸。細觀物理多宵旦，恩怨何妨兩息機。

偶作

紙帳今年製始成，横眠倒臥稱閒情。湧泉贏我一期得，馬祖輸他廿載平。卻笑鵰鳩行不得，更憐杜宇叫淒清。出頭天上偷彈指，刼外安身誰與評。

書懷

杜宇啼殘春已歸，病羸猶未脱寒衣。一雙黑白懸燈悄，十萬雲霄方寸微。獨往不知筋力邁，冥通應有刼前機。昇遐豈作他生計，靜理伽黎對紫薇。

寄塵異但侍元

買斷青山長白雲，閒栽桃李兩溪分。別來樵徑新松竹，憶去籬笆舊見聞。佇立不堪人境異，遙看空見水天文。誰能千里謀晨夕，歸掩柴扉寄與君。

秋日移榻上雙鏡樓

誰説仙人好住樓，道心如水意如秋。窓中十里湖光冷，林外千峯月色幽。今夜不教天入夢，當時已見海無漚。抱襟獨坐寒更迥，白眼碧霄兩不收。

中秋

年年秋月年年新，獨向高樓照老人。河山入鏡懸千像，宫殿如冰映一身。生厭豪華成寂寞，老於泉石惜風塵。無窮樂事留今夕，玉斧休將斲桂輪。

秋懷八首

梧井初寒山氣清，一時雙眼最分明。捲簾卻愛窓間瀑，倚杖猶憐霜下英。師席謬膺塹祖道，佛恩難報愧餘生。誰能無我難爲直，白首於人可任情。

五陵遊俠獵寒原，誰向西飆聽夜猿。老去逢人惟有笑，病來瞑目但無言。道心寂寞秋林遠，世故參差夕鳥喧。睹史何年傳勝事，支那終日閉無門。

人事飄搖如敗葉，道懷淒冷對秋山。誰當獨善甘遺世，且趁餘閒暫掩關。因地自惟同廣漠，癡心真欲向人寰。一聲鴻鴈清虛上，已覺全身共往還。

一從見說虛空講，不覺西山在目前。五色摩尼非數量，一真法性絕中偏。心知已滌身名累，踪跡何妨姓字傳。敢較亮公同與異，孤懷吾欲問皇天。

萬頃秋波蘸碧空，朝霞夕照兩玲瓏。遠山如畫填楓葉，近水微波驚夜龍。借境怡情非有道，修名絕俗豈真風。翛然獨坐虛窓下，靜對千峯誰與同。

丹黄濃淡晚山幽，豪富翻憐萬戶侯。過客聞猿頻下淚，頹齡對菊不知秋。悲歡久向無心度，景物還同有意留。說與時人應笑煞，金文已上白雲頭。

秋風入座晚蕭蕭，誰信無心境自銷。良夜何人敲竹樹，深雲有夢渡河橋。已知世乏調鷹手，猶自口吹引鳳簫。但勸相逢須著眼，莫將難易誤晨宵。
刼外安身自不難，深雲一覺夕陽殘。青山買斷招巢鶴，白晝乘涼倚竹竿。世事不干塵網盡，佛燈誰續曙襟寒。生來血性從天植，鞭入泥牛入海乾。

甲子九日

今年登眺昔年人，九日溪山氣轉新。病後豈教超有力，定中不信但無身。風吹雲散碧霄淨，日照霜明萬象真。無影樹棲鴻鴈盡，蘆花寒水自粼粼。

懷山餤監寺

寒月疎星處處同，行人應在碧霄中。計程暗數千山外，歸日還期九月終。夢裏音書傳小子，覺來疑慮問長空。天涯一別如蓬斷，渭水廬峯望欲窮。

淨成即事

日上高山影漸低，萬峯松竹醉如泥。下方相視誰同異，上界分劑有覺迷。短景易從千刼量，遐齡偏與一毫齊。此心知向何人道，我自東行汝自西。

乙丑初春即事

守拙匡徒五十年，未嘗俯仰向人前。訪予攜手談松下，送客扶笻揖澗邊。老臥千峯忘貴賤，病移深谷廢周旋。自知有過隨雲水，不敢逡巡累後賢。

樟樹舟中

舜老于今始覺衰，備嘗艱險欲何爲。穿林渡水三千里，扯纜幫篙十二時。急雨翻江紙被濕，颶風動地布帆欹。一杯清茗還吾樂，身後身前且莫思。

過贛州關

衰病支離過贛城，巍然雄據拱神京。僧衣不稅水雲貴，國法無私官吏平。我守先宗違世諦，誰貽後學惜身名。鄉關漸近仍爲客，且以優遊老此生。

舟抵南安二首

地盡東南障海門，鄉關依舊幾生存。人民顧我無相識，財貨如泉各有樊。萬古山川同旦夕，百年榮落自乾坤。一從度此成衰老，回首何年聽夜猿。

又是何年度此關，白鷴見我往來難。江流漁火風烟邈，去國還山天地寬。守道不教心膂易，待時真畏夕陽殘。謬膺師席終無二，俯仰乾坤指急湍。

度大庾嶺二首

突兀庾關暗曉昕，人從鳥道入高雯。嵩林秋晚新憂隱，車馬駢闐舊見聞。行邁不隨塵鞅後，憑高休作海江分。皇天后土知予意，半畝山田且自耘。

萬古宗猷卻向東，祖庭艱鉅與誰同。凌空睥睨乾坤外，出岫風雲浩蕩中。守法尚能巢白鶴，從心終不學黃龍。周身已愧非吾道，豈更荒唐問化工。

還海雲

人面難爲佛面平，兩年尊候得安寧。贏來雙眼碧如水，寄去千峯夢亦清。遙覺竹風入座冷，近看柳絮傍簷輕。刹塵曠刼非他事，海竭河清空有名。

病中書懷二首

老來病苦惟能忍，一念空知爲後人。到底還他三昧力，此時誰問百年身。西風未墮井梧葉，沼水猶停菱荇春。天上人間何所有，青霄白白月輪新。

休將貧病擬袁安，雪未填門見亦難。楓葉滿山山色麗，鶴翎投樹樹聲寒。清溪老我聽潮上，白眼看人到夕殘。道者孤懷渾似雪，天風一夜響琅玕。

八月初五日示諸子

連年衰病意遲遲，短景蕭條卻爲誰。戶外已驚黃葉墜，床頭休問菊花期。安身有策非今日，抱道尋僧惜往時。不是叮嚀長別日，黃雲青靄好相思。（以上瞎堂詩集卷一六）

全粵詩卷七六九

釋函昰九

春草二首

野燒千里盡，容易雪消時。莫以春先緑，都忘寒歲知。

豈擇托根處，苑墻緑易齊。芳菲人共見，走馬暗長隄。

題二仙對酌彈碁圖

有酒須當醉，乾坤黑白中。行行十九度，誰異復誰同。

題吕紀畫

黄皓貪無已，蜘蛛總不知。苦瓜一兩顆，枯竹兩三枝。

題文衡山畫

坐對深山色，雲烟千萬重。但聞溪水急，不見日頭紅。

題董玄宰畫

深山數間屋，沿溪別路通。四望雲烟合，移茅思欲窮。

題畫

横肩一楖栗，滿擔烟霞心。逍遥獨何去，山水有知音。

示一株

臨濟一株樹，覆蔭天下人。佛法無多子，桃花不耐春。

示破塵

破塵出經卷，徧界露堂堂。一步竿頭進，無人亦自芳。

示洪源

曹溪一滴水，千古常涓涓。踏斷溪橋看，全身在那邊。

示光徹

莫作等閒想，人身亦最難。靈臺猶未雪，前路尚漫漫。

示何世程

仕也邦爲瑞，歸與世作程。大雲門下士，不愧富公名。

示何別傳

教裏分明道，誰云別有傳。一從微笑後，今古競相研。

題石琉璃與塵異

誰將新月影，來挂寢堂中。會見圓明極，高懸碧漢空。

不憂死四首

吾病不憂死，死關大法衰。於今行古道，舍我其爲誰。
吾病不憂死，死亦向天歸。涅槃隨住處，狀似鐵牛機。
吾病不憂死，本願終不移。修供從今始，龍天鑑在兹。
吾病不憂死，本宗慙獨微。博嶠終當大，斯文誰與歸。

舟次萬安寄劉五文學 辛巳

覿面難逢昔日人，灘聲不斷偃溪聞。暫移鶴影羅浮瘦，卻有雲瓶蚤待君。

柳外新月示諸子 壬午博羅芷園

初出銀蟾徧大千，尖時圓相尚依然。只今笑語垂楊下，多少清光在目前。

病起謝馮介臣居士施藥

此身不是金剛體，有分時教卻看伊。得似馮公知藥忌，何妨應病與人醫。

送梁未央北上二首

選官選佛但從長，曠世因緣且莫量。一自幞頭重整後，相期惟有木樨香。

日日承恩活計長，中丞福祿任商量。出門有句爲君道，雪與梅花一樣香。

送劉觀復北上二首

君上長安我住山，一天風月自忙閒。相逢莫論塗中事，得意何妨任往還。

出門休訝路行難，南北東西盡此間。舉棹漸隨寒影遠，卻疑烟月在波瀾。

雙谿探梅

山色泉聲鏡裏殊，我來梅下意全孤。時人看此渾如夢，千古空傳遮一株。

丁普益居士有住山意訂之以詩

野人祇合居巖壑，正擬誅茅樂大年。聞子亦能同此意，卻誇吾道有真傳。

邵武道中憶華首老人

澄潭孤月自姍姍，永夜無人照影寒。親憶吾師真面目，回頭祇在剎那間。

延平舟中三首 癸未

滿目風光祇自知，明霞濯濯秋江湄。無端嘹亂來孤鴈，不覺隨聲下釣磯。

永夜沉沉古渡頭，閒雲流水一時休。曉鐘忽報舟人起，昨日溪山又在眸。

白蘋紅蓼夾江流，鳥語泉聲日未休。收拾不來春夢斷，碧潭空界夜光浮。

贈方閩賓居士

文人慧業獨翩翩，一任生天在我前。具眼有人塵外鑑，相期猶此待因緣。

示翁子鄭居士二首

會得日用事無別，何妨嫁女又婚男。請看直下團圞處，莫被無生兩字瞞。

治生產業不相違，湖海江山直捷時。盡道長安風物盛，不知身已在皇畿。

刻訶林語錄謝諸檀越二首

文彩纔彰音信通，多君端的辨來風。須知熊耳山頭事，不在楞伽四卷中。

四十九年一字無，如何野老卻叨叨。垂鈎千尺深潭意，極目清波憶巨鼇。

留別何非衣 順昌

蓋世勳名今日夢，一丘泉石古人心。羌峯衣鉢依然在，莫把儒冠老此生。

還嶺南汀州道中憶老父

六十翁翁心似鐵，知恩無路解酬恩。還家本是兒孫事，祖父元來不出門。

汀州道中憶老母

翫月遊山白晝過，是誰清夢到烟蘿。空勞慈母頻招手，蕩子回頭不顧家。

勉袁調公居士 甲申

儒門澹泊難收拾，此日撐持未有人。修道卻從戒慎始，覩聞斷處鐵花新。

初春避客歸龍三首

深山春入盡陽回，日暖梨花一半開。二十年來舊遊處，不因惆悵亦徘徊。

曾因避客來山上，今在山中喜客過。祇爲到來俱不俗，一簾風雨落花多。

一箇閒身處處家，錯將雲影作梅花。數聲山色回春夢，坐對松窗愛晚霞。

楊覲者居士引其子來參二首 乙酉

緇素從來一道存，異同黑白但名言。木樨香處吾無隱，大事何曾負孔門。

父子同參事亦奇，欣逢恰在覩星時。一堂冷澹僧和俗，面面相看知未知。

示周聞湛居士

晚年學道莫徘徊，閲盡繁華冷似灰。趺坐禪帷香煖處，一聲霹靂夢初回。

示周無隱居士

千古文章慧業人，木樨香遍萬山春。孔門雖有真衣鉢，爭較山僧聞更親。

頂湖棲壑律師六十一

六十年來老道翁，頂湖山裏信難通。暫隨花鳥頻斫額，目斷雲林萬象中。

寄河源陳大受居士

去年此日識君面，此日今年卻憶君。處處桃花皆似夢，分明持贈一枝春。

題繡芙蓉石榴

芙蓉如面石榴裙，錦帨金針特地真。若作目前境物會，拈花辜負昔時人。

書梁永祚扇頭二首 丙戌

一池寒雨滴殘荷，望裏雲山涕淚多。此道尚能支病骨，逢人談笑小橋過。

十載三朝野衲身，隨緣拓鉢未嫌貧。猶餘閒日觀雲樹，倚杖逍遥畫裏人。

題南院顒和尚真

一條榔栗活如龍，水盡山窮特地通。法乳千年流不竭，無師真智古今同。

復熊魚山内閣呈偈 諱開元，楚人

山頭花鳥澗邊人，松韻長吟石作鄰。檀越近遺新脱粟，今年不似去年貧。

又復熊内閣

目斷雲林朝復朝，名花珍重待多嬌。從教院主眉鬚墮，爲愛寒銷把佛燒。

寄熊内閣齊雲山中

富貴功名夢裏人，誰知苦樂正相鄰。回頭大有甘心處，須信身貧道未貧。

入齊雲

深山高臥白雲屯，閒聽林鶯盡日喧。不爲癡呆寧有此，肝腸空向石頭論。

樵山聞亂

誰家年少覓封侯，待得功成萬骨丘。何似山僧癡拙好，峯頭七十恣閒遊。

書烏石巖乞米冊

烏巖有約足禪棲，海市蜃樓路不迷。爲問松花曾幾樹，法輪未轉鉢先攜。

贈金宇臧 浙江

東西南北路行難，閱盡興亡影獨看。回首倚門春夢怯，一池明月藕花寒。

金太史正希殉義 諱聲，南直人

頭目髓腦君甘捨，山河日月淚難乾。可憐石上三生話，回首歸宗夢裏看。

黄司李元公殉義 諱端伯，江西人

品行文章第一人，曾隨匡嶽憶前身。分明學到無生處，博得浮名答舊因。

悼丁普益居士二首

十二年來愧道交，相從曾約共誅茅。于今撒手歸何處，月在高林照石巢。

十二年來愧道交，相從曾約共誅茅。誰知道路多巇嶮，不在高林在石巢。

樵山答冼文學二首 丁亥

不是桃源不是秦，東西南北盡斯人。一條楖栗閒來往，綠水青山雲外分。

蒙頭破衲樂山隅，物外無人但索居。一局未終柯已爛，肯將閒事賺須臾。

樵山新篁吟贈同庵道者

新篁林下勢凌霄，雪幹霜筠未可驕。枝葉何曾輕一放，分明高出萬千條。

樵山新篁吟寄若雲道者

透地新篁韻自深，籬邊須費護持心。雖然猶在綠陰下，一日出頭風滿林。

答同庵上壽

大科環翠擁諸峯，占盡樵山萬樹松。誰信諸峯皆若此，灼然親到有孤筇。

示程雪池居士

六月雪花飛滿地，蘸人肌骨透羅帷。金鱗未遇江湖闊，好趁秋風理釣絲。

贈童居士 浙江

千里離家但一身，鏌鋣横按未全貧。空門能洗英雄恨，只爲高堂尚有人。

示龐若雲居士二首

下得牀來事萬千，日長倦去帶衣眠。分明好箇真生活，卻倩傍人爲汝憐。

千生萬刼未曾乖，癡愛因循枉自埋。豎起丈夫眉目看，聰明一副孰安排。

贈韓瓊山 揚州

曾受靈山付囑來，百千方便一門開。英雄出入非凡測，惟有慈心不可回。

復梁同庵龐若雲兩居士

恍惚百年容易盡，尚存一刻豈徒然。與君今日爲期約，莫是三生石上緣。

示梁同庵居士

天地萬物本同根，銀波雪浪月無痕。頂門放出摩醯眼，一顆明珠落玉盤。

贈梁樸臣居士言結道緣

夙世曾將今世盟，從來難弟自難兄。無生有話大家事，正好團圞洽道情。

喆喬禪人之歿也欲弔不果詩以哀之 即梁漸子

雲烟縹渺暗雙林，一望踟躕淚滿襟。我也不曾道生死，終教難免扣門心。

丁亥臘盡臺設禪人乞詩

寒夜月明雲外賞，枯椿紅綻臘前知。披衣穩坐三冬足，桃李成蹊應有時。

示非二禪人 戊子

同住同行六十年，曾隨清夢到林泉。不知身在雲山裏，卻指前峯峯又前。

題如來雪山像

寥寥刧外絕知音，流水高山韻獨深。半面嬈娥君自委，多情不欲盡披襟。

詠鏡示諸子二首

面目分明不是他，光輝常滿隱朝霞。當臺影落無人處，夜半流鶯到碧紗。

見頭狂走實堪憐，盡日東西影裏旋。珍重顔容須自惜，莫教冷落在人前。

示法液何居士

江門一滴自曹溪，認得隨流亦不迷。法液至今清碧碧，月明光浹海天齊。

示光半禪人

寂照光明剛一半，烏啼月落夜如何。碧潭深夜無人處，努力翻身直捷過。

示李幻生

與世推移寄此身，隨流認得幻中人。不妨擊楫同波浪，一曲蘆江别調春。

楊無見居士書來以詩示之

名山頂嶺霧雲深，欲海波濤險萬尋。向子丁寧總如夢，何時相慰野人心。

示妙峯禪人

五十年來親復疎，于今特地忽逢渠。還家莫訝途中事，驚喜停時識舊廬。

示聆玄上座

遍歷諸方羨飽參，黄龍不是溈潭南。會當推向人天上，快覩今時優鉢曇。

示已鋒禪人

學道先須遠俗情，不求安逸不求名。塵中能具超塵想，歲久年深累漸輕。

示頓修侍者

讓公曾亦侍盧能，十五年來面目仍。足下馬駒天下踏，果然今古競頭稱。

示廣慈侍者

一見桃花更不疑，數枝紅綻自相宜。招攜直入千峯裏，溪月山雲似舊時。

示崔石師

念念須自見其心，莫教隨世枉升沉。勳名蓋代一場夢，惟有此心無古今。

雷峯華嚴長期

寶鏡重重帝網新，交參主伴有來因。隆興拄杖熾然說，爲寄華嚴會上人。

妙峯禪人住靜潭山乞詩示此

一茅縛就放身眠，萬事從他在目前。須信隔垣人有耳，莫教長嘯白雲邊。

偶述

四十年來又一年，舉頭平望盡霜天。策杖自來還自往，不須人伴過前川。

妙靜主呈船子頌卻示

滄茫巨浸浪滔滔，只怕無風自著篙。多少弄潮人在岸，等閒餘韻落波濤。

示知量道人 徐衣繫祖母

大道絕無男女相，亦無初學與先知。雖然七十未爲老，歲歲當如初學時。

送證侍者

送子匡山爲卜居，懸崖飛瀑夢魂隨。莫貪筍蕨遲春信，忘卻雷峯斫額時。

題燕杏圖

燕子春歸花正開，一團紅雪鎖青苔。披圖忽動河山恨，何況親從北地來。

題竹鶴圖

不下青松下翠竹，孤雲野鶴儘相宜。最憐寒夜一聲唳，夢斷疎烟微月時。

辛卯夏日大雨戲示諸衲

一回風雨便淋漓，數十殘僧面面窺。大地江山同逆旅，不妨權且作船居。

秋日

落日潮平半掩扉，田高山淺鷓鴣肥。野人策杖欲何去，遥見溪橋數衲歸。

登樓望諸衲二首

青山一半枕樓頭，門對長江水自流。烟樹望中添數衲，恐驚鴻鴈下滄洲。

萬山晴色沁秋寒，去住浮雲任我看。不盡登臨今古意，何人林外夕陽殘。

雷峯雨後

秋林濯濯野烟浮，萬古江山色共幽。且對暮雲閒不散，不知世上有人愁。

癸巳七月二十二日口占

瘴海棲遲十二秋，避兵長傍蓼花洲。無端一夜西風急，又報笳聲到市頭。

江帆

一帆如鶩趁秋風，萬頃烟波歷亂中。莫向青山誇舊隱，松風江月兩無窮。

九日與諸子晚眺

夕陽斜映菊花開，一上峯頭萬木哀。與子更窮千里目，百年能得幾登臺。

望羅浮

野人去住似孤雲，望裏羅浮忽忽親。曾憶數年寒夜月，聽猿別是一閒身。

送秋

風急烟銷遠岫開，長空只有鴈歸來。青山久住忘人世，時愛松陰破綠苔。

題畫鴈四首

濛濛烟雨醉春光，桃李花開歸計忙。蘆葦豈分南北岸，舊時遺澤未應忘。春

不爲江南乏稻粱，乾坤有恨北天長。征窮沙漠雪銷盡，穩坐烟波六月霜。夏

朔風初動便圖南，聲斷衡陽秋水涵。亦知瘴熱非長樂，淺浦荒原尚一堪。秋

晴波風急月微微，半隱平沙半欲飛。不是畏寒安海國，得成毛羽趁春歸。冬

泊虔州

一帆風送到虔州，城枕長江水北流。十年人物今何在，月色笳聲滿渡頭。

中秋無月二首 甲午

去年此夕海雲開，此夕今年山霧來。若使月明照潭水，恐驚飛鴈一徘徊。

清光不欲動人懷，黯澹秋山只自諧。卻憶榕橋寒月後，幾人形影在天涯。

自饒州還匡山

夜泊城頭秋氣微，湖烟江月共依依。世間安有閒雲鶴，不向匡廬何處歸。

初冬遊玉淵潭

石上看雲昨日同，莫將濃澹想秋空。葉紅霜白溪流緩，拚卻山容與朔風。

憶足兩

半年音信望來孤，漸到秋深景自殊。白鷺洲前明月近，不知猶憶老僧無。

憶阿字

長安東去一身孤，兩度逢秋心事殊。榧塞月圓寒已栗，不知曾入玉關無。

悼崔石師四首

獨坐山房意黯然，濛濛秋雨瘴南天。海門浪湧分淇水，水上人家空可憐。

遠别沉吟古墓邊，傷心曾憶五年前。何人重覓鸞溪上，纔問崔郎已渺然。余出嶺時，别石師於陳郁庵墓傍，恐其挽留，不爲明告，故有起句。

身心久已拚空門，在欲行禪未易言。慙愧老僧辜負汝，緑蘿庵裏待招魂。
珍重峯頭謁老翁，當年誰共聽朝鐘。死生如對秋山雨，悲喜何曾入畫中。

山行

世上閒人豈易得，不妨無事上山行。松風落落溪雲外，難得秋原一望晴。

絕句

折花相贈爲多情，千里持來意不輕。誰知更有多情者，拋卻花枝兩淚傾。（以上瞎堂詩集卷一七）

題王予安畫卷

七十年來老道翁，此心如欲寄山中。流泉鎮日能消熱，眼底潺潺未易同。

雷峯即事二首

海外日長生計拙，山中屋少住僧多。築得東籬倒西壁，算來真不奈緣何。
誰說身窮道不窮，棲賢風味見雷峯。怪來一隊書騃子，魂夢猶懸峽澗中。

送澹歸住丹霞二首

三十年來想像中，親臨何必問渠儂。天然巖上無歧路，側耳珠江聽遠風。

纔出山門已望來，兩人心事共徘徊。吾儕不是傷離别，萬古真風待汝回。

乙巳春送石西堂領衆棲賢

春水薰風向七賢，到時日永緑疇添。山中賴有天人範，火種刀耕紹别傳。

秋杪送離言知客

年邁遭逢法運衰，暫時歧路亦悽其。分淇渡口西風急，記取歸帆雪浪吹。

漢壽亭侯像 有序

雲長先生像，吾友陳全人爲小安居士所畫，三十年於兹矣。全人没去，小安久不相往來。今年膺歲薦，始得聞音耗。小安乃以此像先寄入山，求山僧爲書數語。展視間不勝今昔之感，遂援筆疾書，以俟小安之至。

千秋肝膽憑誰見，想見丰裁三十年。面目何殊真與幻，十分珍重故人邊。

示黎體大居士

儒門澹薄難收拾，還歸釋氏達人論。愛君入路超聞見，大道無門卻有門。

大雲寺監院睹者五十一二首

五十年前事若何，于今特地且誵訛。便休欲更教誰識，倚笑春風不較多。

尺蠖之屈以求信，閉戶青山足淨因。一句分明無量壽，蓮華瓣瓣口中春。

舟師何耀吾七十一 何與予同日生

共日生來不共年，多時相見未生前。今欲期君再七十，渡吾渡汝海潮邊。

法會諸公擬募田爲放生之費乞書冊首時丙午十月十七日先夕本寺被掠故首句及之

半載耕鋤一夕盡，又謀結社買生田。從他盜殺尋常事，一味同人作勝緣。

妙峯禪人六十一

周天甲子從頭起，人事今年異昔年。白髮不須愁漸夥，青蓮多著老金仙。

題觀音大士像二首

萬卉千叢待化工，微雲細霧澹和風。是誰不在空濛裏，衹有枝頭春獨濃。

一泓水樹橫秋色，半枕松風歸鶴聲。箇裏未能忘宿習，因人幻出百千情。

示何石人居士

慧性當從宿植來，一期生事眼中埃。青山未必皆投老，趁取曇花及早開。

贈吳副戎二首

護生福國得長壽，西竺金仙曾有言。欲進南山慙野服，敢持半偈祝軍門。

干戈初定復何事，大帥惟先民瘼求。寶水一從霑瑞露，年年此日仰高秋。

題千山剩人可和尚真

一滴曹源向北湍，順流容易逆流難。神龍破浪無尋處，留得威獰紙上寒。

雪木毬禪人凡與語或自有所陳輒見動色爲解嘲戲示

摩尼五色隨方現，何事心光獨映紅。應與靈雲同見處，頭頭觸著在其中。

贈陸孝山太守二首

陸家片石足千年，舉向丹山尚儼然。坐卧庾關看霹靂，虚堂驚起笑從前。

靈山一别刹塵深，錯認緣生直至今。借得秋光似明鏡，年年長照使君心。

來機禪人五十一

寸絲不挂袈裟舊，放過玄機此再來。五十還教更五十，蓮花歲歲臘前開。

寄示沈南宫稅課二首

夫妻共種率陁因，天上蓮花色正新。更囑慇懃自廻向，莊嚴心地豈由人。

誰云在俗難修道，何肉周妻總舊因。且看目前生計足，黄金重種法庭春。

示海雷兩山都寺旋庵

撐持門戶憐今日，此道誰當遜昔賢。冉冉流光吾已老，歸山遲爾再三年。

贈王沖和道者

華林初請法輪旋，覺海論因在梵天。誰信金仙曾有願，雙雙重上講堂前。

贈胡君德道者

山田慣買與僧耕，又請華巾布髮輕。龐氏兒郎皆順敕，一庭清梵振家聲。

寄海幢監院解虎

一心內外絕纖塵，更欲從人問主賓。千里寄聲無別語，秋風江上浪如銀。

題太平橋圖

太平橋過上江船，去臘曾遊今儼然。肯信毫端傳隔世，大都風景自年年。

山家二首

曲水尋源山徑賒，路逢絕處有桑麻。野人住在最高頂，樹裏孤烟便是家。

流水潺潺犬吠聲，亂林深處見人行。分明不出此山外，踏盡前坡路轉生。

贈嚴殿生三首

秦和醫國早歸山，獨上丹峯雲半間。欲傍海螺依窣堵，有時尋月共僧閒。
龍王高閣勝蓬萊，秋水尋源擘石開。莫飲上池寒徹骨，空教人望太倉來。
安期不施神樓散，雲翼何求絕粒方。一葉已輸全活意，萬金難換亂茅堂。

壽陳伯恭三首

青山一望瑞烟收，松自蒼蒼水自流。人在暖堂進春酒，不知何處覓浮丘。
近山城郭紫霞連，郭裏人家歲月偏。況有東林堪往復，淵明詩酒日陶然。
南華讀罷恣高眠，山院閒來亦學禪。會當攜策干時去，世上人疑葛稚川。

送蕭參戎柔以解職還里四首

將軍解甲慕空門，千里攜家向故園。繡佛堂前須記憶，拈香擇火總承恩。
家學深知宿世因，不妨疑著繫鈴人。退身豈爲蓴鱸美，藥圃芸軒別是春。
想到家園春未歸，桔槔轉處識鄰扉。兒童遠近爭相認，郎將于今易野衣。
與君本是舊同條，緇素論交意氣饒。莫惜江山分手處，靈光相對未應遙。

寒食二首

山中寒食覺春深，一樣春山幾樣心。杜宇自啼花自落，白雲終日覆層陰。

水流亂石雜溪聲，鳥啄殘紅照月明。春色自來無去住，垂楊何故動人情。

庚戌春夜夢坐棲賢橋聽泉山月朗甚獨步成詩覺起索火書之僅記後二語因足成截句以志一時情景

金井橋邊夜月深，何人夢裏聽寒吟。洪泉萬古流無盡，孤負嫦娥一片心。

前詩既成風雨擁窓就枕未能再題一首

濛濛春雨萬峯深，別有清光寄夙心。收拾閒情付明月，寒爐擁被又成吟。

初住歸宗四首

東晉開先代有人，復生松轉刼前春。遥思八十年來事，艱鉅難辭是此身。寺重興八十年，予始忝主方丈。

吾師設利在金輪，四十年前話轉新。不道無禪誰獨念，祖翁田地久生塵。予自丙子禮金輪塔，便有三十年不出山之約。

嶺南獦獠自丹霞，榔栗橫挑千里賒。多少兒孫憐老大，不知何地是吾家。余受歸宗請，諸子相留，至於絶裾。

最是堪傷法運衰，門庭通顯作生涯。欲持一勺鸞溪水，灑向諸方熱面皮。

復生松四首

太薇夙植歲寒心，移覆祇園大樹陰。不向人間輕一死，鸞溪橋北早成林。

八十年前事莫論，輕烟重見吐靈根。磊磊滿腹誰堪委，歷盡冰霜到石門。

莫誇地久與天齊，偃蓋誰爲樹下棲。更欲影連高頂上，龍蛇千尺動辰奎。

神爽登臨匪一丘，萬年香火肇青牛。遥思負鐵人何在，十里香回紫栢秋。

題金輪峯塔院四首 有引

予初主歸宗之明年正月四日，登金輪峯禮如來舍利塔，因過先師掩關處，棟宇傾落，茆簷頹圮。念水木之根源，傷典型之凋謝，思停波靡，敢以身先，尊古人坐斷之風，息後學狂奔之習，正惟此日，殆將終焉，俟之後緣，聊題四絶。

日懸午塔無中影，峯繞羣巒見獨尊。恩大莫酬塵刹夢，數間茆屋護柴門。

當年曾憶掩關人，今日空憐守塔身。背面烟霞無透路，紙窓寒坐舊時春。

第一峯頭徹底貧，重來且莫辨疎親。簷楹星月年年繞，不信塵中堅密身。

吾猶昔人非昔人，欲話難酬曠刼春。葉落歸根他日事，只今誰與續前因。

米顧二使者入山二首

天使光臨滿院春，入門便是箇中人。三生石上藤蘿月，萬刼難忘此日因。

萬里天威在目前，靈山付囑尚依然。寒巖牛火家風舊，清涕垂垂没後先。

送澤萌後堂住玉川門二首

法季息機真喆者，兩年相傍住簾泉。移茅又欲臨高壑，先我尋山得玉川。

誰道金輪勝紫霄，溪搖松竹晚蕭蕭。避人別有深雲路，不許時流候牧樵。

暮春三首

桃紅柳綠送春歸，雨細風微晝掩扉。睡起一杯千沸水，神深智淺世情違。

雨過牡丹姿未減，半酣妃子倚春風。沉香亭北皇家事，替得山中十日窮。

日永山深只自知，黃鶯啼早燕歸遲。半床薄絮閒伸足，不羡人間暖席時。

立秋夜望月二首

秋風初起白雲淨，湖水將平青樹浮。空際無人光自滿，夜深誰解著雙眸。

雲開山月入潭靜，照見千山山月清。潭月照山山照水，不分明處最分明。

膽瓶玉簪花

山輝本是因藏玉，幸不簪冠到石門。素色豈嫌風味薄，一枝斜傍自黄昏。

雙瓣紅梅

輸卻微香與雪同，疎斜終日笑東風。祇因世眼妨寒素，放出緋衣不厭重。

牡丹臺下雞冠花

幸托牡丹花下見，數株頭上放紅英。錦冠照日疑丹鳳，只少東方報五更。

牡丹臺邊桃花

桃花先占牡丹春，開落臺邊不顧人。自是淡紅深著雨，敢輕富貴惜風塵。

蠟梅

雪裏鵝黄亦是梅，寒香一簇入簾來。似韜潔白隨人意，嚼碎金莖獻寶胎。

淨成口占

五溪深處失樵蹤，曲曲溪聲烟霧重。石壓高坪出新柳，一條隄指紫霄峯。

棲賢口占

萬疊青山峽澗東，黃埃白晝虎狼風。僧歸野火燒松樹，照入深潭起臥龍。

庚申除夕

白頭只合老青山，山事如今且未閒。明日又歸三峽寺，千峯林下水潺潺。

固窮吟三首

近來有箇固窮法，只是堆堆不著忙。聞說棲賢無米爨，但教伸手向村坊。

須信出門便是草，端居蓬島控遐荒。饒他豐儉終當盡，堯舜垂裳帝力忘。

修行到老空餘我，我是人間倔僵僧。水草東西隨分過，不干名利日騰騰。

雨打牡丹花殘二首

春光得令自翩躚，富貴誰知但目前。一夜殘紅風雨掃，淨梳枝葉待來年。

試問枝頭知未知，豈堪惆悵憶當時。洛陽簫管終難盡，只是人心有盛衰。

雨後牡丹二首

明年三月只如今，富貴人家一樣心。須憶舊時憔悴色，當花休更誤知音。

幽姿莫倚洛陽時，幃帳家家若爲誰。不似山間風味永，青青猶故一枝枝。

閒步松下偶憶亡過諸衲二首

出嶺三春百念休，溪山雲月兩淹留。松花滿地何人去，誰謂高年不白頭。

青山白水非新故，宜月宜風亦偶然。閱盡死生情未瞥，閒看春色覺時遷。

偶感二首

不願嬴峯疊石龕，真成先見我癡憨。青山處處可埋骨，何必區區向廣南。

千古人無背後情，當時感激爲身名。若教八萬四千歲，地角天涯好弟兄。

春蘭二首

紉佩無端入楚詞，爲憐清絕寄相思。幽根自有同心調，萬壑千峯臭味知。

劍葉如鋒出匣寒，美人含笑倚琅玕。聞香未許誇同室，賺殺春風待夜壇。

衰柳二首

山南溪北見花開，曾逐東風舞萬回。幸自雪霜無著處，莫因憔悴憶章臺。

早知寒至傲秋風，月落山堂影已空。赤體每憐松栢苦，春來依舊拂墻東。

醉梅

暗香偏在野人家，鶴過寒空映晚霞。潔白卻宜微著酒，不妨籬落自疎斜。

因峯頂侍者偶憶往事走筆寄晦林禪師二首

博嶠經營三十年，兒孫無力愧前賢。當時只道山頭在，回首斜陽草漫芊。

何年交臂頻相失，憶別家山惱亂中。三峽橋頭逢信使，不辭千里寄同風。

非影慧潛行乞餘干臨別示詩二首

我病偷閒且閉關，相勞爲衆往他山。調心多是近人處，抗互俱非大似頑。

老懷恃此強爲安，兄弟同心耐暑寒。法界自來無彼我，刹塵休作一期看。

雪木書記同鑑光行乞臨川二首

爲道相隨二十年，清泉白石自安眠。于今拓鉢非他事，念我頽齡一衆先。

我病偷閒且聽天，天教老漢樂餘年。支援大廈先一木，信植同行有普賢。

會三遺化人辭二首

年年多費草鞋錢，一鉢沿門爲衆添。于今又向他山去，有話聊將白紙傳。

行業純真我素知，因緣終有好相爲。江山指顧無餘説，且待高秋鴈過時。

月二首

陽卷陰舒散積氛，爲憐長夜隱高雯。何人不在光輝下，圓缺從教鏡裏分。
如鈎初見似新知，漸漸增輝到舊時。天上桂輪無晦望，人間忘憶有全虧。

岳監寺出世未及親辭乃翁今相尋入山年適七十父子樂甚賦詩爲壽二首

匡嶽尋兒已古稀，雲中相見各依依。昔年未遂裴休願，今日追歡盡意歸。
五老亭亭靠紫霄，高低羣遶萬峯遥。兒孫既有兒孫福，長刼還他祖父嬌。

夜坐

雲散青霄露碧空，何如片片罥玲瓏。但知徹體無遮處，月落平原萬里同。

春草二首

春草籬邊緑未休，王孫去後鷓鴣愁。聲聲只喚哥哥字，萬里秋原易白頭。
年年只見緑初肥，萬里天涯生事違。莫道芳菲平野盡，五陵遊俠馬蹄稀。

四季鴈四首

柳線初垂歸計忙，平沙萬里是吾鄉。休言南國勞生事，不度潼關漫度量。

黄雲如霧舊生涯，回首南洲道路賒。飲啄已爲忘客苦，飛鳴不覺夕陽斜。
西風初動望衡陽，卻怪銜蘆機未忘。斜度大江秋水怯，一行倒影入寒塘。
楚原千里稻粱肥，掩映蘆花好息機。猶自孤鴻深夜戍，一聲高向白雲飛。

送塵異但子歸省二首

與汝同撑大法船，莫隨風力把頭先。洪波險闊篙心穩，萬丈厓門驀箭穿。
老去驪歌不好聽，此生知有再趨庭。下階更莫頻回顧，法界如今世念停。

孤吟三首

道衰無侶自孤吟，時向林間坐夜深。情見兩忘誰共語，等閒辜負昔人心。
草深堂下日沉沉，鐵壁銀山若箇任。晚近不生真法器，牀頭高挂伯牙琴。
不是無心爲後昆，都緣慙負昔時聞。羚羊挂角無踪跡，一簇金羈向白雲。

秋江

淺水明沙照影親，一時風起失前人。須知只在洪波裏，穩臥江蘆狎釣綸。

棲賢退院留别各剎二首

廬峯有寺不容住，瓢笠隨身一錫輕。忍見袈裟甘俯伏，非關高視獵清名。

僧住名山紹祖聲，下同胥靡若爲情。謬膺師席真風在，敢與禪林作世程。

關中吟十首

久拚身心奉刹塵，一生悲智自疎親。百城烟水迢迢道，回首城東猶昔人。

莫倚元勳傲少年，百重圍破一身全。黄埃白刃前驅失，夢裏驚魂空自憐。

矢盡寒原戰未回，雲屯萬里出龍堆。前軍金鼓無消息，百戰旌旄擁戍臺。

五丈高原計亦奇，全軍進退鬼神悲。空中大有安排處，賺殺沙場輕薄兒。

舊事難爲此日論，沉鎗鎖甲暴平原。早知一箭千山定，繫馬垂楊沽酒村。

無人負我笑曹瞞，做盡奸雄負子孫。秋水長天元一色，高文贏得至今存。

黄石書傳王漢高，焉知初本爲韓圖。堪嗟斷臂何曾得，墻壁如心枉自勞。

數十年來枉用心，心纔起處被魔侵。自爲城塹何人事，遣去呼來直至今。

千錘萬鍊虚空碎，不似頻呻呵欠時。若更醉酣三昧酒，幾多生滅目前遺。

甚深三昧許誰知，常近如來坐未移。不信折旋與俯仰，一條白練至今疑。（以上瞎堂詩集卷一八）

全粤詩卷七七〇

釋函昰 一〇

梅花詩五言律

一東

白花輕一放，萬壑盡春風。蜀客相逢處，何郎寡和中。烟荒村路斷，人去水流空。卻憶霜零後，雲山望欲窮。

二冬

荒榛迷遠道，絶岸一相逢。飄落非殘雪，横斜傲古松。目空烟暝色，跡混獵樵蹤。自顧同寥廓，隨雲隱亂峯。

三江

寒溪疎影瘦，夜靜水淙淙。雪重從衣薄，烟深帶月降。不因驚碎玉，何處覓枯樁。四望江山暗，泠泠獨倚窓。

四支

獨秀一林悄，寒山薄暮思。風烟愁見晚，桃李恨生遲。觀世疑空刼，論交與古期。莫云春漸暖，應記未開時。

五微

倚空寒夜月，林静鳥聲稀。一自逢人少，方知與世違。雲烟籠不住，泉石好相依。香入初風醉，臨崖悲採薇。

六魚

春愁看不極，空谷此情疎。地僻先明月，天涯遲素書。立殘三尺雪，坐老一園蔬。豈待東風至，雲中香有餘。

七虞

催人頭已白，朝夕共躊躕。踏雪香非遠，尋香雪又無。歲寒傷一折，春入老千株。村路溪橋迴，垂垂清影殊。

八齊

晚雪風初細，花開山鳥啼。易寒迎日近，難見故枝低。獨樹紓樵逕，叢芳狎釣溪。名園多蔓棘，聊傍石橋西。

九佳

故園黃葉盡，風雪舊生涯。孤蛩春先醉，同人月在懷。抱香矜獨處，殘夢怯寒蛙。道路雲烟渺，尋芳到古崖。

十灰

去年爲春落，今日爲春開。萬里誰相識，白衣人又來。望窮雲鶴影，愁斷杏花杯。一自幽香動，羣芳夢欲回。

十一真

不到空山裏，孤標恐未真。嚴枯今日景，初蕊百年春。江店烟中樹，荒臺月下身。平生信幽節，寒夜自無人。

十二文

荒原人影寂，孤鴈不堪聞。惟有一枝秀，乘風寄白雲。黃塵初夜靜，素色曉霜芬。珍重冰稜意，前山日未昕。

十三元

幽根不可拔，歲歲老蓬門。絕俗臨危石，依人傍遠村。有花應有雪，堪對不堪論。愛爾疎斜影，寒山知獨存。

十四寒

一從秋色老，寂寞倚闌干。花發春何限，春來花欲殘。不因傷歲暮，能得幾人看。爲語禁寒者，揚州興莫闌。

十五刪

別有凌霜意，枯榮從去還。不堪橫卻月，以此到廬山。草色催人老，幽葩空自閒。春風能解凍，零落豈須攀。

一先

灞橋春色早，迢遞到窮年。韻落江城杳，香流古澗前。一峯新雪月，千里舊山川。翹首人間世，寥寥共遠天。

二蕭

寒盡花初發，相逢慰寂寥。遙知日照處，不與雪俱消。閉戶來春色，隨鞭過楚橋。古今情未已，江國正蕭蕭。

三肴

孤山空自放，豈問歲寒交。但得香在石，何妨露滿梢。葉凋深見月，鳥過不棲巢。最是幽人意，誰當共結茅。

四豪

萬卉休窮臘，孤芳此獨勞。枯藤發寒燄，春色動林皐。雪暗光逾滿，雲低影自高。蕭條生理別，方嘯北風號。

五歌

不入芳菲逕，棲心當若何。獨辭春日短，因共白雲多。素色和烟老，疎懷逐鴈過。祇應同靜者，榮落在藤蘿。

六麻

漸覺朔風急，疎林日影斜。悲時同落葉，積素獨呈花。寒坐三冬促，春光一夕賒。少陵忘卻恨，應負此心遐。

七陽

非關衰世意，皎皎一凌霜。愛我不嫌白，憐人祇自芳。幽懷如有寄，孤放若爲狂。但到春深處，悠然思共長。

八庚

凋落知誰世，危危獨向榮。爲憐衰草色，不盡倚寒情。泉石何曾暮，烟霞餘此生。疎斜如可似，真悔一時名。

九青

欲折不堪寄，晴窓香一缾。寂寥須此鑒，消息可誰聽。愛雪驚同色，和烟渾獨醒。更饒窮臘韻，孤鴈下寒汀。

十蒸

籬落難爲色，山寒情不勝。素襟堪對石，幽韻卻疑僧。凍臘他年恨，春光昔日曾。霜中誰可念，令我獨憑陵。

十一尤

獨出羣芳後，凋零感暮秋。吳宫花草盡，漢苑晚香留。白髮宜松老，閒情共竹修。月明風露滿，無事到春愁。

十二侵

舉世渾如夜，何人問素襟。空山曾有夢，秀色自成林。已辦窮年計，寧愁晚露深。夕陽流水處，古韻日沉沉。

十三覃

立雪終何極，深寒亦自堪。誰當尋素侶，知不到茅庵。此日雲中趣，千秋石上談。大庾花信捷，春色滿江南。

十四鹽

離離孤影絕，因月到疎簾。尚有餘香在，殊增老衲嫌。暮雲旋欲合，朝霧不曾霑。獨倚寒巖醉，無人韻更添。

十五咸

濯濯寒逾潔，惟當老碧巖。幽心矢霜雪，疎影托松杉。山靜雲千樹，僧歸月一帆。無人知此意，長詠付琅函。

梅花詩七言律

一東

乾坤渾灝鬱巃嵸，物化承陽氣候通。萬彙初回先素色，羣芳未綻暗香叢。風飄雪蕊隨烟散，月凍溪明一樹空。慙愧梁園覓不見，獨留孤韻古今同。

二冬

笑抱閒情自一峯，東亭何處見春容。相期深谷惟明月，不畏寒巖共老松。帶瞑坐醒初夜夢，倚空愁破五更鐘。生來傲骨慙烟火，半落溪橋濺短筇。

三江

聊將春信渡寒江，映雪清姿色易降。零落風烟同白鷺，蕭條形影對銀釭。夢回香遠人何極，望入雲端眼一雙。萬紫千紅看若此，解衣誰與臥虛窓。

四支

孤芳無地足棲遲，木落溪寒又一時。瘦骨且隨巖壑老，素香不使水雲知。濛濛太古幾忘歲，寂寂空林欲待誰。倚石自憐霜雪意，百年春色正相期。

五微

一圍寒玉影離微，獨坐山頭夜不歸。曉露未乾窺石室，夕陽初下映柴扉。似憐高士埋空谷，猶聽孤猿欲攬衣。夢斷羅浮春尚早，北風吹雪雨霏霏。

六魚

寂歷空山清夢餘，一枝斜映六窗虛。幽人抱鏡臨秋水，老衲凭松讀梵書。坐石不知寒夜永，聞香方覺朔風初。春深正恐無尋處，珍重衡門影自疏。

七虞

曾和積雪暗前途，雪裏聞香風味殊。萬里烟銷春信達，閒亭玉立客心孤。影沈寒水空無鴈，光浸長天月在湖。終古離披君不見，臘窮人散獨躊躕。

八齊

山寒石瘦暮雲低，一道晴光混不齊。萬古鴻濛自今日，何年開落到西溪。孤松鶴立烟霞老，野渡舟横樵舍迷。我亦危危人影外，凌風臺上笑相攜。

九佳

一番寒徹影參差，撲鼻餘香韻自佳。晝共白雲連絕巘，夜同明月醉空階。爲慙芳草遲春陌，獨許梨花到石崖。是處江城吹欲落，泠泠古調可誰諧。

十灰

含章花事已成灰，爲愛寒溪帶雪來。一望白山人穩坐，數聲清淚夢初回。多情且共三生石，好月相尋綠橘杯。歲歲凌霜君自惜，莫教憔悴北風催。

十一真

開遍江南未是春，春光辜負隴頭新。幽姿濯濯清霜月，道韻森森白髮人。松栢無心須憶我，溪山依舊可誰倫。豈因舉世慙珠玉，顧影寥寥亦自親。

十二文

荆南似雪恨空聞，地老天荒始見君。霽色同人能悟物，正襟危坐若無羣。離離疎影先春動，皎皎寒光後夜分。一擔枯藤探不盡，朝烟暮月爲誰醺。

十三元

斜壓疎籬衹自存，香風冉冉入黃昏。獨翹天際渾無色，飄落空潭不是痕。雪映高低疑近遠，冰懸日夜自乾坤。朝滋夙露何勞問，多少衝寒到石門。

十四寒

高放嶒崚天地寬，幾枝清瘦自輕寒。只教雜雪披靈苑，不共含桃薦玉盤。落葉滿山光瑑瑑，亂雲深谷影團團。羽衣皓首空相對，錯比華嵩石上看。

十五刪

聊傍雲峯共掩關，霜清月白一僧閒。秋風不折凌霄骨，臘雪逾深老鶴顔。寒涕垂膺憐懶衲，龐眉坐石傲西山。匡廬頂上湖千頃，慚殺當年漢苑還。

一先

佳氣隆隆萬象妍，靈根曾植古皇前。謾隨晨霧舒寒燄，識得春光是舊年。湛湛清姿和暝醉，稜稜丰骨帶雲眠。無勞支老買山隱，儘有疎斜庾嶺邊。

二蕭

隨風遠度自迢遙，到處生涯香一瓢。紫陌無緣花欲老，雲山有恨雪中銷。看殘蘭菊甘籬落，聊共松杉冷灞橋。皎潔自驚寒色異，春深依舊綠條條。

三肴

永夜空濛月一梢，泠泠疎蕊破荒郊。只愁終古無春色，獨抱寒香共石巢。逸士踏餘三逕雪，老僧長伴半間茅。孤榮卻爲羣英早，但到芳菲笑落匏。

四豪

姓名終不入離騷，留與雲烟援彩毫。巖壑何曾有霜雪，春風吹落盡蓬蒿。幽葩吐處陽和動，素蕊殘時青草高。自是韶華成代謝，遐心無耐聽松濤。

五歌

飛空帶雪影婆娑，落落幽巖亦自多。千樹凍雲銷不盡，一溪寒月又如何。光凌北斗疑長劍，鴈叫清霜當浩歌。古寺森森鐘磬外，有人含睇在山阿。

六麻

烟暝繽紛落日斜，五衢寒盡一枝花。我憐素色禁殘雪，誰愛餘香坐晚霞。但道影疎南浦月，豈知春在野人家。幽光處處都相似，況是荒岑韻更賒。

七陽

獨厭容長異衆芳，由來素質欲淩霜。坐銷暝色發林秀，引得春風滿草堂。愛此清芬先墮葉，卻憐憔悴暗生香。不妨共對連宵迥，千古幽懷在石牀。

八庚

玉質冰操共此情，歲寒惟見一林清。雪霜滿地誰堪白，桃李開時但有名。飄落且隨流水去，孤榮又傍碧巖生。臨風欲和還應笑，何處關山無笛聲。

九青

萬象沈沈醉不醒，微雲澹月倚山亭。若憐凍臘爲先放，更喜春寒尚未零。容易珠離千顆白，曾同柳色幾枝青。幽姿我亦蹔相失，夜夜溪頭戶半扃。

十蒸

山逕横斜好共僧，孤雲野鶴碧崚嶒。相看石上寒如此，坐到花殘春未曾。澹影情疎應似我，曉風人外若爲朋。紙窓竹屋淒清處，一片禪心不可勝。

十一尤

黄花落盡獨憐秋，便放寒山倚石樓。佇望白雲歸洞壑，坐看孤鴈下滄洲。影同雪色惟堪賞，嘯入春風不可留。一自參軍吟欲絕，疎鐘明月夜光浮。

十二侵

雪裹窺人雪不侵，澹香孤影百年心。一梢烟月看同昔，去日春光又到林。吹落爲摧羅袖色，高低空笑白頭吟。苑園上苑多憔悴，別有幽根在石岑。

十三覃

輕寒殘雪暗江南，曙色幽香尚帶嵐。潔白不傷行路意，疎斜終欲老雲庵。似催萬里還家信，猶伴浮生半日談。卻笑武陵溪未穩，年年春夢付癡憨。

十四鹽

雪中香色水中鹽，夜夜看花味欲兼。不是我來寒徹骨，枉教人醉月明簾。孤山影碎千叢玉，萬里傳持一素縑。幾度因風聊寄贈，恐驚頭白易生嫌。

十五咸

滿林秀色映松杉，西竺先生經一函。雪嶺開殘迂凍臘，早春疎影到千巖。山中有客堪餐石，月下何人曳素衫。且抱閒情恣幽賞，香臺雲外共諵諵。

梅花詩五言絶句

一東

葉盡花自發，正當寒山中。山寒人見少，花發年年同。

二冬

花在寒雲裏，看來隔一重。路傍猶落落，況復到高峯。

三江

枯樹望空白，回頭香在窓。一時聞見靜，使我夢魂降。

四支

寒色擁千樹，尋香只一枝。何因重攀折，欲識樹上時。

五微

心知花在樹，望月影微微。不到寒香入，終然此意違。

六魚

高樹花開盡，低枝蕊尚疎。近人情熱處，留取暗香餘。

七虞

望裏花疑雪，近看一語無。全身在香國，頓使野情孤。

八齊

多少寒山子，相看在小溪。不知香冷處，終日對花迷。

九佳

有時寒雨過，生怕素香差。細看枝頭濕，方知濯更佳。

十灰

遊人欲多折，要傍小瓶開。不知香在手，更覓一枝來。

十一真

花香花不覺，都付賞花人。人散香同歲，泠然太古春。

十二文

獨立荒烟白，不驚寒鴈羣。祇因春夢斷，夜夜但空聞。

十三元

香暗隨風度，飆飆不欲存。聞香意何限，花自到黄昏。

十四寒

幽豔曾無歲，尋香人自寒。一般清冷致，終不悔衣單。

十五删

獨舒寒壑日，紅紫一時删。暗香酬客意，誰會到花間。

一先

春色有無處，但觀寒臘前。迴臨村路上，來往白雲邊。

二蕭

覓花花不見，雨雪空蕭蕭。認得枝頭穩，何須待雪消。

三肴

祇爲花開處，偏令雪上梢。春風吹落盡，不見雪空巢。

四豪

走馬春郊早，探花問凍醪。花醒人欲醉，笑殺五陵豪。

五歌

一枝三五朵，疎處月明多。舉頭見寒月，不覺暗香過。

六麻

日出雪消盡，泠泠一樹花。焉知寒日落，香色未曾差。

七陽

月下花容隱，雲中花影長。坐到無花處，時聞一陣香。

八庚

縱白何如雪，疎寧似竹清。若無香撲鼻，猶逐倚寒名。

九青

晨起到花處，不知花已醒。但憐寒歲見，莫惜露零零。

十蒸

莫道寒偏妒，多因花欲凌。一自同於雪，方知雪不勝。

十一尤

薄暝易相識，月明何處愁。分明枯樹裏，望絕白雲頭。

十二侵

寒夜無藏處，花枝共月深。清光纔一半，休向月中尋。

十三覃

好處非關月，重烟不着嵐。疎斜泉石裏，看盡古今談。

十四鹽

欲寄成何字，天涯滯尺縑。相思與相見，語默一時兼。

十五咸

風雪猶未已，花開自碧巖。欲知寒蕊意，遥指隔林杉。

梅花詩七言絶句

一東

色共梨花香不同，千山烟月有無中。立殘孤影君須認，看去春林溪欲紅。

二冬

長橋低岸好相逢，多折偏憐落客蹤。遥望白雲溪路滑，幾枝殘雪老孤峯。

三江

翹首南天意未降，毿毿白拂豎寒窗。曾同黄姓同蘄路，一棹蕭蕭夜渡江。

四支

洗盡鉛華欲付誰，風烟淒斷月明遲。莫愁春到先搖落，更有深春搖落時。

五微

白玉條條映落暉，雪中春色正依違。天涯苦恨知何限，獨立空山待客歸。

六魚

荆榛荒没露零餘，天北天南影共疏。花發寒空愁更落，冰田長欲帶雲鋤。

七虞

昔日玄都花滿衢，看花曾數暗香無。菟葵燕麥凋零盡，回首寒山樹一株。

八齊

標實無期望欲迷，可憐道路獨棲棲。誰同素影千巖秀，撥盡寒灰落紫泥。

九佳

影同寒月印空階，錯愛清光掩素懷。夜夜枝頭看似夢，踏窮殘雪惜芒鞋。

十灰

木落烟深孤鴈哀，南枝憔悴北枝催。從來春色應無住，空自撩人花繞臺。

十一真

大漢將軍六代人，披星臥雪舊風塵。相看灞上終何姓，憶得雲中老鶴身。

十二文

成都高臥影紛紛，誰謂晴光獨映文。放出餘香應十丈，爲憐人共木樨聞。

十三元

臘窮人不到柴門，花落花開總莫論。雪色自嚴香自遠，更無形影待王孫。

十四寒

高寄空山天地寬，素香初蕊足盤桓。莫將白髮輕寒意，都作春愁對月看。

十五刪

丁丁伐木響人間，纔入春風鬢未斑。認取幽香付他日，臘殘寒盡待花還。

一先

爲誰帶雪到春前，幾度相期雲水邊。過眼不堪人意盡，一枝零亂又殘年。

二蕭

春光林下共迢迢，百衲雲衣覆石橋。道是聖僧猶不似，何當香逐美人飄。

三肴

片片新花發故梢，隴頭流水一間茅。壽陽宮裏如相覓，爲道于今共石巢。

四豪

難知休訝一枝高，出手何辭待雪勞。花落更應期子熟，莫教人羡武陵桃。

五歌

暖處難逢寒處多，幾生魂夢付藤羅。花光長老曾摹此，何似親從庾嶺過。

六麻

一本分攜度嶺斜，只今方見歲寒花。山中獨秀無人問，狂殺清江舊酒家。

七陽

謾道生來欲傲霜，相投應亦惜名香。多情共索巡簷笑，爭較高眠怪石旁。

八庚

雪滿江邊花氣清，垂垂一樹古今情。悲歡閱盡宣城眼，聊托詩人天下名。

九青

蜀郡名園畫掩扃，佳人笑語尚亭亭。風前玉立何生夢，猶自題詩醉未醒。

十蒸

高處憑空折未能，連雲帶月影崚嶒。誰當錯比仙人蕚，李白親傳自老僧。

十一尤

寒倚闌干映日浮，高樓胡笛滿天愁。北風衰草蓬蓬盡，任是初年亦白頭。

十二侵

四望江山共一林，百年春色雪中深。勸君莫向枝頭覓，風起隋隄何處尋。

十三覃

錯落雲烟傍草庵，繁枝應許赤松參。春風暖處如相憶，數盡霜中一月談。

十四鹽

萬彙凋傷花意嚴，烟漫漫又月纖纖。傳聞勝似吳門見，名姓終慙薄世嫌。

十五咸

顆顆驪珠月欲函，洛陽歸去寄松杉。幽花不作淩霜色，萬古香風自一巖。（以上瞎堂詩集卷一九梅花詩）

雪詩五言律

一東

二月嶺南雪，梨花間雪中。影浮難似月，力弱不關風。片上青衫色，繁飄白浪空。千峯今夜夢，迢遞濕歸鴻。

二冬

春泥看易盡，空谷自爲容。覆葉深藏鳥，繁花不惹蜂。暖沈朝市影，凍塞虎狼蹤。漸見蓬蒿滿，川原何處逢。

三江

停舟烟樹白，沽酒對寒江。古驛無嘶馬，孤村有吠尨。近墳埋土壘，遠火暗山窓。誰復能同此，棲蘆鴈一雙。

四支

龍山驚險峻，雲路慎擠推。壓頹愁地軸，飄落念天涯。低易填溝壑，高多折幹枝。看窮殘臘景，茅屋欲深移。

五微

陰景去何促，陽和轉尚微。若將虛夜色，無復擬朝暉。熱處終難待，寒中初易違。且尋峯頂侶，雲霧共相依。

六魚

卻似雲中日，朦朧曙色初。耐寒輿獨早，愛暖步還紓。篩嶺樹邊犢，迷江榜上魚。何人重回首，淒斷老樵漁。

七虞

彌天光共滿，薄景照偏殊。關塞愁征戍，屋廬淒腐儒。濕吹連曉角，寒斷一冬鬚。莫以千峯色，都同暗夜珠。

八齊

峯峻疑懸布，玲瓏逼漢低。徘徊驚曉鶴，呃喔誤宵雞。竹摧陰壑影，猿斷北山啼。沃土候春暖，攜鉏分夜畦。

九佳

启戶皚皚積，觀林密密排。冥茫應自合，緯繣不成乖。帶露胎春雨，連雲澤凍荄。氛埃消欲盡，冷豔此時諧。

十灰

高低看落處，淅瀝竟何來。積坎非邀厚，知危不受摧。借暉分鷺翅，倚素入瓊杯。千里何辭遠，層巒夕曜開。

十一真

暖席不堪近，寒溪好作鄰。豈嫌青草陌，欲傍白頭人。隱霧迷深谷，乘風度遠津。年年似荒月，來照不萌春。

十二文

陰結先成霰，蕭蕭自遠聞。入山青易見，到水白難分。惜暗夜籠月，停光晝薄雲。晴簷澌欲滴，宿鳥啄微昕。

十三元

寒波汎不極，瓊路易迷源。積曜夕沈壑，微光曉在門。遮空時欲下，舞屑忽成繁。深谷無炎熱，層冰豈自存。

十四寒

一夜鳥飛絕，千峯影到欄。莫將銀世界，空作月明看。對爾皆憐白，何人不畏寒。浮雲滿原隰，遮莫悔衣單。

十五刪

朔風不到海，寒氣早歸山。玉露當秋委，瓊花向暮斕。潔堪窺漢淨，輕得御雲間。幽望成何似，皐禽斷續還。

一先

通朧光矚地，浩蕩渺連天。照豈分高下，汙從落市廛。年華休見晚，曉氣欲爭先。不待陽和動，微風散玉泉。

二簫

慘冽紛晨影，凝華凍晚飆。連光搖暖幌，含曜落寒潮。不借投虛隙，何勞映碧霄。一回幽對暇，寥廓靜塵囂。

三肴

薄照掩寒日，漁舟凍欲膠。大江沈遠岫，枯樹覆空巢。鼯鼠歸無路，雲僧蓋有茅。莫愁紛糅下，千地一深坳。

四豪

砌上埋黄葉，雲中揮白毫。落餅珠蕚細，籠樹玉山高。未暇裁寒練，何曾失寶刀。飄零愁背日，迴照莫成勞。

五歌

枯涸逢人少，荒茫失路多。泥塗鋪紵練，珠玉委江河。染亦因風力，光疑入鏡魔。無心信芳潔，寥落夜如何。

六麻

嚴飆隨遠近，須到野人家。拂岫迷青黛，迴江走白沙。瀌濔投闊直，迂曲入欹斜。巧拙無藏處，空山對落花。

七陽

一宵星月落，萬戶暗扶桑。鳳閣浮香粉，華山起白羊。路岐增浩歎，雲合漫飛揚。瑣散成朝暮，河山空瀁洸。

八庚

閬風連夜發，綏颯到平明。狖獸雲間斃，飛禽海上驚。寒威驅霧翳，霽色帶霜清。庵裏復何事，危襟坐五更。

九青

錯落空中映，蕭疎象外泠。溪清不可見，雲暗欲全醒。坐對無昏晝，行吟過戶庭。烟深孤鶴影，寂莫擬身形。

十蒸

萬頃看同縞，憑雲降復升。到江知是水，近日不成冰。花落疑春妒，光流向夕澄。江寒人欲暮，暠皓自千層。

十一尤

素質輕如羽，悠悠經暮秋。投窓空見影，積石暗聞流。擬作瓊瑤跡，翻憐溟渤漚。連天捲山霧，迢望轉成愁。

十二侵

千株開照曜，一夜滿庭陰。擬致雲霄上，寧愁溟壑深。夏凌堪鎮嶽，春水欲鳴琴。漭沆思林澤，魚龍未易尋。

十三覃

浩渺成高厚，冰壺秋水涵。蘚苔低見覆，梅李側多慙。去鴈迷烟渚，饑烏啄草庵。繁絲停暮色，鬚髮入寒潭。

十四鹽

玉塵連朔漠，飛墮水中鹽。萬竈無煙火，千峯入素縑。樹寒鶯語怯，石凍梨花淹。倒照雲中色，晶晶對夕簷。

十五咸

一天冥海嶽，萬岫失松杉。極目空中素，廻頭人倚巖。壓沈雲外路，微濺石邊函。渺渺開襟處，春融見遠緘。

雪詩七言律

一東

陰陽凝散碧烟中，飄落何勞問異同。飛絮隨風空自白，寒爐終夜爲誰紅。深山擁被憐東郭，野店憑鞍笑謝公。凍殺亦饒清氣在，人間天上一無窮。

二冬

憑軒迢望欲攜笻，濯濯江山千里從。白盡不曾誇素色，晴來猶自覆青松。暖消石室一杯茗，寒入峯林幾夜鐘。試問重裘驢背上，護生隄畔肯從容。

三江

紛紛裂素映山窗，萬壑千巖色盡降。轉霧驚風朝不避，輕雲蔽月夜無雙。愛同野鶴投高樹，不畏飄蓬入大江。一種縈光隨去住，枉教人自對寒釭。

四支

永夜沈沈聞折枝，空山如在百重圍。佛燈初暗紙窗白，香篆將殘磨衲知。十里江樓寒吹蚤，孤舟沙岸苦吟遲。因茲憶起平生事，萬慮消停鬢已絲。

五微

天南漠北雨霏霏，誰掩峯頭明月扉。祇爲縈空暫夕照，卻憐落樹似花飛。板橋風捲馬蹄滑，江樹雲繁驛路微。看到晴巒春漸去，鄉關何處待人歸。

六魚

寂寞何人映讀書，窮簷衣薄逼年除。幾多陽豔寒中過，豈有光華霽後舒。撒空未許隨風盡，含影還堪凝月初。回首莫愁雲路隔，白茫茫處是吾廬。

七虞

藹藹浮浮散五湖，寒庭孤嶼惜驪珠。傍巖妃子元名宓，仗節孤臣本姓蘇。澹若肌膚疑玉粲，皓然鬚髮蘸冰壺。飄飆更有迴風處，淺渚荒原照碧蘆。

八齊

河梁匹馬晚淒淒，奕奕浮光拂樹低。驛舍官梅花濺路，酒樓衰柳客如泥。雲連古岸沈牛跡，影隔千峯無鳥啼。空濛上下知何極，谷口聞鐘野寺迷。

九佳

霏微暮色鎖清齋，久住峯頭路不埋。愧倚晨曦光自滿，更嫌晚彩影誰諧。龍泉暗溜千行石，牛火頻燒品字柴。寒徹始知魂夢隔，何人吟望在天涯。

十灰

同雲徧野朔風催，萬頃晴光一夕迴。慘憺莫愁寒日處，通朧只在暝烟堆。坐久不禁成獨往，夜深常覺有人來。春明未必能相似，誰遣繁花寂寞開。

十一真

積照微茫絕四鄰，望中誰是陌頭人。落花滿院疑無樹，拂草連天暗度春。一室冰稜應自惜，萬峯珠錯豈全貧。分明共對羲軒上，更待晴暉恐未真。

十二文

寒風超忽白紛紛，兩岸瓊崖一水分。晝裹合離難著素，空中興滅不成文。影沈池上千重玉，光覆樓頭六出雲。便向歌筵分酒力，容華銷盡到斜曛。

十三元

萬樹梨花暗寺門，愁雲冉冉滴寒原。今年到地未盈尺，幾日遮天長似昏。近水無聲空入澗，遠峯不見卻聞猿。淒清共是此時節，猶憶匡山五里村。

十四寒

蒼茫江霧濕征冠，萬井蕭條行路難。黃竹有歌愁宋玉，蓽門無路臥袁安。梅逐餘香須早落，羽甎輕質不勝寒。雲中信有凝春樹，向日微微出石欄。

十五刪

散漫川原自雪山，龍沙迢遞鴈門關。千林玉樹三春失，萬頃瓊田一钁閒。銀象難藏身外影，素娥不耐月中顏。誰云埋没河山上，指點樓臺落照間。

一先

幽静多懷對遠天，飄零猶自憶前年。潔清亦許隨芳穢，流亂何從數後先。幾家依樹籠芳月，一鴈迷烟下暮田。已覺光芒疑夢裏，泠泠石澗水流邊。

二蕭

衡陽委絶白迢迢，衰柳荒原朔氣驕。自有流光遲曙色，卻無形影到春潮。縈廻古渡愁歸客，蕭索空山泣去樵。風景依稀還世外，人間何事苦招摇。

三肴

繽紛繁鶩没空郊，獨向層峯伴鶴巢。活水滿煎三峽茗，斷松斜壓一間茅。龍潛大澤寒猶蟄，虎踞深林凍不哮。掩户且高殘臘枕，漆瓢腰繫萬年梢。

四豪

糝粉輕飛二月高，撲空如湧海雲濤。瑕銷白璧全欺趙，色凝麻衣卻笑曹。不薄青蘿凝夏谷，定飄紈扇濕春袍。暖堂何似寒巖迥，夜夜風簷映玉毫。

五歌

浩蕩乾坤平布澤，霏微物象自婆娑。蘆邊立鶴朝曦亂，樹裏藏鴉夜色多。入地定能銷碧血，彌天已見倒銀河。南洲到海猶炎熱，坐對泠然發浩歌。

六麻

飄搖縞帶總隨車，隔絕門庭入徑斜。透隙卻疑搜鼠兔，翻空真似攪龍蛇。池中有水偏投影，石上無根亦著花。瑰屑不堪寒到眼，縱横難掩碧籠紗。

七陽

白霓遠近啓山堂，欲濯塵氛淨上方。江浪到天應浸日，瓊花著地不聞香。千峯倒影入寒瓣，萬屋平漫汎夕陽。借問年華真箇晚，細看春色動遐荒。

八庚

雲外何因見素情，玉塵風滿澹然生。寒絃人向深堂調，凍屐誰同傍石行。望遙天末山應在，踏近溪邊水更清。勝事大都成寂寞，兔園空有惠連名。

九青

白練千條入鏡清，輕縈欲向夜窗聽。憑高且逐尖峯出，就下還尋絕壑停。華表鶴翎迷舊郭，豐城龍劍擬新硎。攢天一倍臨風急，卻似彷徨廣漠庭。

十蒸

濛濛萬象獨憑陵，何物光芒積素凝。面目冷然遺草澤，肝腸如見托崚嶒。若爲熱處偏成水，不耐寒多竟作冰。自是野人茅舍穩，斷橋孤岫一枝藤。

十一尤

朧窮泉涸絕溪流，河海雲生杲日收。一夜似風吹敗葉，五更疑月滿層樓。卻回寒燄榮幽桂，豈爲凋林感暮秋。遇物淪形歸大冶，高低平汎曲江頭。

十二侵

重輪掩抑晝沈沈，顧影難爲薄曙襟。世上相尋皆桂苑，人間何處有山陰。去留不是迷源客，深淺誰論將策心。看嶽共驚雲勢湧，低空不覺夜堂深。

十三覃

委積徘徊散薄曇，先春有信到江南。常行淺砌猶疑別，欲過前山衹自諳。當晝連烟昏遠樹，無燈通夕曉寒龕。但知掩日韜霞意，始覺幽暉萬景含。

十四鹽

萬丈烟波撲鉅炎，名模鎔盡絕廉纖。無端虛室能生白，誰向空中擬撒鹽。芳潔逾慙高士愛，嚴寒不畏世人嫌。一從凋落黄花後，夜夜峯頭寫素縑。

十五咸

誰鞭天外白珂銜，勢盡雲駒萬里颿。欲湧波濤翻日月，不留蒼翠覆松杉。食餘藥嶺千牛草，寒有青州一布衫。莫笑繁絲倚枯木，衰顔窮望上江帆。

雪詩五言絕句

一東

細看重雲裏，分明不是空。夕寒光獨遠，憑化委長風。

二冬

春色在寥廓，沈烟蘸玉容。縞衣輕似舞，乘夜上高峯。

三江

愛松埋鶴影，背月照寒牕。最是無人處，生憎嘷夜尨。

四支

玉塵散林薄，半上古松枝。枝壓愁將折，塵霄曾幾時。

五微

千峯一夜白，先照野人扉。似月望高樹，溰溰濕衲衣。

六魚

皎潔侵寒陌，雰霏二月初。梨花香未散，隨影落吾廬。

七虞

因風消蠟炬，無影落澄湖。寒熱一時盡，清輝何處殊。

八齊

渢渢連夜動，起舞似聞雞。冰合知寒極，瓊花踏作泥。

九佳

白髮鏡中落，真同近暮懷。但知寒色迥，隨處得生涯。

十灰

雲裏望何極，紛紛撲素埃。江山同一色，不見鴈飛回。

十一真

雲暗非關暮，花飄豈是春。晴光應十丈，不爲住山人。

十二文

濯濯霓裳濕，何人倚白雲。莫將雲裏影，空向陌頭分。

十三元

浩渺疑空刼，霏微向暮原。思歸歸不得，洞口已迷源。

十四寒

嚴威生大漠，萬甲擁雲寒。何處刀砧急，朦朧向夕攢。

十五刪

落樹烏成白，催人鬢欲斑。輕質何曾定，浮沈烟雨間。

一先

迢遞長征路，徬徨欲曙天。最憐清素影，撲落馬蹄前。

二蕭

山光不是曉，半夜過危橋。一似聞生客，千峯失寂寥。

三肴

狂吟月下客，門外任推敲。深夜寒侵榻，誰憐樹上巢。

四豪

鳥絕山霧起，日沈雲影高。微風吹玉屑，不上懶瓚袍。

五歌

三聲溪路絕，一壑同雲多。寒光幽處近，形影托青蘿。

六麻

堦砌葉初上，雲山路轉賖。掃門殘影亂，千里望貧家。

七陽

枯根覆已盡，殘夜滴寒塘。人在空山裏，山空人影長。

八庚

日落山路合，林寒霽色明。梁園人盡醉，那識此時情。

九青

帶寒汲遠澗，片片落雲瓶。水凍還成片，何勞烟霧停。

十蒸

陰風吹白羽，皎皎雲中澄。誰謂終非水，人言不是冰。

十一尤

終歲滿林白，重烟隔上頭。定教寒裏見，不遣入春流。

十二侵

瓊花散丹石，掩映臨江陰。誰知枯落後，更有白雲深。

十三覃

倚樹繁衣袖，流光向夕含。何人能到此，撥火共癡憨。

十四鹽

不分光浮地，還函明鏡奩。寒輝殊未滅，春色夢中兼。

十五咸

帶雨瀟瀟下，江寒落遠帆。峯頭一回望，望久没松杉。

雪詩七言絕句

一東

灑盡平原萬里空，橫江沙捲馬頭風。寒雲已没斜西照，更勒金羈卻向東。

二冬

欲向冰霜慕遠踪，藍關何惜馬蹄封。已甘朽骨埋江瘴，猶恨秦雲千萬重。

三江

乘風昨夜扣山窗，慚愧華亭尚隔江。莫道驪珠容易見，乖龍左耳割難降。

四支

漠漠同雲向夕垂，千門萬戶鎖寒炊。落花一片能潛化，何況芳林絕路歧。

五微

堆壓横橋山徑微，寒林霽色一僧歸。閒殺五陵貴公子，醉騎白馬去如飛。

六魚

鴻飛不到百情疎，阻闊江山烟霧餘。飄落盡歸寒没處，暮林空見野人廬。

七虞

松根一夜撥紅爐，澆盡秦灰入玉壺。萬古江山只若此，瓊樓歌暖漫呼盧。

八齊

崩騰未可凌高嶽，繚繞還堪隱別蹊。一望風烟迷古洞，長安爭似晚峯西。

九佳

平沈山嶽影參差，深夜同誰步玉街。萬丈光寒看璨瑳，回頭人自隔天涯。

十灰

誰催千里集瑤臺，朔氣蕭蕭映玉杯。銷盡豈如隨霧轉，有時飄墜碧崔嵬。

十一真

皎皎輕飄桂葉春，影娥池畔趁芳辰。凌空更上無棲處，卻笑人間醉玉塵。

十二文

日暮驚沙薄楚雲，雲中江樹影紛紛。香爐飛瀑三千尺，猶較衡陽白鴈羣。

十三元

黃雲白日暗寒原，鴻鴈無聲度塞垣。自古客行愁道遠，紛紛薄木鎖侯門。

十四寒

千騎獵馬出樓蘭，不見飛禽落日寒。風起平沙天路白，角聲吹入朔雲團。

十五删

莫愁殘臘滿頭斑，絳色偏能駐老顏。更有銷寒誇玉馬，定教丹石勝常山。

一先

新住寒山緑玉川，連光曉映卜豐年。已堆萬户千重璧，誰靳沿門一箇錢。

二蕭

篩空萬里不封條，未到春林慘氣銷。誰道凝陰能掩素，瑶花偏逐朔風飄。

三肴

千山寒落蔭重茅，擬作明珠悮水泡。一任曉風驚復息，不教殘凍挂空梢。

四豪

練絲千縷何勞泣，逵路茫茫真欲號。拚教寂寞山頭望，不是揚雄誰載醪。

五歌

眼前浩潔凌晨早，傾耳希聲清夜多。漸入春郊花氣暖，寒庭誰解泣銅駝。

六麻

破衲蒙頭老歲華，寒深時亦動長嗟。古來甲子朝門外，亦有幽蘭哀日斜。

七陽

寢跡窮年樂未央，萬山璀璨引風長。聽殘簷溜添寒絮，不臥仙人白玉牀。

八庚

凜栗忽驚溪路明，峨峨千里共雲平。藐姑山裏知何似，寒夜相逢莫問名。

九青

白盡千峯峯頂青，空濛之内有人醒。寒飆忽起從空下，不信瑤華滿夜庭。

十蒸

因高累仞看容易，息影憑空力不勝。荒月自來還自去，更無人待碧崚嶒。

十一尤

琉璃殿裏汎虛舟，光湧層波天際浮。深夜泠然照墻壁，忽疑身在碧雲頭。

十二侵

寒飄玉蕊散高林，弱木頹枝凍已深。更向陌頭雲裏望，豈堪淒切暮猿心。

十三覃

環丘山上覆冰蠶，作繭絲成五彩函。若使海人獻巢許，不將霜質伴華簪。

十四鹽

遥空直下水晶簾，照見鮫人夜織縑。無端一陣寒風急，吹落紈絲散作鹽。

十五咸

棲老雲中碧玉巖，經春猶自托松杉。人間未必能知此，遮莫臨風寄素緘。（以上瞎堂詩集卷二〇雪詩）

（李福標整理）

全粤詩卷七七一

釋函可

函可（一六一一—一六五九），字祖心。博羅人。俗姓韓，名宗騋，字猶龍。明禮部尚書韓日纘長子。少爲諸生，才氣高邁，聲名傾動一時。惟絕意仕進，以聲色犬馬自娛。明思宗崇禎十二年（一六三九）落髮爲僧，成爲道獨和尚之法嗣，與師兄函昰齊名。曾充羅浮山華首臺都寺，又在廣州創不是庵靜修。甲申之變，悲慟形於辭色。明福王弘光元年（一六四五）以請藏入金陵，值國再變，紀爲私史。順治四年，以『私攜逆書』爲清江寧守將所拘，旋械送北京。部審免死，流放遼陽。先在瀋陽南塔（廣濟寺）開法，又於普濟等七大寺說法，被大關以東奉爲洞宗鼻祖，聲名洋溢於朝鮮、日本。又與遼陽流寓者結冰天吟社，爲詩文之交。家人均抗節死，故自號千山剩人。明桂王永曆十三年圓寂。著有千山詩集二十卷（補遺一卷）傳世。陳伯陶勝朝粤東遺民録卷四附録方外有傳。

函可詩，以北京大學藏清刻本千山詩集爲底本。

釋函可　一

山謡

一尺土，一寸膏。膏夜流，土生濤。

神謡

人肉馨，神眼睜。

多多謡

靈蛇頭，觔竹袖。皇英市，多多有。千年龜，張大口。燕支稅，多多有。錦牛駝，銀獅吼。死人汁，多多有。

耿耿二章 示警也

耿耿雙瞳，遊于面間。矚人則易，矚己則難。勿謂無非，無非非至。勿謂無知，人將矚爾。己非毋匿，人非毋刻。躬厚薄責，大人之特。

突如其來，突如其已。念生無根，與物爲至。紛紜不輟，毋用遏絕。知幻即離，空明如月。

佛不在木一章 靜宇師送紫榆數珠作詩謝之

佛不在木，念不在珠。綿綿不斷，無欠無餘。厥色維紫，厥質維楞。渠今即我，我不是渠。永言數之，渠我如如。

山鬼四章

明月在天，塔影在地。北風淒淒，惟吾與爾。
塔影在地，明月在天。汝不我處，人誰汝憐。
汝惟一舌，我惟一腳。我嘯汝歌，汝歌我躍。
天地草草，山河落落。霜老星殘，云胡不樂。

樂神辭三章

星爲馬兮雲爲轡，生爲忠兮死爲厲。草有子兮山有麃，腰鐵鈴兮冠雉尾。擊鼓其鏜兮回瞋作喜，琉璃堂兮血食斯地。

兒孫爲田兮魂魄爲糧，神年豐兮國爲良。銀者白兮金者黃，以贖命兮身面光，一人安居兮保邊疆。

黑雲壓兮金烏藏，鼓聲死兮劍無芒。血爲碧兮骨爲霜，五陵墟兮萬井荒。筆墨精兮職爲郎，翠鈿委地魂魄芳。日吉兮時良，陳列兮馨香，馬有湩兮豕有腸。舞窈窕兮歌琳琅，明星爛兮樂未央。曰既醉兮雲路倘佯，毋厄茲土兮福祚長。（以上千山詩集卷一）

枯魚過河泣

枯魚過河泣，勸魚且莫泣，勸魚且莫悲。蛟龍有時斬，何况魴與鯢。枯魚過河泣，勸魚且莫泣，勸魚且莫悲。若能一滴水，揚鬣還天池。

善哉行

日月燭照，民多紕繆。川嶽流峙，民用搆鬬。揖讓在前，征誅在後。世無伯夷，剗薇種豆。匪知何寇，匪庸何富。馮道登仙，雲中稽首。白鳳就烹，素麟出走。載沉載浮，以永厥壽。稼穡既教，生迺弗穀。百草既嘗，疾迺弗救。星斗在胸，江河在口。松栢丸丸，斧斤祗候。南有佳人，顔色静好。愛而不見，鬱我懷抱。昨日猶壯，今日已老。何以卻之，出門刈稻。心洞雨晴，目開天掃。悠哉悠哉，孰知大道。仰掇玄露，俯拾瑤草。薄言置之，無求是寶。樹下一宿，日中一飽。古之聖賢，無他謬巧。衆榮亦榮，衆槁亦槁。瞻彼蚩蚩，惄焉如擣。

短歌行

前後左右，四面八方。憂愁駢集，我何可當。欲寄天上，慮天弗禁。欲埋地下，恐地將沉。不如收拾，置我懷抱。寢之食之，于焉終老。滄海何闊，蓬萊何高。世無黄鵠，乘我遊翺。古之俠士，塵視生死。凡今之人，畏首畏尾。好謀弗終，時命終窮。東南失利，西北多凶。黄沙爲棺，白雲爲槨。我則如是，千秋寥落。

長歌行

我歌我歌，舊民猶可，新民奈何。

薤露歌

薤上露，畏白日，日出露乾無遺跡。古今杳杳無消息，寶馬空嘶壟樹直。

蒿里曲

蒿里誰家地，日夕悲風起。命盡五更頭，不到五更尾。狐狸招手人不知，腳下黃泉尺有咫。

秋思

鴻鴈逐飛雲，青天亦有行。兄弟本四人，仲季欻云亡。伯竄東海隅，叔留南海旁。相隔萬餘里，東南永相望。憶昔在長安，膝下共兩雙。朝去候門扉，朝回牽衣裳。憶昔在南國，齊揖事先王。教訓日以嚴，道義日以康。憶昔在家園，氣力各自強。讀書窮壺興，落筆競沅湘。神異古人遇，舉世無文章。當春二三月，風吹百草長。登堂獻壽酒，散步陟崇岡。夏日聽黃鸝，陰陰亭館涼。折荷綠玉池，剝荔黃金床。桐葉下金井，四圍橘柚黃。薄暮向空堦，聯袂延月光。忽見梅花發，大開樓上窓。色映枝枝玉，詩成字字香。好景必同賞，佳釀必同嘗。夜寒必同被，得句必同商。先子忽見背，血淚盡汪洋。三載草土中，不離阿母傍。伯也忽瞿然，團圞非久長。拜母別諸弟，薙髮棲大匡。仲弟登賢書，雲路步前芳。叔弟薄青衿，欣然慕老龐。阿季獨俶儻，走馬少年場。抱志雖各殊，骨肉不相忘。一朝日月墜，大地共倉皇。紫荆長枝折，飄零天一方。寄書阻兵革，得罪飽冰霜。遠磧聽笳吹，回頭盼故鄉。前月片紙來，摧胸裂肝腸。閭井十無一，舉家慘罹殃。叔弟尚伏枕，一命在微茫。母死恐未葬，弟死誰蓋藏。登山苦無梯，涉河苦無梁。山木何脩脩，河水何湯湯。安得高飛翼，駕我以翺翔。狂雨日下來，白晝黑淋浪。

秋思曲

山峨峨兮水盤盤，念佳期兮秋月圓。攬衣視夜兮風雨迎門，彼美人兮梅一邨。

靜夜吟

秋夜如漆我心憂，醒亦憂，寐亦憂。兼之蟋蟀苦鳴不休，攬衣忽坐起，還臥淚橫流。大風吹樹何颼飀，床頭書鬼聲啾啾。家鄉已蕩盡，胡爲身獨留。

我有一點心，暗風吹已碎。一半福州山，一半潯江水。

少年行

紅日射高樓，歌聲不肯休。借問北邙山，幾人曾白頭。

塞下曲

日落鴈聲急，蕭條人獨行。偶看原上草，偏動黍離情。

臨高臺

臨高臺，望行塵。多少驅車向西去，曾無一個是新人。
臨高臺，望東海。海上潮回自有時，流民東來無返期。願平高臺塞東海，毋使流民心骨碎。

相逢行

相逢路多歧，君東我自西。莫問名和姓，回頭知是誰。
相逢大路側，君南我自北。袖裏無黄金，終是不相識。
相逢大路中，君西我自東。不知爲何事，但見馬匆匆。
相逢兩復三，君北我自南。明知不是伴，半揖略交談。

空城雀

空城雀，腹中饑。雀雖饑，無是非，莫向上林枝上棲。

君馬黄

君馬黄，四足忙，揮鞭意氣何揚揚。我獨無馬步道旁，我步躑躅君馬狂。下有不測之大塹，上有崎嶇百折之崇岡。萬一失足，人馬皆亡。願君下馬爲君指，林間有路平且康。

長相思

長相思，來何遲。荆山鼎就紫清歸，六宮粉黛化作泥。王母高居在瑶池，無數仙人進玉飴。千秋萬歲以爲期，何不駕六龍中天飛。青鳥銜書到海涯，杲杲出日，浮雲蔽之。長相思，不可知。長相思，暗淚披。蟲吟草根如知之，夜深佛火光希微，鐘鼓不鳴心肝摧。白雲一片何處栖，故園紫荆餘枯枝。長相思，見何時。

長相思，在上古。神農虞夏皆黄土，手把黄土心欲訴。黄土烏知予心苦，向空一擲散如霧。天無門兮地無路，龍爲魚兮鼠爲虎。願還蒼生置三五，四海欣欣歌且舞。

關山月

月向巫閭山上出，不照人間照死骨。死骨千年更不還，魂隨山月度重關。關山疊疊歸魂苦，蒼茫不記來時路。閨中少婦獨夜眠，心心囑夢去寒邊。夢去魂歸不得遇，明月如霜草蟲語。

關山月，何慘悽。城上吹笛烏復啼，城下秋草白萋萋。安得長風吹此月，直向石洞青松枝。關山月，無盡時。

來日大難

來日大難，風雨在門。今日有客，且共盤桓。精衛銜木，東海必填。匹夫立志，金石匪堅。葛洪熟識，貽我大丹。不願長久，顧世多艱。白雪充腹，敝絮遮寒。咄咄罪夫，在天地間。冥冥何用，栖栖亦顦。沮溺弗爲，何况孔孟。朝歌亦入，盜泉亦飲。下士笑之，上士同哂。

有所思

有所思，乃在村頭三五樹。樹上啁啾翠羽鳴，樹下美人向空語。此時山月定得聞，似解不解無倫緒。一撚愁心到夜闌，憑誰寄與長邊戍，山月似歸天上去。

樹中草

微賤一莖草，寄生枯木中。客土本無多，安敢望丰茸。孤根藉纖露，暫此朝夕榮。不擇棟樑材，祇貴空能容。

少年子

白面少年子，無金空有心。半夜許人半夜死，肯待東方天日臨。古來獨愛荊軻義，易水一去無還志。中王固佳，中柱亦喜。舞陽死灰不足言，勾踐嗟嘆亦非知。若將成敗論，没卻一片意。

久别離

久别離，已見塞鴻三度四度向南飛。前歲寄書今歲至，開緘一片血淋漓。讀不得盡，卷而懷之，夜半作書報君知。前有平安兩字，後有相思一詞。後頭是實前頭非，殷勤拜祝淚紛披。書來已辛苦，書去見何時。

放歌行

斫卻孤桐，鳳或來止。堙卻潁川，由或來洗。古無天地，高下何論。古無江河，清濁何分。我有素琴，無絃一曲。秋風乍來，聲出林木。亦盜亦廉，非夷非惠。知我則希，我則何貴。泰山一拳，滄溟一勺。天日明明，亦胡能燭。

隴頭歌

隴頭流水，或西或東。哀此飛蓬，瞻望舊叢。舊叢久空，憂心忡忡。

隴頭流水，聲慘以悽。落葉從之，永辭故枝。

妾薄命

十三嫁先夫，十四先夫死。十五嫁後夫，十六後夫死。兩度踏君門，依然一童稚。鳳釵兩股齊，羅衫色仍紫。哭新兼哭舊，那復再生理。吁嗟十七十八嫁何遲，惟恨當年錯歡喜。

雀飛多

雀飛多，觸網羅，可奈何。回頭語飛烏，汝母翼折待汝哺。饑不及朝，朝不及暮。風中之燭枝上露，莫取盈倉塡汝嗉。

望夫石

望夫石，江邊守。江易枯，石不朽。生公說法也難聽，直待夫來始回首。

有所思

有所思，所思亦何益。我置君心于我心，君置我心于道側。君心似我胡可得，北斗在南南斗北。泰山如砥平，黄河如箭直。若得君心有轉移，與君重復整相思。

野田黄雀行

自識形軀小，竊愧羽毛黄。野田隨飲啄，短叢足翺翔。且不羨鴻鵠，何况鳳與凰。笑彼斥鷃儔，徒欲上高岡。高岡豈不樂，顧影亦慚惶。

行路難

行路難，不在山間與水間。水有漩復，山有崎嶇。城門大道，蕩蕩愁予。見人必恭敬，避人必欷

歔。欷歔亦何爲，恭敬亦須臾。人情不一，多凶少吉。（以上千山詩集卷二）

秋思新淚

新淚拭不乾，古淚已及趾。二儀清濁分，傷心從此起。倮蟲日洶洶，聖人鑿其知。飲食藏兵戈，結繩開禍始。黄帝學道流，剪滅神農裔。蚩尤縱無良，榆罔惡未極。大哉夏禹功，澤流應萬禩。當桀放南巢，扈從何名字。直待採薇人，兄弟標忠義。忠義既以明，天下爭一死。苟息殉遺孤，明知是無益。蒯聵命驅車，其僕乃結纓。畫邑布衣流，懸樹續齊祀。豫讓行何苦，漆身乞于市。所以爲此者，將以愧後世。漢祚當衰微，英雄紛舉事。臧洪據地時，陳容忽揚袂。當日同座人，胡爲空太息。卓哉巴郡守，斷頭心罔貳。晉惠昔蒙塵，百官皆散潰。獨有嵇侍中，衣血足捍衛。周顗急呼天，卞壼長臥地。此外亦寥寥，閒居談名理。唐有藩鎮難，諸公何慷慨。張興解其屍，張巡抉其齒。杲卿更憤激，鉤舌詈不已。阿弟死希烈，自草表與誌。屈強德宗朝，劉迺段秀實。奪笏直唾面，投床遂不食。乃有孫節度，受鋸無絀志。宋代光前古，編簡難盡紀。載觀靖康初，十人鬬和議。第一歐陽珣，慟哭深州外。徽言閤室焚，仗劍語將士。令宬堅執膝，終不拜犬彘。若水搗破脣，彥先刃左臂。痛惜岳家軍，十年一朝棄。淮寧向子韶，建康楊邦乂。不作他邦臣，寧作趙氏鬼。北兵括地來，屈指數李芾。取酒飲家人，徧刃無遺類。幕屬及潭民，舉族多自縊。林滿井無虛，激厲乃如此。亦有趙卯發，亦有江萬里。亦有宣撫陳，亦有少保李。節義或一雙，積屍或如壘。或赴沼自明，或指腹自誓。廣王終崖門，陸張隨入海。於赫文文山，義盡仁乃至。平日讀詩書，庶幾可無愧。乾坤掃蕩來，聖神廣栽植。烈烈復轟轟，又非宋代比。書以白銀管，藏以黄金櫃。地上反奄奄，地下多生氣。我欲從頭哭，淚盡東海水。白日且吞聲，歌詠聊爾爾。

採菌二首

木生在高原，豈意爛作泥。茂草蒙其頭，牛羊踐踏之。自顧不敢怨，世事安可知。每歲五六月，日晒雨復滋。曄曄長新菌，五色轉參差。黄者金芙蕖，青者碧玉芝。天地有正氣，積鬱不得施。觸物吐光豔，腐朽化神奇。采采必盈筐，躊躕發深思。物理固難測，可以療我饑。

三五趁曉晴，隨雲入澗壑。志與枯槁遇，榮茂非我樂。顧視深草間，異種紛相錯。恐是蛇虺居，根性乃獨惡。擯棄稍不嚴，美口成毒藥。氣化豈有殊，君子慎所托。

古意二首

作花莫作菊，東籬成荒叢。作木莫作松，孤高孰與同。何如蕭與艾，雨露亦丰茸。節序暗易换，只恐是秋風。

作鳥莫作鳳，舉世無梧桐。作獸莫作麟，唐虞不再逢。何如雞與鶩，飲啄亦從容。鼎俎久相候，安能長自雄。

經言

朝出見歌舞，暮歸見黄土。此事未足奇，所奇在何處。朝出見歌舞，暮歸見歌舞。

磧中三老咏

龍鱗積深泥，鬱吟豈其志。江海起胡髯，一噴天地沸。弟死身獨留，此中有深意。不作文文山，徒然歌正氣。

讀書抱區區，所爭吾是人。博浪偶不中，甘心東海塵。萬死存一卷，遇物吐其真。手栽桃李花，將欲變荆榛。

割世一何毒，取義一何癡。嬉笑歌哭間，往往見其微。此事信莫委，一往遂不疑。目視今古人，安顧聖賢嗤。

落葉

空庭肅秋氣，一葉最先飛。衆葉皆不顧，孤客暫相依。曾受日光照，融和露復滋。鳴禽爭上下，繁陰覆堦墀。誰能當此際，返念樹上時。御苑芳菲盡，何况托根微。飄零固其分，汙泥安敢辭。寄語樹上葉，千年長在枝。

淚

我有兩行淚，十年不得乾。灑天天戶閉，灑地地骨寒。不如灑東海，隨潮到虎門。

示學人三十首

古人有良規，不可去斯須。隱微密自燭，非爲外貌拘。束己若不足，束人貴有餘。苟非大聖心，惡能從勿踰。豈不聞喆言，水清則無魚。

根實枝乃茂，源深流自長。方寸苟自正，立世大堂堂。人譽我胡親，人毀我胡傷。浮雲一千里，難掩赫日光。

大象踏兔徑，達人略小節。大本但勿渝，安能事瑣屑。硜硜然小人，閉口休辨別。

大道如平砥，人自向高山。不知千萬程，近在足趾間。出戶復入戶，何用苦煩難。

粗糲亦充腹，破衲亦遮寒。身口本無多，知足又何難。紛紜世上人，至死不得閒。

古人身上肉，今人足下塵。塵爲人所賤，昔時曾自珍。幻軀何足論，所貴得其真。

龍亦不在天，龍亦不在淵。飛潛信有時，神物無一專。莫爲葉公好，頭角空自懸。

我從物則奴，物從我則主。物我本無分，茫茫失所據。反照識獨尊，混然在一處。雖與物去來，不共物來去。

人生各有病，深淺惟自知。百草不能至，扁鵲空攢眉。佛祖入膏肓，此病最難醫。言亦不可甚，行亦不可極。行極無餘地，言甚無餘旨。大人處世間，常留不盡意。處安且毋喜，處危且無患。得失無定形，禍福掌一反。三復塞翁言，此心常坦坦。逆流易自持，順流多失措。人世陷其身，不以危險故。君子慎平康，一步一回顧。入世毋強同，強同多厚顏。入世無強異，強異難獨全。平生默自抱，不即不離間。少年易使氣，俗物必遭吐。忽遇其中人，胸肝急披露。老大足和平，于世或無忤。涇渭難自渾，時復露其故。

花不與蜨期，花發蜨自癡。世不與人期，而人自干之。遇物苟無心，紛然無是非。老人莫自傷，白髮抵黃金。請看臺下土，儘是少年心。曉起若有待，晚來何處尋。爲惡衹自殘，爲善亦有數。善惡皆幻生，勞勞成今古。若識非幻者，無欣亦無惡。有作必有受，須知無受者。昔日與今時，互換形皆假。稽首獅子尊，癡人徒嗟呀。山翠亦有色，溪流亦是聲。居心苟不靜，山水是非生。請看金馬門，誰辨濁與清。形骸暫相托，保護爾何爲。一息苟不來，撇之去如遺。君看搗藥人，誰能白晝飛。日用亦有限，世人重光輝。心計苦不足，儵忽西日頽。勞我一生力，營他眼前爲。

江海本無波，飆風不停吹。我心與境接，日夜紛交馳。若了心境幻，彼此不相知。
行止鎮相隨，不識何面口。自古稱上賢，只此無先後。可憐照鏡人，迷頭日狂走。
見人學恭敬，坦率招時嫉。縟節與閒言，塗餙度朝日。安得古初民，相與寶真實。
結交若如初，何必重雷陳。學道若如初，釋尊滿界塵。大法本無多，久長難得人。
丈夫貴立志，萬古只斯須。舉步稍旁顧，寸地阻前趨。壯哉海岸人，蛟龍還其珠。
塵生在毫芒，人鬼莫能窺。勿謂此纖纖，鬱勃閉陽輝。不見滄海流，其初涓滴微。
巨魚爭洪波，細鱗集蹄涔。巨細雖各別，共此朝暮心。我生復何營，空林張素琴。
片雲起前山，飛來復飛去。日夕衆鳥栖，微風息庭樹。我心與之然，淡寂冥羣慮。
子規啼不息，中情諒無極。鮮血流樹枝，入地深一尺。去去復何云，月來山寂寂。

與藏主夜談三首

道窮易感恩，况有一片意。談深忘夜寒，皎月從中起。心期正未涯，人世薄于紙。
高林不擇鳥，大海不擇流。流多海益深，鳥多林益稠。達人貴胸襟，毋爲細瑣求。
善乃惡之對，福兮禍所依。所以學道人，恬淡貴自持。只此一瓢水，世世以爲期。

採菊

道傍見殘菊，幽幽生意微。落英沉無多，安能療我饑。折來置空缾，共此秋風吹。

孤吟

空洞接混濛，其中有日月。古喆親至前，萬象森以列。草木共話言，死骨亦得活。明和春山暉，嚴凝灑冰雪。石池起層波，浩浩皆鮮血。魚龍各生愁，方寸恣出没。點畫入重玄，十指電光掣。星斗盡下來，八方不盈撮。倏忽天地冥，鬼神棲其穴。殘魄靜獨抱，性光自相悦。此際吾不知，雖知不能説。

寒還將行過宿

憶初與子遇，我命如懸絲。子時顧我泣，豈意共邊陲。三歲相形影，孤鴈常雙栖。是夜足風雨，來將與我辭。人情欲分手，先問後晤期。子今從此去，心知見無時。死别在一割，生别長苦思。子生必思我，我死子安知。同是籠中翼，一伏一出飛。人鬼不容髮，安能復遲遲。努力事前路，勿爲兒女悲。孤燈久已滅，起視夜何其。開戶天地黑，雞聲慘以悽。

聞耀寰倉卒就道

邊塞雖云苦，久客亦有情。况復飲啄多，相與若弟兄。言别已兩月，依依不能行。昨日顧荒寺，猶云候層冰。今晨寄聲來，急促事長征。牛車滿殘帙，牽兒苦伶仃。豈不惜離別，嚴驅無暫停。寸心未一言，遥遥望前塵。

中秋夜獨坐

明月在簷楹，披衣我獨行。如何一步地，偏生萬里情。去去我欲眠，明月不須明。

中秋同集雪齋

塞外亦團圓，道古情乃至。宛然一家人，剗卻流離意。薄暮各言歸，一一邊愁起。

採蜜

深山有君臣，大義不敢忘。枯木以爲國，百花以爲糧。何以服其衆，無毒者爲王。王居必有臺，衆遊必有方。朝出暮乃歸，一心無別腸。自謂可無患，世事固難量。烈炬何方來，舉國紛倉皇。興亡掌一反，倏忽無遺良。物類雖甚微，性命關上蒼。區區口腹欲，無乃太慘傷。爾蜂亦何愚，蓄積召禍殃。

採藥

靈根産茲土，遼邈絶人際。一本三四椏，團葉如張蓋。結實挺中央，顆顆墜紅米。高出衆草上，百步望光采。羣生必有長，約略具形體。無莖曰睡參，堅白味數倍。天子憐病人，歲中必命採。枵腹入深林，陰翳日月晦。舊人去易歸，新人迷道里。抱參不敢嚼，往往飽虎兕。神農開禍先，遺累終不已。

賞花

人愛花開好，我畏花開早。開早落亦先，旭日無常照。世無魏與姚，各自矜芳號。富貴豈久長，露晞色隨槁。我每見花哭，人爭見花笑。笑哭亦何關，衰榮本天造。百物信有時，黄紫遞光耀。爲語賞花人，徒然亂懷抱。

狗㜷子

中原所不識，神農所不載。味酸性微寒，嘴尖腹漸大。叢生綴短枝，渾疑人血灑。碎搗蜜羅澄，粉如割成塊。陳列俎豆間，明明格上帝。此物亦有時，黍稷皆下拜。

贈兩公子

公子年方少，舉止皆老成。阿兄益威重，阿弟神復清。總角遭亂離，高岡無鳳鳴。從父竄東海，赤腳走層冰。雖乏金與粟，卷帙猶滿籯。斗室足咿唔，晨夕披不停。古人有心血，今人有眼睛。讀書只讀字，大海無涯津。性道本飲食，瓦礫通神明。苟自得綱紐，千載任縱横。天地我註腳，何况是六經。切磋即手足，菽水見模型。搦管爾家事，文章出至情。勖哉兩公子，艱虞力彌增。今古無別路，非關世上名。

月

人家小兒女，舉頭見月笑。山中老洞猿，見月一長叫。物感固自殊，明月同一照。

與希焦二道者夜談漫紀

崔嵬丹鳳闕，旁聳大羅宮。中有兩道士，老少顏皆童。少者王子晉，老者是葛洪。頭戴五岳冠，霞裾珮玲瓏。相將步高壇，琅璈響碧空。曲終天欲曙，紫霧雜旛幢。有時草玄文，翩若戲海鴻。有時看寶劍，光芒斗牛沖。冰雪貯心腹，秋水湛方瞳。架上九丹經，雲錦百千重。問以世間典，亦有舊詩筒。疑爾食字化，又疑白鶴雙。憶我初來時，蕭索若飄蓬。李君下拜揖，遙指崑崙峯。千尺水晶樓，白雲有路通。竹杖叩丹扃，一見氣春容。不識人間禮，欣此邂逅逢。飲我鴨綠江，食我西山松。贈我白馬牙，衣我千針縫。乞者固無厭，施者意方隆。共坐論南華，麈柄各橫縱。出門薄雲車，金勒玉面驄。瞬息三千里，往來若遊龍。匪特仙骨輕，兼之俠氣雄。最愛秦三良，三年煮石供。忽聞胥靡饑，中心已忡忡。欲將洛多士，盡置碧紗籠。吁嗟下界苦，藥裏安足充。願借白羽扇，熄此天地烽。願借太乙爐，榾柮燄方紅。全收古今愁，付此鼎中鎔。鍊成五色石，以補西北穹。再借一指頭，著我七尺筇。一點醫巫閭，化作萬選銅。白拂從中分，相峙若泰嵩。一飽山中狼，一以濟倮虫。然後拾其餘，置之布袋中。十日買一雨，五日買一風。更買雙鳳凰，朝夕鳴梧桐。一鳴黄河清，再鳴菽麥豐。二仙笑余言，茲願何匆匆。一治復一亂，天運無終窮。烽火奪炊烟，甲士詎爲農。開愁亘古今，女媧嘆無功。狼貪不可厭，林林禍方叢。古佛雖大悲，難挽水火風。買風復買雨，能令宙合同。何似買杲日，高掛扶桑東。光照北邙山，永塞高下春。鳳凰亦有死，黄鵠一飛翀。騎之遊九州，長笑入崆峒。予復笑二仙，斯志亦未崇。不如買鼠鬚，束筆擬長杠。高旻展素箋，浩浩寫心胸。心胸亦何有，浮雲日夜撞。傾血三百斛，奔流瀉石谼。化作大海濤，一蕩天地蒙。冥漠前致辭，恍惚覿儀容。知是前代人，燐光如白虹。三讀不二歌，聲聲噎寒鐘。二仙寂不言，怪涕亦無從。暗風吹窓櫺，殘月若朦朧。雞聲催天衢，妄談猶未終。吁嗟此一時，萬年想高蹤。一個寒冰佛，長伴兩木公。

贈王三

僕走馬復死，手中缺銅錢。茆屋臨道傍，床壁相新鮮。長齋禮繡佛，但祝慈母年。飯僧本性情，匪獨于余偏。瓶粟或不繼，大笑斷炊烟。已饑猶可耐，人饑甚憂煎。眼見陳氏子，欲嚙無寸氊。倉皇走道途，願爲覓數椽。數椽亦易易，所貴主人賢。下榻横藥室，授經向市廛。片瓦苟蓋頭，飽食即神仙。予亦爲陳子，朝夕心乾乾。好事見他人，題詩後世傳。

雨夜留戴子共榻

爾從北山來，日暮扣荒寺。開門兩面愁，不語淚及趾。半月絕相聞，豈意俱復在。我心猶恍惚，是魂或是爾。衣破露肘臂，所苦不得死。相與藉草團，夜深僵無寐。大雨黑飀飀，點滴到肝髓。忽憶田中農，一聽能無喜。雨喜復雨愁，天心安有二。

雨中聽打鐵子唱吳歌

孤寺沙四圍，曲聲從中起。初發雨霏微，須臾忽滂沛。飄風遶屋梁，遏雲雲欲墜。鸞吹與鶯啼，化作清商意。神女朝暮愁，鮫人深下淚。半夜彈箜篌，河流終瀰瀰。此地多野干，鎮日鳴不已。願借清絕音，一爲洗煩耳。乍聽疑廣陵，又疑秦淮沚。試問歌者誰，云是打鐵子。少小學閶門，隨飆度遼海。無食澁歌喉，揮錘涕如雨。再請歌一曲，未歌先掩袂。宛轉更悲涼，增我流離思。

哭吳岸先

我生亦偶然，汝死何草草。檻車憶初來，面凹露雙肘。既被冰雪侵，況復遭羣侮。有口難告人，束身守空窶。汝書猶在眼，汝顔不復覩。吁嗟骨似柴，安能厭豹虎。四海盡秦坑，詩書同一炬。二月金雞飛，恨汝不得偶。揮淚約同人，攜灰反舊土。茲願又已乖，總入山鬼簿。後先理亦齊，不如早還故。地上莫能容，地下可相許。蒼蒼久不聞，休向帝庭語。吁嗟復吁嗟，萬里餘妻女。春閨夢或逢，肯道寒邊苦。

摘藤菜

清曉鳴轆轤，攜杖入芳園。中有滿架藤，稠疊鋪綠雲。不雨色常潤，無風葉自翻。圓實間深紫，燦爛吐奇文。土人不肯顧，瓜茄乃盛盤。異種生嶺南，移栽東海澨。地瘠饒霜雪，弱質焉久存。一摘淚盈把，再摘心悲酸。摘密休摘疎，聊以刪蕪繁。輕指莫動搖，恐或傷其根。雖知冷必死，且護眼前安。昔日蘇長公，題詩謫古循。諸品獨見推，謂可方吳蓴。予今竄遠磧，舊國變荒榛。親朋無一在，見爾如故人。柔滑淡相得，破鐺煮泉新。一筐貽北里，甘苦味共分。爾藤亦不幸，處處逢逐臣。

戴子賣衣買粟

昔日豪華子，揮金如糞泥。舉箸常千命，山海羅珍奇。賓客歸必醉，僮僕厭甘肥。一朝竄絕域，無食但解衣。解衣衣復賤，粒米如玉飴。身口擇所急，未寒先療饑。已饑尚可忍，所苦妻與兒。老僧有破衲，朝夕幸得披。仰面看皇天，霜雪不能飛。

佳人

佳人年十八，生長自皇都。結髮嫁遠人，謂是終身夫。雞狗亦相將，任逐東西徂。西行過洞庭，東竄寓穹廬。豈料一朝餓，顧盼及妾軀。夫餓妾亦死，妾賣夫得甦。掩袂請速行，東鄰有積儲。紅顏賤如土，斗粟貴如珠。但得前夫飽，焉顧後夫痡。夫痡齒復落，猛虎踞庭除。十日不相容，苦勸解羅襦。解襦兼解袒，赤身哭向隅。不願新人妾，寧願舊人奴。舊人與新人，倉皇走道途。少小學刺繡，光綾三尺餘。上有雙蝴蝶，下有比目魚。只今拭枯眼，一片血模糊。父母若早知，不如棄溝渠。

崔氏筵食乾荔枝

嶺南四五月，丹實喜垂垂。貧者亦得飽，鳥雀各癡肥。一別逾八載，寤寐長相思。誰謂我此生，復有見爾期。爾顏寧似舊，臭味已全非。入手倍見惜，未嚼心傷悲。想爾當繁茂，豈意落邊陲。見我良獨愧，席上共珍奇。我實諒爾心，人世貴相知。

雪齋燒沉水香

草木抱真性，植根良獨異。當其枯槁時，衆目安能識。藉此星星火，可以格上帝。鼻端絕往來，混然在一氣。氤氳托冥會，非關有夙契。欲索已寂如，肺腑無不至。彼此本同源，靜中得其理。何親復何疎，當入枯魚肆。

雪中同我存圍棋

世事盡如此，黑白安足爭。雪片大如掌，棲身復打枰。十指化作水，猶聞落子聲。

雪晴見月

月以雪爲骨，雪以月爲神。孤僧立其際，相與共一身。僧老身易槁，雪薄骨成塵。獨留一片月，千年照海濱。

一葉吟

衆葉落地死，一葉枝上留。雖自保朝夕，其奈無朋儔。天日遠不照，霜雪臨其頭。大枝且摧折，爾葉能無憂。

殘菊

菊開人盡賞，菊殘人盡棄。我昔賞無心，今看有深意。嚴霜摧其根，寒風吹不已。豈獨戀深秋，不向籬間死。前芳恨莫留，後芳猶未至。耐此朝暮心，徘徊冰雪裏。

二高過訪

小阮如鋒鋭，大阮淡如水。如鋒令人歌，如水令人醉。共割一片氊，南北餘二里。不約過僧廬，久置人間禮。趺坐草團中，相視忘我爾。問禪禪不知，問字禍之始。不見雙足間，斑斑餘十趾。正當語笑歡，忽然發長慨。豈爲逼饑寒，各有胸中事。

瓶中芍藥花

睠兹瓶中花，疑我夢中身。我身半泥土，花開如有神。憶昔少小遇，燦爛京華春。富貴久凋落，金谷盡荒榛。胡爲留絕域，氣色倍鮮新。紅白各異致，相對成芳鄰。白者性頗耐，紅者先委塵。因以悟物理，淡薄保其真。

讀杜詩

所遇不如公，安能讀公詩。所遇既如公，安用讀公詩。古人非今人，今時甚古時。一讀一哽絕，雙眼血横披。公詩化作血，予血化作詩。不知詩與血，萬古濕淋漓。（以上千山詩集卷三）

全粵詩卷七七二

釋函可　二

春雨

春日無不可，倏忽易晴陰。春晴送遠目，春陰生靜深。垂簾據半榻，羣動不得侵。殘卷落枕頭，默默横素琴。簷霤發奇響，欲洗無塵襟。風鈴濕不鳴，禽鳥息高林。耳目乃森肅，今古同幽尋。孤吟從中來，古木助清音。雨止籟俱寂，悠然獲我心。我心豈由物，遇物屢悲欣。起覓已無端，微雲散遙岑。

古硯

余家端溪旁，持斧斵溪骨。歲深積成林，真氣資蓬勃。一從板蕩來，散作磨刀石。墨池鼓風波，焚之恨無及。奇覯乃于斯，轉復生歎息。古繡若苔斑，瑩然馬肝色。沿缺中已凹，定是千年物。黑松發黯光，滑澤水不竭。想其在空巖，無心求賞識。良工苦經營，因以珍几席。不知前代人，研盡幾斗血。神物固不常，自然遭磨折。笑彼卞氏璞，欲遇徒三刖。如何抱堅貞，靜默守寒磧。我見豈偶然，爲之重拂拭。再拜置諸懷，永以伴幽寂。

從千山擕龍牙回約諸子同噉

不是山中人，不識山中味。采采須及時，盈筐疊山翠。得以山中日，濯以山中水。恬淡本性成，微苦亦有致。楮雞非其倫，弟薇友石耳。擕之入城郭，猶帶山嵐氣。一嚼清齒牙，再嚼沁心髓。願言噉雪人，共領山中意。

偶懷

手把山中雪，欲寄城中人。城中亦有雪，山雪淨無塵。鮮白卻易點，願言慎厥因。

詠古二首

富春不避世，渭水不匡時。事會乃適然，隱見無預期。鷹揚若有意，何異熊與羆。羊裘若無心，客星光亦微。營丘與釣臺，千載高嵬嵬。

采蓮入深谷，養此眉與鬚。一朝事適逢，敢自愛幽隅。以身爲羽翼，豈曰爲帝儲。安危在一割，漢道爭須臾。卓哉四老人，山水本空虛。

清曉

清曉候門立，癯然骨空留。舉步衣塵飄，知是儒者流。向我一長揖，未言知有求。曰來自暮春，挾卷逐朋儔。只言秋有花，誰知雪空稠。許織既非素，顏瓢亦足羞。男兒志四方，身口不自謀。日饑猶可支，夜寒風颼飀。擊石爇□枝，即此是衾裯。吾道乃終窮，悔不事荒疇。薙髮入空門，未審能見收。我聞心慘裂，哽咽語不休。止止勿復道，分鉢潤枯喉。斯文天未喪，詩書安可讐。

即事有寄二首

貴賤本殊倫，禍福無常理。大寶不發光，常恐逼神忌。寧作井中泥，毋爲江上水。水清起波瀾，泥濁甘同棄。寧爲井中蛙，毋作枝間翠。枝高弋者慕，井深終有底。達人置其身，不以衆趨地。卑汙勝高明，高明吾深恥。

多難賤骨肉，豺虎同居止。神馭若無方，爪牙奮其利。盈盈天地間，出入將焉避。防維非不同，恥辱皆有以。所貴我無心，無心以終始。

臘月九日夜

臘月九日夜，明星猶歷歷。須臾布稠雲，青天無間隙。掩戶擁敝裘，孤心守岑寂。狂飆恣憑凌，千峯交劍戟。魑魅集堦庭，豺虎成羽翼。乾坤互叫號，百靈齊辟易。鵲巢委塵泥，喬木無一直。勢壓棟欲摧，誰復支半壁。東南三尺窓，恍惚萬矢射。傾如裂繒聲，枕上生霹靂。河圻長白頹，縱横那可敵。寒軀幾欲死，乃見袈裟力。終古竟如斯，帝心殊未測。因思行道人，咫尺將焉適。安得大布帷，萬姓共栖息。

對菊

河東一老翁，贈我菊一枝。一枝四五花，衆葉亦紛披。沃以石泉水，培以高岡泥。當此草木枯，孤生無乃奇。春露既無分，秋霜安可辭。負性寧或殊，存心良獨希。城中多囂塵，對酒亦非宜。所以避名園，並不羨東籬。獨愛山中人，相向共茹茨。本無堪俗賞，非自寶幽姿。日夕幸無營，寂然淡共持。

採石耳

唐帽萬仞崖，下臨不見底。乾葉掛危枝，苔蘚爛蒼紫。黄鵠自去來，玄猿或遊戲。一僧年半百，吟嘯倏然至。左手提竹筐，右手懸雙履。陟險若康途，牽藤摘石耳。石耳連石骨，浄潔無纖滓。不知幾千年，巑岏積幽氣。或言冰雪生，或言霧烟寄。瓦礶就泉烹，舒卷黑雲膩。荔枝非其倫，岕葉差可比。始信深山中，自然有真味。

筆管花

宛如青玉管，高卓白雲間。神農有遺方，食此可駐顔。駐顔亦何益，聊以備朝飧。或者輕我身，飄然返故山。

散淡花

青莖發紅葩，蕭疎間山翠。厥根衆瓣攢，大都菘白類。性既和且平，微苦亦有致。其味信足嘉，其名亦足紀。安得散淡人，相與長甘此。

豆葉

匡山有豆葉，因以名其坪。豈知大漠間，豆葉亂縱横。物遇各有時，感兹雙涕零。中原易見知，芳潔薦神明。何爲棄道途，隱没衆草並。幸未馨羣類，庶可遂其生。

苦瓜

苦瓜生五嶺，賴以解炎毒。塞外亦繁生，不能悦羣目。我來無故人，見之等骨肉。畏苦乃常情，甘兹信予獨。

網罟菜

菌生何多奇，千百類莫窮。大抵托枯株，疊雲高重重。兹性迥自殊，卑栖污泥中。汙泥雜黄沙，河岸柳條叢。土人不知名，曰與網罟同。其處迺獨下，其品乃獨崇。老氏不敢先，允爲百代宗。

冬日偶成十首

一人有二心，何況二人同。面交且莫論，鮑管亦匆匆。落日變朝槿，微風喪秋桐。蘭室爲枯肆，芳穢味俱濃。安得一心人，相與耐寒冬。

古人各有爲，何況今之人。黄金葬神仙，白紙裹儒紳。最苦獅子皮，束縛老狐身。爲龜苦不靈，爲麟苦不仁。安得無爲者，相與率天真。

人獸不容髮，何況信汝意。汝意不可信，深井洪濤起。出門見夜叉，入門守鄉里。誰能暮行渴，不飲渠中水。是名毋幻村，英豪就中死。安得無苦人，共談清淨理。

咫尺有千嶂，何況見面希。相去日以遠，相期日以非。堅白雖自矢，磨涅亦非宜。苟非金與石，胡能終勿移。厥初豈不光，厥後難可知。安得守貞人，萬里相因依。

僮僕各有口，何況是閭里。馨聞止門屏，惡聲遠亦至。李下與瓜田，嫌疑須遥避。莫言小節拘，踰閑從此始。安得君子儔，相與慎行履。

防微猶或疎，何況弛其大。星星欲燎原，涓涓欲成海。內心起芒忽，相續必以害。咄哉野干流，口口矜無礙。神明雖至聳，顧影恬莫怪。安得持身者，終始期勿敗。

簞豆亦有爭，何況是阿堵。古聖喻毒蛇，道旁不肯顧。往往骨肉殘，伊維此之故。苟免寒與饑，毋去人所惡。外示夷之清，中懷蹠之汙。遂使煙霞間，翻作井市路。安得樂道人，相與寶淡素。

知美斯已惡，何況樂羣稱。至道本平實，神鬼忌高明。所以先哲言，爲善無近名。如何賫菉葹，欲播蕙芷馨。志士寶心骨，浮俗吠虛聲。安得遯世儔，相與效鴻冥。

大聖有定業，何況茲凡濁。多福難自求，禍患依前躅。勞勞亦何爲，兒女同笑哭。顏夭跖乃壽，順逆多反覆。安得達命人，任運保幽獨。

我心殊靡定，何況他肺腸。己物無二體，君子貴自強。曾聞二十刧，諸道共相將。胡爲夏與冬，一歲判炎涼。聖賢在一決，好惡寧有常。未達法源底，懷憂欲成狂。安得曼殊劍，破此夢幻場。

劉老翁

河東止一家，夫婦俱老瘦。膝下無兒孫，籬外無雞狗。我來度木橋，疾走出門候。麥飯雜菜羹，呼佛不離口。

黑雪

關東有黑雪，今乃覩其形。青天無纖雲，皎日爭光明。土人指往事，曰此非佳徵。清白本其性，遠近無殊稱。厥色稍不如，遂加以黑名。雪爾宜自慎，最險是人情。

阿字行後作七首

少小不相識，緣師起相思。毅然請獨行，隨身破衲衣。崎嶇七千里，出塞致書詞。見書兼見汝，見汝如見師。我來八九年，是日一展眉。

初至文殊寺，日暮雪綏綏。凍手解皮囊，短札外無餘。主人敬愛客，燒泉夜圍爐。遂罄鄉國語，一一與淚俱。或爾強歡笑，或自簡殘書。談道欲抗昔，言詩每起予。得句必朗咏，時驚山鬼呼。寒臘亦易過，從予策蹇驢。遍視新流人，兼履舊邊隅。一聞西嶽言，躍躍動衣裾。爰登千山頂，翹望醫巫閭。分題寫怪石，摘食盡野蔬。冰解梨花落，興盡春已徂。扶杖過金塔，寺小足安居。況復主人賢，善謔禮無拘。經夏復經秋，涼風滿庭除。忽憶匡山期，掩卷賦歸與。嚴命難再淹，令我立躊躕。

言別多哽咽，況我大漠中。我身如斷梗，爾身亦飄蓬。相聚雖一歲，恍惚數夕同。爾留已多恨，爾去更何窮。秋風振高林，落葉分西東。鴈飛不成隊，菊開不成叢。作書報汝師，兼上老人峯。平安復平安，把筆心正忡。

收拾舊布囊，新詩疊重重。臨行不敢泣，各自慘心容。河凍不能竢，言寄海舶中。仰看鶴路直，俯視鯨波重。千里在呼吸，一杯浮虛空。日星掛眉睫，灝氣蕩心胸。禁聲莫高吟，恐或驚鼉龍。

且喜免霜雪，其如多風波。知爾能自信，風波奈爾何。因再整麻履，還向薊門過。京塵猶漠漠，京闕尚峨峨。此地惟貴遊，孤鉢莫蹉跎。

乞食過東魯，斂策入白門。白門我久遊，故迹應尚存。板橋通秦淮，高樓近長干。雖無鍾山松，雨花可盤桓。舊識如相問，休言雪窖寒。

稽首栖賢老，百拜華首臺。少病復少惱，步履永康哉。月缺必復圓，鶴去必復回。時序有循環，雪消春水來。願言各加飧，毋重念不才。

屍林行後作

憶昔度庾嶺，四人惟汝存。況我被逐後，相訪獨殷殷。鄉邑久已破，眼中無別親。尋屍亦多事，嗡雪非前因。萬里風波際，一瓢支遠頻。華首重相問，然云果不仁。

住金塔寺十四首 丁酉十月作

前年駐蹕峯，去年文殊寺。到處名且過，由來無定止。渴不過一瓢，饑不過簞食。爲生已有餘，樂哉顏氏子。

居山不在高，但自遠城市。城市非江河，日日波濤起。

亦是前朝寺，寺毀空浮圖。嵯峨插霄漢，寂寞守山隅。老僧見再拜，持斧斫枯株。曲直任天然，白手搆茆廬。四壁堅且厚，一徑不崎嶇。築竈近古井，支床疊破書。掃葉燒不盡，拾栗食有餘。明月造其堂，猛虎伏其閭。山前清淺流，可以濯我軀。

二月三月間，帶雪長山蔬。山蔬有後先，衆類同一區。青紫各異色，甘苦味亦殊。知名僅八九，不復辨其餘。山中無毒性，但食心無虞。

四月五月間，畦蔬摘有餘。口腹亦何厭，貪得無賢愚。言采岸邊菌，兼采水中蒲。菌味既已別，蒲根更復殊。嶺南金竹筍，恍惚可與俱。十年憶鄉土，口嚼心躊躇。

六月到七月，田中瓜已熟。或如團白雪，或如削青玉。白者既純酣，青者更芳馥。盈筐復盈盤，行路亦飽足。中原莫與京，玆惟塞外獨。摘小莫摘大，大者棄道曲。爾徒侈外觀，人早鑒其腹。

八月摘山梨，九月摘山菊。菊芳可代飧，梨酸可充腹。軟棗紫葡萄，牽蔓亦簇簇。莫取獻王公，聊可綴幽谷。

十月草木盡，孤松風蕭蕭。托根大壑中，爭期干雲霄。羅嶽鮮舊幹，鍾山恣狂燒。胡爲深雪間，蒼然自高標。本非舟楫具，無煩雨露澆。造物信偶遺，誰能矜後凋。放情規矩外，寢臥任逍遥。非圖保天年，不材甘寂寥。寧特顧者希，詬厲乃獨饒。貞介乃其性，敢曰凌寒飆。珍重匠石流，毋使斧斤勞。

掘地得塔鈴，搖之音寂然。細想隆平日，衆鈴競高懸。但借微風力，聲響遠近傳。鈴去聲亦盡，銷沉在何年。此雖蒙塵土，乃復睹青天。靜默信可久，舌存安能全。

山下多荒土，開墾已三年。種麥多不收，種稻乃得全。種豆復種粟，種麻兼種棉。以此爲生活，終歲钁頭邊。耕田博飯食，茲語古所傳。

一僧腰背曲，見予多笑顔。少小絕世味，中歲歷苦艱。一從戈甲興，展轉島嶼間。來此十載餘，不復問人寰。日日荷鋤出，日日負薪還。自言用力慣，一生不敢閒。今我聞斯言，惕然愧素餐。

一僧尚年少，胡爲躭幽寂。結屋在高層，蕭然徒四壁。寒至尚開窓，狂飆吹几席。仰眺遠山明，俯視近溪直。時來共話言，庶可慰朝夕。

人盡稱金塔，塔亦有虛名。以此得實禍，殘毀無完形。吁嗟復吁嗟，三匝涕淚零。

安居金塔寺，高吟金塔篇。主人情繾綣，老病意留連。今冬又且過，不敢擬來年。

老僧

八十已有餘，九十頗不足。曰生隆慶間，少小薄魚肉。其時邊境寧，其時邊穀熟。饑饉未曾知，況復知殺戮。何期過盛年，遷徙無停軸。奔投海島中，舉眼少親屬。薙髮倚空王，依然被桎梏。上荷皇天慈，縱之返山谷。言從故里過，殘敗幾間屋。不聞舊人聲，但聞山鬼哭。雖復身首遺，淒淒恨孤獨。屈指廿載餘，不識何世俗。我聞未及終，貯淚已滿腹。止止莫復言，歲序有往復。今時正太平，努力事饘粥。

讀未央上黄巖詩有感用原韻三首

聯袂登飛雲，婆娑雲頂樹。夜半雨淋漓，倏忽千愁聚。激發多微言，感君藥石句。黄巖有金僊，相期此生遇。

我往匡廬日，君乘江上濤。金輪霧欲散，巫山雲尚幬。行藏從此異，貢水忽相遭。學道如積薪，内顧發呼號。

良切斯民憂，豈曰邀世福。調達佛之仇，車匿佛之僕。見身各自殊，寧必戀空谷。今我憶斯人，深山長痛哭。

不寐作

城中有更鼓，一更如夜長。山中無更鼓，長夜益淒涼。初更剔燈坐，燈花燦光芒。但願得好睡，不復望嘉祥。伏枕當二更，須臾到舊鄉。夢怯王令嚴，回首何匆忙。開眼見窗白，疑是日之光。披衣步前簷，星斗亂交横。約略三更候，掩扉強依床。敝絮輕如紙，病骨冷如霜。展轉多呻吟，百計覓睡方。四更至五更，揣摩竟難詳。只聞山鬼嘯，不聞雞口張。盼盼復盼盼，天運豈無常。同臥皆熟寐，唯予起徬徨。將恐長如此，萬古黑茫茫。

所聞

所聞未必虚，我心不可存。所聞未必實，我心安可存。天道無一至，人事有同還。我自處其平，得失無悲歡。

病腹

昔有學道人，語我護生理。未饑必先食，未飽必先止。自從乞食來，往往飽欲死。非惟口腹貪，得飽良不易。所以兩歲前，腹病繇此起。因循直至今，禍延猶未已。乃悟人世間，滿足神所忌。一切毋令盡，災患胡由致。

黄熟香

黄熟可憐香，厥産在吾里。土人呼馬牙，血結色微紫。其次即烏雲，其次即馬尾。采擇名女兒，纖纖勒玉指。乾白浄削除，細碎盈筐篚。江南競崇之，曰此勝沉水。沉水比佳人，此比隱君子。芳烈雖不如，甜静斯爲貴。豪達狥其名，賈人狥其利。遂使黄熟香，氤氲滿天地。我來大漠中，永謝芝蘭氣。何人遺此香，再拜淚及趾。感别已經時，天外逢知己。非惟臭味投，恭敬桑與梓。

示定原

卓哉子之師，見予心罔二。一笑割平生，蕭然釋重累。命汝從予遊，衣履常不匱。願汝作喬松，願汝齊無畏。汝歸必瞋喝，恐汝學業墜。師死殊錚錚，汝生寧憒憒。我能亮汝心，見我多含淚。汝行不自繇，汝志不自遂。所以咫尺隔，經月復經歲。我實愧汝師，汝顏不須愧。飲啄匪自今，茲事況其最。勿笑修福人，修福良足貴。

示諸子

我頭久已白，我齒久已墜。我耳近復聾，我目近復瞶。我腹不耐餐，況復寒傷肺。餘生過十年，安得長汝倈。今日復來日，今歲復來歲。少壯亦已亡，老病誰復在。好日信無多，良遇安能再。古聖喻爲山，進止存一簣。勿以將成墮，勿以初心委。勿以愚自甘，勿以智自廢。人世何足云，死生事迺大。若不早自決，後來誰汝代。我生亦平平，我死汝必悔。汝命金石堅，汝緣胡可恃。努力復努力，勿更須臾待。闔眼即他生，他生未必會。

令言龍翠二子禮辭有感

雲生必在山，風吹雲不住。鳥栖必在林，枝搖鳥亦去。人生雲與鳥，安得長相聚。汝去我尚留，我愧不如汝。去留匪自繇，感此淚如注。

寒夢

北風吹不歇，夢中道路寒。故里逢父老，凜冽多慘顔。五嶺炎蒸地，臘月常衣單。不信别來久，霜雪亦漫漫。

偶成二首

烏啼不爲人，聲聲催速老。雪飛不爲人，點點傷懷抱。總予自心傷，遇物無一好。

有山豈無石，人自厭嵯峨。有水能不流，人自厭風波。所見亦由人，山水本無他。

夜坐

久病長宜靜，山中靜有餘。况當深夜後，積雪在庭除。風枝寂不鳴，四壁蟲晏如。星斗宿簷際，微月淡空虚。其時心腑澄，泰然廓吾廬。雲影暫舒卷，蕩滌返太初。天地化爲水，何處覓吾軀。

木公以閔茶寄山中感賦

真味在淡薄，高韻足幽情。一啜洗心胃，再啜澄神明。持甌倚喬松，忽然生遠情。江南素士宅，一别十三齡。胡爲此山中，對雪漫孤評。殊品需妙製，以姓爲其名。

山行

山行無遠近，信步入幽杳。老熊拘枯枝，向人立且跳。因思人世間，此物應不少。

山中

山中積陰霧，人物遜渾蒙。日光漸赫然，豁見天地通。丘陵突兀出，了别杉與松。因思太古民，胡能久混同。

山境

山境只如此，一一皆可悅。有石無不松，有松無不雪。日夕衆烟空，微鐘上初月。禽各静其枝，虎亦安其穴。千峯一皓然，竟與人寰絕。仁義屬榮華，道法徒餔歠。我舌久已焦，我心久已決。安得一二人，把臂不須說。

野叟

野叟從何來，被褐持短筇。入門但索飯，竟坐無禮容。見予手執管，敢問是何蟲。三王與五帝，全不著其胸。一字未曾識，安知拙與工。予因悔讀書，山居亦匆匆。

偶述

人世難區區，聖謨安可恃。收拾萬古心，深入塵坌裏。戲謔豈予善，宛轉亦非意。和光豺虎間，緘淚盈腹笥。屈舒無一可，呼吸逼神忌。所以恣餘習，狂吟不能已。

客至

裘輕馬復肥，白日自光顯。兒童口嘖嘖，道傍誰不羡。豈意到山來，山老如未見。不是輕富貴，從未厭貧賤。始悟人汝驕，多因汝眼淺。

借書四首

雲霧難遮眼，言借古人書。信手展殘帙，心顔忽已愉。人各適其適，積習寧頓除。平生無所爭，所爭蠹之餘。

上下幾千載，治亂非一途。或時草木欣，日月光庭除。或時鬼神哭，陰霧慘不舒。古笑我亦笑，古吁我亦吁。哀樂豈有常，掩卷乃寂如。始知得與失，古今只須臾。我心本洞然，天地還清虚。

今者古之影，古者今之模。今人即古人，何必高黄虞。手招諸聖喆，羅列坐儼如。片語苟有會，怳惚動眉鬚。苦昔抱心死，積久不得舒。乃知冥漠際，欣然一覿余。

世人愛讀書，將以榮其軀。山人愛讀書，亦以樂其軀。倦臥置枕邊，行止常與俱。人言何苦爾，我亦笑其愚。不願天中天，胡爲效世儒。

答戴公

魔佛界非二，罪福性原空。章江與遼海，色味等皆同。麋鹿亦可遊，何必盡王公。冰雪亦可餐，胡

爲羨馬湩。昔日龐居士，家財沉水中。豈無男與女，相與樂融融。但悟無生話，浮雲任西東。（以上千山詩集卷四）

過北里讀徂東集

余家五嶺本炎方，孤身遠竄三韓地。四月五月不知春，六月堅冰結河底。今年天氣稍冲和，秋盡雪飛到山寺。出門仰天天欲沉，隻杖棲棲過北里。北里先生擁毳吟，詩成煮雪訝予至。未曾展讀淚先傾，拭淚同歌悲風起。醫巫閭高碧嵯峨，千疊萬疊嵐光積。大壑一聲白晝昏，黑雲崩騰吼蒼兕。須臾雲浄松杉青，野泉泠泠石磊磊。東海洋洋大國風，茫然萬頃中無砥。海氣怒叱蜃氣枯，狂濤倒飛星月沸。三岔流駛鴨江平，寒鷹不鳴蛟龍寐。有時亟欲擲頭顱，蠹魚悔食神仙字。有時稼穡自謀生，三尺穹廬團婦子。有時噀酒罵虛空，雷霆迅走黎丘惴。有時談笑和且平，歡狎牛蛇羣白豕。倏喜倏怒豈有常，欲殺欲活亦非意。有時夜半步空堦，一叩青冥尺有咫。沉魄千年呼盡來，死者可生生者死。舊帝宵啼五國荒，閨媛暮哭長城址。華表山前鶴唳孤，青塚猶聞月下欷。琵琶淒切胡笳悲，未免有情誰遣此。不知是血復是魂，化作吳刀切心髓。心髓如鐵刀如冰，片片飛入陰山裏。陰山慘慘泉冥冥，神農虞夏今已矣。因思太古音尚希，噩噩渾渾難可冀。尼山栖栖自衛歸，苦樂憂傷各有旨。約略刪餘三百篇，發憤曾聞司馬氏。何人繼者屈子騷，汨羅萬古流瀰瀰。可憐秦火恨不灰，漢室蘇卿唐子美。蘇卿嚙雪聲韻淒，子美三遷足詩史。五代波頽宋代儒，眉山山下出蘇軾。蘇軾流離儋惠間，珠崖鶴嶺供指使。更有文山第一人，浩浩乾坤留正氣。從此荒蕪將百秋，國初高楊追正始。天下承平四海清，人人含宮家嚼徵。琳瑯金玉廟堂音，王李登壇執牛耳。文長巨斧劈華山，中郎拍板逢場戲。景陵一出洗煩澆，頓令搦管趨平易。風雅茫茫失所宗，不得不推北地李。李公豪雄步少陵，匪特形似亦神似。先生才凌北地高，先生遇非少陵比。阿弟捐軀阿兄流，西山之歌續二十。不數秦關二百強，不羨蜀江千丈綺。從來厄極文乃工，所以論文先論世。豐干饒舌罪如山，滔滔誰易今皆是。三百年來事莫知，天教斯道存東鄙。不然今古亦荒涼，大雪紛紛吾與爾。

大雨

去年秋潦淼茫茫，魚鼈沙蟲登我床。瑤宮巨室皆漂没，何況流民茆札房。死者横流生者泣，千口僅留不得食。努力高山挖草根，至今面帶黄泥色。眼看麥短黍差長，雖未入口心有望。上帝豈憂溝壑剩，其雨其雨乃復狂。翻盤沉竈不肯止，庭戶無光天重翳。誰能拔劍斬頑雲，捧出日輪頭上置。流民流民奈若何，生世坎壈何其多。兵革遺餘鄉國絕，又見遼海鼓風波。老僧德薄命更鄙，偃臥若遭毒龍戲。夜半滚滚浮枕頭，不知是淚還是雨。

辛卯寓普濟作八歌

罪夫罪夫胡不死，百千捶楚餘頭趾。鄉國遙遙一萬里，中有蔓棘及弧矢。骨肉喪盡不得歸，遠磧蒼茫大風起。大風起兮沙閉天，誰非人子兮心惄然。安得手扶白日兮，上照四塞之荒烟，下照萬丈之黄泉。

烏藤矯矯長七尺，當時與爾初相得。瞿曇倒退愁彌勒，共誇有眼明如日。今來絕域支冰雪，獅子晝眠狐跳立。藤兮藤兮詎終窮，恐隨風雨兮化作龍，何日將予兮直上千峯與萬峯。

有姊有姊夫早撇，手持木槵剪玄髮。諸妹零星俱夭折，最小尚餘安得活。憶我出門姊幽咽，忽聞姊死心割裂。吁嗟人生聚散兮若飛蓬，東西雖隔兮望故叢，只今長别兮無時逢。

有弟有弟字耳叔，少年多病躭幽谷。孝廉船覆青衫泥，三人惟爾守孤獨。黄沙杳杳望兄回，日暮走向荒城哭。哭聲到天兮天不聞，摧胸肝兮難久全，休望收吾骨兮葬江邊。

父母生兒不得守山丘，死者已矣生者流。松楸日冷風颼颼，石人空立麋鹿遊。昔煩朝使豐碑留，煌煌天語題上頭。今日正清明，誰人更澆一杯水。團圞荒草多新鬼，安得鶴歸華表兮，盡洒千年之血淚。

羅浮之山多蒿萊，山上還留說法臺。錦繡凋殘玉女哀，村底無人空落梅。鐵橋流水尚瀠廻，白雲一出不復來。憶昔荷鋤闢荒草，只今空向巫閭老，何時再上羅浮道。辛苦前朝老衲衣，十年與爾不相離。骨殘心碎無完肌，至今襟袖血蹟遺。誰云新者可代故，何忍拋撇冬夏披。衲兮衲兮汝勿悲，雖然破爛勝牙緋，生禦風沙死裹屍。我歌我歌歌將歇，攬衣忽起增哽咽。我憂不獨在鄉國，我罪當誅復何說。筆尖有鬼石流血，天地無情難永訣。嗚呼木佛木佛能不哀，獰飆苦雨四面來。獰飆苦雨四面來，土床一尺魂徘徊。

送鹿

爾宜隱山谷，胡爲露厥角。昔共雲中仙，今同籠中鶴。送爾迢遞入長安，盡道長安可行樂。高車美食即陷阱，詎料尊榮遭割剝。小鹿無知大鹿憂，悔曾飽噉新民粟。新民忍饑送爾行，天道往復亦何速。忽憶鍾山陵寢邊，祖宗德澤三百年。欻忽運衰骨肉盡，何况遠塞寄荒烟。

老人行

噫吁戲危哉，老人是百千萬刼之餘灰。問其生時朝代不敢說，但云少壯尚無爲。眼看富貴貧賤流，三番兩番肉作堆。兒孫喪盡親戚死，剩此零星乾枯骸。紛紛眇者扶跛者，跛者扶眇者，面凹骨削背復鮐。離城十里，五日乃至，登堦一尺如天台。敢希鳩杖與麋粥，但願脫籍歸蒿萊。堂上赫怒聲如雷，叩頭出血誰汝哀。昔日漢家天子威海宇，父老子弟還相聚。酒酣歌罷帝親語，豐沛世世無所與。老人兮老人，爾既赤手今且回。生守官園喂官馬，死作泥土填官街。

哀王孫

衰草無根疾風吹，王孫不歸辱塗泥。頭白老妻無完衣，鴛鴦到死猶雙飛。自言有子長鬚髭，垂暮泣血生别離。今我若此子烏知，骨肉凍折命如絲。左手執瓢右枯枝，此即二人送老兒。

大僧行

大僧結束何新鮮，錦裁窄袖黑貂緣。出門三禮釋尊前，翻身上馬揮金鞭。玉作刀頭絨作韉，疾如飛鳥輕如烟。自言五上長安道，目視漢官如蝨蚤。歸來依舊守空門，獨立皂邊添馬草。

傴仄行

傴仄復傴仄，大地不容膝。烏飛翼折高踰尺，岡上梧桐化作棘，薜荔晝呼何時息。

贈戴三 有引

孝濱，章江士也。初不願從父之楚遊，因披薙入空門。既聞其父見逐，乃留頂髮，代役海濱，朝夕樵採，以供菽水，胸懷盡裂。余悲其志，而作此詩。

孝子大痴人，不隨白馬隨黄塵。白馬有時死，黄塵無日清。夜寒看鹿柵，朝出採鬼薪。不識大風與大雪，朝朝暮暮海之濱。胸懷裂盡面顔笑，但願爺孃溫且飽。

連雨

頑雲重霧裏城郭，舊民新民慘不樂。田中有黍誰能穫，山中有木誰能斲。盤翻竈冷守空橐，簷溜雖多不堪嚼。老僧一鉢久庋閣，出門半步泥没脚。紫蛇有光蝸有角，抱書晝臥腸蕭索。庭邊杏樹驚搖落，燕巢已破子漂泊。眼前大地何時廓，遼海浪高勢磅礴。願浮我屍填大壑，毋使蛟龍終日惡。

送梨

不重紫花能消熱，不羨張公大谷希。只愛關東土上長，汁酸肉澀墨作皮。王公一張口，走殺百羣黎。滿筐二百或三百，晝夜擔向玉京馳。天下何處無凍梨，王公何不一念之。

癸巳冬四日諸公同集普濟話別

去年十月遼陽道，芒鞋蘸雪踏枯草。今年十月將出門，北風吹髮凍逾早。蕭條古廟城南隅，鐘鼓不鳴鳥驚噪。何人連袂叩荒扃，各出詩篇鬭天巧。吏部文章足起衰，祁連千仞欣獨造。毛錐如鐵面如冰，時復掀髯發長嘯。學士前身金粟是，相逢彈指霧煙掃。興來墨汁自淋漓，明月一傾大栲栳。豫章宿將舊登壇，萬金散盡呼蒼昊。唾壺崩碎聲載塗，三郎瘦削偏靜好。布衲拋殘不耐寒，枯桐一撥鳳凰叫。廬江高士雪滿胸，六朝蕩滌存真藻。夢裏花深聽鷓鴣，冰池獨宿鴛鴦老。浙東公子神復清，屣露雙跟頂破帽。寫就黃庭不換鵝，向影閒吟孤自悼。更有青門種瓜人，五色不生形半槁。主人爲我張素筵，氍毹重疊燒龍腦。又汲參泉煮木雞，粵橙漳橘恣一飽。衆音喧豗坐莫倫，雖無旨酒情潦倒。請翻二十一青編，如斯良會古來少。冷山寥落邏娑單，夜郎儋耳徒遼邈。妙喜衡陽雹白洪，安得詩人共圍繞。杯冷歌殘聲黯悽，明看孤杖淩霜曉。亦知此別春必來，寂寂三冬守空窖。

憶江南

江南高座寺，前對雨花臺。臺上春風拂面來，參差楊柳花競開。黄鶯百囀我心哀，忽憶故山村底梅。今年絕漠冰雪堆，髮白面皺骨欲摧。村底無梅不歸去，卻憶高座聽鶯語。

寒夜作

日光墮地風烈烈，滿眼黄沙吹作雪。三更雪盡寒更切，泥床如水衾如鐵。骨戰唇搖膚寸裂，魂魄茫茫收不得。誰能直劈天門開，放出月光一點來。

雪中歌 仲冬二日作

天傾地沸雲嘈嘈，林木摧壓風怒號。雪勢欲競浮圖高，恍如錢塘八月潮。又如百羣仙鶴剪羽毛，佇立骨戰身飄飖。竟欲乘之上遊遨，足跨銀海步玉霄，玉蟾真人手親招。直向梅花村底去，千樹紛紛落如雨。

海岸送人歌

水蕩蕩兮歸路長，聖人出兮波不揚。我送子兮蛟龍腸，安得從子歸兮天蒼蒼。

朱姑歌

玉葉凋兮芳草枯，恨從君兮君又徂。君已徂兮妾生胡爲乎，噫，妾今日死胡爲乎。

橋上石

橋上石，半是前人墳上碑。細想當年立碑日，兒孫羅列盛威儀。重重種樹重重護，豈料墊人腳下泥。車輪直輾題名處，牛蹄馬足紛交馳。傳語後來人，刻淺莫刻深。刻淺模糊刻深在，長感千年行路心。

築墳歌

去年西家築墳好，今年東家築墳早。東家築墳貼紙錢，已見西家犂作田。田中又見生青草，幾處種松能得老。前人白骨化爲塵，重取和泥埋後人。後人得埋且莫哀，君不見狐狸窟穴沙坡臺。

雪花歌

天上紛紛雪，山中樹樹花。盡道梅花勝似雪，我見雪花勝梅花。梅花開必著梅樹，雪花下來隨所寓。不擇高低長短枝，有風即去無風住。縱使風吹樹盡空，在地還與在樹同。本來清白誰能污，一任飄飄無定蹤。梅花雖好能幾日，開落榮枯情不一。君不見羅浮山下梅花村，師雄臥處生荆棘。

花月歌

月出愛良夜，花開聚名園。幾見花開定無雨，幾見月出定無雲。便使無雲無雨花月天，誰能長豔復長圓。世間好景實無多，醉月迷花奈爾何。

山雪歌

山巍巍，雪霏霏，日夕隨風栖澗石，夜寒和月照巖扉。山杳杳，雪皎皎。雪在山頭雪更高，山頭有雪山逾老。老僧愛雪兼愛山，歲歲山中自掩關。每到冬來必見雪，每到見雪必開顔。我心與雪何相似，長欲空山抱雪死。縱令骨化定爲冰，直至魂銷應作水。我常對雪寂無聲，雪來見我如有情。昔日袁安今日子，相看相伴兩忘形。從來不願銷金帳，羔羊美酒斟還唱。人間行樂只片時，曲殘酒醒身凋喪。亦不願高樓玉笛吹，梅花落處使人悲。此中何限江南客，對此安能不淚垂。但願深山荒寺裏，盡日無人吾與爾。只恐春來爾不禁，寂寂相思從此始。是時天地苦冥冥，山僧作歌山雪聽。（以上千山詩集卷五）

全粵詩卷七七三

釋函可 三

初釋別同難諸子

終歲愁連苦，生離且莫哀。問人顔尚在，見影意猶猜。佛道千秋重，湯仁一面開。明知予未死，好去勿徘徊。

初發

馬上催行急，歡生復自嗟。身輕曾似葉，淚落正如麻。計日邊城近，傷心故國賒。幸餘穿布衲，猶可耐風沙。

至永平 舊孤竹國

去國剛三日，明朝欲到關。故人從此盡，禿鬢自今斑。馬恨如風疾，心拚似石頑。低頭思二士，一望首陽山。

宿山海關

重關猶未度，破衲早生寒。大海依然險，危巒空自攢。鄉書萬里絕，鼓角五更酸。敢望能生入，回頭仔細看。

初至瀋陽

開眼見城郭，人言是舊都。牛車仍雜沓，人屋半荒蕪。幸有千家在，何妨一鉢孤。但令舒杖屨，到此亦良圖。

初入慈恩寺

幸無牛馬後，仍許見浮屠。禮佛歡如舊，逢僧笑盡呼。膏粱恣噉嚼，土榻任跏趺。半晌低頭想，依然得故吾。

思千山

咫尺白雲隔，千山未許遊。前王曾駐蹕，幽客幾埋頭。洞壑愁中見，煙嵐夢裏收。可憐溪上水，萬古自空流。

生日四首

憶當論死際，又過兩年期。白日存吾分，寒風任爾吹。到邊仍說法，有客尚投詩。且自歡茲會，明冬不可知。
未了黄沙債，償他止一身。便從今日死，已是舊朝人。乞食真慚粟，看書若有神。無端思故事，數點淚沾巾。
四十未爲老，顛危自古稀。虚生成底事，到死不知非。弟妹徒相憶，家鄉那得歸。從來無片紙，辜負鴈南飛。
百歲已將半，爲僧十二年。殘軀委冰雪，雙眼借人天。只有心方寸，還餘詩幾篇。時時吾笑我，不改舊時顛。

贈大通師

北宗夙所仰，開藏見高名。道德傳東海，袈裟搭上京。開堂龍象踏，卓錫鬼神驚。多少南來衲，皇途漸蕩平。

秋望

長平無好景，秋至益蕭森。不到邊關外，焉知天地心。風吹連野闊，日落滿城陰。骨肉消俱盡，空餘一念深。

偶成

禪誦何曾習，幽幽我自親。過雲如近性，古木願爲鄰。午睡無多事，平生只一真。客來添禮數，知是世間人。

晚興

死去亦閒事，奈茲朝暮寒。菊殘秋色苦，僧老梵聲乾。遇物皆心碎，無天好眼看。不如長閉戶，趺坐夜漫漫。

思友

知己良非易，何時不可親。况當流離際，舉目兩三人。杯水必同聚，空談亦有神。毋論朝及夕，相與爛天真。

送鴈

舉目漫相送，遥空影漸微。自從來北塞，幾度見南飛。一路新霜下，三山古木稀。明年望春信，行矣莫遲歸。

送燕

空梁如逆旅，欲别故飛低。天下皆秋氣，何方更好栖。風流思舊夢，月冷度前溪。爾念余心在，凄涼見落泥。

重陽前三日

不能待九日，力盡爲登臺。故國知難望，鄉心終未灰。孤烟生絶漠，返景照荒萊。策杖且還卧，黄花何處開。

懷友滄師

托跡長干里，能無車馬喧。世人來問法，遠戍獨懷恩。定有花侵案，應知月到門。菊英已堪把，日夕對誰飱。

偶感

遷客易爲感，况兼秋有聲。天風吹木葉，一夜滿邊城。是處皆腸斷，無時免淚零。不知何事切，未必盡鄉情。

夜雨

是夜聞秋雨，蕭蕭更不禁。崎嶇萬里夢，繚繞十年心。處世明知幻，銜恩奈獨深。何曾待摇落，悽愴到于今。

雨中看菊

風雨暗邊關，何人淚勿潸。我心與秋菊，相向不成顏。倒臥從泥污，飄搖倚石頑。眼看佳節近，猶自憶龍山。

雨中懷諸子

咫尺阻言笑，其如風雨何。展書當事業，壯志此消磨。竟日掩門戶，千年一咏歌。寂寥頻得句，相見較誰多。

懷千山諸子

野衲還山去，深居第幾重。遙知巖石側，猶有漢唐松。施食下林雀，安禪護洞龍。寄言諸老宿，春曉待飛筇。

傳子拓新齋

把茆亦已足，拓地更精神。靜坐飽秋色，開書見古人。童烏時問難，慧遠復來頻。何必桃花水，蕭然即避秦。

遊譚家庵

諸山時閉閣，當午不聞鐘。此地足雲水，往來多遠蹤。酌泉有妙理，隱几即孤峯。繚繞香生霧，應藏聽法龍。

送人

去去莫回頭，蒼茫塞上秋。死生從此異，人馬盡成愁。不敢高聲别，唯應暗淚流。他方倘相憶，但索鬼門幽。

小河

寂寂小河水，波平意自閑。更無舟楫苦，獨有雪冰艱。衆汲何曾損，直行絕往還。靜思源出處，應在萬重山。

送客

單身從此去，鄉路尚悠悠。兩點丈夫淚，一天孤鶩秋。幸無爲客死，未了此生愁。回望遷流處，沙平黑霧稠。

晚步

鐘聲隨我去，隱隱度前灣。遥望深松暮，應多野鶴還。客心在秋水，微月出空山。任意緩歸步，柴門不用關。

暮歸

只向城西去，非關夙有期。聞歌知我至，抛卷候門時。終日惟相對，竟歸亦不辭。老僧出戶望，偏怪步何遲。

尋詩

只在秋山裏，遍搜黄葉堆。忽然被我得，卻似古人裁。野月索將去，寒風吹復來。還家囊已滿，生死興悠哉。

接薪夷書

憶君良獨苦，書到益傷神。衆命終難活，一心不負人。何天堪問話，無地可容身。卻望邊關外，偏多夙所親。

對雪

九月尚春衣，高林望已稀。朔風從地起，大雪近僧飛。魚懶寒誰擊，塵閒静不揮。無人相問訊，只合掩荆扉。

八日雪中懷北里

爾時應獨坐，把筆自題詩。以此爲良計，終年足療飢。寒新生遠思，雪浄望幽姿。明曉來相問，攜將菊一枝。

懷甦築

煮泉方自酌，懷爾得詩題。料是開窓看，無人雪一溪。句從寒處索，物向悟邊齊。但望空林霽，知余來踏泥。

懷我存

昨夜風吹雪，誰邊落更多。最憐愁與老，安得笑還歌。范叔寒如此，陶公興若何。明朝采殘菊，著屐定相過。

九日偕諸子過北里

扶伴過城北，霜飛逐面來。爲尋揚子宅，不上單于臺。水泛東籬菊，心存故國萊。從兹寒日甚，那得客顔開。

冒雪過甦築

所思何必遠，挾卷過西鄰。相見亦無爲，自然不厭頻。犬迎遥識面，雪下盡隨身。此日倍蕭颯，燒泉意甚真。

雪中

道心宿何處，風雪裏殘僧。覓我了無有，因人實不能。磬敲零敗葉，佛坐老孤燈。欲問平生事，頹垣掛古藤。

喜哥

流離方五歲，隆準異時兒。所幸生年晚，全無舊國思。泥深失龍性，霜冷落瓊枝。最是傷心處，逢人自笑嬉。

得千山諸老信

千山人有信，望我到山中。昨日滿山雪，山風吹又空。松枝當戶入，石徑與天通。何得穿雙屐，尋幽處處窮。

答千山諸老

我本山中客，山翁不用招。爲憐地主意，遂使白雲遙。花雨遲飄落，松風暫寂寥。石床餘半席，只待雪初消。

夢遊千山

夜半分明到，千山萬木中。霜花親骨肉，雀語動虛空。所見無今日，相論盡古風。可憐非久住，床下叫寒蟲。

招山中諸老

傳言入雲去，勸汝下雲間。且看主人意，暫抛水石間。此心無近世，隨地足深山。莫學高峯老，頻年坐死關。

夜雪

一榻渾如水，雪天未肯明。憐吾愁不寐，到戶寂無聲。白滿思山谷，寒多念友生。正當孤絕際，忽聽曉鐘鳴。

聽北里彈琴

招我入太古，孤琴此際聞。林塘皆默默，水月共云云。指外通心事，絃中絕世氛。民生慍未解，何處覓南薰。

北里新書屋二首

古聖亦局促，圖書雨雪侵。憑添數尺地，不作百年心。杏樹籬穿老，柴門晝掩深。歌吟聽又滿，餘響出寒林。

卜居寧有意，聊以禦寒冬。殘瓦沿岡拾，低垣帶雪舂。但將書與共，所貴月能容。從此門前路，時添雲水蹤。

秋盡

秋光辭我去，還似惜春心。野雀翔空響，寒雲到地陰。不能抒遠夢，竟欲罷孤吟。自此山門掩，屐聲無近林。

贈無瑕師

非關學辟穀，少小便忘飢。終日半瓢水，長年一衲衣。看人只自老，種樹已成圍。來往邊城裏，常愁白晝飛。

寄姚氏昆仲

兄弟幽栖處，開門水一方。尋詩撐野艇，論易集空堂。白晝聽蛙吹，青天數鴈行。嶺頭三百樹，好寫寄窮荒。

寄龔韓二子

平生無半面，禍患每過尋。亂肆兩枯骨，枯桐一片心。道同頑處合，詩向酒中深。後夜相思處，開門月滿林。

壽寒還

何物堪延歲，攜將數卷書。到門惟有雪，浮海已無桴。飢渴三仙字，乾坤一老儒。蓬萊如可至，或許曳長裾。

左公往堡中有懷

未必長相見，初離嘆索居。遥知兄及弟，只有淚如珠。踏雪尋詩句，循田得潦餘。歸時屬二子，亟爲報僧廬。

和戴子堡中八咏

北山

未到山中去，山中一片雲。無心偏出岫，何事屢移文。白鶴猶聞怨，馴麋可與羣。嵯峨千丈壁，不必勒前勳。

夾河

苦雨添新漲，懷人在水央。雙浮天日月，一濯我肝腸。泡影流將去，閒愁蕩更長。卜居應不遠，誰與咏滄浪。

石人

見說衣冠古，投詩寄問頻。我心曾匪石，爾貌可爲人。蘿月長相憶，山雲乍許親。最憐同伴者，一半是頑民。

永興寺

豈料窮邊處，還餘舊寶坊。定多山下士，同禮法中王。白豕驚清磬，寒猿到畫廊。他時攜竹杖，應許借繩床。

耕烟

嚙雪固余分，犂雲爲汝憐。何須至寒食，時恐斷炊煙。帶雨將苗種，抛鋤枕石眠。只愁癡夢裏，又到御爐邊。

采蕨

采采山中蕨，無爲席上珍。同甘遼海雪，難比故鄉蓴。到壑猶聞禁，盈筐未是貧。老僧知此味，好寄莫辭頻。

蓮渚

污泥曾不染，隔浦遞幽香。何用沾新露，猶然怯曉霜。願生諸佛國，可集野人裳。舊社荒蕪甚，池塘夢正長。

觀魚

子豈知魚樂，過河泣欲枯。未能忘浩蕩，暫可免罾罛。夜靜蘆花白，天寒野艇孤。願隨風雨去，清夢到江湖。

看薪夷病

看看垂死病，悽愴淚沾巾。原罪吾居長，論貧爾作鄰。天全無可否，藥尚有君臣。莫畏泉臺苦，冰河久已親。

喜薪夷病起

拚是沙埋骨，欣聞息已蘇。一饘吞未盡，雙眼淚將枯。又得吾良友，仍餘爾罪夫。從今知死易，鎮日好相呼。

庭前孤鴈四首

繒繳滿天地，空門亦有憂。暫依庭草宿，敢望渚蘆遊。夢想洲前侶，魂驚塞上秋。預愁霜雪苦，不得到羅浮。
可是籠中物，高飛不自繇。鼎烹何足恨，網解轉添愁。獨叫黄沙遠，頻行竹逕幽。主人情意重，豈爲稻粱謀。
塞草青易白，堂堦日又曛。自存湖海志，聊共鶩鵝羣。俯首隨人語，淒聲獨我聞。舊行不可問，腸斷萬重雲。
仰天如欲訴，側首聽嗚砧。影隻月常照，力微風易侵。禍深曾作字，愁絶少知音。久矣雲霄黯，何須寄上林。

同陳子過新齋感賦

每過必終日，流離幾弟兄。土床横茗椀，笑語雜書聲。佛道尊衣馬，天心寵甲兵。此時况此地，猶見主人情。

贈鄰翁

乞食固予分，頻過亦自憎。如何君父子，偏欲飽孤僧。飦秔銅匙滑，參泉碧盞澄。只玆堪我老，况爾坐高朋。

讀顧與治書並見懷詩

一派江濤白，驚生塞上魂。乍疑驚瘦影，再讀見啼痕。舊橐青衫盡，空庭老樹存。相思頻得句，好寄莫辭煩。

孟貞寄書不至

老友偏思爾，容枯骨岸然。祇聞寄遠字，不見到寒邊。稚子應看長，空囊誰爲憐。明春有歸鴈，莫惜寫新篇。

潔之有志入山索贈

已知寒塞苦，愛上別峯間。掛鉢青松古，安禪白石頭。塵何關隻杖，亂亦到深山。未歇狂心在，溪流總不閒。

立秋後一日孤鴈忽飛去四首

荒寺聊藏迹，定知非久留。庶無鷹隼患，能免雪霜憂。矯首辭孤衲，高飛覓舊儔。江南兵未戢，珍重荻花洲。

秋至爾先覺，空天翅獨横。既同艱險過，亦有別離情。度塞宜高舉，驚人莫浪鳴。羅浮如可到，愁絕是孤征。
本是傷弓羽，還愁羅網攖。雖無好處去，猶自惜餘生。夢警五更雨，身輕萬里程。似憐相聚久，連叫兩三聲。
上林非夙昔，繫帛亦徒勞。爾去從飄泊，余心轉鬱陶。空庭添寂寂，中澤總嗷嗷。何日清江海，孤雲許共翺。

瀋陽雜詩二十首

草草四十載，乾坤一病身。臘深顔益厚，禍酷意無瞋。性命豈由我，飢寒常累人。西鄰有二老，談笑見天真。
西風吹破寺，泥佛坐何年。一鴈起庭際，數聲空唳天。遠書誰可寄，飽食我方眠。禪律渾忘卻，安能效磨磚。
世事看亦見，邊城忽已秋。塵沙必在面，蟣蝨又緣頭。欲笑從他笑，多愁總莫愁。所知居不遠，來往儘風流。
吁嗟復吁嗟，誰是無父母。守柵供庖廚，入林禦豺虎。得生亦暫時，盡死安足數。新眼看舊人，自然成糞土。

盛衰自今昔，佛豈限中邊。竿木隨身戲，鍼錐任衆賢。到山先數馬，入室但分錢。亦有二三子，休嗟吾道邅。

辛苦法王子，深慈將奈何。肉殘無足食，骨碎可重磨。大網嫌魚漏，高林畏鳥多。不如魑與魅，猶自喜人過。

瘦日射枯楊，荒荒欲斷腸。老狐來瞰室，餓虎易過牆。豈爲高明誤，空遭紙筆殃。南中有義士，風雨每同床。

此地暑易盡，家家聞搗衣。拽車水牯瘦，擊鼓鬼娘肥。風景連年是，人情半刻非。老僧惟一鉢，每日飽方歸。

白日只斯須，頻年乞海隅。罪多識命賤，書到益身孤。秉拂尋頑石，題詩答腐儒。明知鄉國没，仍夢到西湖。

北里有遺老，尋詩尚未還。定知題落葉，隨意到空山。白晝全無韻，碁枰久已閒。好攜秋爽色，一灑戶庭間。

白鶴亦有淚，悲涼與世同。要從今日事，稍見古人風。笛裹聲初斷，囊中藥屢空。只留天一線，呼吸可能通。

側立向空荒，風吹恨愈長。文章宜溷廁，牛驥共禪房。不識梅花白，惟誇麥子黃。秋來瓜獨好，小摘齒牙香。

老翁時問訊，不死近何如。夢裏數竿竹，床頭一卷書。爲人終直率，對客怪麄疎。午後睡方足，行行過草廬。

可惜團團月，還來絕塞明。照人幽近死，到地自無聲。孤鴈忽然過，遠鐘何處鳴。嶺南應更苦，夜夜落荒城。

衛霍名何滅，山頭舊扎營。乍聞吹落葉，猶似走殘兵。原草纏幽恨，河流帶哭聲。最愁秋雨後，燐火向人明。

未到秋風起，先令破衲寒。但拚身一擲，久與世無干。日月看倏去，林泉到處殘。如何昨夜夢，顆顆荔枝丹。

幾載望鄉信，音來卻畏真。舉家數百口，一弟獨爲人。地下反相聚，天涯孰與鄰。晚風連蟋蟀，木佛共含辛。

佛命亦如綫，西方有剩蓮。貝翻成大賈，笙吹比神僊。弟子黃金貴，弓裘白日鮮。雷同吾豈敢，只合抱沙眠。

沙坡臺下土，春老草難生。行路踐心髓，遊魂怯旆旌。烏貪天養子，狐拜月成精。當日無貧富，鋒刀不世情。

天地不可必，春風或度關。陰山一半揖，遺老共生還。杖指烏衣巷，船歸黃木灣。親朋未盡鬼，慟哭後開顏。

夢安仲叔

昨夜分明見，長鬚叔不癡。衣冠非此日，言笑尚前時。縱死心方寸，平生酒一巵。只愁關路黑，來往得無疲。

苦蚊

白日難容汝，羣飛欲蔽天。愁人頻得句，終夜不成眠。餓極筋先露，刑餘血尚鮮。關東風景異，只此似江邊。

遊七嶺寺

何必入山去，到來非世間。巢松孤鶴冷，補衲幾僧閒。鐘磬留清範，嵐煙護舊關。一溪冰漸解，流水已潺潺。

留龍泉靜室

入山如數日，又是一春殘。花信何曾到，松風依舊寒。野禽時繾綣，孤月共盤桓。始覺邊關外，猶然天地寬。

寄題易修靜室

雖在名藍內，孤栖別一枝。身貧客自少，地僻病相宜。定有雲分榻，時煩月照眉。我來應不拒，煮雪共療饑。

和李公冬日成茆屋四首用韻

數椽聊自可，欹枕抱書眠。窗闊堪延月，茆疎好見天。殘氈猶馬革，點雪即花磚。野老頻來過，床頭起暮烟。

不識長安樂，何如東海隅。夜寒聞鶴語，榻短學僧趺。興至詩塗壁，飢來雪滿盂。西鄰遷客在，鎮日待招呼。

身閒居自僻，豈必在山阿。寒灸青藜火，行吟哨遍歌。詩能窮學士，酒亦病維摩。向晚西風急，何人著屐過。

舉世皆兵革，安居自朔庭。佛容參米汁，客與論棋經。衾薄風侵骨，心空月在扃。屢攜孤杖去，帶雪步荒坰。

重和四首

自是客來少，非關地獨偏。殘棋抛屋角，饑犬臥爐邊。果賴鄰兒送，詩憑野衲傳。情知無喜事，鵲噪矮簷前。

何事長邊外，偏多魯國儒。談經偕野獸，卜築近枯株。窗破殘詩補，肌羸薄酒扶。不知寒夜夢，還上玉堦無。

敝絮蒙頭臥，霜風奈若何。虚庭迎木客，汲井煮桑鵝。適性此云足，容軀不在多。小僮存道意，袖手聽長歌。

遠磧留天地，無言雪一庭。正襟坐古喆，開戶看滄溟。虎跡任來去，人情半醉醒。老僧應不厭，多病怯疎檽。

贈樂亭秀才

我苦不得去，君胡爲獨來。無家投大漠，設帳傍荒臺。客意黄花後，書聲白雪堆。相逢三兩語，涕淚點殘灰。

送苗鍊師入燕

白日君將去，黄壚我尚留。莫言朋友義，能免衆生憂。殘雪填沙磧，悲心滿壑溝。何時垂鶴翅，盡駕入雲遊。

贈五千道者

隻杖淒淒日，論鄉獨有君。辭家一萬里，學道五千文。禮斗依丹闕，吹笙坐碧雲。不堪詢故老，清淚亦紛紛。

得耀寰札

相見亦常事，相離費苦思。翻憐三歲過，未了一生疑。函淚遥相寄，關心久已知。長安春夢好，猶自繞冰池。

同陳子久坐候大翁回

稚子歡留坐，主人出未歸。料應無别適，不過扣僧扉。時卷攜將去，寒爐且共圍。入門知有客，言笑盡餘暉。

大雨喜育子遠訪

相逢疑隔世，一别五經年。莫話鄉關事，難禁風雨天。尋屍來萬里，問道入重泉。拗折枯藤杖，沙

寒且共眠。（以上千山詩集卷六）

別諸公往遼陽

一秋良可過，鎮日共盤桓。談寂霜猶墮，詩成月每殘。開懷偏有限，握別恨無端。不出鄭圖外，關河各自寒。

同大來吉津赴啟如齋

出門何所往，定是野僧家。踏破三門雪，驚殘一樹鴉。登床無別禮，堆案盡天花。得飽不辭去，邊城日又斜。

和麗大師送弼臣見訊韻

不作金門賦，胡爲匹馬行。親朋愁遠道，生死見交情。望處關雲黑，臥來江月清。早歸余尚在，海角待昇平。

同陳公敘昔有感

不過廿年事，還如隔數生。逢君寒磧話，動我渭陽情。鄉國餘殘夢，乾坤未解醒。獨憐孤杖外，氣骨自相撐。

同木齋坐甦築齋竟日

所談亦何異，相共到黄昏。閒或翻殘帙，饑惟索瓦盤。危微千古事，斷續幾人存。此日真堪錄，尋思無一言。

讀李氏遺書二首

何期萬死後，得見一生人。久識灰銷骨，欣看字有神。每憑心口力，盡洗古今塵。莫恨余生晚，當時無此親。

舉世令人悶，斯人以死爭。開眸滄海窄，點筆老天驚。佛祖無酸氣，英雄有至情。遺書今尚在，再拜李先生。

慰戴三病

三日不相見，驚聞伏枕憂。尫羸力已竭，號泣意無尤。未識趨庭樂，彌深陟屺愁。春殘風尚勁，珍重夜添裯。

喜李鍊師禁足

人間亦何極，隱几即仙源。盡掃青牛跡，深藏金馬門。閒應探藥笈，靜可叩天根。咫尺三山近，行看一鶴騫。

重送大莖

艱辛吾與汝，耐盡幾秋霜。佛了無奇特，人難是久長。雲山欣有伴，風雨憶同床。莫戀故鄉好，相期塞菊黄。

重送屍林

欲囑渾無語，徒將淚幾行。乾坤雙草履，來去一空囊。故國何從覓，寒冰已共嘗。老人相見處，休話汝師狂。

送乂虫省親

相見復何日，相期安可忘。好攜沙際雪，聊慰髮如霜。不孝原非佛，尋詩頗似狂。濡毫題去袖，春雨正茫茫。

寄心公二首

念子何偏切，爲人念獨艱。相期一種意，不在百年間。古聖了無異，高名豈是閒。遥知吟倦處，徙倚望他山。

別來頻雨雪，心緒近如何。子道承歡隔，君恩出塞多。高山方咫尺，白日已蹉跎。自有無窮事，時將訪薜蘿。

答客問

似此已踰分，平生我自知。一從得罪後，總是感恩時。有病還長嘯，無家亦賦詩。尚猶愁未足，旦晚欲何爲。

雪下有感

大雪真吾事，天心本至公。翻書甘手冷，乞食望年豐。舊嶺花方發，平沙鴈已空。幾多未歸客，對此意何窮。

入山寄友

到來方覺好，山亦厭名聞。世事憑蘿隔，幽情與佛分。猿啼幾樹月，鹿過一溪雲。此處真惟我，相尋未許君。

山中思友二首

知己從來少，况當塞雪深。每同開口笑，遂覺緩愁心。長聚亦無事，初離便不禁。如何此寒夜，獨自卧孤岑。
相見已恨晚，更添離别心。幾多鄉國思，翻向友朋深。山古雲常寂，天寒日易沉。獨吟渾莫奈，鐘磬自成音。

同諸公夜集希焦二師室

弟兄能愛客，老衲每來尋。况有同心侣，相偕徹夜吟。異鄉消積恨，明月助清音。何必求仙去，花源此地深。

又過希焦二師

好我真無爲，感君此念深。一從初識後，數載到于今。狂極偏增重，離多奈獨吟。春風留洞口，扶病更來尋。

題金塔寺二首

人皆崇藻飾，此獨尚清幽。共佛三間屋，連雲一個牛。耕田供客食，開户任麋遊。最愛前溪水，横腰一帶流。

人貧方徹骨，塔尚以金名。采蕨扶雲出，尋詩蹋月行。斷碑看字影，馴虎聽經聲。我到家常飯，因留太古情。

赤公書來賦答二首

書來惟說苦，問我苦如何。得食粗蔬足，逢人好笑多。拚他今便死，不爾且長歌。只此朝還夕，殘冬亦易過。

我有消愁法，從來肯易傳。不歸吾本爾，但飽即欣然。拾得絲絲命，由他泯泯天。爲公通一線，同病故相憐。

自壽

投荒三十八，又已八年過。罪過隨年長，閒情近日多。懷人添雪夢，得句上山歌。且自加飧好，愁顏意奈何。

憶昔

憶昔君初至，難分喜與悲。天邊親杖屨，雪底見鬚眉。屢讀三都賦，相爲一字師。自今酬唱隔，布袋有遺詩。

儒釋

儒釋雖云異，天涯放逐同。五車開道路，一棒擊虛空。梅州慚妙喜，蜀國失文翁。敢謂天將喪，應知吾道窮。

悼騾三首 有引

大方趙子憐予艱于步，率諸公爲覓一小騾。牛頭馬身，四蹄如鐵。初不受駕馭，既甚馴，乘予出入三年矣。丙申暮春，寄食友人，得飽芻豆，忽暴亡。予爲詩三章悼騾，亦自悼也。

淡泊幸相守，殘軀賴爾扶。忽然辭我去，愈覺一僧孤。牛驥嫌同皁，風沙怯遠途。自今能解脫，含淚莫生芻。

一鉢同行乞，三年不厭貧。崎嶇勞曲折，雨雪共酸辛。何忍抛愁骨，翻如失故人。言尋舊竹杖，彳亍更誰親。

所苦不能待，春深老漸長。殊形寧受畜，馴性最難忘。溝壑爾先俟，冰霜我獨嘗。傷心惟閉戶，咫尺即羊腸。

布帷

世事憑茲隔，高眠夢亦空。青編落枕上，白日在山中。此外無寧處，何人可與同。有時開放入，溪月并松風。

哭李給諫

山中愁未了，走馬哭孤臣。白髮隨江水，青雲逐塞塵。史留忠憤疏，天喪老成人。幸有綈袍在，年年漬淚新。

和赤公寄韻

相見一平淡，相離偏憶君。每當此月夜，遙望在城雲。大雪毋長視，狂歌恐或聞。歲窮宜倍慎，三囑淚殷勤。

遙送我存還巢二首

未得臨岐別，何堪話別頻。同爲黑水戍，況送白頭人。長路悲空槖，還家失老親。幾多兒女淚，應爲洗邊塵。

艱難知爾最，大患在吾身。莫憶來時恨，偏添去路辛。未堪逢至戚，猶恐訝諸鄰。巢父真無罪，牽牛飲潁濱。

得我存長安寄來書用前韻

行後予方覺，書來淚又頻。到天還憶友，一路但依人。併罪歸何碍，攜霜散所親。不須回白首，去住總皇仁。

得石雲居詩文

尚論貴隻眼，平生于此深。共傳遷史筆，誰諒許衡心。後死亦無恨，斯文未喪今。遥憐孤子意，山水有知音。

問雪公

山寒予可耐，衣薄爾何禁。學道身方重，論文念獨深。長貧分鶴粒，多病到僧心。珍重過殘臘，春來共笑吟。

聞天公病

下堂猶有慮，出塞念偏深。不是子臣淚，全然父母心。或者風方勁，安能別有侵。加飧憑努力，春至候佳音。

得木公手字

愛我知偏重，知予乃獨深。時時施藥石，事事入肝心。死骨必思肉，頑皮尚受鍼。明知此不可，又作感恩吟。

和棲賢山居韻 有小序

阿字出棲賢山居詩十韻，並其托鉢九江時所和。予讀之數過，不翅身在三峽橋頭，聽水聲洶湧，因而和之。從頭至尾，復從尾至首，廻環重疊，音有盡而情無盡也。

山水無中外，飄雲何必歸。最嫌沙上鴈，一一向南飛。罪大心方死，病多力漸微。誰持匡嶽淚，來洒破僧衣。

何妨臥出日，長欲語三更。籬外無人到，窗前有虎行。風微飄梵咒，雲密透書聲。只此閒同過，毋令別感生。

無事不攜笻，多因訪遠松。獨行深雪路，忽聽隔溪鐘。得句鳴寒谷，持雲贈別峯。自來無定止，到處幸能容。

有言惟獨語，更莫問青霄。衣就田塍補，柴分品字燒。止尋栖壑侶，不赴在城招。峯頂香巖寺，鐘聲下半腰。

出郭無多路，心空覺地偏。一從抱病後，不敢向人前。鸜鵒留殘石，素馨憶舊田。止應吾與汝，朗咏了殘年。

高談山頂月，低揖世間人。判就孤寒命，仍餘老病身。我心不可轉，佛道未容真。何處玉淵水，惟應獨問津。
閒知茅宇闊，靜覺野雲忙。僻逕人難覓，深山日自長。鹿攜麋入室，雪共雨登堂。自起撥爐火，因烹蘆菔嘗。
大抵長邊外，三冬半是陰。風吹舊屋角，雪補破衣襟。樹壓枝枝重，燈寒夜夜深。梅前初夢醒，不奈此時心。
每日一餐足，無人白晝眠。寒多寧有法，嬾極不須禪。時上巖頭石，遙看林外田。西南日盡處，一直上孤烟。
生來山野性，萬死不離山。隨水偶然出，因風急復還。吟多長倚樹，客到未開關。自笑頑成癖，人傳老更頑。
夜半一擡首，星光盡在山。不能同雪化，只合攬雲還。猿至常無候，門開且莫關。可憐猶有爾，識我是真頑。
率爾行將去，倦來樹底眠。泉流時問話，鳥宿似安禪。霜不凋金粟，海難變硯田。每看敲石火，一點自生烟。
如何有好日，不出又成陰。一任霜催鬢，毋令淚漬襟。林泉寧有異，天地此中深。竟夕寒如水，空餘一寸心。

不能效古昔，鎮日爲人忙。樹影當窓直，峯嵐入夢長。曉風輕布衲，暮雪靜茆堂。更想峽橋畔，平分一盌湯。

展卷舊相識，全非此日人。明明千古意，寂寂一孤身。到死終無二，平生只是真。最憐初睡熟，又度大榕津。

本無才足恃，不是性多偏。沙石甘居後，冰霜獨在前。難銷檀越水，不種祖翁田。所以一瓢外，風吹自歲年。

五老何年見，人間隔九霄。黄精金井洗，蒼术玉門燒。未遂玄沙志，翻將白紙招。龍津終有合，攜手步山腰。

拗折此孤笻，隨心步步松。投林仍乞食，到午但聞鐘。十年持一鉢，雙眼寄千峯。且莫臨溪照，恐驚憔悴容。

懷人幾千里，每夜過三更。擁毳時同坐，沿階又獨行。不堪鴨綠色，常作虎溪聲。更有關心處，飛雲枕上生。

舊山畢竟好，垂老未言歸。遥想鶴峯上，終期華表飛。歌殘山月白，聲咽夜鐘微。何日金輪頂，相將一振衣。

空囊不羞澀，猶自念僧寒。頓使貧兒富，能令白骨丹。雪埋深易見，血洒濕難乾。且得殘冬過，何如破衲安。

張彌茂贈紅褐禪衣

歲暮同阿字得寒字四首

經歲無人趣，驚看臘又殘。霜添窗紙厚，風使衲衣單。徹骨寒無路，捫心淚有端。一從汝到後，更益我辛酸。

總是冰霜地，非關我獨寒。一身蹲雪底，雙眼向雲端。索句從朝起，燒泉到夜闌。此時兼此地，猶得共團圞。

細看生何用，平生厭素飧。淚將一歲盡，事向五更攢。海靜三山穩，雲高五老寒。情知強言笑，圖使我心歡。

抖搜十年恨，全傾大海寬。看人忙不了，于我竟無干。爆竹何曾響，蠹魚依舊寒。春風遲亦到，且莫發長歎。

祀竈

竈無嫌我乞，我自厭殘身。十載猶存舌，一瓢長傍人。空飧勞施主，勺水賴明神。此夜無須囑，深知愧是真。

擔水者 向陽寺止一井，水涸且遠，衆僧爭先往汲，常至夜半而汲者猶往來不止焉

往來餘五里，風雪到更深。欲趁蛟龍臥，寧愁魍魎侵。絲絲盡彼力，滴滴感余心。因憶舊山上，飛泉到釜鬵。

天公以其尊人所書扇見贈

艱危珍匣笥，持贈慰荒榛。乍展疑先晉，徐看識故人。老來書自聖，別久意逾真。前日傳家信，猶然寄問頻。

天公贈棉衣留南塔先有此謝

念我寒如此，臘終猶解衣。數年惟破衲，一半逐雲飛。但使存孤骨，毋令嚇翠微。故人戀戀意，春氣透柴扉。

聞爆竹和阿字韻

衰殘不可耐，強逐小兒情。山澤了無氣，虛空忽有聲。一連三夜夢，親到五羊城。聽此翻添思，鬢

年正太平。

和天然兄初住棲賢韻

鹿洞曾經過，難尋三峽橋。老兄今又至，浩氣可全消。石立潭邊靜，泉飛谷口遙。黄雲難極目，夜夜夢魂揺。

贈王大哥

不關裘馬事，公子自翩翩。戲彩春風裏，尋僧野雪邊。論文憐遠戍，飲酒瀉飛泉。佇看凌烟上，功名本少年。

讀梁未央贈陳全人詩有感用原韻

我昔見君日，知君慕遠林。方肩斯世重，不作世間心。古佛機難扣，孝廉船已沉。未曾滄海變，懷恨到于今。

讀梁未央贈霍階生詩有感用原韻

太僕捐軀日，相隨鴈一行。蓮池心骨浄，金櫃姓名藏。五嶺明臣節，千秋重義方。餘生愧我在，風雪思難忘。

寒宵二首

豈必緣鄉國，啾啾鬧肺腸。天當愁處窄，夜向醒邊長。海水流何極，朋情散未忘。以兹難得曉，星月共蒼茫。

只是不能寐，尋思總莫干。何人甘自溺，于我竟難寬。照雪一燈白，迎風雙眼酸。强眠仍反側，非是畏衾寒。

烏食菽爲沙彌所縛余見而釋之

口腹有深穽，顛危實可憐。爲貪半粒飽，遂惹百絲牽。人世殊多患，空門亦自纏。殷勤爲解釋，好去莫留連。

金塔主人遣諸沙彌

長者亦多事，初惟樹下居。但留孤鉢在，何必戀耕鋤。鳥散林偏静，雲飄月有餘。自今吾與子，茆屋本空虚。

題一粟齋

一粟大如許，其中世界藏。臥聽宫漏水，行拂御爐香。天近神仙赫，恩多日月長。野人頻到此，破衲亦輝光。

歲暮有懷

亦是尋常過，憂來每覺頻。爲當今歲暮，無復舊鄉人。烟火投山店，風霜冷水濱。最憐江盡處，上下嶺梅新。

仲冬末忽大暖數日冰雪盡化

三冬剛踰半，春氣變寒林。但覺人禽悅，誰知天地心。崖懸疑瀉瀑，簷溜似長霖。自入深山裏，應沾帝澤深。

題俗龕

亦自堆殘卷，何曾一室空。文殊或過問，彌勒也難同。畏客長疑病，教兒未覺窮。只愁深夜後，凍殺蠹書蟲。

天公新搆茆舍觀音堂側

草草數間屋，言依古佛居。僅能遮雨雪，大半是圖書。梵唱連歌板，棋聲雜粥魚。何須青瑣闥，即此樂如如。

戴三移居鐵嶺

既在大荒外，何須近郭居。避人寧信虎，奉母並攜書。藥厭韓康賣，田隨桀溺鋤。料當雪霽後，曝背一思余。

自八月初病耳至十一月不愈

病耳四經月，耳根轉自清。鴉啼久絕響，雲過似聞聲。簫鼓從來厭，是非何處生。老年諸籟息，毋復畏天傾。

懷城中諸公

只在邊塵裏，年年老別離。冰霜原共苦，山水豈余私。有命荷皇澤，無家感佛慈。願言各努力，庶足慰相思。

與孤松

仰瞻皆欲拜，即我亦難親。鶴語猶妨鬧，雪來不厭頻。枝危如接世，根拙似嫌人。轉厭冰將解，羣芳共一春。

偶成二首

豈是愛山水，從來任我真。嫚松寧有罪，叱石不生嗔。歌發隨長短，倦時任屈伸。回思塵世內，束縛可憐人。
好惡非他事，尋思可奈何。地低停雪厚，樹密惹風多。來日誰堪慮，今宵我且過。莫爲長久策，仰面盡高歌。

木公以新齋成述懷詩六首寄山中依韻奉和

何處投新句，松關日已曛。傾來千斛雪，驚起一山雲。蘿影枯逾瘦，泉聲凍尚聞。相期春漸暖，一榻可平分。
著雪心難冷，攤書道未窮。茆簷宜向日，布帽且禁風。味淡君無厭，吟寒孰與同。時應招野叟，興發一枰中。
拚是擲窮邊，心休莫問天。小窓容晝景，薄粥喜朝烟。汲古終無罪，買山不用錢。倦來拳作枕，身在古皇前。
擔泉知不遠，久息丈人機。地僻誰堪覓，庭閒鳥亦稀。但能藏海畔，何必羡漁磯。祇合長相問，氈毯幾衲衣。
酒旆隔疎籬，無人水半巵。望雲時有淚，聞鳥不勝悲。飽食閒何慮，孤眠冷莫辭。惟應與松柏，寂寞保霜姿。

只在鐵橋畔，寒梅繞屋花。可憐清曉夢，喚醒隔窗鴉。歲暮日逾促，鄉遙愁更賒。那堪幾相識，咫尺即天涯。

聞左九哥病寄慰

君今年正少，早撇少年情。滅性非人子，傳家賴阿兄。鴈歸春漸近，磧遠雪初晴。努力加餐飯，無令百感生。

贈高涵寰居士

所重惟良友，兼之患難同。長齋親衲子，獨宿傍仙翁。交道真逾淡，文情老益工。只愁風雪後，孤迹任飄蓬。

贈高辛裔居士

出塞有諸子，惟君氣獨雄。見金曾似土，飲酒每如虹。生死重然諾，文章到困窮。莊周何日了，相對共談空。

喜無爲三子至二首

見說南中士，東來道阻長。何須問姓字，自可共冰霜。磧大堪埋骨，天空欲斷腸。相看強相笑，不敢問家鄉。
盼盼似人喜，跫然慰我心。暫停新淚下，一見故情深。夢裏秦淮鼓，山前虎豹林。從今風雪際，又聽操南音。

贈普願師

咫尺幽居近，晨昏獨扣門。閒談驚鬼膽，靜對見天根。禮法豈爲我，畦蔬盡可飧。焉知寒塞外，古道至今存。

聞戴三將入長安

春風得意初，策馬莫躊躕。未獻金門賦，先懷梁獄書。君恩從此闊，子道乃無餘。佇看章江上，青衫伴素車。

人日有感

此地無人日，蒙頭且自過。驚心非虎兕，刺眼是山河。風度衣逾薄，霜侵鏡已皤。更添愁寂處，鐘磬晚堂多。

留題首山丈室

出郭剛十里，到來隔世譁。不知誰是主，即此便爲家。半榻懸清夢，疎櫺見晚霞。幾年淪落意，盡付海東涯。

宿向陽寺

但使忘人世，居山何必深。斷雲栖破衲，積雪老禪心。客去門仍掩，窓空月每侵。病夫怯登陟，只此易相尋。

遊大安寺

石磴如天上，鐘聲下界聞。已捫千丈雪，猶隔幾重雲。山冷僧俱瘦，堂閒虎與羣。古碑苔蘚合，洗剔見蟲文。

遊龍泉寺

洞口憑猿引，逶迤石路迢。到門惟虎跡，望寺在山腰。龍去泉仍溜，春殘雪不消。老僧忘歲月，恍惚話前朝。

遊祖越寺

殿閟疑天闕，淒淒幾個僧。板橋通野豕，木佛坐孤燈。說法呼頑石，燒泉拾古藤。禪居高絕處，欲上病安能。（以上千山詩集卷七）

全粤詩卷七七四

釋函可　四

雪齋落成

四海少鄰並，況茲東復東。登堦惟鶴跡，掛壁有詩筒。豈爲兒孫計，聊安君子窮。委懷存宋揭，論事據枯桐。千卷萬卷在，兩人三人同。快談當聖代，高詠寄玄穹。雲過一牀影，月來諸境空。難容金絡馬，共老竹編蟲。世界半窗隔，神明寸管通。囊開餘積雪，簾捲度飛鴻。稠疊深秋色，渾含太古風。人情輕故舊，天意勘英雄。覽鏡添髭白，燒泉掃葉紅。浮生只若此，大業在其中。前往後猶待，隱然抱厥躬。

宿西寺

破寺背城郭，開門對巑岏。流雲時入席，看斗獨憑欄。松落子堪拾，菊荒英可餐。偶行出籬外，閒眺入林端。意靜鳥俱息，身微葉共殘。更無人問訊，自與月相干。池瘦荷衣碎，徑斜鶴影單。疎髭先雪白，賤骨抵風寒。扶杖返虛閣，吹燈臥草團。人生苦不足，得此良已難。

老叟

何來孤獨叟，自道腹中饑。入戶眉先皺，登階力已衰。生年曾不記，近事幸無知。鬚鬢留前代，鄉鄰失舊時。延齡憑布袋，移步仗松枝。但憶身方壯，世途甚坦夷。

壽苗鍊師

人間初換歲，天上亦添齡。未老耿南極，能飛滯北溟。時艱驚蝶夢，神王鄙熊經。寒雪尚凝砌，和風已拂扃。吹笙鸞鳳集，念咒鬼神聽。度世心尤切，彌年手不停。侶沙蟲猿鶴，召雨電雷霆。采藥重薇蕨，汲泉帶參苓。肝腸關衆命，呼吸通羣靈。展卷辨蝌蚪，退身號蟭螟。雖知守其黑，無計得以寧。殘魄予將朽，方瞳爾獨青。金莖潤菜色，丹室吐蘭馨。談笑具別旨，往來各忘形。他山足玉石，一水合渭涇。高志存鴻鵠，大光眩熠螢。胡爲懸萬石，徒自擊寸莛。兔穎空盈匣，魚腸待發鉶。波流豈復返，膏燄可長熒。不見大椿樹，八千終飄零。

同社中諸子賦百韻

猗與洛多士，共此海一涯。慘日無舒景，獰飆不斷吹。晝聞蒼兕吼，夜見亂星垂。春盡花未發，秋來草先萎。況當嚴凝際，復遇荒歉時。雪大頗充噬，沙多曷任炊。已看薪似桂，安得稼如茨。食字字欲盡，問神神不知。求方希辟穀，繞樹嘆無枝。世路腸千折，人情水半卮。曳裾向何處，彈鋏更依誰。卻憶公孫度，難尋鍾子期。馬公思設帳，董氏久虛幃。罪積甘縲絏，淚紛比綆縻。出門徒彳亍，矢志各參差。家遠地難縮，愁寬天可彌。寄書憑塞鴈，解佩欠金龜。祇覺絲生鬢，惟餘肉在髀。囊空存兔穎，貂敝羨羊皮。心腹告山鬼，鬚眉照碧池。矮簷常抱膝，永夕獨支頤。縱爾貧兼病，幸無磷與淄。投林藏霧豹，入市怯人螭。魯國衣冠族，秦中豪傑兒。嵐烟五嶺遠，文藻六朝摛。鹿走看獒逐，鶴飛並雉罹。赤髭經火刼，鐵嘴試剛椎。君父恩罔極，死生苦不辭。求仁又何怨，質聖而無疑。智爲繁憂長，力因多難羸。形容雖已槁，精理肯教隳。文偃剩跛腳，香嚴無卓錐。但存乞食相，那用買山貲。托鉢望城郭，談經鬧邊陲。運頹知莫振，衲破尚堪支。濯足烏龍窟，洗腸白石湄。長江還淼淼，歸鳥正提提。梅塢懷方切，春塘夢獨稀。終朝勞短策，暗室拭長鉟。虹氣供吞吐，鯨波靜指揮。四維陰冪冪，兩袖冷颸颸。荒塚臥封豕，欹臺遊瘦貍。擡眸瞰廣漠，縱步陟厜㕒。涕吐牛蛇走，叫呼霹靂馳。東溟觀出日，北鎮讀殘碑。西岫哭義士，南鄰舞閼氏。乾坤仍自闊，陵谷儵然移。傾血倒三峽，招魂到九嶷。揭開王蠋面，喚起卞壺尸。膽但當空瀝，肝惟對佛披。怪思屠魑魅，險欲狎窮奇。幽意通巖瀑，閒情侶澗麋。崩崖搜朽骨，古廟索遺詞。僊客遇清笑，玄風布和熙。函關去莫返，華表來何遲。承露澆麻飯，燒檀煮玉飴。解將新布袋，剖卻舊藩籬。屍許從沙暴，車寧荷鍤隨。洪濤咒可竭，頑性法難治。屢過揚雄室，每逢安石棋。冰心互映徹，蘭味播芳蕤。交誼久已棄，遺文良在茲。艱虞深閱歷，遒勁共扳追。矻矻千尋石，汪汪萬頃陂。土牀容偃仰，緗帙任唔咿。古柏信孤挺，狂猿本不羈。雄談裂幘幅，妙句出鑪錘。驟雨催吟興，寒霜沁詩脾。分題多吊古，造意欲淩巇。殘墨堪同賞，新篇足自怡。桐枯未作爨，松實暫療饑。二子喜聽論，一錡盡成麋。且拋千載憾，相與片時嬉。小人應學圃，遺老亦敷菑。豈懟蜮能射，宜安命所施。管寧曾戴帽，尼父欲居夷。吾道信東矣，先生將何之。只聞囚羑里，疇爲獻雞斯。左氏三都貴，蘇卿五字師。傅巖築以版，渭水釣非羆。野蕨欣猶采，社蓮恨已衰。山東得李白，江左來桓伊。執耳爾胡讓，登壇衆所推。吹笙約子晉，擊筑邀漸離。異域留商哻，石人見漢儀。空城招舊帝，青草惜娥眉。騷續屈平怨，賦添宋玉悲。唱酬渾不厭，來往各忘疲。酒奈無貲畜，節應到禿持。雜心勿與人，拙目儘教嗤。此日亦常事，萬年定渴思。好將藏洞壑，何必勒鐘彝。取義戒傷激，懷刑嫌近癡。果能了性命，更莫問安危。鳳鳥徒鳴舜，龍圖只授羲。滔滔者皆是，蹙蹙若奚爲。世事詎難識，帝心可微窺。浮雲無終蔽，皎月豈長虧。盈則覆之兆，禍兮福所基。舉頭語諸子，毋自苦嗟咨。

贈遼陽陳令公十韻

聖朝恩舊里，孤客宦邊庭。官冷兼冰冷，身形似鶴形。升堂除積雪，編户補疎星。衣剪殘荷碎，廚炊野蕨馨。尋僧分鉢飯，對吏讀棋經。新市憑鴉集，重關畏虎扃。草荒連砌白，山近到牀青。采木探幽谷，弓田步遠坰。人貧惟有愛，訟少不須聽。立德存華表，書名在御屏。竚看寒磧上，丹鳳下天廷。

偶述二十韻

憶昔歲戊子，投荒自我初。舉頭多局促，那步獨躊躕。所苦非冰雪，相期在壑渠。主人法漸弛，賤子罪方紓。身首幸無慮，心神尚未舒。逢人強笑謔，暗地足欷歔。耆舊常分粒，高朋許借書。便將好日過，不覺數年餘。雙屐窮梵宇，盈瓢飽野蔬。飄飄無定止，處處得安居。衰病因無禁，孤貧益自如。偶然值老叟，招我入茆廬。塔外無諸響，瓶中有夙儲。殘編堆几滿，寒月映窓虛。雲密塵難入，山空夢亦除。以茲知足矣，何必嘆歸與。信口歌吟富，關門禮法疎。長林藏倦鳥，幽澗縱潛魚。寄問同流者，爲歡信有諸。皇仁應普及，天意豈私予。（以上千山詩集卷八）

甲申歲除寓南安

梅花嶺下小溪邊，寒盡孤僧淚獨漣。衲底尚存慈母線，擔頭時展美人篇。先皇歲月餘今夕，故國風光憶去年。香冷夜深松火息，萬方從此靜烽烟。

乙酉元旦

萬年新曆自今朝，兵氣都隨殘臘銷。龍虎山河開舊域，鳳凰宮闕集羣僚。波停海外來重譯，干舞階前格有苗。野老瓣香無別祝，簞瓢處處聽歌堯。

秋囈八首 乙酉寓金陵作

鐵騎飛傳海上音，彤雲靄靄幕秋陰。元戎已作檻中虎，黃閣空留井底金。半壁久添亡國恨，翠華難繫老臣心。獨憐白首商人婦，重撥琵琶淚滿襟。

日光暗淡鷓鴣寒，獨上牛車淚已湍。魏絳讀來成畫虎，文山到死願黃冠。鄉心未盡鼉聲急，陵樹先凋鶴夢殘。正擬招魂秋草裏，疎鐘微月夜漫漫。

露下霜殘冷碧霄，鄉心處處長天驕。雲橫淮海三千筏，風定錢塘六月潮。石虎豈能消殺伐，盧敖無計慰飄搖。何時重問峯頭侶，夜半吹簫過鐵橋。

倚杖逢人麈偶揮，風流還說舊王畿。赭衣少婦能騎馬，白面書生學打圍。是處烽烟迷笠屐，年來藥碗失芳菲。芰荷葉老虫聲切，惆悵家山未可歸。

美人家住白雲鄉，獨上高樓枉斷腸。丹荔剝餘蕉正熟，素馨開遍柚初香。人間何處尋黃鵠，夢裏分明見石羊。莫向鳳凰臺上望，秋風秋雨正茫茫。

翹首長空動晚颸，蒼梧一去失歸期。啼魂欲擬三更月，續命先傳五色絲。天壽山前雲漠漠，石頭城上草離離。傷心玉葉凋零後，猶剩天南第一枝。

涼月團團照遠空，荻花如醉蓼花紅。江湖無復藏鷗迹，天地何曾享馬醴。已見旄頭沉贛水，又聞大旆出秦中。只今五嶺無消息，望斷長干數落鴻。

長松千尺野烟迷，別館蕭條日已西。廿載功名歸夢蝶，五更風雨聽潮鷄。曲池涼浸桐花影，複道塵封御墨題。燕子重來王謝改，庭前芳草馬空嘶。

乙酉除夕二首

窮年于役笑狂夫，掩卻閒窓一事無。對佛不殊棲影鴿，懷人欲折渡江蘆。浮山夢裏梅難寄，鼙鼓聲中日易徂。今夕劇憐燈火冷，夜深空照幾僧孤。

小雨空濛罩遠天，愁心只在水雲邊。半生事業髩間雪，萬里音書嶺上烟。爆竹不煩驚旅夢，殘花留得伴枯禪。魚聲梵唄渾成淚，破衲蒙頭又一年。

丙戌元日顧家樓

多難還餘善病身，栖栖終不怨風塵。挈瓢戴雪逢遺老，著屐尋詩有故人。夜雨暫將山色改，年光又逐淚痕新。遥知鄉國東風早，花信憑吹薄海春。

丙戌歲除巵亭同衣白雙白方魯諸子

到處看山歲已徂，梅花點點怨江湖。南陽事業歸何地，東魯旌旗仰大儒。拜月盡瞻新面目，窺池不改舊頭顱。世間亦有閒于我，共向方亭伴結趺。

丁亥元旦昧庵試筆

每逢遺老即留連，病骨支離不記年。但有心胸還宇宙，更無眼目借人天。石頭幾度分鄉思，春色何曾到客邊。扶杖登樓閒一望，南山如舊涕空漣。

聞本師空和尚移錫閩中

華臺咐囑久相違，杖履何因別翠微。五嶺人天遮眼目，八閩風雨落珠璣。執巾若個還隨步，揮麈伊誰忽扣機。慚愧一枝寒塞外，黄沙白雪亦霏霏。

聞本師將來石頭

孤錫何天不可飛，遥知到處足歸依。願攜半面新神鑒，來照三山舊帝畿。風火大千生佛淚，水雲百匝雨花霏。瓣香拈起人皆仰，白月長邊一色輝。

寄阿誰

敝履曾將寄阿誰，平生端許阿誰知。破齋風雨三更話，亂世心肝萬古期。筆墨有神烈火刦，髮膚無恙大江湄。巫閭白雪巵亭柳，遺老孤僧夜夜思。

再寄阿誰

三百年來一老臣，蹁躚雙袖白綸巾。數莖霜雪留前代，半幅江山付後人。諸祖傳燈能共證，滿庭流水未全貧。遙知橋畔梅花發，極目寒邊欲寄春。

得友滄江南信

燈前忽接江南信，未拆先驚喜復疑。大漠到來三易歲，白門死卻幾相知。兩人心事六千里，片紙書題九月時。捧讀從頭親切語，一天冰雪見鬚眉。

寒夜偶成

日短無妨獨夜愁，氍毹布衲自蒙頭。白楊夢繞尚書塚，大石雲封仙客樓。霜氣正濃心匪席，鐘聲不遠月如鈎。更長任爾終須曉，能使沉沉萬古不。

歲暮雪中

四十風光一抹收，故鄉望斷歲如流。料因訶佛填冰獄，豈爲修文上玉樓。雪盡埋時偏得句，天當崩後更無憂。當年六載行難滿，殃及兒孫冷不休。

同諸子宿雪齋

冰天盡日塵縱橫，秉燭還教續笑聲。今歲眼看片影過，幾人身在一宵情。枕邊各自家鄉近，筆下何妨星斗驚。到曉定知饒別淚，土牀如水聽雞鳴。

偶感

天地爲圜山水囚，無絃一操亦拘幽。罽賓尚自容獅子，石虎真同狎海鷗。飽食更無思作佛，生還端不願封侯。請翻青史兼燈錄，亦有癡頑似我不。

聞浪大師主法鐵嶺

馬耳峯頭食蜜甜，長干花瓣又重拈。共經刼火三禪樂，分取曹源兩地霑。鐵嶺杖頭風日朗，天山衲底雪霜嚴。不禁鐘盡懷方切，寒鴈無聲月一簾。

聞遯庵鐵嶺監院

何人寒夜苦相思，猶憶臨歧贈一枝。百丈再參惟馬祖，慈明總院屬楊岐。出籠孤鶴摶風疾，穿市泥牛蹴月奇。鴨綠江頭頻斫額，好將消息寄邊陲。

寄茂之二首

髫年見爾蚤登壇，瓦鉢藜羹每共飡。兩世交遊情更切，七朝耆舊淚難乾。孤山未得林逋適，後學誰知范叔寒。料得歲殘吟倦後，鐵函偷啟避人看。

破屋殘書虎豹鄰，蕭蕭風雨獨相親。一時羣士推前輩，半世相交屬古人。幾食神仙終不飽，屢看兒女始知貧。冰天欲寄新詩卷，老眼應知淚又頻。

寄與治二首

亂後投交白板門，梅花香飯每同論。平生最苦人皆好，古道全凋爾尚存。客到定留徒四壁，詩成不厭倒千罇。世間那見清貧士，猿鶴沙蟲盡感恩。

一卷詩書動甲兵，烏飛魚逝海天驚。許多人士欣同死，費盡精神荷再生。書寄極邊看鴈度，影留孤壁共雞鳴。想當花發高朋集，獨少殘僧笑語聲。

寄與然師

半世風流薄倖名，蠻烟琴韻苦冰清。後門開處如花散，大廈傾時集杖横。一幅雲山通性命，四圍弓劍見交情。年來何地堪行腳，絕塞思君草履輕。

寄孟貞

石子岡頭共苦吟，交情老向水雲深。孤僧罪案横詩卷，伯氏遺詞發道心。婚嫁若完休賣賦，鬢眉白盡好投針。連年何限悲酸句，曾否招魂到海潯。

寄于皇

大風吹夢渺無垠，白鷺洲前彩袖貧。今古更教誰搦管，乾坤似未可容身。鐘聲屢聽寒僧飯，詩句時生山鬼瞋。好擬招魂東海畔，沅湘不獨没靈均。

寄澹心

木佛寒邊尚未燒，黔王宅畔夢相招。擡眸直可爍千界，揮藻真堪賤六朝。碎卻青衫天地裂，收回殘魄日星昭。鐵函珍重休沉井，那見黄塵徹底飄。

寄州來

頻年剝啄識相過，古寺寒泉笑語多。劍影千尋依佛火，書聲一半落江波。每當静夜聞花雨，祇恐雄心裂芰荷。遠磧有懷詩定苦，數篇莫遺雪兒歌。

寄今度

石頭舊社羨耆英，數載周旋世外情。繡佛放參貪米汁，素王遺訓足藜羹。中山華胄尊明道，五嶽靈衹笑向平。爲語諸郎拋紙筆，無災更不用公卿。

寄一門介直二法王

幾年白拂各横縱，垂死相看道味濃。人在石頭江月冷，詩從天半岫雲封。座前花雨三春夢，谷裏松風午夜鐘。二老有心原不繫，毉巫閭下想飛筇。

寄秭經

是知不可奈民艱，吴楚聲名苦未閒。須達布金爲續命，東坡解帶欲留頑。交情只在死生際，立德偏于雲水間。慚愧報恩惟一杖，好尋猿鶴步青山。

寄爾止兼訊元白彛仲

孤蹤如鶴筆如泉，抖擻奚囊淡淡仙。賣賦不酬兼賣卜，憂貧無計獨憂天。馬融名下玄爲首，荀淑筵中實最賢。想得團圞風雪裏，共斟白水奠寒邊。

寄文寺昆仲兼訊令姪

安世威名海嶼傳，龍泉雖失筆如椽。二難拮据尋灰燼，一代風流入品銓。枝上鵲巢驚虎豹，枕邊蠹簡剩神仙。東山屐齒須珍重，未了還須望阿玄。

寄徐氏昆仲

鍾山王氣散殘霞，猶向烏衣識舊家。義士肝腸才子韻，人間富貴夢中花。已知麟閣三秋草，何處青門五色瓜。珍重玉函天藻在，佇看溟渤又飛沙。

寄無傷 時遊粵中

瘴海南浮去杳然，相期猶在白雲巔。鄉情翻爲友朋動，古誼寧因歲月遷。箕子里中魂欲斷，越王臺畔屐將穿。羅浮邨月應無恙，未必梅花似昔年。

除日大翁同薪夷過集

如此年光去不辭，匝天陰霧約同支。因君父子團圞話，添我家山割絕悲。一樹梅花成異想，半壺冰水共交知。春風到底還來日，薄暮相看鬢已絲。

除夕別皈藏

明曉相逢隔歲期，祇爭一宿惜分離。論交死地情加重，定罪寒邊老不疑。愁到盡頭寧再換，頑深徹骨更難移。眼看歸路消殘晷，眄眄春來未可知。

除夜

又到邊庭歲盡時，孤燈空照兩莖眉。三年尚未餒豺虎，一息還將報我師。繞座諸山皆老宿，纔言大法已支離。歸堂穩臥不須守，榾柮燒殘冷自知。

辛卯元旦

雞聲雲集禮金僊，一搭袈裟淚獨漣。六載雪山餘業在，五家燈火極邊傳。疎星落落天將曙，宿霧重重日漸圓。自有瓣香人不識，萬年逢祝海東偏。

元旦有感二首

老眼未曾看曆日，如何歲歲在龍蛇。相逢知友休相問，不是賢人亦自嗟。舊臘堅冰仍匝地，枯枝殘雪尚開花。新愁又是從頭起，安得春風到海涯。

寥落家家惜曉春，朔風仍自覓孤身。恒河流水還生滅，冷磧飛沙無故新。西極龍顏心咫尺，南天馬鬣夢悲辛。眼看鯨海波濤細，猶可殘生見世人。

遙哭秋濤

雲淙一出人皆望，天宇頻傾勢莫收。若水擿唇無二日，文龍指腹定千秋。忍將禮樂隨身去，盡把心肝報主休。自有容臺遺稿在，長偕正氣世間留。

遙哭玄子

龍髯一墜恨身存，萬里崎嶇哭主恩。鄧禹未能追鄴下，秀夫終合殉崖門。詞林尚吐文章氣，沙磧頻招忠義魂。從此千秋滄海上，風濤怒捲血猶渾。

遥哭美周

一身許國氣無前，貢水波漫熱血濺。菩薩道窮皈馬革，孝廉船覆失龍泉。家餘老母西方淚，夢遶孤僧北塞烟。節義文章渾泡影，蓮鬚重結後生緣。

遥哭未央

飛雲頂上憶同遊，風雨相期苦不休。自向虚空明節義，何妨平等别恩仇。宰官忽現睢陽齒，祖道唯懸獅子頭。未了團欒他世事，白山黑水日悠悠。

遥哭巨源

方笻把贈大江濱，垂涕相看各愴神。我竄異方生亦死，君從前代鬼成人。西山雨過畫堂寂，南浦雲横古道堙。嘆惜舊遊誰復在，獨留雙眼哭高旻。

遥哭千里

甘露曾聞飲鄭平，肯教弱水隔蓬瀛。雲煙淡淡眉間見，佛祖明明指上生。看盡桑田松閣冷，拋殘丹竈筆牀横。三彭未絕身先死，點淚黄沙哭紫清。

薪夷暮過

日暮拋書叩我門，土牀呼坐禮無煩。士當縲絏非其罪，頑到袈裟不可言。已訝新篇凌屈宋，更參妙義指風幡。鉢中抖擻餘殘粒，帶雪連聲且共吞。

與薪夷同榻不寐

薄被難將笑語溫，枕頭如水覆仍翻。堅冰到骨兩條鐵，冷月來牀一片魂。夢趣屢從鄰衲乞，夜深好共老天言。雞聲忽聽休驚舞，只恐輕狂動佛尊。

北里過訪

出門大雪欲何之，僮僕無言瘦衛知。只在南郊三里外，定因昨日老僧期。帶圍那得留荒寺，詩句還能慰我饑。乘興不妨明又到，肯因無酒便攢眉。

招高一戴三同過北里喜刺翁春侯至兼訂後會

出門定向北郊行，半路招呼冷弟兄。羣鴈嗷嗷添鶴唳，幽蘭馥馥共藜羹。嗟予嶺海梅花夢，羨汝池塘春草生。薄暮曰歸重訂約，無過隔日足離情。

再集雪齋竟日

如何先遣朔風迎，未到驚聞斗室轟。三百年來剩一笑，幾千里外共餘生。弟兄冰雪交情熱，天地龍蛇老氣横。此日不須半點淚，且留佳話付邊城。

寒日偶成

懶殘獦獠一身兼，不合時宜我自嫌。荷葉飄零衣又碎，菜根嚙盡雪方甜。道心豈爲饑寒長，詩料偏于沙磧添。滿面灰塵雙涕凍，展開書卷向風簷。

同諸子集雪齋

此是邊城第一日，盧胡大笑即神仙。半收閒論歸燈錄，全采寒冰當綺筵。善謔支公偏墮落，能飛丁令忽飄翩。茆齋西去無多路，明曉同過話冷氈。

再集高寒還舍

一日已離又一日，蕭然斗室忽喧天。笑開絶塞三年口，吞盡寒儒半塊氈。冷冷牧牛諸衲子，紛紛跨鶴幾神仙。何人補袞詩篇富，攜得寒冰照骨鮮。是日北里攜詩卷至。

聞北堡三子爲僦主所逐

六朝遺藻屬三賢，纔得相逢又各天。及到極邊重被逐，縱貧徹骨不禁憐。溪頭漂母歸春夢，巖下刑人望曉烟。但願速來吾鉢在，一匙分取濕寒氈。

生日

當年墜地即嚴冬，怪得邊城霜氣濃。孺慕終身思墓草，君恩累代聽山鐘。摽鞋獨羨陳尊宿，飛錫真慚鄧隱峯。四十已過能幾日，一生心事倚孤筇。

諸子過集

幾人清曉問幽棲，喚起孤僧意自迷。到處宫牆皆牧馬，極邊瓶鉢尚聞雞。空談亦可閒消日，大笑何能數過溪。正好團圞愁别去，土牀依舊冷淒淒。

大翁再過

入門先索袖中詩，未出還疑句過奇。幾日夢思驚鐵磬，兩人心膽告毛錐。斵空祇恐傷天骨，霏屑時堪解佛頤。白水一巵忘久坐，童饑任怨得歸遲。

有懷

獸炭成灰冷鐵猊，孤燈木佛各淒淒。已聞嶺海傳烽火，翻怪邊城靜鼓鼙。沙爲雪鋪寒更遠，天因雲幕曉尤低。松枝歲歲皆東指，弟子于今卻望西。

過昌黎故里

曾貶潮陽路八千，潮陽山水仗公傳。誰知一片藍關雪，又伴孤踪遼海邊。佛骨偏能留世道，鱷魚今已遍桑田。當時空自三書重，此際應知識大癲。

踏冰過雪齋

尋風尋雪欲尋誰，北里先生睡起遲。千片凍雲沉地骨，一方清鑑照僧眉。草鞋易滑肌羸後，拄杖忽停詩到時。便使不禁死亦得，枯骸千古浸冰池。

讀雪齋新詩

到門白盡兩邊籬，獨擁半裘一見疑。半個孤僧連雪倒，數篇新句忍寒披。鬼當哭處予偏妬，血到漓時佛更悲。三日下來應凍死，早成一首哭冰詩。

久坐雪齋

蚤過疎雪掛雙眉，坐到斜陽兩不知。撤盡風顛寧作我，留將氣骨自教兒。一匙每節僧方餓，半晌無言句又奇。從此板扉無剝啄，便知托鉢到來時。

從雪齋歸

出門一步即相思，依舊崎嶇冷獨支。隻鴈負霜沙上至，時光公從堡中來。野僧將月杖頭隨。總來雪窖堪長往，那見龍津更不離。歸到柴扃閒未掩，啾嘈寒雀共論詩。

懷甦築

相思只在海之涯，共是飄流墊雪沙。到處談經吾有鉢，對天彈鋏爾無家。樹寒夜繞徒三匝，腹餓空捫剩五車。但願上蒼長雨粟，從今更不用天花。

得甦築堡中信卻寄

一紙新傳趁曉風，又添寒淚灑虛空。雪中一衲朋難共，飯後無鐘我亦窮。胥靡忍饑存海岸，武丁曾夢到關東。他年縱有圖形至，只恐愁多貌不同。

寄陳吳二子二首

天心邊色總冥濛，三子同來爾一翁。白眼欲枯重著雪，青衫已破又吹風。但將胸腹長留餓，未必文章好送窮。慚愧老僧餘舌在，廣長終不救囊空。

形容憔悴氣猶雄，攜得江濤過海東。天網既能羅野鶴，邊霜偏欲冷書蟲。已知筆競湘沅富，見說鍼兼秦越工。此地參苓原有禁，可憐文士術終窮。

再得甦築堡中信

不見音書已浹旬，卻疑孤骨付荒榛。黃壚暫放文章鬼，白社還留饑餓民。豈有信陵能醉客，只餘甘贅未嫌貧。菜根共咬消殘歲，竹杖柴門候早春。

再寄北堡三子

相看白晝擁寒衾，餓極方知天意深。但使常垂地主眼，安能更入野僧心。老猿或可招新社，黑月應當罷苦吟。此處尚留諸子在，何時煑雪一同斟。

聞何懷山延三子度歲

本是蓮花國裏人，黄沙此日暫羈身。維摩有室能容傲，須達無錢爲給貧。地下三良魂可贖，山頭二士骨猶鄰。何時雪底拈花話，方信穹廬别有春。

贈李錬師

偶爾相逢似舊知，匡牀共坐啜山薇。只應蝴蝶忘愁恨，莫向人民問是非。多病自憐餘鶴骨，愛閒無計掩雲扉。何時得遂芒鞋願，白日從君踏翠微。

贈苗錬師

年少如君早息機，冰霜爲骨羽爲衣。虎溪何可無修静，遼海依然見令威。幾看桑田添野夢，頻炊白石療僧饑。他時許共騎黄鵠，好向浮山頂上飛。（以上千山詩集卷九）

全粤詩卷七七五

釋函可 五

懷丁善甫

苦留短髮近如何，無地堪容掛綠簑。山月樓臺愁夢斷，江花兒女悔情多。幸存料自修文塚，憤死憑誰棄草坡。天外故人心未改，西風斜雨念殘荷。

懷梁漸子

嶺海于今信有渠，寂寥揚子病相如。國人已恐歌黄鳥，詩卷曾無寄白魚。馬革縱能饒瘦骨，鹿門何處隱柴車。他年得返皈龍洞，惟索窮愁舊著書。

懷梁非馨

廿年作客白門秋，辛苦還家短髮留。半壁又虚惟裂眥，匝天何處可埋頭。文章自合隨身老，貧賤除非到死休。絕塞忽思酬唱地，西湖有月大如甌。

李耀寰移家入關

除卻妻兒書一束，黄沙長揖去飄然。貲糧只在雲山裏，耀寰善繪，故云。肝膽全傾水月邊。回首幾人成白骨，入關半步即青天。愁心豈獨傷離别，不得從君雞犬仙。

佛歡喜日

慟哭慈悲古佛前，蟲沙猿鶴總生憐。繇來歡喜無多日，别有閒愁已十年。絕漠尚教留白晝，幽魂不獨滯黄泉。自除鬚髮傷心極，只恐西方淚更漣。

懷關起皋 予舊築庵于宅前湖上

十畝池塘百尺松，長橋曲曲度疎鐘。庵前月少孤僧影，堤畔苔侵野鶴蹤。佛手香殘凋木筆，馬牙烟冷墜荷蜂。只愁第宅皆新主，燕子歸來亦不容。

聞華首都寺真乘父子無恙

五百何年去不還，獨留父子守青山。洞雲竈冷飛黄蝶，砌草碑横臥白鷴。牛鬼已全傾世界，龍天依舊擁禪關。團圞莫説無生話，縱解無生淚更潺。

聞近盧守黄華寺寄示

三把枯茆必不堪，林間安得未燒庵。日斜尚自敲殘磬，葉爛何人啟舊函。松檜刼餘雲冷淡，芰荷秋老衲氍毹。城邊白骨溪邊月，一一從今好細參。

懷陳燓

長纓欲請戀荷衣，躑躅長途劍屢揮。親老有身難許國，天傾無地可扃扉。乘槎瘴海空相吊，謫戍寒邊苦未歸。朋好已稀鬚已白，不知何處奉慈幃。

賀大翁添丁

殘經猶在伴空籯，艱苦還添舐犢情。豈爲羶鄉留字種，又從戍籍注嬰名。數枝照雪堦前玉，一曲將雛塞上聲。墮地便隨離亂過，長成應得見昇平。

遊南塔寺

滿堂龍象肅威儀，絕漠仍存百丈規。金鐸自天開佛口，綠楊近水拂僧眉。儒門淡泊留遷客，梵宇淋漓讀舊碑。瓦鉢繩牀吾欲老，他年應見出橫枝。

雨中贈老翁

不知老翁有何好，大雨還令我到門。匪獨黃沙親佛子，每因青草念王孫。世人空自金銀死，似爾偏生藜藿尊。從此土牀留一尺，頻來禮數莫須煩。

懷梁弼臣

曾尋彌勒許同龕，分手人間便不堪。一木自難支半壁，三徵終不受華簪。雲山已破家何在，心膽還餘面莫慚。數畝荒塘天悔禍，尚期擕竹共雙柑。

九日

陰雲低壓殿西頭，僧老黃花對面愁。九日盡抛前代淚，十年深負舊山秋。繫囊豈解消羣厄，吹帽誰堪憶勝遊。幸有罪夫三兩輩，渾天冰雪定相求。

重陽集北里大雪

何須佳節亦招尋，此日團圞雪費吟。天外鄉關誰更遠，籬邊菊淚我彌深。一牀新句添秋色，數枕寒泉浸道心。趁此晚晴歸路白，棲烏未定響疎林。

喜藏主燕回

龍象天門蹴踏回，驚看屐齒遍莓苔。陌塵抖向關山盡，秋水擕將雲水堆。犬亦因人生氣色，塵緣對客共喧豗。長安半字休須論，滿汲清泉且一杯。

與甦築同卧敘昔

吹燈忽敘當年話，一卧長邊苦不辭。儒釋道同應共逐，君親恩重又誰知。樓頭鐘鼓胸中事，夢裏河山覺後疑。抵背夜寒頻坐起，探囊猶有舊毛錐。

聞詔不果

一面還留三面開，金雞空度薊門來。遺黎未死終懷土，多士雖窮幸不才。絕域半瓢仍雨雪，舊山萬里長蒿萊。無拘獨有深春夢，夜夜離羣自往回。

接與治書

平生相識滿天地，此日何人片紙來。數點淚彈浸墨跡，幾年夢去繞梅開。土田兒女終浮沫，文字心肝總禍胎。世事一番君已見，莫將白髮殉黃埃。

甦築新齋成二首

天邊仍舊一經傳，南郭新看結數椽。剩有白雲來席上，隨他綠草到窗前。詩篇不數開元後，茶椀還書嘉靖年。但使主人能愛客，何妨竟日共留連。

不離城郭亦孤村，白板青袍道自尊。半掃泥牀延水月，別從竹簡得朝昏。初心未遂天何問，孤骨惟憐我共存。策杖相過剛咫尺，對君豈直爲盤飧。

贈陳子

長齋無復酒爲名，累月相依老弟兄。每以笑談當佛事，又從水月見交情。朋當死地如山重，儒到寒邊似葉輕。南塔主人能愛客，暫將白日付棋枰。

五月十八日接本師和尚示札

五月天山鴻鴈回，披衣三拜寸椷開。一條椰栗欣猶健，萬里鄉關嗟已灰。座下半成忠義鬼，峯頭空剩雨花臺。人間自是浮雲過，簷雀風鈴亦助哀。

憶麗中法兄

闊别何年思杳茫，一聲孤鴈鴈淚淋浪。想當亂極悲親在，共愛恩深見國亡。書信竟無通遠塞，烽烟曾否到禪房。舊時相識多新鬼，祇恐身存已斷腸。

即事

吳楚東南舞白題，庾關安得一丸泥。三岔河畔羝難乳，五石城中馬又嘶。血浸花田新鬼鬧，書傳沙磧老猿啼。何時重踏曹溪路，祇恐禪宫草亦萋。

得博羅信三首

八年不見羅浮信，闔邑驚聞一聚塵。共向故君辭世上，獨留病弟哭江濱。白山黑水愁孤衲，國破家亡老逐臣。縱使生還心更苦，皇天何處問原因。

莫怨穹蒼太不仁，萬方此日總成塵。恩深累代心何憾，命盡全家淚又新。殘日沉山猶望旦，落花辭榭永無春。尋思最苦身仍在，黯黯風沙愁殺人。
長邊獨立淚潸然，點點田衣濺血鮮。半壁山河愁處盡，一家骨肉夢中圓。古榕堤上生秋草，浮碇岡頭斷曉煙。見說華臺雲片片，殘枝猶有夜啼鵑。

憶耳叔弟二首

抱病多年苦未瘳，那堪煢獨一身留。黄沙萬里休余念，白骨全家賴爾收。舊閣遺編魚腹飽，空天落月鴈聲愁。相逢恐是他生事，極目鴒原淚自流。
黑雨屯風折紫荆，生離死别不勝情。尚書塚上憑誰掃，逐客天邊恨未烹。先代箕裘應棄置，故園狐鼠任縱横。從今好把袈裟搭，長禮無憂古佛名。

遣愁

歎息人間刼盡灰，惠州天上亦荒萊。只拚如此家聲在，無可奈何笑口開。是處總堪埋骨地，從今不上望鄉臺。漫言出世除煩惱，悟到無生覺轉哀。

皇天

皇天何苦我猶存，碎卻袈裟拭淚痕。白鶴歸來還有觀，梅花斫盡不成村。人間早識空中電，塞上難招嶺外魂。孤鴈乍鳴心欲絕，西堂鐘鼓又黄昏。

贈潔之

我亦頭陀繫遠邊，羡君來去自飄然。衆生投虎婆心切，隻杖如龍俠骨堅。鴨綠波横杯再泛，燕支雪盡履將穿。故人白首詩篇足，趺坐還同嚙舊氊。

接元白書物卻寄 來書云從武人手購余小影

天涯珍重數行餘，問道何因到瞎驢。得罪以來全喪我，一殰之外總由渠。弓刀市上收殘影，風雨樓頭簡舊書。見説江南無所有，一枝猶得寄巫閭。

與治書來言爲徐氏田累寄慰

今時誰復免憂虞，幾度書來歎力痡。畫閣已空搜白屋，小民欲盡索窮儒。多情自合爲身累，徹骨惟應與道俱。無食無兒非汝恨，殘氊猶可學雙趺。

悵望

蒼狗白衣瞬息中，况聞五嶺滿刀弓。親朋敢望今誰在，城郭應知到處空。蘇子堤邊屍藉草，越王臺上鳥呼風。縱令萬里餘殘魄，那得音書到海東。

寄雪腸

曾向江頭見苦吟，隋堤風雨獨相尋。生來鹿豕山中性，死卻鴛鴦水上心。白髮庭闈留彩袖，黃沙天地裂青衿。如何問道長邊戍，血滿袈裟月滿岑。

懷薪夷

長劍蕭蕭短後衣，平生一諾去如飛。千人性命天何惜，壯士心肝淚亦揮。狂態豈宜依輦轂，孤身無復訪庭闈。邊風寂歷添愁思，秋月圓時望爾歸。

再題甦築齋

案有乾螢筴有魚，風來恰受半窗虛。一時差勝蘇卿窖，千古應傳揚子居。禾黍已深妨遠目，兒童屢進授新書。生涯只此聊終歲，更有何門好曳裾。

偶成

中原無地可容身，塞外還生有道瞋。世惟欲殺稱知己，我亦自嫌真罪人。半榻日光還是睡，一瓢詩句未全貧。鄰翁頗怪癡呆甚，飯熟時招喜過頻。

咏蠅

白拂頻揮去復回，炎蒸無計避涼臺。赦文不見青衣報，病骨先煩吊客來。苦抱兔尖酣墨汁，願隨驥尾絕塵埃。眼看七月秋聲急，滿塞霜飛爲爾哀。

贈楊濟明

共是孤身海上山，燕支一去不知還。鴨江已作鴛鴦渚，翠幙仍同虎豹關。桃李種成花更爛，詩書典盡粒方艱。不禁更聽琵琶怨，碎卻青衫淚點斑。

遥哭筆山

記得梅花各一篇，暗風吹骨淚如泉。幾年白下予同宿，萬丈黃壚爾獨先。總爲江山能短氣，曾因病難學逃禪。相逢一笑無難事，只恐閻羅亦有邊。

遥哭羣玉

客舍無人促膝時，傳燈勒鼎總相期。早知一世心歸夢，恨不當年革裹屍。殘墨尚多留白下，孤魂應去到峨嵋。還思患難君偏切，夜夜天山帶雪悲。

頭

一個頭顱我自題，硬如巖石賤如泥。藁街亦可懸皆見，漆器何妨飲便迷。磕破人間佛祖小，伸將天外日星低。衹今暫把枯茆蓋，休怨黃沙踐馬蹄。

答

積刧逢人莫肯低，最宜強項白猶棲。幾乎爲爾成仁別，幸不同伊認影迷。獅子已將償宿債，嚴顔何惜擲淤泥。從來羞比毘盧頂，除卻朱衣任品題。

眼

湛如秋水大如箕，何事年來血亂披。爍破三千塵數點，閲窮萬卷電交馳。幾人世上休教白，片石山頭尚可垂。此日風沙吹滿面，幸留冰鑑照雙眉。

答

千個何曾羨大悲，通身皆是頂門奇。勘殘佛祖難留髓，看到人民便皺眉。百刧春光寧轉瞬，兩行寒淚每交頤。嵯峨石壁幾穿破，笑殺西來碧眼兒。

鼻

端然嶽立在中央，當面逢人絕覆藏。世上共推能作祖，夢中元不羨爲郎。聰明久讓安無事，定靜唯聞戒有香。莫爲此時難盡掩，故教寒塞齅清霜。

答

上天無臭卻相忘，穿拽從人也不妨。舌拄梵宮甘自下，眼澄巨海列于旁。居亭最愛芝蘭室，空洞終爲螻蟻鄉。一息不來天下事，任他蝸角逞豪強。

耳

此方惟汝選圓通，順逆都忘信朔風。不遇神堯休用洗，再參馬祖卻教聾。繁聲若逐同流轉，本寂纔趨又墮空。謾說返聞聞自性，琵琶哀怨珮玲瓏。

答

曾聞大呂與黃鐘，莫厭巴歌調不同。雪後木人深話月，墓前石馬亂嘶風。聲從隔壁釵環墜，聽到無絃山水空。音響不來吾不往，十方擊鼓自蓬蓬。

口

多言多敗爾惟辜，舌在徒然吻欲枯。吸盡西江波正淼，說窮大藏字元無。三緘不受金人戒，午夜時同望帝呼。嚙雪吞氈知味後，肯將鐘鼎易秋茶。

答

千家一鉢亦良圖，王膳雖逢味不殊。只把笑言當大斧，虛傳咳唾落明珠。雎陽抉齒萬年白，若水撾脣兩片朱。舌上縱饒蓮十丈，于今用得半毫無。

手

萬里空拳出塞時，一枝竹杖不相攜。翻雲覆雨看人世，運水搬柴學祖師。龍藏搜窮没可把，鳳樓修就亦奚爲。只今兩肘捉襟見，黄葉拈來誑小兒。

答

靈山會上撚花枝，金色頭陀也不知。指月幾人能舉首，捧天乏力自支頤。空談盡日猶捫蝨，狂夢無端欲截螭。豈有神方懸肘後，卻思到處起瘡痍。

腹

空洞曾無一物遺，君親兩字尚撑支。陳公但指知難改，蘇子時捫不合宜。二酉裝來寧剩滓，八紘收入只餘悲。年來漸覺肝腸冷，澆盡長邊雪幾巵。

答

銷盡精神獨裹癡，只今猶自累人支。松生久絶三公夢，薇採還留二士饑。書卷拋殘曾用曝，山雲遇著便堪披。最嫌一點惟明白，飲淚吞聲只自知。

足

蕭然兩隻草鞋輕，肯向如來行處行。踏碎神州無剩土，踢翻靈鷲敢容情。卞和不泣原非玉，孫子雖臏莫論兵。多少名山存未得，又隨風雪到邊城。

答

與我周旋一世情，無煩劍履夢中榮。剛錘亂下骨孤抵，好月能來屣倒迎。列子御風嫌跼蹐，雲門跛腳發鏗轟。年來暫把冰霜踐，歧路何時可蕩平。

身

白雲只合住青山，一出青山便不閒。夢幻了知無大患，苦甘嘗盡信多艱。陋形豈羨麒麟閣，短策真輕虎豹關。世上滄桑原瞬息，更因何事淚潸潸。

答

明知旅泊在人間，刀鋸從他只有頑。直到極邊方徹骨，得逢好友便開顏。百年怪事空中電，一片孤情海上山。但使五燈能續燄，玉門何必願生還。

心

吟到先生不可名，一鈎新月掛三星。破顏自此成多事，斷臂徒然卒未寧。魔佛揀開知夢幻，賢奸混合亦頑冥。只今面目歸何處，大雪綏綏下朔庭。

答

無可酬君君漫聽，全超寂寂與惺惺。黄頭碧眼渾難見，白牯狸奴賴獨醒。代代宗傳燈上焰，重重華藏水中萍。未來過現何從得，雲滿峯頭月滿瓶。

自挽二首

腸付饑烏肉付泥，勿爲厲鬼鬧東鞮。寒冰熱鐵家常飯，馬腹驢胎爾穩棲。心大不須皈淨土，骨殘幸免夢中閨。纖毫鋭氣銷難盡，祇恐長天化作霓。

世界三千任所之，林林何處不生悲。一枝竹杖知難帶，萬頃愁雲依舊隨。定上鼎湖新鬼泣，旋歸庾嶺小兒嬉。多年已是冰霜慣，莫畏寒邊苦欲離。

讀宗尉寄戴子書有感

隻字翻令百感增，看君直欲上雲層。世間乃復見朋友，塞外只今餘病僧。孤骨抵窮千丈雪，北風吹老一枝藤。不須重問長安日，收拾殘魂臥佛燈。

寄贈宗尉

此道于今竟莫論，當年鮑叔幸猶存。氣傾渤海潮頭水，手挽陰山雪底魂。白草尚多纏野恨，黄沙無計借餘暄。人間豈必奇男子，肯惜春風散五原。

至前一日同諸子過雪齋因聞再舉子

相攜莫怯曉風吹，盼盼天回一線期。田到荒年偏種玉，松于雪際更生枝。因多男子嫌多累，不願公卿但願癡。團坐竟忘寒徹骨，敲冰共和洗兒詩。

同諸子過壽大翁

邏娑殘魄又重圓，霜散冰丸貯瓦盤。春草有詩康樂老，白蓮無酒遠公寒。世間應厭長生苦，坑底還餘盡日歡。卻憶去年歌笑續，漫漫何處淚孤彈。

辛卯生日

冷山流遞幾經年，此日看身益惘然。瓶鉢無心隨積雪，松楸有恨抱終天。裂裾欲續西征記，破帽長歌正氣篇。自笑出家餘習在，人間斯道只如綫。

壽甦築

不厭人間水半巵，獨將枯杖問鬚眉。雞窓冷淡存餘雪，鹿野荒沉出別枝。歌滿關河聊當哭，食殘鐵石好支饑。舊時閒夢應頻見，卻恨殘年歎未衰。

賀弘甫三首

燕支千丈赤雲生，寒谷珊珊響珮瓊。彩筆翻將琴瑟譜，金笳吹作鳳凰聲。香籠寶馬星方爛，雪映長蛾山更明。鄭監圖中添五色，春風連夜入邊城。

玉面珠纓金作韉，桃花如陣錦城圍。堂前已見垂垂老，枕上休歌緩緩歸。釵釧全沾邊雪冷，羹湯應進塞酥肥。龍庭亦是神仙窟，燭影雙雙舞彩衣。

寒冰四面照芙蓉，貂氅新沾香霧濃。黑水竟通星宿海，白山化作丈人峯。鸞飛未覺三邊險，鶯語何妨九譯重。之子之來誰最望，解將雜佩禦殘冬。

懷區啟圖

三代論交有幾人，十年不見轉成塵。肯將白眼看他世，無復青山置此身。隻字俱堪存梵篋，五燈終恨誤儒紳。訶林舊社知荒草，雪滿關河淚滿巾。

懷鄺湛若

雨雪彌天卻憶公，鄉關無路問冥鴻。行藏半在梅花裏，事業空歸楮葉中。已恐鬚眉能作祟，只疑筆墨化爲虹。此身不共滄波去，更對何人理舊桐。

喜我存病間

病來方覺一身孤，未死翻令轉鬱紆。被薄每勞風繾綣，道窮爭怪鬼揶揄。枕邊殘卷供饞鼠，壁上幽燈照腐儒。但使昨宵餘喘盡，遊魂應到舊山隅。

得姚雪庵書

暮鐘破寺逢君處，瓦鉢浮橋乞食歸。別久不知生與死，書來三讀是耶非。鵝城細雨懷孤衲，鴈磧殘魂憶下幃。見說弟昆齊向道，何年同掩舊山扉。

得光半雪盛二公書

曾隨花雨即分裾，共效楊岐力有餘。一夜幾深塞下雪，十年纔接嶺南書。菩提壇下心難了，苛子林中月久疎。聞道瓊崖鞋踏破，不將沉水寄荒居。

讀左公徂東集

秋風一見淚紛披，可奈重歌出塞詞。百濟河山愁到處，三韓文獻幸今茲。屈平既放天何問，杜甫無家別有詩。方信當年身不死，千秋斯道已如絲。

步左公贈韻二首

萬里相逢水一杯，鬚眉霜積面生埃。草鞋已破趙州老，布帽新成管子來。漠漠寒雲沉大野，紛紛荒雪落空臺。幸餘古道照顔色，狼藉床頭書作堆。
堅冰堪嚼佛堪燒，久矣無心問市朝。骨冷自應投大漠，月明猶故照今宵。蘇卿杖節寧終海，韓子留衣尚在潮。溝洫未填吾與若，空荒天地可寥寥。

贈馬居士

曾向山陰道上行，逢君兹夕淚俱盈。吞氈應獨憐蘇子，滌器何人識長卿。半局閲窮田海事，一壺消盡古今情。還期禹穴同探去，亂石寒雲拚此生。

贈李居士

余家東越子西秦，沙磧論交亦舊因。白雪噏窮方有味，黑貂敝盡不知貧。虎溪屢過成三笑，麈柄頻揮碎萬人。一卷南華堪卒歲，任他滄海幾揚塵。（以上千山詩集卷一〇）

余與大來甦築俱生殘冬感而賦此

肯從斯世問窮通，千載應知吾道東。延齡共向蠹魚窟，立命全歸磨蝎宫。不堪死地論生日，何意今人見古風。異姓篪塤原匪偶，胚胎冰雪本來同。

大雪宿白塔寺靜公禪室

浮屠殘鐸舊朝遺，扶杖何須夙有期。雪裏敲門僧定後，松間振錫鶴歸時。一爐芋火三更話，七箇蒲團百丈規。壁上燈微鐘鼓寂，寒襟如水自應知。

再宿靜公禪室

城邊猶見未燒庵，重扣柴扃夢正酣。畏客不除當路雪，采薇常帶遠山嵐。漫拈黃葉爲清供，再剔殘燈續夜談。半榻颼颼寒共被，枕頭惟有舊經函。

三宿靜公禪室 春前一夕

一度相逢一度新，踏冰捫雪不嫌頻。暮烹野菌忘僧律，遠插疎籬隔世塵。白麈揮殘寒塞月，黃雞叫徹法堂春。從今半席長虛待，到此應知無別人。

得寒還札 因聞薪夷歸里

敢向寒邊歎索居，衰殘難執化人裾。曾同一窖終憐雪，已到中天卻寄書。生死既分情倍切，去留雖異罪仍俱。竹林未便成荒棘，珍重逢人莫謾歔。

同諸老夜話

枯藤到處撥荒萊，誰遣刑餘老孖來。卻怪少林空面壁，漫傳北海亦浮杯。談深氈帳三聲角，坐老寒爐一寸灰。窓外雪花飛片片，莫將消息問郫梅。

辛卯歲除

遼東何以送殘年，自汲寒泉奠昔賢。子慶掛冠甘永遯，幼安坐榻久將穿。幸餘坑燼分僧鉢，不少山癯問法筵。誰道西來真有意，漫拈白拂豎空烟。

除夕懷諸子

亦是尋常朝復夕，何當茲夕倍愁予。莫將爆竹驚窮鬼，只合燒桐煮白魚。朔雪自能填客夢，春風無望到吾廬。可憐年盡寒難盡，土榻斜眠枕破書。

壬辰元旦

起起今年恰在辰，罪夫幸不是賢人。堂前鐘鼓龍天會，被底冰霜骨肉親。兩點尚餘隔歲淚，五更曾夢度江春。龍庭色色還依舊，獨有閒愁一片新。

元旦大雪同甦築賦

昨暮行過已隔年，相將長揖謝高天。似憐窮佛添花雨，肯爲寒儒鋪白氈。權作江梅當折贈，漫敲石火任烹煎。饑腸宛轉澆應遍，又是賡酬第一篇。

南塔結制

堅冰漸解柳初黃，鈍斧誰將劈巨荒。但任疎狂留本色，不妨粗糲是家常。千羣龍象歸華表，萬里風沙建寶坊。幾向棒頭明正眼，混同依舊浩茫茫。

聞大來爲假僕所刼

殘編猶可度朝昏，四顧應知天意存。窖底未容留點雪，枕邊依舊剩空罇。寒當徹骨詩方富，窮到盡頭道愈尊。獨有老僧愁更劇，從今托鉢向何門。

聞同難民爲虎所食

何須今日方憐若，一度邊關即鬼門。身死不煩蠅作弔，年凶惟見虎加飧。只愁老瘦重遭斥，但免饑寒亦感恩。白雪一杯魂未遠，料應笑我骨猶存。

聞耳叔弟盡節

大旗吹折海風寒，未了孤心骨已殘。遺訓在茲寧有憾，浮漚于汝久無干。原鴒血盡生逾苦，池草根鋤夢亦乾。見說覆巢餘卵在，呱呱何處夜漫漫。

答順天師

夢裏冠裳付刼灰，衲衣趺坐冷雲堆。懸崖有鳥銜花下，隔水何人問字來。斷碣遠搜箕子墓，破鞋羞蹋李陵臺。相尋不爲鄉情重，白拂交横笑口開。

白蠟梅花 侍者以白蠟爲梅花作供，色韻酷肖，晨夕對之，不啻身在故鄉，賦此誌感

十年負卻舊山期，絕塞誰拈此一枝。有骨莫愁冰雪沁，無香休惹蝶蜂疑。魂飄萬里村俱幻，夢到三更月共知。最好不關開落事，樓頭玉笛漫孤吹。

千山偶成

枕石欹眠覆短松，到來時有鹿麋蹤。邊愁浣盡山山雪，鄉夢敲殘夜夜鐘。一鉢野蔬消不了，半龕寒月幸能容。故人相憶如相問，只恐攜雲過別峯。

李公初度集洪福庵爲陳氏披薙時重陽後一日

昨日登臨笑語親，今來又恰趁芳辰。採將菊蕊猶堪獻，贖得蛾眉始是貧。滿院鐘催新佛子，一天霜罩舊詞臣。老僧不及籠中鴿，仍帶寒雲繫海濱。

步韻和李公自壽詩

偶然一現宰官身，勳業從今問野人。半局乾坤能共老，一罇賢聖欲偕春。木天殘夢風吹盡，白板深秋杖過頻。謔語狂歌俱可紀，世間除此即非真。

大翁招同觴李公

行過竹杖自忘疲，霜滿袈裟酒滿巵。籬下又多一日樂，爐邊何必十年期。談深不及人間世，禪喜時

添袖裏詩。二老孤僧成底事，夜寒燈火漫敲棋。

李公贖陳氏爲尼三首

學士行歌績婦迎，驚回春夢起鄉情。解將腰帶文犀重，添得空門水月清。雲鬟已隨秋霧散，舞衣應逐雨花輕。翻憐塚畔青青草，不及紅蓮磧上生。

淨洗鉛華迴不羣，袈裟新換石榴裙。幾回賣鏡凌寒雪，何意開籠見白雲。撥盡琵琶鳴曉磬，翻殘貝葉惜廻文。十年抱志今方遂，多少鬚眉得似君。

不是流人淚亦横，夕陽荒草訴中情。自拋家國甘心死，竊比冰霜徹底清。玉塵柄邊紅粉淨，孤鸞鏡裏白毫生。從今喚醒梨花夢，收拾殘魂禮佛名。

過李公寓同錫侯夜話

半間茅屋古皇前，石火燒泉話舊緣。冷月高懸居士榻，暗風斜吹孝廉船。挑殘燈碗鐘來寺，敲罷棋枰雪滿天。共臥片氈拳作枕，布衾如鐵夜如年。

雪夜懷李公

鐘盡燈微擁破衾，長宵獨雪伴枯吟。泥牀白滿予方臥，竦壁寒飄爾莫禁。都尉已明三老意，鄴侯未了十年心。何時日出消殘窖，洒作人間遍地霖。

和謙受始見塞雪詩

寒天難曙角聲催，被薄風停雪又來。窖臥六年僧已老，窗飛數點客方猜。乍如浪濺錢塘月，安得香飄庾嶺梅。賦罷不妨乘興過，撥開糞火倒殘杯。

聞錢君至尚陽堡死

相逢不禁淚淋浪，忽訝音來我自傷。一片心肝還日月，五更風雪裹文章。黄沙隨夢歸香閣，白水招魂入寶坊。莫爲中原難側足，故將殘骨擲龍荒。

播船堅辭大法招相隨乞戒喜示

不向天龍會裏尋，空堂丈草漫沉吟。田衣獨耐長邊冷，鐵笛横吹太古音。金色何妨三度舞，神光又見一腰深。了知處處笙歌滿，休悔從前錯用心。

乂虫作麼二子歸海州有懷

槖筆經年意未窮，芒鞋緊峭任西東。星文已見龍津合，電影終憐冀北空。瓶貯天山山畔雪，錫飛遼海海門風。何時擁毳團圞話，坐數寒更榾柮紅。

病歸承李公以詩見訊用韻奉答

一從出塞骨先殘，扶病歸來怯路難。寒雪有心依破衲，枯腸無力進朝飧。呻吟亦可參清梵，詩句真同續命丹。自是故人情獨切，此間誰復問袁安。

步韻和麗大師寄懷詩

艱難百折兩人同，舊話峯頭願不空。佛似一家傳世業，天教五國大門風。此心肯共滄波去，片紙長留朔雪中。萬里遙遙情脈脈，嶺雲邊月望何窮。

弼臣病阻白門兩次寄書並詩因成二章兼次其韻

驚傳一紙到遼陽，舊國樓臺種白楊。我友盡亡惟汝在，而師更苦復余傷。孤舟卧老長干月，破衲披殘大漠霜。共是異鄉生死隔，西風吹淚不成行。

兩度書來僧正眠，石頭仍繫孝廉船。交情尚擬還鄉曲，病骨先殘出塞前。舊閣遺經難可問，覆巢餘卵復誰憐。幸留花雨沾新塚，始信雷峯別有天。

高含章出塞訪友

拂袖離家出玉門，故人何處骨應存。長邊自爾無艱險，異姓于今有弟昆。覓窖已捫千嶺雪，招辭兼得一僧魂。殘氈欲盡難分供，春老荷鋤掘草根。

遊香巖寺 時諸老重建，謀迎空老人同麗大師

千峯頂上香巖寺，積雪何年古道堙。航海尚傳元學士，登臺空揖石仙人。寶幢雨洗燈方續，禪榻雲

封草漸新。佇望雙飛天外錫，寒邊早布十分春。

送明藏主同大莖屍林二子南行

南詢萬里雪風乾，拄杖如龍路不難。欲向曹溪掬香水，好從長慶禮蒲團。刺桐花底分麈影，荔子枝頭乞烏殘。想得別峯相見處，定應先問塞兒寒。

因事似我存

金石谿來未易論，多情翻怪別疎親。傷心此日棄如土，絕漠相看賸幾人。幸以艱難存道味，何妨怒駡爛天真。胸懷但使同空水，始信天涯必有鄰。

贈陳令公二首

鳧飛出塞及春晴，望見前驅老鶴驚。學道定知君子愛，受廛俱願聖人氓。錦囊尚帶花香氣，竹馬還添水月情。草昧經綸文事重，行看大窖起歌聲。

本是雙林大士家，來尋丁令問桑麻。琴聲冷遞沙邊月，雪瓣閒飄縣裏花。虎豹挐兒初度水，人民連雨盡隨車。大荒到處應犁遍，一鉢從今莫浪嗟。

同甦築謙受夜坐

似我安能不極邊，何堪二子亦如然。路遙自愛親鄰盡，世難同傷祖父賢。只恐冥冥僵雪底，故應數數話燈前。乾坤刀斧予無恨，生死文章各勉旃。

寒食偕諸子訪苗李二鍊師歸見木齋留詩同賦

杖頭安得紙爲錢，漠漠風吹寒食天。野哭又添沙上鬼，暮歸因問洞中天。騎驢人去空留句，坐客牀餘未嗑氈。三輔遥傳榆柳盡，何須待禁久無烟。

風雨懷我存

肯教一日不相聞，風雨蕭蕭咫尺分。鄉夢久殘思轉劇，硯田漸熟恨方殷。抛書乍可尋黄鵠，陟屺無勞望白雲。桃李成蹊春已老，爲君何事淚紛紜。

送高含章

故人一見即回程，萬里風沙兩屐輕。袖裏新詩惟獨咏，匣中長劍莫教鳴。翻憐野鶴無高舉，誰信冥鴻有至情。歸去不須重記憶，天山積雪夢猶驚。

喜貴庵托鉢回

鎮日相尋屐齒頻，經年始見意逾新。一瓢尚帶書生氣，兩袖新攜上國春。看盡空花曾可摘，探窮寶藏總成塵。故鄉田地從來穩，不到無錐未是貧。

浴佛日壽陳令君二首

蕭蕭匹馬度龍荒，翹首真同白象王。冰雪尚酬文佛債，梅檀新浴令公香。盡銷兵氣爲農具，好借僧瓢進鶴觴。卻笑河陽空滿縣，曇花一朵現遼陽。

現身仍是舊王宮，荒草頹垣不厭窮。戶口疑從兜率下，威儀尚與漢官同。量晴較雨推新政，翻貝尋僧本素風。雲水滿堂春滿野，樂郊今在大關東。

唁

燈前雪底亦空言，寒淚無端濕五原。大道翻嫌諸聖淺，奇情難與老僧論。平生最苦肝腸熱，今日方知裘馬尊。不是唁君惟自唁，悠悠終恐骨孤存。

即事似大翁木齋謙公諸同志二首

心比蒼松化石堅，迷盧卻被一絲牽。蠅頭盡是英雄塚，牛後須防牧豎鞭。只此鬢眉何可賣，任他溝壑儘堪傳。幾人絕塞身還在，忍使殘僧淚獨濺。

今古蹊來夢幻中，書生端合置鵝籠。已聞越女興勾踐，難把銅山鑄鄧通。蟲死斷編終不惡，門餘積雪豈真窮。人間何貴有朋友，到此憐予道未工。

同謙公談

我亦流民爾似僧，半牀明月半牀冰。既同患難聊相共，常恐肝腸未可憑。天外幸能留破衲，世間豈盡喪良朋。談深舌冷書爲枕，肯負中宵一椀燈。

偶成

寒燈一點暫相親，除夢都應不是真。開口後來皆作聖，蓋棺前此莫論人。鬼神未到須防獨，涓滴雖微便溺身。縱死定令天亦見，肯教風雨暗青燐。

冒雨訪木齋不遇

草團風送鴈歸聲，孤負春深雨未晴。戴笠獨行韓大伯，到門不見李先生。若非策蹇尋花笑，定是攜詩倩鶴評。爲語小童多汲水，明朝清曉待余烹。

贈赤公五首

幾年遼海自依依，華表驚添一鶴飛。瓶鉢已非形更瘦，鬚眉猶在事多違。長邊無地容行腳，盡日微天幸掩扉。韎韐未裁磨衲破，夢中還著老萊衣。

願遍三千塵任揮，到來况是舊王畿。亦知冰雪皆恩澤，誰道雲烟省是非。闕下已聞鐘鼓遍，海東猶待雨花飛。天龍翹首余多病，從此焚香老翠微。

滿磧寒風奈若何，逢人強自笑還歌。杖挑百斛燕支雪，瓶注千尋鴨綠波。高座不妨羣部擁，窮途真恨一身多。近來分衛逢時稔，敝緒泥牀亦好過。

獅子曾聞住罽賓，如空何必問前因。霜連白草開荒後，日射黃金布地新。舊疏未焚藏衲角，長歌應悔雜京塵。當時妙喜交遊廣，書到衡陽有幾人。

而師亦是嶺南人，共棹曹溪意自親。罪過彌天予作俑，饑寒到死汝爲鄰。生成枯骨非關病，剩有空瓢不道貧。何日玉門通一線，願隨高步抖邊塵。

喜文玄參方因請藏回

江北江南是舊遊，猙獰如虎靜如秋。去攜隻杖同黃鵠，歸擁三車盡白牛。五位諸方俱已厭，千家一鉢更何憂。從今收拾西來意，屋裏青山好白頭。

寄大翁

幾年何日不相見，相見應知各有詩。公到苦吟予獨賞，余當狂叫汝深悲。尋常只道窮邊事，隔別應生靜夜思。始覺寒冰良匪偶，千秋萬古有人知。

寄昭公

莫怪崎嶇出塞行，猶將貝葉伴餘生。茆堂獨喜留山野，楓陛能無憶老成。浮世謾論千古重，蒼生甚切一身輕。關門不日牽雛去，會見聯翩彩袖迎。

寄乾公

挈杖尋君君未歸，君歸余又掩山扉。身閒未許長看劍，露冷何須短後衣。歎息三良身莫贖，經營半畝事仍非。低頭且就衡門下，靜臥西風待曉暉。

寄龍公

未曾相識即相思，咫尺寒雲阻晤期。青瑣夢回霜正滿，蒼生感極淚俱垂。敢言又見同人至，此念終當聖主知。見說長安書一紙，浮沉莫使恐山麋。

寄雪公

驚騎羸馬度荒巒，風冽衣殘獬豸寒。面帶天山懸洞雪，氣分巫峽瀉秋湍。四愁賦就教兒讀，五葉參來把劍看。直待丹青高閣後，好攜孤衲笑飛鸞。

寄甦公

春風一別年將盡，相憶空傳半截詩。想爾獨吟逢客到，及余來訪又他之。門前老僕擔新雪，竈上寒灰覆舊磁。見說我行君便返，人生離恨是今茲。

寄我公

布帽疎檽雪積鬚，硯田半熟謾長吁。看君此意存三代，念我當年共一盂。壁倒不妨麋鹿入，道窮終怯馬牛呼。殘冬暫耐寒將盡，自有春風動破襦。

寄孝公

君到荒山雲已出，我尋破壁硯仍餘。三更共臥吹殘骨，幾日重離恨索居。採藥已驚林有豹，彈琴何患食無魚。爲君仔細謀生事，畢竟無過讀父書。

寄謙公

歲歲年年愁雪下，年年歲歲望雲飛。風吹寸草心俱碎，手把殘編腹又饑。朋好幾人予最老，鄉關萬里日還暉。夢中頻見應頻問，果是人歸是夢歸。

贈馮公

靜如秋月氣如潮，未老驚看鬢漸凋。挾策長歌來遠磧，辭家短劍自前朝。巫閭煙雨題千尺，滄海風沙見一毛。但使舊鄉看晝錦，急將雙袖伴僧瓢。

贈冠公

當時勸我還山好，此日逢君出塞行。兩世論交餘衲子，十年憶別尚書生。彩衣暫换悲荒戍，諫草還留感聖明。寄語鴈行休悵望，金雞早晚下龍城。

晤冠公寄呈其尊人

十年前話大江潯，手把綈袍淚漬襟。自别以來知罪重，相思無奈感恩深。藏身蒼翠人三代，繞膝斕斑玉一林。百尺長枝移遠磧，夢中應見伴僧吟。

和木公來韻

閒來但借鄰侯書，短髮蕭蕭亦自如。已識浮生皆客寓，得逢歡笑即吾廬。乞殘粗飯心無事，補句殘詩習未除。偶欲尋山成隔别，爾音頻寄莫教疎。

德公約分半榻兼許春來代營茆屋

見我孤貧此念深，把茆無計冷風侵。夜長許共維摩榻，福薄難消長者金。枵腹尚能留瓦鉢，殘軀只合撇空林。未曾得罪從飄泊，況續餘生直到今。

秋盡錫公江南回相見

去時正逐飛鴻去，來日還逢是去鴻。斯世幾能憐范叔，有人猶自問洪公。江濤秋色攔雙袖，貝葉新詩共一筒。客夢最憐翻在磧，牛衣依舊耐寒風。

諸公送余出郊心公詩先成賦和

平生不作有情別，此日河橋淚欲垂。共是異鄉愁獨往，非關繞樹歎無枝。因君馬上臨歧句，添我山中靜夜思。衰病況兼寒雪重，春來杖屨未須期。

聞與公與謙公同榻

文章豈莫奈貧何，佛火淒涼影薜蘿。下榻幾人曾不顧，閉門惟雪喜同過。凍毫呵後爭先草，濁酒乾來共和歌。深夜漫言鄉國夢，殘氈較淚竟誰多。

哭晉中張子

羣鴈聲摧影獨依，文章嚙盡腹終饑。北堂自繞黃沙夢，東閣仍開白板扉。劍鋏不彈聲欲絕，髮膚既盡骨思歸。遊魂無禁知先到，寒極還應索舞衣。

真乘予同門弟也前臘辭師欲出塞相訪以父在遲遲其父呵之曰而兄不知死所道誼之謂何遂含淚出門不數月其父已逝訃音至塞而杖屨杳然引領西風感而有懷

幾年峯頂憶遼陽，三拜辭師哭鴈行。我骨尚能支大窖，而翁早已擲浮囊。死生總爲交情重，星月寧愁道路長。錫影不飛冬又暮，西風翹首思茫茫。

哭圓實 即真乘父也

扶子攜孫入化城，閩天風雨草鞋輕。此生已了人間事，到死還添塞外情。萬里冰寒含淚遣，一池花發撇衣行。瓣香欲寄黃沙隔，孤鴈無聲月自橫。

遙哭錄用道廣兩僕 有小引

錄用執役先子幾三十年，道廣亦不下十餘年，生性淳樸，以故郭内外遺產皆其管理。丁亥而後，諸弟相繼盡節，當事執二人追其產。二人私相語曰：『二三孤幼在，將何所存活。』因誓死不言，同斃於獄。嗚呼，誰謂死真易耶。

此日誰能話感恩，相將含淚共酸辛。但留尺寸還孤子，不向詩書學古人。獄底沉埋雙劍氣，天涯悽斷一僧身。最憐大義歸僮僕，亂世交親未敢論。（以上千山詩集卷一一）

全粵詩卷七七六

釋函可　六

寄答金道人 有引

予未薙髮時，金道人隱予止園，相得甚歡。及余結茅華首，道人又來相訪，盤桓月餘。從此世事波騰，雲蹤縹緲，十五年矣。去冬道人書來，並寄所篆小印，乃知道人左右空老人，且喜且歎，因而有賦。

故園花底憶同吟，結草峯頭著屐尋。獨鶴一飛雲路杳，雙魚重問海波深。山川已爛餘殘石，城郭俱非只寸心。翹首黃龍酬唱處，真人天際淚橫襟。

寄答定者法侄

再拜榕溪不可知，我行顛險汝流離。弓刀遍處還三匝，鄉國殘來剩一絲。閩海驚濤親問話，遼天深雪望題詩。邇年神鼎衰逾甚，只願汾州有此兒。

木公新齋成題寄

布帽荷鋤自闢萊，把茆小築近城隈。木天分取遮遺卵，藜火還將爇死灰。大雪齊腰仍矗簡，西風開口共殘杯。棋枰詩草留餘隙，好待孤雲出岫來。

寄題楚女屍 有引

江上漁人舉網得屍，顔面如生，衣皆密縫，臂繫白綾，上題絕句十餘首，不言姓氏，蓋楚女被獲，恐爲強暴所污而赴之江者。李太翁傳其詩于塞上，予哀而賦之。

雪底挑燈續楚詞，靈均何必是男兒。恨留青塚黃沙污，拚擲紅妝白水知。半夜驚濤酬絕句，一江新月鑒雙眉。不傳姓氏人間惡，母也如天自諒之。

題鐵嶺燕巢

雪公鐵嶺寓舍有燕巢，從者嫌其沾污，欲毀之，公止焉。燕呢喃若感，遂移巢舍旁。公爲文以紀其事，予感而有賦。

巷口荒蕪舊路迷，移巢將鷇傍山谿。未能仙嶠同高翮，敢向窮簷恨落泥。似惜衣冠驚避遠，難忘恩誼故飛低。門前便是鷹鸇集，縱有雕梁未可棲。

寄江士輝 詳紀事

驚看片紙到寒邊，納納乾坤一少年。獨向覆巢收落羽，又從餘燼授殘編。微言豈爲懷孤鉢，大義真堪起九淵。和淚焚香開口笑，世間世出只如綫。

讀趙公受偶爾吟

一編偶爾寄窮荒，纔讀詩題淚已汪。古道多年堙蔓草，人間此日見文章。三山一諾千金盡，雙袖長歌五嶺香。再拜雪天重閱竟，杖頭瞬息到家鄉。

題江趙紀事後

千金字字淚行行，三讀誰能不斷腸。詞客有心悲故舊，門人空手哭冠裳。諸孤已見程嬰誼，萬里全傾陸賈裝。刻石鏤肝非報德，人間萬古亦荒荒。

題文空新室 即吾寓處也

門裏青山門外谿，杖頭剛與白雲齊。不因老衲能偏好，那得長年此共栖。抱病高眠隨日暮，閒吟獨步過峯西。人生只此真堪老，況有松花共鳥啼。

重寓文空新室

豈有窮猿偏擇木，到來此地便相宜。雲生榻底長聽鳥，雪滿峯頭自賦詩。難得主人終不厭，幾多弟子盡如斯。從今拗折烏藤杖，久病無能力已衰。

證西堂新創落成二首

插將莖草地逾幽，況有長松溪水流。四面儘容千指繞，一勞便可百年休。梧桐已種寧憂鳳，江海無機自任鷗。何日雨花峯頂上，願隨龍象一擡頭。

敢負心期力已非，年來多病願俱違。門庭既立仍虛待，雲水行看此地歸。橫出一枝猶寂寂，曾經三棒自依依。客牀半尺須頻掃，拄杖時來問翠微。

送寧古塔諸公

已到邊庭苦不禁，崎嶇重複度荒岑。不因客夢今逾遠，誰識君恩此獨深。匝地總應承露遍，長途終自怯風侵。天心無外春將到，自有金雞出上林。

贈魏李兩公子

翩翩魯國兩書生，春日同生塞外情。白馬併馱黄卷重，黑貂新換彩衣輕。暫將菽水心無恨，縱是晨昏涕愈横。子舍未容難久戀，回頭漠漠暮雲平。

寄阿象侄

細想形容十載餘，口呼伯伯手持書。未知何日重看汝，已恐相逢不識予。大難屢丁年正弱，奇恩略述淚盈裾。好將兩弟無窮話，到此難云只有歔。

寄陳公路若 有引

丙寅秋，予侍先子南都署中。木樨盛開，月峯伯率一時詞人賦詩其下。予雖學語未成，竊喜得一一遍誦。

及薙髮來南，與茂之相見，已不勝今昔之歎，今投荒又八年矣。赤公至，述長安護法首舉陳公，爲吾鄉人，即木樨花下賦詩人也。鄉國荒蕪，親朋凋謝，還思太平樂事，益增感愴。偶因便鴻，詩以代札。

三十年前一小兒，木樨花下共題詩。于今老大投寒磧，獨向冰霜憶舊時。嶺徼親知無復在，石頭賓客更誰遺。聞人説道陳公好，洒淚空椷一問之。

大翁攜來琴畫硯帖俱典盡感賦

年來欲典已無衣，諸友相隨願盡違。霹靂祇從夢裏聽，雲烟不向冷邊飛。田荒池涸端溪遠，鳥死虫枯棗木稀。獨有老身無賣處，好攜破卷共僧扉。

即事似冠公

君多意氣跨虹霓，爲憶趨庭話昔時。滿縣桃花誰再種，前朝水鑒又同持。投荒後至推前輩，傾蓋新歡勝舊知。抖擻空囊分片雪，遠公無酒恨攢眉。

重陽前一日予至瀋木公雪公約遊千山不果

雪裏剛回杖未休，又逢二老約同遊。爲貪一日重陽酒，深負千峯萬壑秋。逐客尚添猿鶴怨，殘軀寧抱虎狼憂。莫因無妓抛雙屐，松下還教片石留。

問赤公遊千山途中遇雨

未曾說法雨花新，一路雲龍結勝因。天意欲施七嶺澤，山靈先洗八街塵。骨寒竹瘦衣增濕，石滑溪深步更迍。可惜巖巒無限景，會當日出見高旻。

接本師書並衣杖諸物

開緘百拜淚淋漓，萬里叮嚀塞上兒。飲水幾人頑最苦，燒香七處遠應知。寄衣祇爲冰霜冷，還杖須憐步履疲。話到曹溪終不可，年來多病命懸絲。

寄答智師弟

闖天萬里見題詩，喜極翻令暗自悲。力大有人飛嶽頂，罪深如我擲邊陲。座前花雨多飄散，亂後巾瓶仗護持。世事未知師已老，報君三字莫輕離。

寄法緯因雷而思諸兄弟

萬壑千峯共掩扉，華臺一下願多違。舊時尚有幾人在，遠塞先分隻鴈飛。師齒已衰兼久病，世途多難更誰依。亦知不待殷勤囑，大雪題詩淚濕衣。

明藏主奉老人小影歸同諸子瞻禮

面目分明錫不飛，十年想見見還非。攢眉祇爲羣生苦，瞪目仍期一子歸。冰雪未沾頭已滿，巾瓶雖遠影長依。諸公莫道無言好，泥首同瞻白日輝。

明藏主閩回

春曉辭家秋暮歸，杖頭偏與鴈相違。去攜塞雪江聲冷，歸散閩天月色輝。茘子乍嘗思嫩蕨，麻鞋已破抖塵衣。逢人莫話西來事，萬里長風淚易揮。

哭大莖 同明吾藏主、屍林入閩，還至石頭，卒于天界

三人結伴兩人歸，一見西禪撒手飛。莫爲龍庭嫌雪重，卻從天界戀花緋。夕潮竟渡鄉情淡，曉夢仍懸舊願違。一榻幾年今已矣，他生何處更相依。

恥若作麼定元刻新錄回

聯袂歸來曉露寒，更掀剩語淚重彈。三春血濺燕支冷，一吼聲摧黑水乾。鷲嶺已嫌成逗漏，曹溪又見起波瀾。年來三復金人戒，罪我無辭只任看。

與屍林

長攜一笠逐枯藤，浮月匡雲許共登。既向石頭悲斷梗，又從海岸覓殘燈。幾人患難知余病，萬里弓刀羨汝能。最惜寶山親到後，仍將空手伴寒冰。

贈祥光

不向枯株學坐禪，生涯只在钁頭邊。豆花香處雲偏濕，瓜葉蠻時月更鮮。叉路泥深休縱步，短窓風靜好安眠。何須更話西來事，雀上高枝噪暮天。

哭邢孟貞

未曾言病只言貧，書到秋殘淚已頻。大窖尚留懷我句，中原又喪老詩人。顔分主簿吟邊瘦，道在襄陽阨處真。有子最憐遺卷在，鬼神長護石湖濱。

乙未生日四首

清曉拈將一瓣香，低頭欲祝意茫茫。闔天片笠風濤惡，嶺海豐碑草木荒。出世既違千刧願，生人空斷九廻腸。卻慚歲歲當兹日，猶把餘骸抵冷霜。

黄雲稠疊日沉沉，剩水殘山一點心。編簡零灰留種在，門牆片瓦感恩深。梅花夜夜飄荒戍，鴈羽年年向舊岑。每到余生寒不盡，幾回搔首一孤吟。

孤身自昔沉于今，塵夢醒來更不禁。骨化僅餘歌嘯習，刧灰難了友朋心。百年金石歸浮沫，四海龍蛇尚好音。幾個難飛寒鴈影，夜深長與繞空林。

是我何妨白晝過，帀天花雨亦蹉跎。江河易返春無腳，烏鵲難飛雉有羅。努力烟雲兼短褐，關心天地況長戈。亦知自古林林恨，一一酬他淚點多。

寄順天法主

多年石壁坐空寥，問法歸來興獨饒。砂磧聲傳金殿鼓，海門波湧浙江潮。雨花忽向冰天下，鹿豕何煩玉麈招。懶慢無心非退席，深山大雪亦齊腰。

哭左吏部大來八首

尋詩問道幾綢繆，八載交情一夕休。拚取鬚眉埋大壑，肯將肝膈付東流。生前不異黄泉路，死去安同白玉樓。欲擬大招何處好，歸來依舊是窮愁。

曾期哭我必公詩，豈料公先我自悲。共洒十年前代淚，獨留數卷後人思。于今白社無陶令，難把黄金鑄子期。縱使故交捫雪至，不知將劍掛何枝。

如此漂流死不辭，黑雲如幕雨如絲。世間無處堪容膝，地下何人共賦詩。已並二難欣定論，未完一著哭殘棋。他生尚有投鍼約，獨獻龍江水半巵。

三更月黑漏遲遲，正是同君永別時。殘藥已拋餘宿火，孤燈還照舊題詩。鴈羣入霧行應斷，鶴子無陰和更悲。我欲吞聲吞不得，杜鵑啼徹海東涯。

歸心客恨漸能刪，寒夢依然未許閒。病久已知身是幻，朋來方識道維艱。欲空世界看兒女，得外形骸任往還。此去黄壚無禁令，飄魂應已度勞山。

三月寒邊不見春，西風落日暗飛塵。青山自愛文章鬼，白馬都來放逐臣。新句定將尋杜甫，續騷只可問靈均。不愁寂寞無知己，況有當年舉案人。

勸君自昔猶嫌晚，道氣如君本自餘。白日幸同皈繡佛，黄沙何必泣紅魚。不留積恨知浮沫，那得遺金只破書。最好良朋相對死，公臨死自言。肯將點淚滴殘裾。

吹塤直向首陽巔，一擲愁城亦卓然。半世交遊臨死見，千秋詩句仗僧傳。尚平有託何須恨，屬國無歸不自憐。獨惜唱酬冰雪慣，知君還賦和予篇。

送登徹僧主香巖受具

千里崎嶇問翠微，香巖重啟舊雲扉。鉢浮王氣看龍起，錫度寒烟伴鶴歸。戒月高懸山寨冷，雨花長傍寢園飛。從今天外尊惟獨，白拂高懸任指揮。

雨中同諸老衲爲左公持誦經咒

茆堂漠漠雨沉沉，破卷寒雲一世心。殮後還來沙際鶴，爨餘空掛壁間琴。久知此日無堪戀，又喪斯人更不禁。梵唄魚聲渾是淚，悲涼豈獨自于今。

爲左氏諸孤托鉢

見說遺經那可憑，敝篋殘帙恨層層。修文獨取多愁客，乞食還餘未死僧。衆口共餐朋友淚，遊魂孤照法王燈。明知一粒須彌重，坐視饑號自不能。

瀋城即事

生殺繇來總是恩，流離十載衲孤存。鴈飛成字頻遭射，金鑄爲人自不言。遷史有文觀未達，鼒公無命道彌尊。殷勤拜囑勞勞客，好向空花仔細論。

南塔即事

舊好新知總莫論，彌天風雨自孤騫。大呼欲折將軍樹，隻手能招楚客魂。豈是艱難存古道，獨將毫髮透空門。何當振袂春風起，一拂寒沙徹底暄。

買老馬二首

歷盡崎嶇意不驕，崚嶒瘦骨自前朝。悲嘶曉月連孤磬，徐踏山花過短橋。齒長更無煩玉勒，囊空猶未撤詩瓢。誰言志在仍千里，伏櫪還堪伴寂寥。

驪山沙苑總荆榛，暮景翻憐塞草新。夢怯吹笳明月夜，别思啼鳥綠楊津。身羸似學支公病，價賤還因伯樂貧。幾載冰霜愁力盡，何時重踏嶺頭春。

同天中清臣赤巖過山寺看花

竹杖行過暗愴神，同來況盡異鄉人。日光獨照黄金地，天意還留紫塞春。嶺徼十年花是夢，江南六代錦成塵。可憐對此渾多淚，不道空門淚亦頻。

天中同清臣赤巖入山相訪

筆如嶽立氣如潮，遠戍間關興更饒。既挾金蘭同絕漠，又扶雲水問空寥。東山不獨將棋至，白社何須蓄酒招。谷口久無雙屐響，好燒松火話終宵。

偕天中清臣赤巖遊千山因老馬不前獨回

相期連轡陟崔嵬，巖雨初晴蕨正肥。匹馬似將人共瘦，片雲不與鶴爭飛。遥看濃霧知題壁，獨傍殘陽欲掩扉。有石有松收拾遍，並攜空翠滿囊歸。

落花

昏花片片逗中情，流水溪頭杖獨行。短笛叫殘蝴蝶夢，疎鐘飄墮杜鵑聲。塚邊有草猶春色，樹底無人空月明。最苦一枝横出處，年年風雪自孤撑。

雪公寄書入山偶成二律

何處堪逃乞食名，半龕殘雪裹餘生。莫愁壑淺雲難臥，無那溪流水有聲。飛矢漫追孤鶴影，遺絃不作老龍鳴。只今最恨千層石，難隔庾關萬里情。

休道尋山山未深，冰崖木佛共蕭森。寒鐘不到疎林外，幽月空勞碧澗潯。獄沉頑鐵還餘氣，爨後枯桐欲絕音。珍重故人相惜意，尺書真不數雙金。

喜阿字至

氍毹雙袖碧天遐，路滑霜寒日未斜。荒塚覓窮聞鶴語，殘氈嚙盡摘松花。匡山雲月應無別，遼海風濤漫獨嗟。知子遠來非有意，久拚吾骨擲龍沙。

和棲賢和尚見寄韻

鈯斧東來話近因，寸緘未達共沾巾。艱難菽水愁孤鉢，潦倒風沙泣罪人。入夜笳聲傳鴈塞，何年斗氣合龍津。鄉關逾遠師顏老，櫓斷遙知夢又頻。

丙申生日二首

何如四十六年前，莫遣雙眸見大千。隨地不辭縈世難，到邊猶自愧風烟。衰顏畏入南天夢，冷骨無煩古佛憐。抖擻尚餘空布袋，逢人但乞一文錢。

每當此日雪風侵，羅嶽匡廬淚又深。瀑水傾殘初夜夢，梅花撩亂十年心。門庭淡薄空多愧，天地高寒只獨吟。安得石梁添屐齒，共拈一瓣禮孤岑。

真乘先入匡山謁棲賢後出塞訪余相見次始知其父圓實信

相思每恨到來遲，把手相看喜復疑。萬里髑髏當作伴，一瓢風雨自支饑。傷心何限終難忍，開口仍留已盡知。最好匡廬雙劍合，不禁回望白雲悲。匡廬有雙劍峯。

遙哭鄒白衣 精繪事

到死應知骨未摧，戴將白雪照泉臺。江山紙上還留影，富貴生前幸不才。短札幾回通遠磧，長歌徒自委荒萊。塵埋雙管巵亭冷，從此梅花不必開。雙管瓶巵亭，公所隱處也。

和掌邦弟二首 有小序

阿字出塞，簡布袋破紙，有二詩，云是予族弟掌邦所寄也。掌邦名宗禮，從楚江入匡謁棲賢，留十餘日便辭，欲相訪，業八閱月，竟不知飄泊何所。嗚呼，投荒以來，骨肉凋殘殆盡，乃不意復有掌邦其人，又復能作是語，因和其韻，亦異地塤篪也。

袈裟一搭是吾憂，萬井風烟況未收。早是無家心已斷，忽聞有弟淚重流。洞庭波泛孤鴻影，華表霜寒老鶴愁。兩地月明遥共望，何時還照合江樓。

空囊墨化蒼龍吼，野寺鐘殘黑霧屯。數代弓裘歸馬革，十年心膽碎鴒原。急將短鋏彈庾嶺，莫遣長歌度薊門。荒壟遺編重拭目，離支樹下好招魂。

遥哭潤季兄同二見六在諸侄 潤季父於予爲諸伯，官融邑令

黑霧黄旗白晝昏，哭攜猶子問乾坤。到死不知仁義盡，入江翻見髮膚存。竟使厓門多氣色，始看融縣有兒孫。鴒原濕遍年年淚，那得餘聲更好吞。

得柱江書並詩因懷與治伯玉季納諸昆季

曾看舞象大江秋，一禮袈裟意莫儔。短鋏那知湖海闊，空囊欲攬地天愁。燕歌一夜悲沙漠，鶴夢千年返石頭。桃葉無情潮寂寞，何時花底共登樓。

聞柱江將至

笑指天山氣獨豪，先持尺素報吾曹。長城雪壓龍文動，野戍雲開馬首高。歌發欲呼猶子夢，淚飛先濕老僧袍。荒魂招盡情無盡，收拾巖烟並海濤。

遥哭丁善甫梁漸子

幾回三笑度溪風，話盡仙羊恨轉蓬。桂樹折殘天地老，花磚踏碎水雲空。幸將短髮皈黄面，定有遺

文化白虹。獅子獨憐頭尚在，鴈聲愁斷大關東。

遙哭梁同庵 棲賢哭詩有『半榻寒燈風雨舊』之句

舊鄉朋好委荒榛，兩見書來爾是人。已買草鞋參磧雪，旋將藥裹别江春。寒燈半榻愁尊宿，緑袖空堂泣老親。從此花田無鶴夢，遊魂應度鴈門津。

即事

雪底紛紛望舊關，鳳書先取一人還。來時霧雨遮黄閣，去日風雲起白山。不築沙堤皇道蕩，重圍玉帶舞衣斑。好圖一幅流民苦，楓陛從容動聖顔。

喜戴三謁文廟

黄沙黑水亦衣冠，廟貌荒涼禮樂殘。夫子隨時無不可，流民好學是爲難。已看綵筆能生氣，莫道青衫足耐寒。地下江西生死望，看花騎馬踏長安。

送魏李二公靈櫬回二首

金雞昨夜到陰山，帶雪鋤冰淚莫潸。無限生人妒死骨，極憐死後似生還。童男幼女辭寒磧，素幔靈輀向舊關。料得黄壚開口笑，一齊泥首拜龍顔。

白水吞聲各一杯，遊魂初下望鄉臺。共歸齊魯丘園舊，但過城頭鼓角哀。泉底翻能見天日，沙邊何必盡風雷。陽春枯骨多生肉，從此關門日日開。

寄無壞師

擲卻儒冠換衲衣，松門流水自棲遲。曾尋鄭子論心史，獨向寒山問舊詩。塞草蔓蔓應未剗，秋風颯颯易相思。東來白馬君知否，莫守孤巖日已欹。

賀貴庵水災

深秋風雨苦連宵，瓶鉢郎當一瞬漂。龐老有船曾用載，丹霞無佛不須燒。身家浮沫寧常聚，性海狂瀾尚未消。從此還山松月好，一枝猶自足鷦鷯。

得浴予叔書

年過八十兵戈後，一紙蠅頭手自書。雲外阿玄猶未死，眼前小隱已無餘。青衫裹骨歸荒塚，黄口依人失故廬。郭外遺田祠內主，幾回洒血染殘裾。

得九成弟書

雙魚夜到鴨江濱，先代弓裘不可論。骨肉盡凋餘兩弟，詩書能復讓他人。須知佛法無多子，那見儒冠定誤身。但自莫慚世出世，臨風三囑淚猶頻。

遙哭安仲叔

一生半醉爛天真，到死依然未覺貧。杯杓便當傳後業，袈裟終不憶前身。竟呼兒女都隨我，肯把鬚眉更向人。最苦一絲猶未斷，年年挾卷哭江濱。（以上千山詩集卷一二）

和謙公雪中見懷韻

居山偏不喜看山，雪盡披衣偶啟關。爲有甚因千壑苦，如何頓老一朝顏。忽思振策隨雲去，纔欲過橋又獨還。書報故人無一好，道心客夢已全删。

大雪用棲賢寄阿字九江韻

任風飄泊不須忙，便使填溝也不傷。入谷孤寒深自得，到天青白恨難藏。紅罏熱焰心無近，荒嶺殘枝夢又長。五老瀑飛遼海鶴，好攜明月共升堂。

和心公雪中見懷韻

初飄數點著衣輕，冷入匡牀夢不成。想爾獨吟支瘦骨，無人直下到深更。忽疑近戶看無跡，自起吹燈聽有聲。只此朋情渾莫奈，鄉心又逐曉鐘生。

和棲賢送阿字出塞詩

千里同風遠寄書，天山翹首獨躊躕。冰雪有緣兼累若，父兄何事苦憐余。白骨此中還得見，黃沙之外更無餘。何時生入盧龍塞，金井梅花是舊廬。

步棲賢和阿字九日韻

垂死經今又十秋，莫嫌齒落雪盈頭。三張紙寄長榆塞，萬里雲封大石樓。父子枉勞沙畔冷，身名真愧世間浮。團圞夜夜無窮淚，天上如今是惠州。

恭和棲賢法兄奉懷本師老人韻

雙錫香巖望又虛，栢林回憶侍巾初。鴈翎各散予偏遠，獅乳同餐爾自餘。五石城邊音寂寂，萬松坪下步徐徐。會須連袂依霜鬢，未必羅浮剩舊廬。

從駐蹕峯移向陽二首

短髮隨身月一鈎，拖鞋又過幾峯頭。不闗活水終難止，只任寒雲到處浮。松石何心分好醜，主賓無禮足深幽。日午一瓢夜一宿，一生如此更何求。

自來不肯常安住，但有茅遮便暫栖。鳥突寒烟尋別樹，風吹殘雪度前溪。沙彌歡躍面多垢，耆舊威儀首盡低。最愛近郵好兄弟，松花和蜜賤如泥。

張太守入山

何事遼陽太守來，亂嘶五馬向荒萊。漫拖草履笻扶出，竟把山門雪踏開。閒話無過四五句，寒泉連遞兩三杯。極憐庭樹烏驚起，一直穿雲去不回。

題且過庵二首

山邊架屋偏留我，雙袖龍鐘豈有他。道法也因長病減，閒情畢竟老年多。自將破礶炊水食，偶就新篇向佛歌。昨日已過今且過，不知明日又如何。

二三弟子亦多事，執卷時同就薜蘿。不礙書聲侵曉磬，莫教世事掛庭柯。虎常問訊來空砌，人或尋詩上雪坡。昨日已過今且過，不知明日又如何。

偶成

莫道僧閒閒不得，幾多情事撥難開。岕茶帶梗敲冰煮，山藥連皮拾糞煨。夜聽犬聲知有虎，晴拈雪瓣恨無梅。尋常日午門猶掩，只恐溪雲撞入來。

同雪公遊千頂紀事十首 有小序

余出塞五年，始遊千頂。時大雪初晴，由大安過祖越，入龍泉，與山中耆宿團圞二十日，蓋壬辰春二月也。

十月復遊甘泉，取道孤山，入龍泉，因有大寧之役，兩宿而去。癸巳春，顯律師邀入駐蹕十餘日，遂繇向陽登山。過一月，大雪如初遊。甲午春至香巖，緣諸老闢荒，空隱吾師與天然兄藏錫于此，故特一至，諸未及也。八月與木公同遊，霜葉滿山如錦，前數遊所不及。迨乙未七月，香巖新像成，送入山，然止香巖，諸未及也。八月赤公至，又偕入山，遇雨大安道上，殊草草，杖頭各一點耳。丙申四月，顯律師聞戒香巖，予隨入山，然止香巖，諸未及也。五月赤公偕天公入山，拉予同行，以馬疲，止向陽。計五年凡十登山，前後俱未有詩。去歲九月，雪公業與予約，以他阻。今歲八月乃堅志入山，並不令家人知。以廿三日繇瀋出門，行百二十里，宿泖水，次過遼陽，宿駐蹕，次向陽，過七嶺，浣熱泉，宿祖越，因登仙人臺絕頂。予向以病不敢登高，然心甚壯，今得歷盡諸險，非獨前數遊不及，即同木公遊，依然一丘一壑之見耳。仙人臺直下即香巖，元大德雪庵大師所居，塔現存，塔銘則學士陳元景所作，鄂國公史弼所書，其篆額則昭文館學士李傅光也。千頂無舊碑，僅此可讀。次過石橋，從別道入龍泉，兩宿。雪公有詩，予不能和。次重遊祖越，前後亦兩宿。太守張公使至，雪公分袂還瀋。余移寓且過庵，適阿字侄從匡來，話及千頂，阿字遊興詩情俱勃勃，因觸動習氣，作紀事詩十律似阿字，兼寄雲公。然不過略紀一時情事，巖壑之趣，松石之奇，百未盡一，願雪公作一遊記，刻之仙人臺畔，毋使山靈笑人。

去歲菊花曾有約，今年不待菊花開。予先渡水凭鞍立，爾自銜風帶帽來。曠野逢人偏問姓，殘陽投寺且擎杯。此是山行第一日，鐘聲佛火共徘徊。

過橋即是遼陽郭，郭外行過淚已潸。一郡嗷嗷鴻乍集，千年杳杳鶴無還。纔看老女孤墳草，又上前王駐蹕山。我倦欲眠依舊土，嶙峋石壁任孤攀。

望見疊峯剛八里，到來門徑各鮮新。不因此地禪居壯，那識長邊古佛尊。蓄瓜欲比蘋婆味，見樹還生桃子津。夜半犬聲何足怪，山中魑魅亦親人。

經過七里泉聲熱，欲洗袈裟未有塵。前者何曾是山水，從茲無所不精神。松陰短短露雙塔，梵宇峨峨見一人。卻喜凍桃初摘下，石坪分啖不辭頻。

夜來已飽深林氣，曉起仍添遠壑情。塹撇龍泉鄰衲意，愛尋唐代舊鐘聲。龕雲尚吐將軍氣，巖石還鐫御史名。百丈懸蘿千折後，門前峯湧萬波生。

幾度登山不到頂，此回到頂畏登山。九州細碎煙塵裏，萬里虛無指點間。雲在極低那可踏，天雖至近竟難攀。急須攜手下山去，縱對仙人無好顏。

半日不離松霧裏，牽藤穿穴各忘疲。纔披破衲瞻新像，旋洗重苔讀古碑。幾處茆堂聞蟋蟀，千年石甕守熊羆。僧頭似雪心無事，手煮黃薺進白糜。

不借仙人九節杖，石橋幾度又攀躋。但隨虎跡過巖畔，漸聽龍吟隔澗西。軟棗必須親手摘，老松不過與肩齊。淹留兩日非關主，坐愛屏風近鳥啼。

流溪認得曾遊處，更欲搜尋到別峯。山鬼似嫌黃葉響，洞門都遣黑雲封。龍芽頗覺僧懷苦，羊肚何妨野味濃。慚愧下賢賢太守，難辭林壑一重重。

半日浮生閒不得，況連十日遍山扉。解開藥裏包黃栗，斫得藤條下翠薇。入郭愈憐山水好，逢人多與性情違。最嫌驄馬黃金勒，依舊騎驢獨自歸。

立春日

不辭留滯大關東，未必長吹是朔風。一世心歸松霧裏，十年春到雪花中。羅浮消息應非遠，粥飯因緣尚未窮。從此匝天多雨露，曉聽雀語動虛空。

元旦哭喇嘛二首　有引

余初出塞，乞食南塔，喇嘛見而驚曰：『師胡爲乎來哉？』即解身上所披覆余，自此衣帽贈貽不輟。壬辰春，率諸耆舊強余開法南塔。南塔畏地也，前此無掛搭者。自余至，雲水奔流，龍象蹴踏，始三月朔，至七月望，凡百維護，外魔不侵，喇嘛之力也。喇嘛，西域貴種，童真入道，年七十餘，癯然鶴立。今歲五月，忽思還本國，諸老強留不可，含淚而別。七月音至，已于季夏之末示寂，寂時鼻垂玉箸，茶毗頂骨不壞，有梵書神咒數行，金色爛然，國王留建窣堵坡，其徒勞藏奉二齒歸南塔。搗涕拈香，不特私感已也。

滿頭白雪眼雙青，方丈時時見執經。四海幾回悲鶴夢，一枝今又喪龍庭。頂門有骨留金字，南塔無人失典型。見說國王齊下拜，浮圖千古鎮滄溟。

十年吾道塞風秋，葱嶺傳來恨又稠。葉是歸根看已落，杯當沉海更無浮。大荒一夜霜俱白，氈帳千羣淚併流。赤縣神州心碎盡，更堪洒血極西樓。

苗錬師雪中入山相訪

煮窮塞石難充腹，幾受刀圭不駐顏。開到黄花辭絳闕，擕將白髮問青山。漁舟尚可通源水，鶴羽何曾下世間。最苦十洲多少事，尋閒一宿急須還。

季三公書來並寄茶

自來不作長安字，一紙驚看寄塞垣。父子弟兄同友誼，冰霜雨露總君恩。十年尚憶三山月，七椀還澆五嶺魂。大鴈欲飛寒逾好，時時傳語慰田園。

同阿字諸子夜坐

流光如矢命如塵，冰作生涯鬼作鄰。歲底又添門外雪，燈前幾個嶺南人。大家共話俱含淚，各自傷心不爲貧。去去且將拳作枕，夢中同迓故園春。

和潤季兄臨死詩

賦罷金門淚未收，陣連珠海誓無休。崖門一夜洪波接，柴市千年正氣留。已把髮膚還父母，更將心膽寄春秋。鐵函聞説埋羅嶽，何日敲開拄杖頭。

聞赤公專侍在茲省親回

尺書纔去雪風愁，侍者重來淚更流。京國銀盤能早獻，邊庭金策可遲留。但聞尊宿仍編履，不信頭陀竟覆舟。我亦是人添哽咽，夜寒蘢草滿心頭。

丙申除夕和棲賢辛卯除夕韻

只因生長在遼東，誰是無鄉老此中。今夜盡勾積歲念，明朝須發向西風。哭猶有淚情非至，吟到無題詩亦窮。細看此來真寂寞，眼前還得幾人同。

丁酉元日

自信分明兩道眉，瓣香拈起更何辭。死經萬後生方重，春到邊來遠不遲。屬國寧堪九歲待，衡陽無復五年移。還家自是兒孫事，誰道今年未可知。

解嘲步謙公韻

北郊笑指峯頭老，鬧徧千峯兩袖書。但使倚閭無鶴髮，何妨托鉢向雲墟。食殘自覺㲯毿易，載酒猶聞剝啄徐。珍重綵衣休惜我，十年甘作雪中蛆。

柱江至濬相見有詩和韻

黑裘未敝恥書生，匹馬春風獵獵輕。孤管欲收寒谷淚，空囊一瀉大江聲。叔癡不負鴒原夢，僧老難忘鶴嶺情。世上有人天有眼，千年終厭話荆卿。

九日送阿字

經歲團圞淚未收，菊花重惹一番愁。來將白紙尋黄土，去挾新篇返舊丘。太乙峯頭頻悵望，姑蘇臺上莫淹留。而師若問寒邊事，休話寒邊雨雪稠。

重送阿字

送送還牽老衲衣，故山終恨不同歸。好從瀑水投寒句，又向梅花覓破扉。冰雪已多曾徹骨，蕨薇雖採未忘饑。關門不禁南來鴈，何日凌空錫更飛。

入山有感示諸子

海角虚舟聊欲寄，深藏大壑亦空勞。松根盤石生難直，水勢依崖聲易高。謾説一枝能自穩，便教三窟竟何逃。殘身久拚餘雙眼，萬古雲霄看汝曹。

閲未央遺集有初夏同予入循州訪劉乃運兄弟詩末云令威他日歸華表定在循州古樹邊似爲予今日讖也因和其韻

憶昔同乘訪戴船，幾人同病合相憐。風流雲散空予在，雪壓塵埋又十年。詩卷尚留前日月，夢魂難覓舊林泉。何時華表重歸去，唳遍纍纍古塚邊。

讀未央與蒴公宅師談金輪舊事詩有感用原韻

人世難逢幾弟兄，舊編重讀不勝情。忠臣遺廟清珠海，未央殉義後，當事建祠於海濱祀之。古佛雙林冷莞城。蒴公脱白後即示寂，今十九年矣。地下定知談往昔，雪中難免恨孤惸。只今惟有金輪月，偏向棲賢破寺明。

讀未央集有先文恪神道碑感賦

高塚前朝草木凄，燈前雪底泣孤兒。良弓久没箕同盡，華表空留鶴尚羈。大節已昭懸日月，千秋不朽屬文辭。遥知定有人來過，繫馬松根讀舊碑。

聞老人復歸華首臺臺上林木加茂有終焉之志恭紀

飛雲峯下即華臺，五百何年去復來。田地荒蕪應再闢，松杉蒼鬱舊親栽。靈山一會依然在，塞外孤兒尚未回。三囑龍天寒已徹，終期撲鼻嶺頭梅。

寄華首舊住諸僧

何人同守故山隅，雲散天驚歲月徂。豺虎幾回經蹴踏，門庭猶喜未荒蕪。靈峯不逐桑田變，大廈終憑衆木扶。最苦楊岐舊監寺，泥牀長洒雪真珠。

遥哭劉乃運

丱歲論文爾汝交，柴門雨雪每來敲。朝雲墓側新鴛塚，白鶴峯頭舊鵲巢。留得眉鬚身後惜，肯將風月死前抛。于今哭子全無淚，鄉國都來水上泡。

聞謝伯子趙裕子二老友在喜賦

少小論交四十秋，驚聞二老足風流。長安市上韓康伯，衡嶽峯前李鄴侯。陵谷已移貧未改，親朋欲盡咏難休。白雲舊社時來往，定話冰天老比丘。

寄陳三官 三官廿載前爲予作幻相數十

五色憑君寫幻軀，流民一幅不堪摹。回頭細數平生事，屈指曾經念載徂。氣骨支撑仍是舊，皮膚脱落已全無。只今頰上何須問，但寫長天風雪圖。

憶暮春同阿字諸子遊千山

到處青山盡有名，大家抖卻舊鄉情。溪邊覓路花千樹，驢背迎人鳥一聲。石頂松風憑管領，峯頭詩句任交橫。于今竹杖蕭蕭去，又向何山踏雪行。

聞南塔易住持誌喜

六年前此豎旛竿，萬古荒蕪手闢難。一喝青天砂礫淨，纔揮白拂水雲團。象王行後狐蹤集，良木摧時野棘攢。從此斬新條令出，山門依舊海風寒。

題作麼茆屋

手結枯茆傍古幢，籬邊流水亦淙淙。只愁雲擾常關戶，爲愛山多盡著窗。日午拾柴煨破礶，夜深把卷對殘缸。山中豺虎原無毒，長護煙霞不用降。

喜作麼迎師入山

弟子如林汝不才，暮年猶得共徘徊。酬恩莫過茅三把，盡孝惟須水一杯。衰老久應拚谷底，是非曾不到雲堆。況兼咫尺予同病，曉夕還同笑口開。

予去冬依證寓今冬依磬光皆手無半文喜賦

今年貧似去年貧，窮鬼相逢一倍親。衲底病肌寒有粟，窗前積雪白爲銀。半瓢薄粥分饑雀，一碟鹽蘁借遠鄰。處處盡忘賓與主，淡而不厭只因真。

即事

山中纔拆此封書，憶別經今一歲餘。路到窮時天更遠，力當盡後計偏疎。青衫無分常披雪，白髮何人獨倚閭。翹望章江雲縹緲，春風何事更躊躕。

梅溪雪中相訪

驚騎瘦衛入山來，爲問山僧戶始開。萬里往還君自得，十年先後事空哀。囊餘前代書三紙，話到深更水半杯。兩度鶺鴒原上淚，一時和雪洒山隈。

山中讀蘿石先生家書

柴市經過淚已澌，更揮餘淚拜遺箋。數行尚自如生見，一線仍存未死前。耿耿丹心千古後，茫茫正氣萬山巔。伯夷此日應相笑，重唱薇歌十二年。

聞李苗兩道友有唱酬篇什雖未得讀知非凡響遙有此和

蘭沙如霧倩藍叢，縹緲鸞歌下遠空。玉露只垂金掌內，仙飆常發御垣東。人間兄弟何能及，塞外交遊孰與同。春到定尋源水入，塤篪坐聽碧雲中。

喜聞左三哥回

終歲呼天恨莫通，歸來如舊破囊空。交情已見心方歇，遺卷仍存道未窮。日冷北堂烏漸老，雪深大漠鴈誰同。從今穩坐茆簷下，敝絮殘氈耐朔風。

贈少年道者 楚人

少小蹁躚入紫宮，翻疑百歲貌如童。種桃花發上林畔，擣藥聲聞禁苑中。巫峽肯沾神女雨，洞庭曾御大王風。年年只見天恩闊，不信人間路或窮。

客有期予春初同入城者

一臥山中人事畢，重新細碎學威儀。休將白眼看林鳥，屢繫長衣接涸麋。纔話入城心便小，嘗教伴雪禮何知。由來分衛存深意，古佛遺模苦莫辭。

日暮

方悲歲逼夕陽低，寒滿空山雪滿溪。爲憶舊居知客眼，偶懷好友得新詩。身閒幸不隨人轉，心苦全然著霧迷。抛卻杖藜還獨坐，壁燈未點暗悽悽。

遥哭與然師

弓劍叢中識面初，半牀風雨共欷歔。憐予不覺十年過，哭爾仍存萬死餘。雙履已傳葱嶺雪，空囊猶簡白門書。何如一副無情淚，歲歲峯頭濕破裾。

牛莊問阿字諸子信不得

秋風椰櫪兩肩橫，草履猙獰布袋輕。滄海無踪魚有腹，白雲有路鶴無情。行當野雪衣偏薄，吟向寒梅句亦清。老夢獨能追去處，依稀猶見弟和兄。

喜雲堂禪人入山相訪

未到歲除剛數日，何人騎馬入山來。欲從南越通消息，曾向東齊撥草萊。屋裏無過雲片片，巖前依舊雪皚皚。好歸直爲而兄道，不是寶山空自回。

戊戌元旦

一莖白髮荷皇仁，況值年年帝里春。千頂曙光雲外出，二陵王氣雪邊新。放流久已成鄉土，老大無拘只病身。是處有山容我住，桃花翻笑洞中人。

開經日遥祝檀那盧太翁太夫人雙壽

火宅初離望轉奢，何人等與白牛車。盧公傳法燈千燄，龐老齊眉佛一家。曾囑王臣山上會，新開龍藏海東涯。人天百萬歡同祝，遥獻優曇一朵花。

贈湯官師

萬里相依豈偶然，選官選佛似君賢。薇羹屢爲伯夷餓，草榻偏容普化顛。膏澤諸山時沃若，清風四壁本蕭然。晝長客去無餘事，一卷金剛自歲年。

贈藏主師

驚傳白馬度關來，大法東流亦快哉。剖出微塵憑慧力，插將莖草仗雄才。竿頭但進看飛鳳，麈尾時揮起怒雷。溝壑餘生吾自分，雙眸何意獨君開。

步滄兄見寄韻二首

知罪從他爾獨親，憐予萬里一孤身。平生本自無相識，世上于今有幾人。清淚屢憑沙塞鴈，衲衣猶寄玉門春。驚聞杖屨南中去，風雨蕭蕭入夢頻。

故人何處思滄茫，幸有音書未久荒。布帽殘經情繾綣，黄沙白日淚淋浪。歸來幾見千年鶴，夢去還尋五石羊。門外孤松高百尺，寒霄猶得伴冰霜。

贈天鑒師時將還孤竹省墓

共向高林借一枝，心期萬古可誰知。織鞋有恨陳尊宿，玩月今同王老師。寒磧頓能忘患難，衰顏偏自惜分離。公歸無復薇堪采，雪滿千山足療饑。

正修書記錄成來呈

笑汝經年執管隨，長言短句益支離。豐干到死還饒舌，覺範投荒亦賦詩。秋老野鴻書遠碧，夜深山鬼哭空池。如何錄取聲前話，風静高林月落時。

得張覲仲書

忽驚天上寄來書，火盡西園一木餘。苜蓿有根開絳帳，芙蓉無蒂碎香車。覲仲元配爲余第五妹，以救母死，故云。儒門淡泊思靈鷲，芸閣荒頹泣蠹魚。西園公遺書數萬卷，手著亦不下萬卷，俱火燼。壟草尚沾半子淚，雪中翹首幾躊躇。（以上千山詩集卷一三）

全粤詩卷七七七

釋函可　七

枝上雪二首

鳥宿寒枝動，晴天雪更飛。既沾臺石冷，復上老僧衣。

葉盡枝方滿，時時飄素埃。晚風吹未了，疑是野梅開。

殘葉

已被晚風促，復受曉霜侵。亦知終不久，珍重片時心。

題范寬真跡

巖壑層層古，全非近日山。山中最深處，置我于其間。

同大翁看古帖

一筆筆模楷，一葉葉精神。驟喜多酬接，徐思晉代人。

題大士像 趙孟頫筆

終不得自在，即此苦何窮。願取楊枝水，一洒朔庭空。

殘菊二首

殘菊深秋裏，無人雪一堆。莫嫌憔悴甚，曾見十分開。

世情偏愛菊，吾意獨憐殘。暫收無限淚，權作片時看。

題去鴈送寒還二首

數載同樊縶，秋來爾欲飛。只疑天路闊，烟雨尚霏微。

孤飛爾自可，回首念同羣。欲向青冥訴，惟愁總不聞。

柬甦築

一日不相見，新詩又幾篇。急攜來共讀，午後老僧眠。

雪十二首

歲歲易相思，五月六月時。莫愁久離別，亦有霜飛飛。

古瓦踈不完，白雪飛滿牀。抖擻一片衲，猶疑是月光。

半夜披衣起，宛在梅花村。梅花開易落，白雪長到門。
昔日趙師雄，月明林下臥。美人寒不來，花落空朵朵。
寒月照野雪，一片老僧魂。夜深招不得，時來白板門。
天地正高寒，白月來相佐。匪特肝腸如，渠今即是我。
銷金帳不知，此中有至味。俯仰天地間，飄飄吾與爾。
相對寂無言，懷人一萬里。只在庾嶺頭，欲折不堪寄。
爾從天上來，天上寒更多。年年見飛下，欲上苦如何。
一嚙齒牙清，再嚙心髓化。只合深山中，大石長松下。
入世隨方圓，淨穢亦無別。只有一點心，不肯因人熱。
人世一火宅，那堪作久居。六載雪山中，苦業猶未除。

淚

淚非還魂香，空流亦何益。只愁雙眼枯，還留看天日。

寄戴三

農事今何若，秋風舞袖單。新詩遲汝讀，直可奈饑寒。

落葉二首

蕭蕭淚獨零，落葉逐風輕。秋草甘同死，真慚樹上榮。
豈不戀本枝，秋霜不可耐。明知春必來，搖落安能待。

秋風引

秋風滿天地，塞上最悲涼。樹聲和暮角，盡捲入離腸。

古歌

白日去不息，松風奈爾何。爲問市朝客，何如山上多。

同傅陳二子送北里之堡中

只有兩旬別，渾如送遠心。把持不忍去，直到日西沉。

答育侍者

松枝有東日，飄雲無返期。邊霜寒徹骨，親到始應知。

寄淡仙

我昔訪君日，君來見我時。一般真意味，不許別人知。

寄介子

風雨隋堤上，相逢淚盡彈。只今橋畔柳，應念老僧寒。

寄仙裳

執斧一長揖，白門雨雪深。十年曾有約，珍重昔時心。

寄寤明

貧極心無改，所歡惟友朋。平生一片意，大半在孤僧。

寄與田

何人不相識，斗室傍城隈。聞有不平事，輕身半夜來。

寄一輪

衲衣留俠氣，不獨是深慈。中夜聞相憶，牀頭白月知。

寄一指

閉戶見青山，松風盡日閒。只愁三月夢，輕度薊門關。

寄黄子

詞賦髫年事，腰間三尺寒。鐵函無限淚，獨許老僧看。

寄楊三

夜閣孤燈話，愛君此意真。可憐三幅錦，蓋卻古今人。

月二首

月色本無私，水寺孤人得。長安富貴家，燒蠟如白日。

月來靜後多，況已刈禾黍。一望西盡頭，茫茫不知處。

北里暮歸

歸路不覺遠，月出靜林巒。舉頭貪看月，誤到別家門。

同甦築看月

明月在江南，夜夜看逾好。今夜照兩人，各自傷懷抱。

臥月

塞上亦良夜，明月本無心。照衾復照面，一一感人深。

秋吟二首

蟬聲隨落葉，飄墮枕頭邊。我心與空際，胡爲白晝眠。

秋風不相諒，吹我破衣裳。獨起向前堦，誤踏草上霜。

月

我同明月來，一路照秋草。月到朔庭荒，人到朔庭老。

夜

明月照夢中，荒荒萬里白。驚起攬衣裳，猶疑是鄉國。

同傅陳二子看喜哥

絕漠無芳草，王孫那得歸。最憐雙眼淚，不識爲誰揮。

春夜懷耳叔弟

夢去長不到，夢來應更難。相逢愁愈慘，不爲隔重關。

雪中訪大翁

我從雪裏去，君自雪中來。又是今年起，相過第一回。

千山二首

憶山頻得句，到此句全無。扶杖沿山覓，時聞山鳥呼。

策倦疑無路，低松暫可憑。老僧遠招手，更上最高層。

同謙受枕上

枕邊不計程，驛路如可記。一樣夢還鄉，多君五千里。

即事十首

鋒鏑暫云免，潦旱乃相仍。上天亦何意，厭此蚩蚩生。

峨峨七尺軀，不及薄銅錢。塞外多霜雪，猶云得所天。

尋常重別離，此日不回顧。脱手即生天，得錢差可度。

同生既不能，同死亦徒爾。爾去未必生，且非眼前死。

汝留枯我腹，汝去剜我心。相持不肯放，血漬破衣衾。

臨行重囑咐，人世貴自持。願汝得飽日，毋忘饑餓時。

所謀在升合，頓使骨肉分。易險但相守，素心安可論。

微賤勝于鬼，婦子亦閒閒。始知情與操，惟存一飽間。

自顧安足惜，顧彼良可悲，安得天雨粟，毋令強別離。

身死固足悲，身辱亦足耻。與其辱以生，毋寧饑以死。

弔昭君塚

莫作枝頭花，寧作塚邊草。草色至今青，花開一朝好。

馮公雪阻再留一宿

何必春宵好，千金屬冷邊。安能天上雪，直下到明年。

寒風

寒風一點淚，我自味其鹹。久厭丈夫氣，何況女子愁。

送大來先生葬六首

全軀違夙心，無灰庶速朽。山前蘿石翁，相待亦已久。
覆土勿使厚，種樹勿使密。萬古與千秋，長令見天日。
當年吏部公，四海多金石。今日素車來，曾否舊相識。
悲風吹不歇，孤月近爲鄰。世上亦寥落，何如山鬼親。
生臥冰雪中，死埋冰雪下。藉此省見聞，天地爲長夜。
斬卻墳前松，遠山青歷歷。毋令後世人，繫馬長太息。

接鄉書二首

鄉國久無望，仍存刼火餘。淚流雙眼盡，得見故人書。
片紙來天外，封題自廣州。開函不敢讀，一字一生愁。

還山憶舊十首

言笑不可覓，暗風吹庭隅。開門見蘿月，恍惚照髭鬚。
相見必破顔，來往永無期。出塞將十年，始如初逐時。
挾卷出相尋，往往偕風雨。從此得新題，但向松間語。
大音易銷沉，天地終何有。茫茫東海沙，斯人豈長久。
枕中百十篇，暗室生霹靂。夢裏長把持，祇恐蛟龍攫。
雨盡禽聲寂，空山似有聞。十年稠疊恨，不是爲思君。
常遺候君來，松枝掛月白。君今逐浮雲，猶掃松根石。
山中多虎豹，月黑恐魂驚。君如來入夢，須隨明月行。
約略夢中見，一半苦吟聲。此夜分明甚，猶恐非平生。
最憐同出塞，不得上千山。屢咏山僧句，常思山鹿間。

真乘師臨行口占

君去何須恨，還如未到時。相看無一語，那得送行詩。

同諸子煨山藥守歲

歲去誰能守，山寒味獨長。舊鄉雖有芋，未必勝他鄉。

古別離二首

殘月送君去，還復照妾歸。生憎日光奪，不得長輝輝。

男兒志四方，不信别離苦。妾死化鋼鋤，鋤斷四方路。

懷舊有感八首

孤吟必憶君，一憶一回老。淚滴王維句，勸君苦不早。

我生苦憶君，我死人必憶。胡爲眼前光，日日成虚擲。

死去悲已遲，生存歡未極。悲歡共一時，速哉各努力。

從君百千能，從君百千識。雙眼倚雲天，到底淚一滴。

口說遍河沙，毛髪不得力。人即任君欺，君欺君何益。

見人手自遮，千百幻何極。人去手自捫，一點光歷歷。
無病有千春，病來在呼吸。細碎簡平生，收拾將何及。
好日信無多，良會誠難值。切莫俟其時，始嘆空相識。

首山律主過訪

我居千山南，爾居千山北。去來各自繇，大都山路直。

木公寄衣

城中寄衣來，感激淚如湍。瓊玖安足報，願勿忘饑寒。

山雪三首

青山面面同，渾如張素紙。欲蘸萬丈松，盡書太平字。
一片嵯峨石，中餘小徑通。自從雪積後，那得世人蹤。
山中清且閒，寒雪共朝夕。除卻自行蹤，並無麋鹿跡。

對月

明月但照雪，不照世人心。雪深惟一色，人心種種深。

題作麼山居十首

築室最高頂，山高雲逾閒。回看予住處，猶覺在人間。
天近龍長護，山空雪獨飛。祇愁林鳥出，帶得世塵歸。
遠山俯可拾，北斗近堪憑。共在白雲裏，君居第一層。
仰臥星辰見，雪來白滿牀。更添簷上溜，冰柱列成行。
無事扶笻出，遠尋麋鹿遊。莫行松底路，松子打人頭。
耕田餘半畝，今歲稱大熟。小罐貯三升，大瓶貯一斛。
粗糲可克腹，生涯實有餘。盡除今世事，留得古人書。
參葉聊當茗，無人自一杯。門前屐齒響，定是老僧來。
日午尚高眠，問人雪霽未。沙彌九歲餘，不識人間事。
山巔如可上，更上一重重。總斷樵人路，低頭謝舊峯。

山曉

山曉冷悽悽，開門雪覆溪。偶隨麋鹿跡，不覺過橋西。

山暮

薄暮一山風，鐘聲在半空。雲多遮不見，不出此山中。

接爾珍書

索笑堂中客，十年塞外居。主人猶不忘，遙寄八行書。

夜坐偶成二首

責躬宜獨厚，責人宜用寬。成仁誰不願，殺身良所難。
聖道非一端，衹貴審其真。殺身有時易，所難在成仁。

臘月一日大雪病中口占

已近予生日，彌天大雪飛。年年惟抱病，淚濕破僧衣。

侍者勸予病中罷吟賦此示之

我死終無恨，我生良獨艱。不因頻得句，何以破愁顏。

子夜歌二首

素絲繡荷花，雜絲繡荷葉。荷葉將比君，荷花將比妾。

君行路非一，君心千百歧。簷前垂蟢子，空費腹中絲。

山夢

入夜魂無禁，皇恩亦已渥。故山不時歸，歲晚歸逾數。

獨望

歲暮登高頂，心心眼暝烟。東南頻極目，不見舊鄉天。

夢

夢久厭城郭，爲君時往還。不知城郭夢，曾否到深山。

接諸公札

屢接城中札，長爲野老憂。一從入山後，半字未曾酬。

寒夜風

歸夢不覺遠，合眼海門潮。羅浮剛咫尺，風吹斷鐵橋。

披裘

頑石凍不裂，雪多山更幽。十年冰裏過，此日披羊裘。

夜雪

寒風夜蕭颯，門外白皚皚。窓破何須補，從他雪入來。（以上千山詩集卷一四）

懷羅浮

鐵橋西畔即吾家，回首黄雲萬疊遮。四百峯峯皆有夢，空從笛裏見梅花。

秋月四首

碧天湛湛自孤身，淡寂何言一倍親。此是山樓舊相得，眼中無復嶺南人。

秋光深淺我全知，正是無人獨立時。便欲關門情莫奈，驚烏啼在第三枝。

出戶連天動遠思，沙明如雪沁肝脾。夜深一片蒼茫色，不是流人絕不知。

高樓鐘歇鴈聲沉，一葉隨風到客心。卻憶素馨田畔住，美人何處獨披襟。

塞上四時歌

三春不見一花開，獨有城頭散落梅。卻憶江南晴日好，屧聲齊上鳳凰臺。

紛紛牧馬問平原，望見炊烟尚有村。白骨未埋青草遍，不知何處哭王孫。

未到中秋吹已寒，每因踏月怯衣單。何須更聽悲笳曲，白髮絲絲葉葉丹。

牛車咿軋河上行，下有蛟龍凍不鳴。直待冰銷能幾日，寒風吹盡煖風生。

寄與然師

破寺松風臘月時，君行潑墨我題詩。天山無限巨然筆，不到邊庭總不知。

接笑峯師己丑二月札 時辛卯五月也

三年一紙到關東，江月邊雲萬里同。研淚題詩連夜寄，不知何日達南中。

暮過甦築齋留題

原是道傍半間屋，自君到此足優游。縱令野月長相接，不得僧來也不幽。

懷陳子

十日不來涼又到，預愁衣薄不禁秋。風吹禾黍人行處，疑爾相隨老比丘。

喜王三爲陳子覓得館地

朝夕隨僧嚼冷虀，鄰翁爲覓一枝栖。解開布裹殘書卷，幾個兒童勝牧羝。

懷大翁

詩滿奚囊麥滿篝，別纔幾日忽驚秋。只疑弟勸兄酬處，白水山花一片愁。

贈戴三

一月城中走一回，路傍得句倩僧裁。縱令黄葉如金貴，不得而翁笑口開。時來城賣煙葉，故云。

訪陳子新館二首

市肆開門講學初，雖無儋石勝歌魚。日中欲效王充閲，只賣羊皮不賣書。

半歲三遷古佛家，雲門胡餅趙州茶。莫因舊結僧緣熟，仍借田衣作絳紗。

重陽前一日雪

自敨柴扃望遠峯，鄉心落葉一重重。似憐登陟添愁思，處處臺先著雪封。

九日冒雪訪我存

定是寒僧獨扣扉，書聲猶共雪花飛。市中來往空如織，就裏無人是白衣。

獨望

獨望寒山山欲頹，城頭暮角一聲催。鄉心片片隨雲去，只恐西風吹又回。

孤燈

孤燈如鬼夜幽幽，白髮頻添照不休。最是愁人風雨後，一生心事五更頭。

殘菊

登高過後冷淒淒，獨向平原望眼迷。已是不禁愁又見，一枝殘菊夕陽西。

小春

九十春光寒夢裏，小春敢望暖風回。遥知故里無人處，又是梅花繞屋開。

甦築得麗服

何以家園衣敝裘，寒邊翻作五陵遊。即今風雪全無患，繡錦重重一裹愁。

題我存新齋二首

雪天誰復贈綈袍，殘卷寒燈道自高。日裏市塵三萬斛，夢中化作大江濤。

車馬喧填戶不開，身雖欲槁恨難灰。空齋最苦鐘聲近，夜夜還家半路回。

刺翁來城見訪

到城先自問殘僧，老大關情一片冰。莫爲空門能釋恨，空門此日恨尤增。

重和堡中八咏

北山

執斧歸來淚未乾，北山山下雪風寒。當年恨不移文早，只恐移文也不看。

夾河

夾岸遺黎意自淒，滔滔何處武陵溪。河流亦厭寒冰苦，不向東頭盡向西。

石人

石丈巖巖孰可儔，蒼天終古自悠悠。我來說法無人會，只有山前暗點頭。

永興寺

野寺開門雲亂飄，魚聲燈火各蕭條。淒淒木佛憑傳語，只恐寒多我欲燒。

蓮渚

夢破荒天苦樂齊，情存淨汙便成迷。東方亦是蓮華國，何事迢迢願更西。

耕烟

秋雨連綿失所天，又聞鹿豕占餘田。可憐生計歸黃葉，無奈飄零不值錢。

菜蕨

半生勳業醉醒間，到此方知稼穡艱。薇蕨幸留堪緩死，莫將饑餓怨西山。

觀魚

誰道洋洋可樂饑，淒涼抱鋏未彈時。故鄉自有鱸魚膾，只恨秋風憶已遲。

喜陳子罷役

從此沙邊好放吟，數莖白髮抵黄金。相逢仙客休言藥，若教還童苦不禁。

懷李錬師

故鄉到去想全非，恨不當年拔宅飛。逢著相知棋莫看，西風華表待君歸。

柬焦冥

去歲憐君餘一弟，予今一弟昧存亡。囊中定有還生藥，肯任龍沙白骨荒。

訪陳子阻雨

大風大雨掩僧扉，拄杖閒抛咫尺違。料得棋枰敲到晚，不堪擡首望雲飛。

訪陳子二首

山寺相尋爾尚存，强開顔笑暗聲吞。最憐縷髮餘霜雪，猶有白頭人倚門。

經年抱鋏向空門，白水黄瓜老瓦盤。不是闍黎鐘忽斷，何人真感孟嘗恩。

寄界繫師

少小參尋老大僧，雲山歷盡碧層層。關東白日寒如水，欲寄清涼照古藤。

寄功檀行者

如何仍滯故人家，念汝辛勤淚點沙。歸語故園諸弟妹，孤僧未死海東涯。

夜雨懷傅陳二子二首

風雨同牀定賦詩，詩中定話苦相思。老僧恨不衝泥過，只恐天晴又別之。

無雨無風愁寂寂，大風大雨益淒其。不知絶塞如何好，便使同牀淚亦披。

同諸子訪耀寰不遇

車馬全無戶半開，尋山應到日西回。兒童不用詢名姓，定是吾儕三五來。

題扇送耀寰

贈別慚無金叵匝，白團新墨共淋漓。移家不少王侯貴，那得吾曹半句詩。

題鐵嶺花樓

貂錦何年去畫樓，樓前荆棘滿空秋。行人立馬一擡首，疊笏還疑在上頭。

秋燕

海水蒼茫何處歸，深秋猶自傍人飛。舊時王謝皆泥土，只恐重來我又非。

聞宗尉爲戴子直寃

耐盡冰寒鬢已霜，春風一點到窮荒。委蛇僅見方義尉，更有何人贖仲翔。

贈壽光三公子

炯炯雙眸氣食牛，最憐未解說邊愁。他時得返絃歌地，卻望寒冰是舊丘。

懷寒還

數載交遊一瞬休，計程應說到皇州。鄉關重霧難回首，何處霜風不是愁。

送戴三

半揖鞭梢雪載途，懷中一幅流民圖。金雞計日傳邊海，肯遜緹縈卻丈夫。

解嘲

莫笑孤僧老更狂，平生奇遇一天霜。不因李白重遭謫，那得題詩到夜郎。

問我存病

殘軀何異委寒林，絳帳蕭條夜雪深。獨有病魔無冷煖，長邊萬里亦相尋。

懷苗鍊師

一度關門便是仙，纔經兩月已千年。鶴飛縱有歸來日，只恐人民未必然。

聞薪夷遊豫章

最是一身無著處，隨風直向大江西。匡廬山下子曾住，應訪茆堂過虎溪。

春前一日

臘盡依然處海濱，寒風破衲易相親。年來曆日渾無據，未必明朝便是春。

祀竈

絕塞爲神亦可憐，一瓢冰雪獻尊前。經年佳節同寒食，莫把清貧訴上天。

立春

清曉開門淚已披，梅花一别永無期。寒冰到死爲朋友，便是春來也不知。

枕上偶成

寒爐撥盡漏聲微，獨臥泥牀攬毳衣。枕上嶺梅三百樹，一時化作雪花飛。

我存曉過

春來安得到柴扉，望斷孤雲更不飛。寒淚滿眶無地灑，卻將數點濕僧衣。

雪中懷太翁

開門三尺没空堦，欲問袁安願又乖。自是雪深堪葬骨，更無餘地著吾儕。

元旦拈香

野臣負罪海東偏，羞搭袈裟見佛天。一瓣心香和淚舉，不知何處祝堯年。

聞我存得仲氏餽貽

抖擻曾無一寸氈，只將雙眼看殘年。鄰翁斗粟渾閒事，續得寒儒命一綫。

偶成

今年更比去年窮，夢到梅花香亦空。抖擻破衾殘雪在，無人知道舊家風。

即事

食得冰甜歲又新，曾無好意別疎親。從他唾面從他笑，不改南蠻鴂舌人。

麗大師寄梅花詩

一枝誰折寄遼東，臘盡香殘夢久空。欲擬報君寒徹骨，祗連雪滿月朦朧。

九日大風

年年九日怯登臺，此日登臺眼獨開。瞬息塞塵吹欲盡，無人知自大江來。

寄訊堡中吳子

莫爲饑寒瘦不禁，三人惟爾絶來音。孤僧有夢還應入，辜負寒燈夜夜心。

千山懷大來甦築諸公

幾年相約入千山，萬丈枯藤我獨攀。何日團圞最高處，峯峯收拾破囊還。

題淨瓶峯

案頭恰置此孤峯，峯頂何人插古松。爲問山靈如可借，杖挑隨處得相從。

千山寄諸子五首

一到山中便不同，山翁只合住山中。山中不盡憑題寄，纔欲抒毫色色空。

寸寸都堪屐齒留，此中何處覓邊愁。饑來無限青松葉，更汲寒泉煮石頭。

掃石焚香只待君，滿溪流水共云云。閒愁抖擻洞門外，莫帶纖纖亂白雲。

千峯殘雪掛松杉，月下孤僧經一函。何必浮山歸便好，病軀今已委寒巖。

破衲蕭蕭自一峯，思君斜倚最高松。爲留一片松間月，間疊溪橋候短筇。

贈紅鴉

雪裏驚看花獨開，燕支山上曉飛回。莫憐幽谷寒無奈，爲帶春光一點來。

別千山

片雲相伴出山扉，拄杖挑將破衲衣。爲語洞猿長守護，石牀茶竈待僧歸。

重入千山二絶

偶然飛去復飛還，幾見雲能離得山。舊路依稀猶可認，石橋流水第三灣。

萬壑千峯是舊知，此回相見異前時。寒鴉亦似曾相識，兩兩飛來低樹枝。

重留龍泉静室

巖邊茆屋出林梢，亂石支牀雪半消。拗得松枝重洒掃，壁間猶掛舊時瓢。

入山遇雪

去歲到山曾有雪，今年踏雪復登山。泉聲滴瀝還如舊，山共孤僧添老顏。

山中同諸老夜話

燒松共話到更深，衣薄鐘殘雪又侵。住得此山非近世，不須重問祖師心。

訪無心師

裂卻青衫三十年，孤峯獨自抱雲眠。相逢休問今何代，夢滿雙眉月滿天。

千山二首

三月峯頭春意微，晝晴時見一鴉飛。東溝林外聞人語，野老提筐摘菜歸。

天與空巖養病身，衲衣無復惹紅塵。故山久已荆榛遍，誰料桃源卻在秦。

千山雜咏五首

石人招我上高臺，極目中原一點灰。半局未收雲黯黯，只愁北海又生埃。

空傳玉匣自神京，大石泉流骨亦清。鳥篆殘碑風雨後，依稀猶認雪庵名。

枯藤爲幕月爲堦，半卷蓮經伴古崖。甲子坐窮寒未了，掃將殘雪葬枯骸。

誰把燕支染白雲，桃花流水日紛紛。祇疑古寺頽垣下，猶壓當年蛺蝶裠。

歎惜前朝五寺僧，雲窩占盡一層層。即今夜雨青燐遍，疑是琉璃古佛燈。

喜梅君磊從江南寄詩

天外何人贈一枝，未曾相識足相思。翻憐蘇李賡酬處，那得中原幾首詩。

遼陽回訪大翁

可堪隔别一年期，見面依然霜滿髭。窖底唱酬良不易，老僧去後更無詩。

喜遇沈謙受

孤身絶域守寒氈，盡日無言意悄然。自悔罪深餘舌在，見君翻似對枯禪。

高寒還叔侄復至

何意重逢黑水濱，邊愁又覺一番新。冰霜已是經來慣，況復殘僧是故人。

雲間錢鍾二子至

相將微喘度龍荒，尚有寒冰苦未嘗。卻怪老僧愁不死，殷勤先問耐愁方。

聖秋寄詩並雙管

一緘珍重寄遼東，詩卷仍將雙管同。舊硯已焚無所用，祇應新句伴寒風。

往遼陽二首

滿頭短髮自離披，正好團圞又別之。莫訝一挑霜雪重，袈裟還裹故人詩。

平生作戲幾逢場，每笑河流盡日忙。最是雲閒閒不住，又隨風雪過遼陽。

與諸子約三日春遊第三日阻雨二首

非關風雨能相妒，自是人間勝會難。不爲此番遊屐阻，連朝終作等閒看。

昨宵有約東郊外，枕畔風拖急雨來。自此得晴便相過，無花亦到日西回。

雨窓讀詩娱

此日閉門惟伏枕，枕邊一手把殘編。誰言絶塞無朋友，紙上相逢百十年。

大雪李苗二鍊師同諸子過談竟日

莫怨崎嶇屐齒艱，但逢好友足開顔。囊中謾說長生藥，且得浮生一日閒。

寄江南諸同社四首

白日歌聲滿大荒，于今斯道屬遼陽。翻嫌李白歸來早，不得長吟向夜郎。

誰言雪磧一僧孤，白拂交橫沸海隅。鄭俠若令生此日，竹林蓮社總應圖。

餓到今稱飽亦頑，墨臺真樂在西山。兄酬弟唱知多少，空使薇歌落世間。

無罪還應出塞來，石頭舊社長蒿萊。會稽禹穴饒探遍，不到天山眼不開。

慈航偶成二首

曲彔偏容老罪夫，天山從此闢荒蕪。請看自古傳燈者，問道曾來九譯無。

百匝氍毹競獻酥，杖頭指處朔風驅。介夫若見綾千尺，會寫長邊說法圖。

大翁出塞亦既抱孫矣復連舉四子戲贈二首

含飴亦自足歡娱，又見雙雙挽白鬚。便使鄭圖添百子，可能代得老翁無。

三年四讀洗兒詩，大漠維熊夢亦疲。紙筆未窮從所好，只愁風雪夜啼饑。

柬我存

幾人風雪共留連，纔過清明便不然。最苦枕戈人已老，未曾先著祖生鞭。

寄澹歸

曾向瓶窰覓幻身，書來已是法中親。何時飛錫同遼鶴，來問壘壘塚底人。

寄阿誰 精繪事

誰與天涯作比鄰，題詩先問白頭人。燕支久已無顏色，好寫青山置我身。

紀聞

閉門鎮日雨聲潺，忽聽流民盡解顏。縱使金雞連夜發，只愁飛不到雲山。

題王公六椽庵

卻因罪廢覺于于，茶椀殘編足自娛。室比維摩無一半，屢將香飯致文殊。

寄與公三首

水滿春江書滿車，單騎何苦問天涯。眼前無限悲秋客，獨有君心待折花。

聞君又已離孤寺，畢竟是誰割半氈。珍重夜寒應早臥，不須秉燭續殘編。

茆庵燈火舊來過，君自咿唔我自歌。他日乘車休下揖，但逢破笠不須呵。

拈筆寄木公

去年相約莫題詩，收拾殘生過好時。白雪下來山又冷，不禁孤寺遠相思。

寄慰大翁

相看白首恨如何，獨臥牛衣淚又多。瓶口幾年知缺盡，不須重擊瓦盤歌。

寄潘公

萬里寒雲共掩扉，如何朋好足相依。情知鄉井無窮淚，恐見傷心不敢揮。

桃源詞二首

當年鬼哭便應焚，灰冷難招坑底魂。先世爲儒知不免，桃花那得到兒孫。

雞犬尋常得自由，從來無喜亦無憂。眼中若見秦時代，滿洞花開也是愁。

入山雜咏二十首

曲曲溪流去復回，山花夾路石門開。老僧望見頻揮手，莫帶紅塵一點來。

竹杖隨身任我移，袈裟搭在矮松枝。青山處處容吾住，欲著茆簷便不宜。

居山元是此山人，似我山居日日新。莫笑浮生無定止，但逢好石足鄉鄰。

莫問西來路不同，何妨麋鹿得相從。山山到處看俱好，最愛溪南第四峯。

橫路枯松掛古藤，幾年踏雪到來曾。偶看虎跡間人跡，知是長眉赤腳僧。

一飽欣欣樂有餘，主人猶我我猶渠。翻思二十年前事，翠幙華堂是客居。

老大無家亦有筇，尋山山頂有高松。芒鞋常恐行來遍，一日排雲到一峯。

杖頭到處是吾家，瓶鉢都將掛樹椏。趺坐偶然盤石上，不須山鳥更銜花。

已過溪雲幾十重，忽聞林外一聲鐘。欲尋人處無人問，滿地縱橫是虎蹤。

一宿僧堂即便行，主人留客客無情。磬聲只到山門止，一路猿啼共鳥鳴。

山花歷亂雜蒿萊，一度來尋一度開。猿狖不曾離舊處，笑予頻去又頻回。

一雙草履一邊瓢，一卷殘書伴寂寥。莫道無枝枝未穩，從今更不羨鷦鷯。

何處非吾得志時，山麋野雀共嬉嬉。獨行率意還同阮，但到窮途淚不垂。

半掩柴關一徑苔，山梨幾樹落堆堆。老僧定起開眸看，疑是山猿拾果來。

垂垂白髮坐淒淒，盡日空山聽鳥啼。笑指巖松高百尺，入山時節與肩齊。

千峯寂寂待知音，人世紛紜那許尋。不是我來頻寄迹，孤他泉壑萬年心。

市跡纔通便不清，深藏塞外不知名。中原無限佳山水，雜沓人來亦世情。
無如此地足幽棲，滿眼蒼青我亦迷。何處老猿來覓得，又扶笻竹過橋西。
閒踏荒萊見斷碑，依稀篆跡似唐時。此中或是唐朝寺，問著山人總不知。
采將山菜山柴煮，更汲山泉徹底清。野老自言年八十，年年食此不知名。

偶成

不因貧病不思鄉，愁緒彌天恨夕陽。自顧一身如此小，千峯猶恨莫能藏。（以上千山詩集卷一五）

全粵詩卷七七八

釋函可　八

贈友人十二首

愁生白日恨餘暉，夜夜披霜舞綵衣。莫道夢歸全不當，一年一半近庭闈。
長讀金剛一卷經，經聲纔罷暗叮嚀。生還菽水無他願，雙白看兒到百齡。
兩世持衡淡有餘，傳家只有一樓書。年來方識全無用，那得神仙到白魚。
伯夷大笑入重泉，先代弓裘頸血濺。自是吹篪相和切，又看一鴈度寒邊。
歲歲空看塞鴈歸，何曾一見寄來衣。遙知香閣無窮淚，出到堂前不敢揮。
寥寥幾字寄空箋，道是平安淚亦漣。常恐未能癡且魯，偷將紙筆續殘篇。
一杯濁酒奈愁何，盡日看天自放歌。衣上密縫還是舊，淚殘風裂已無多。
含淚題詩不敢悲，春風應見鴈參差。山河異昔休輕問，夢裹曾經汝自知。

獨有聲音不改初，想當細認淚盈裾。呼兒開閣塵應滿，簡點當年舊著書。

幾年燈火伴僧孤，香燼衾寒水一壺。他日鹿門山上夢，又應夜夜到邊隅。

華表還將老鶴羈，先分一羽莫遲遲。何時把臂山陰道，贈我前朝竹一枝。

相知惟我淚難乾，三囑殷勤曉露寒。便是羊裘容易識，十分珍重釣魚竿。

九日左公招郭北登高

籬邊不見菊花開，門外時聞慧遠來。萬里風沙愁黯黯，相攜莫上望鄉臺。

贈海城王令公五首

三年前此飄花雨，今日來看一縣花。舊戶新氓俱乞遍，一瓢直入到公家。

衙齋如水小窗虛，一局殘棋一卷書。未見便知非俗吏，祇疑丁令舊仙居。

天明野外勸農回，又向城頭闢舊萊。纔欲關門看宋搨，忽聞吏報老僧來。

不嫌粗糲分僧鉢，竹院過尋日日閒。更欲論詩情未慊，幾回騎馬入深山。

鳴琴關鎮曉風清，攜得絃歌遍海城。父老豈長看晝錦，中原最苦是蒼生。

陳令公重招不往

重招野老了殘棋，竹杖將行又故遲。不是韜光鶯燕怯，署寒如水病難支。

重入山寄木公二首

千丈秋巖錦十層，去年著屐憶同登。只茲一點清閒事，除卻先生便不能。

塵世青山隔幾何，高人只可一來過。不知老衲修何福，隨意烟嵐日夜多。

至日雪

見説陽回何處覓，山山惟有雪風狂。幾多束手茆簷下，又見愁添一線長。

寄壽大公

山塞惟予在汝先，年年酌水獻詩篇。天心只愛文章老，那管長愁幾百年。

龍牙寄大公

山中何事苦相思，共是寒風君最饑。鉢底分將山味苦，幾年嘗盡自應知。

山藥寄木公

淡中滋味少人知，帶雪鋤來寄所思。爲語鄰侯須領取，懶殘斫額已多時。

大翁攜來諸物俱典盡各賦一絶

一曲拘幽心已悲，高山流水尚相隨。年來絃斷桐俱爨，十指空留向子期。琴

一幅長懸萬壑秋，草堂閒臥共僧遊。巨源一去雲山盡，雪滿泥傾破壁留。畫

一片寒巖袖不離，雲霞隱隱舊家遺。馬肝食盡愁鸜鵒，拾得殘磚寫舊詩。硯

謾傳欉李千金值，燕市相逢識者希。今日風流無晉代，更搜殘墨換鵝歸。法帖

寄答曰廬諸子

書來知汝未曾離，竹杖麻鞋好護持。我罪已深衰更甚，不須翹足看松枝。

寄麗和尚

人天翹首嶺雲空，又向匡廬覓舊叢。杖底瀑飛三百丈，好攜一滴洒遼東。

答浪杖人

憐兒不覺鬢毛殘，幾度音來淚未乾。懷裏有香頭有雪，燈花應照海波寒。

謝江南諸友寄筆墨

肯怯層冰骨已殘，獨愁破硯淚難乾。憑君寄我如椽管，寫盡天山百丈寒。

笑峯兄受杖人付囑以書來並寄諸刻

石頭風雨共朝昏，萬里音書度玉門。雲月是同溪不別，更驚一吼海瀾翻。

馮兄來言龍公入城同木公心公寓時心公得子口占

客言星聚塞烟微，青瑣花磚共土圍。夜半呱呱驚夢醒，卻疑白板舊黄扉。

心公移寓木公舍得子二首

舊宫深鎖土牆低，書卷荒涼俎豆泥。見説北郊夫子在，三遷直向雪邊棲。

相依廡下朔風吹，更截牛衣爲裹兒。想得高堂寒夜夢，撥開深雪自含飴。

木公書來極言乾公近狀同難蒙福誌喜

白晝輕裘度玉門，鬚眉耿耿暗聲吞。此行不爲鄉情重，攜取春風散五原。

賀孝公被撻二首

獄吏何妨溺死灰，獨將雞肋抵轟雷。翻嫌昔日王孫餓，寧受尊拳不受哀。

何人雪底縛袁安，不用攢眉且自看。總爲梅花消息近，又添徹骨一番寒。

馮公冒雪入山同卧

不負崎嶇路幾千，歌聲哭語雪中眠。自言到此今經歲，一夕真當勝十年。

生日碧師見訪

蕭蕭匹馬扣山扉，不用開言我自知。空見雨花堆滿跡，一瓢寒雪共支饑。

贈梁公

曾向蒼梧恐百蠻，十年彳亍鬢毛删。獨支破竈炊殘雪，雙袖還留帝女斑。

呈嬴

憐我長將病骨駝，難隨冀足度關河。生芻一束兼孤鉢，累子人呼乞食嬴。

寫詩寄同難

見説殘冬望我來，老僧一見笑顔開。寄君一卷新詩句，每到愁來讀一回。

看花

春色蒙頭過去休，偶隨山鹿樹邊留。年年花發無心看，不似今年花更愁。

燕銜花

今年寒甚去年寒，春雪纔乾花事闌。燕子似憐人不見，故銜一片到蒲團。

落花十首

片片何因再上枝，可憐搖落始應知。老夫無限傷心淚，只在東風第一吹。

莫向枝頭頃刻論，春光一等付郊園。紛紛開落無窮恨，只有青松自感恩。

倚仗穠華最可憐，牡丹畫就亦徒然。燕支山有傾頽日，未必紅顏保百年。

未曾衰謝斷人腸，拗折何因委道旁。卻憶入時情漫切，鏡臺從此恨眉長。

何須洒淚向空枝，狼藉蒼苔苦不辭。細想芳園繁茂日，由來不是別風吹。

桃李春深自不言，肯教他樹更承恩。于今金谷多荒棘，不及梅花別有村。

琥珀纔傾日已西，夜來風雨暗淒淒。曾將歌舞承歡宴，敢惜春泥踐馬蹄。

亂點欹崖自不平，一番雨過一番情。誰能把得春光住，莫怨樓頭羌笛聲。

鶯啼漸急如愁別，剩蕊殘枝日又昏。野老不知春去盡，猶將杯水奠花魂。

翠袖紅牙興尚饒，蜂愁蝶散自今朝。年年榮落尋常事，識得春風恨便消。

重哭左吏部八首

思君不見草萋萋，日落雲黃望轉迷。未必冥途風景異，定知到處有新題。

歷盡冰霜去不妨，從今無復歎冰霜。多年親友能相見，何異生還到舊鄉。

兄弟團圞近若何，應知同和采薇歌。不須更話寒邊事，語到寒邊恨更多。

生前有淚三千斛，一見流人一度揮。地下若能開別路，好呼殘魄盡將歸。

飄零雲水足深悲，最是無情淚獨垂。人世悠悠知不問，夜臺何處訪相知。

不須重擬問高天，寫盡長空也枉然。白日未曾聽半句，于今又隔幾重泉。
如君可是忘情者，屢問曾無答一言。果爾不虛南面樂，招辭先擬到空門。
風沙漠漠竟何之，靜想撚鬚不語時。道大莫嫌泉路窄，山鐘佛火好相依。

重過山寺看芍藥

昨日來看朵朵新，今朝幾片逐飛塵。無情無恨還如此，休問花前墜淚人。

聞赤公扶病登山有懷二絶

自笑居山懶入山，山花山鳥任閒閒。輸君抱病仍扶杖，歷盡溪流第幾灣。
山高霧重更多風，到處崎嶇路不同。片石短松須歇足，莫于峯頂哭途窮。

赤公同諸公遊千山余不能從二絶

年少探奇逸興增，杖頭常欲上雲層。于今老病居人後，見說峯高便畏登。
險阻曾經百念輕，半瓢隨地足平生。不須重話塵中路，縱是名山也懶行。

示老馬十首

日行三萬猶嫌緩，便到瑤池路亦窮。年老力衰甘處後，任他逐電與追風。

萬仞崇岡還易上，人間最險是平康。若能步步如初步，歷盡羊腸也不妨。
城邊有路荆榛滿，山上無塵虎豹多。健步縱留何可騁，不如隨意選陂陁。
汝羸我病合相憐，山寺晨鐘自在眠。赤汗已乾蹄已薄，長楸無復憶當年。
渥洼久已無消息，皮骨雖存志欲灰。舊日驍騰如夢裏，莫教錯認作龍媒。
惠養雖勤非素願，芟蒭苜蓿總堪羞。但能不受黄金絡，雪磧荒阡亦自由。
幸無伯樂能垂顧，價重何曾老不才。青草漸長溪漸溢，騏驎終欲羨駑駘。
卻恨當年白馬來，驊騮遍地轉堪哀。支公久已輕神駿，只合埋頭向草萊。
不遇子方誰肯贖，雖然出塞不從軍。龍鬐鳳臆皆黄土，日暮臨風哭舊羣。
錦勒絲纏萬騎奔，駪駪狉狉若雲屯。何時盡放華山去，豐草長林到處恩。

咏花六首

一接春光即便休，莫于花底更淹留。從他爛漫從他落，只恐風來覿面收。
空枝相對愜清幽，誰把繁花綴上頭。爲囑狂風索吹盡，莫留殘蕊向人愁。
豈有紅顏能久駐，空庭應自長離憂。無端老衲花前去，分取春風一半愁。
相看到得日斜無，只恐叢空眼亦枯。蝶死不知花是夢，林鶯何必苦招呼。

風光撇眼我明知，花信頻來暗自悲。二十四番腸寸寸，安能更見楝花吹。
嫩蕊終當委草萊，漫勞狂雨強相催。空門不染猶生感，莫向朱樓綺閣開。

贈采郎

古錦爲囊背不離，詞臣疏草逐臣詩。閒同覓句來山頂，逢著山僧一局棋。

聞鑫雲師有詩相寄未到先有此答

詩筒聞說寄寒邊，憶別今經十六年。窖底雪深埋未了，餘魂飛向玉簾泉。

和亦公韻

歲盡風吹事事無，閒拈榾柮自添爐。山中松樹枝枝雪，莫壓城西那一株。

初春

誰識山中別有春，梅花爲夢草爲茵。更餘布袋殘書卷，不恨身貧恨道貧。

雪中同阿字讀柱江燕歌

雪底燕歌不可聽，千峯不見一峯青。幾年心著寒灰死，敲碎他家老瓦瓶。

憶故山梅

不如此地雪花多，月落村頭可奈何。翠羽無聲魂已碎，夢中蝴蝶淚成河。

題心公寄畫山水

筆纖料得全無意，短短枯枝淡淡山。細想江南何所似，蘭陵端不是雲間。

題謙公寄畫梅

美人贈我一枝梅，嶺上曾過十七回。騎馬路邊香不了，斜陽石壓倚巖開。

題天公寄畫山水

身在山中不識山，何人潑墨寄柴關。雪深最好無蹊徑，竟入長松大壑間。

棲賢先專普雨來及閩而返今冬阿字始至戲成二絶

纍纍低塚路茫茫，普雨何曾及大荒。怪殺羸軀兼善病，竟將草屨試冰霜。

鴈足先傳紙半張，十年窖底伴羝羊。棲賢門下多龍象，蹴踏都應白玉堂。

戲似阿字

只將匡嶽紙三張，此外何曾半瓣香。江月江烟兼塞雪，等閒收拾滿空囊。

心公書來寄乾笋一觔不到天公書來寄乾笋一觔半又不到戲成

十載檀欒夢不成，此君雖死怯山行。自憐福薄甘心餓，猶幸書來兩見名。

阿字破袋中見澹歸書有行不得哥哥語戲成

曾于天外寄空音，忽聽連啼烟水深。磧雪果然行不得，瓶窰辜負十年心。

和棲賢中秋無月二絶

雪晴夜半冷雲開，缺月疑從匡頂來。招隱泉邊應未臥，遙知兩地各徘徊。

似此如何得好懷，夜寒泉石亦難諧。卻憐金井橋頭影，定是吟詩憶海涯。

起西以長篇寄訊答此短章

白門風雨讀僧詩，夜半鐘聲動遠思。布袋裝來千斛淚，報君欲語已無辭。

和歸宗蠡雲師寄韻

尺幅三年到遠天，泉聲和淚落風前。何當剪燭松堂上，讀盡離憂幾百篇。

偶成

日日空山一卷書，行吟孤坐外無餘。清風寺裏僧來到，說道明朝是歲除。

五更大風至旦晴明誌喜

積露寒沙一霎收，天恩如水向東流。愁心吹入關門盡，一片殘雲也不留。

元日山中寄同難諸老

不恨投荒我獨先，春風應滿塞城邊。相將半揖辭冰雪，莫憶寒雲壑底眠。

送屍林

六載寒沙共耐饑，臨行雙淚尚依依。片雲莫道無歸處，好向老人峯上飛。

寄答禪人二偈

西風吹送越江吟，百斛梅花散遠林。撲鼻是香無覓處，漫拈片雪報高岑。

誓將寸管侍晨昏，尚有招辭及遠魂。門下三千那不愧，幾人真感信陵君。

送阿字遊醫巫閭二首

杖歷千山意未舒，又將望海上巫閭。祇疑絶頂雲封處，猶有東丹萬卷書。東丹王藏書絶頂望海堂。

嵯峨十載夢魂間，羨汝逍遥一笠閒。若到遼良讀書處，秋遊好續幾篇還。良讀書此山，有秋遊賦。

聞阿字諸子改從海舶還

草鞋脱卻任乾坤，日淡雲黄海氣昏。縱遇神仙休眷戀，乘風直向虎頭門。

遣諸子行後二首

幾年無復聽鄉音，一聽鄉音淚更深。收拾鄉音擔去盡，不教細碎動予心。

東林尚不展家書，況是流離萬里餘。從今莫管南來鴈，萬壑千峯意自如。

夜雪

夜寒無那自開扉，天地冥冥靜有輝。莫學當年梅子咏，恐他持去織弓衣。

雪中懷阿字

雪裏題詩汝最多，汝行雪裏奈予何。只今乞食長安市，更向誰人慷慨歌。

懷侍者

從師出塞一年期，幾度山前暗淚滋。知爾舊鄉情倍切，夢中白髮兩垂垂。

譚家庵

何處山門八字開，城西咫尺白雲堆。但逢榔栗横擔者，定是譚家庵裏來。

恥若新居成

何曾離卻一步地，泥竈柴門色色新。四壁任教塗白雪，蕭然仍是去年貧。

允中老僧入山過冬

歲暮不知何處宿，深山雪底共圍爐。不因滿眼兒孫好，那得孤身伴老夫。

恥若聞十慧龍諸子入山

山前大路久荒蕪，況復連綿雨雪鋪。莫道有鄰寒始見，長松頑石盡吾徒。

遙哭黄无咎

當年結束九江行，無奈當年舐犢情。最是金多難贖命，何如孤跡任飄萍。

謝因翁寄夏衣

五月披裘自采薇，故人何處授輕衣。無端惹得薰風動，拂盡黄沙白日暉。

與季心雪

聞尋冰雪出邊陲，一局殘棋一卷詩。吟罷便愁田海換，何須更待爛柯時。

金塔山居雜詠二十首

長夜雞聲迴不聞，寂寥古塔與平分。卻嫌窓外晨鐘動，猶帶寒風鬧白雲。

月出開關晝掩扉，山上人間事事違。最是欹崖連屋角，一番下雪一番飛。

端坐泥牀何所爲，雪晴日影上高枝。山麋野鹿全無禮，來不參堂去不辭。

雲散鶴飛何所止，殿臺散木長橫枝。閒尋舊日經行處，荒草猶眠半截碑。

曲木爲梁草作簾，我來又蓋半間添。蒲團以外惟茶竈，瓦礶燒泉味亦甜。
孤松如蓋碧萋萋，流水還餘未凍溪。窮到生臺無半粒，饑烏帶雪向人啼。
耕田博飯不須貪，但看廚烟勿教斷。今年種麥本無多，野雀公然分一半。
莫言山裏絕無朋，漸住雲間幾處僧。八歲沙彌頭帶笠，驅牛一直上高層。
一個小巖相得甚，穿林度壑必相隨。自從老衲下山去，竟過西峯更不回。
山南父老扣柴扃，世利誰云遠翠屏。一斛細糧錢一串，請僧爲轉法華經。
見說遼陽諸弟子，重重積雪盡衝開。無非只畏山僧餓，個個懷將山藥來。
山菜青青莫辨名，暫時同遂隱山情。驢蹄狗腳憑呼喚，不羨龍鬚得好稱。
雪裏何人擔布袋，沙彌望見笑聲譁。昨宵好夢頻頻見，定是新城道士家。
銅爐豈必施家鑄，木几中央照眼輝。沉水夢虛黃熟斷，鋤將高本一籃歸。
斫柴燒炭無多路，夜夜圍爐儘意烘。更傾半盌山梨汁，九十老僧滿面紅。
九十老僧被破衣，獨行鎮日敞荊扉。遙看扶杖從橋過，知是河東乞食歸。
何人繫馬厓邊樹，信意登臨水一壺。山鼠分餘堪共飽，人間禮數本來無。
要住只須瓢一半，要行只須竹一條。山中迥古無賓主，自來自去亦蕭蕭。

蔬水古來稱大聖，栖栖卒歲亦何爲。深山一段孤寒樂，不到深山總不知。
住山須帶住山骨，山骨山情自合宜。世間多少英雄漢，縱到深山也不知。

聞作麼子墜冰河中戲似

不因吾子將身試，誰識沙河幾尺深。抖擻山中塵未了，更勞冰雪洗衣襟。

偶成

不知出塞年多少，眼見兒童盡長成。卻憶故山諸老宿，那能白髮耐清平。

獨立

直看前山仰看天，不知何故淚如泉。若論生計真逾分，知足于今二十年。

山月

夜寒寂寂照冰顔，巖壑無心戶不關。明月也知山上好，莫教清影落人間。

大雪

去年雪大今年熟，今年大雪復漫漫。老僧喜極情逾怯，一番來下一番寒。

寒

重裘仍舊怯衣單，行道何曾泣路難。自是病夫禁不得，不關冰雪迫人寒。

冬前一日即事

忽聞城裏有書來，三讀書題不敢開。但得寒冬無事過，何須翹足待陽回。

至日

去年此日身栖雪，今日依然雪裏身。歲歲盡傳陽已復，何曾一線及流民。（以上千山詩集卷一六）

全粤詩卷七七九

釋函可　九

曉鐘二首

夜寒愁思獨紛紛，夢入浮山幾片雲。清曉無端一百八，數聲猶在舊鄉聞。

曉鐘敲動未開關，山鳥驚飛不出山。一任穿林還度壑，莫流餘響到人間。

暮鐘二首

壁燈燄短冷颼颼，獨坐無人未覺愁。忽聽山鐘簷際落，一聲聲直到心頭。

半窓如水夜魂清，總是山寒夢不成。何似耳邊聲歷歷，煩君直響到天明。

即事

雲傍青山卻避山，青山對面隔重關。始知漁父良多幸，暫入桃源不等閒。

孤吟

暮林鳴噪各紛紛，絕頂高歌和白雲。祇恐數聲漏崖谷，又隨飛雪下方聞。

山中

山中習靜共忘機，人懶開門鳥懶飛。縱過河東知不遠，板橋常帶夕陽歸。

二十七日虎至廚門

濕盡枯柴雪滿天，山廚昨日已無烟。眼前病骨今如此，知爾難垂一點涎。

偶成

卒歲山中一病夫，寂寥已拚此生孤。獨憐此外茫茫者，不飲山中水半瓠。

寄訊僧住

少小孤寒實可憐，長成猶有蠹殘編。前身野衲應留誓，不睹人間作業錢。

道傍塚

舊塚低平雜草萊，可憐新塚又成堆。他年化鶴歸來日，不見纍纍那得知。

古怨

花飛到地枝難上，河流到海水難還。蓮子落泥心尚苦，湘竹成簾淚尚斑。

即景

山山樹樹何皎皎，四顧人天一色清。只有烏鴉瞞不得，枝頭數點最分明。

丁酉生日二首

重復生身一十年，嶺梅江月總生前。如何只說前生話，不分關河白雪天。

總是刑餘更莫嫌，嚼窮冰雪味真甜。每因生日知年近，又得浮生一歲添。

解嘲

夙生原是此中人，嶺海遷流四九春。已幸還鄉逾十載，黄沙點點舊姻親。

臘八

畏寒誰復睹明星，破寺柴門手自扃。負屈以來經廿載，任教風雪夜冥冥。

懷華首臺

臺高容易動相思，歲暮應愁塞上兒。想得東溪溪石畔，梅花須發斫殘枝。

懷栖賢寺

破寺殘年幸不孤，幾人燈下共圍罏。不知五老峯前雪，得及天山一半無。

懷還山諸子

去歲雪中談歲暮，只今歲暮夜空長。縱然未到家山去，一路梅花也自香。

懷江南

靈谷無松虚夜月，臺城有草照青燐。多情最是秦淮鼓，夢裏聲聲到海濱。

憶庾嶺

嶺頭一步他鄉路，夾路梅花送馬蹄。卻恨當年輕踏過，如何不信鷓鴣啼。

憶鍾山

鍾山野草恨茫茫，寢殿無人只有霜。谷裏長松三百萬，枕邊猶自鬱蒼蒼。

憶曹溪

滿界螢飛說是燈，溪河半滴飲何曾。肉身縱在腸應斷，既哭蒼生又哭僧。

憶浮碇岡

浮碇岡頭失敝廬，空傳故里是尚書。人民城郭全非舊，只好榕溪水自如。

憶雙栢林

雙栢林中古佛居，東官城外血成渠。于今縱到無尋處，更有何人讀舊書。

憶古松堂

門外鸞溪面面山，古松正對第三間。只今縱到翻經處，松亦蒼顔我老顔。

憶白鶴峯

東坡去後鶴峯寒，遺像空瞻廟又殘。見説合江樓尚在，何年重上淚漫漫。

憶黄花堂

三畝離支一畝塘，長松千尺列成行。主人猶自不歸去，野草空餘薜荔牆。

山路

山下溪横截行路，半冰半水馬不渡。山人難見聲難聞，日暮微鐘出白雲。

對鏡

波瀾盈面雪盈鬢，問是何人道是予。卻喜此生應久没，尚從鏡裹見須臾。

閒步

歲窮無奈得閒何，扶著孤笻儘著歌。步到橋頭霜有跡，無人應是鹿來過。

月下懷赤公

月光如水洗虚空，人在城西金碧叢。一自龍天推出後，何曾隻字到山中。

心公以桂花糖寄山中

十載桂林消息斷，何緣花氣滿煙嵐。春來定借維摩榻，金粟如來許共參。

慰病客

身如浮沫命如烟，老少繇來别後先。莫怨他鄉歸不得，人間處處達黄泉。

謝别僧招

隻杖無心過别峯，朝朝暮暮幾聲鐘。細思最得便宜處，長占崖西一樹松。

又題一粟齋

珠闕瓊宫也太區，十洲仙路枉馳驅。祇今一粟寬如許，翻笑當年掛一壺。

遥哭一門師

千羣野鹿伴閒身，十里長松舊主人。松已爲薪鹿爲腊，爭教破衲不成塵。

重接亦非兄札

十年兩度寄書來，脊骨猶存鬢已摧。好水好山應歷過，肯將孤杖指荒臺。

早起

殘星在户月盈堦，獨起披衣踏草鞋。料得城中人臥穩，蒙頭溦絮掩空齋。

慰老僧病

眼看幾日春將至，向道殘年病可哀。未到百齡何足慮，獨憐彭祖已成灰。

送成空下山

誰道居山無限可，青松白雪總堪哀。生生只願檀那笑，且向城西第二臺。

懷恰好禪人

年年約我來山住，我到山中爾又行。想得醫巫閭上雪，也將榾柮自燒鐺。

寄恥若禪人

雖依城郭亦山林，塔影河流足好吟。況有異方新弟子，何勞重話祖師心。

夢匡廬

鷩回溪路一聲鐘，夢入匡廬第幾峯。似向開先橋上過，輕雲半覆六朝松。

月

一半著雪半映書，月來偏向山中廬。如何不照城中路，曉夕茫茫無緩步。

念舊

對影高歌又一篇，一篇歌罷一淒然。子期死後琴聲在，流水高山自歲年。

喜恰好禪人還山

未過溪橋笑語聞，紛紛鷩起暮鴉羣。雙眉已掛家山雪，猶帶巫閭幾片雲。

暫入海城還山

入城半日便思歸，歸到山中日亦暉。人世幾時忙得了，幸然忙不到巖扉。

哭金居士

匆匆策馬入山來，一宿山中便欲回。早識黄罏無返路，何如煮雪共山隈。

偶成

歲月盡從忙裏去，幸因抱病得閒過。燈前細檢無餘事，手自焚香對佛歌。

除夕

燈影幢幢炭已灰，山頭無月暗相催。年光一向難留住，恰似老從今夜來。

寄呈本師和尚

稽首華臺大法王，年來孤錫指何方。不才弟子今猶在，卻向關東雪瓣香。

聞浪大師信

曾把三緘戒鄙人，如何無妄及其身。莫爲相憐情較切，個中甘苦獨嘗親。

贈妙法師

杖頭曾入帝王家，合國同瞻又釋迦。歲歲談經今幾會，佇看舌本長蓮華。

贈碧庵師 時方掩關

一坐柴關已十春，衲衣曾不惹纖塵。山空鳥寂無人到，獨有予來不厭頻。

贈了望師

雙眼朦朧手一編，趙州雖老志彌堅。直須會取聲前句，不負人間八十年。

贈德悟師

一把枯茆百仞山，殷勤何意扣禪關。須知十萬西方路，只在尋常杖策間。

贈慧虚師

白髮飄飄似鶴形，每因多病得身輕。日長睡起無多事，一串菩提一卷經。

贈大莖師

如何萬里亦孤身，歷盡豪華不厭貧。越水吳山無限好，卻來塞外漫相親。

贈印真師

閒窓飄雪共徘徊，羨爾英年出世埃。盡道長安風月好，一瞻瑞像便歸來。

贈心庵師

昔日牛頭山上老，朝朝暮暮爲誰疲。人生七十尋常事，心行如君自古稀。

贈寂庵師

日高三丈各安眠，早起何人獨灌園。須信祖師真的意，元來只在轆轤邊。

贈崑璞師

草鞋終日爲人忙，瘦骨真同百煉剛。處處現身爲説法，須知别有好商量。

贈守心師 師有子顯真，藏主高足也

卻因羸病息塵機，兀坐經年半掩扉。賴有佳兒供菽水，舞斑仍是舊田衣。

贈澄心師

閉戶長翻五部經，魚聲應有鬼神聽。幾番剝啄知予到，自起燒茶話月明。

贈淨如師

何須看教與參禪，運水搬柴傲昔賢。萬行盡從勤處滿，西方曾有自生蓮。

贈瑞宇師

百草曾嘗一老僧，殷勤長禮藥師名。夜深七卷蓮華後，重剔寒燈讀内經。

贈一真師

瑜珈習後學毘尼，土榻蒲團日掩扉。十誦從今須細討，莫教辜負水田衣。

贈寧波師

海岸狂飆不暫停，十年波浪幾曾寧，安禪可把毒龍制，萬里長空一色青。

贈正修

如何年少髮先斑，問道時來扣竹關。世上知恩誰得似，而師幸自慰衰顔。

贈壽績

身在山中不見山，遠隨虎跡度松灣。野橋斷處嵐煙盡，依舊泉流白石間。

贈淨虚

閒雲飄盡爾還留，萬里長江一葉舟。風静波停山月小，碧天如洗夜悠悠。

贈盛公

幾向燕然勒石銘，龍泉猶帶血痕腥。只今放馬桃林去，獨對閒僧問佛經。

示純徵

庭前栢樹事如何，日日披衣聽法螺。選佛有心空未得，祇因鄉夢近來多。

示無味

胸藏大巧貌如愚，終日勞勞未覺痛。收拾钁頭閒一枕，祇應蝴蝶共歡娱。

示藴珠

年少如何學懶殘，而師恩重似丘山。但能盡孝名爲戒，洒掃堂前慰老顔。

示密訓

白髮庭闈近佛圖，彩衣舞罷學驅烏。英英謾道年方少，出世居然大丈夫。

示非浴

一鉢閒僧爾獨依，殷勤莫負好春暉。遼陽那得揚州鶴，自向晴窗補衲衣。

謝易修師爲染衣

氍毹雙袖淚痕乾，何意偏憐范叔寒。一榻雲烟分半席，長宵擁毳共團圞。

謝與樂兄贈藥

祇因貧病易相憐，清淚頻揮白雪前。犬馬殘生偷旦夕，何須藥餌更延年。

喜耀宗受具還

羨君忙裏自閒閒，雙袖蹁躚亦度關。不識長安行樂地，三衣明月一肩還。

寄淨玄師

如何一去更無音，皓月相期空有心。爲問田中禾熟未，西風索索漏沉沉。

爲躍海師易號

金鱗不見自徘徊，幾向洪波擲釣回。三月海門看汝躍，桃花浪裏一聲雷。

普濟寺

到此都成選佛才，嵯峨高閣倚雲開。關東處處精藍布，那得摩騰經卷來。

賀藏主師新築

築得幽居典卻衣，土牀茶竈敞荆扉。白雲自許時來去，不放紅塵一點飛。

謝諸檀越

龍藏多年始一開，菩提無種大家栽。應知此會非今日，共向靈山付囑來。

贈田居士

子道如君孝獨全，逢僧便解杖頭錢。從來福報徒千刼，莫遣宫成第四天。

贈曹居士

一室蕭然佛作鄰，長齋惟與老僧親。祇因世事難開眼，一卷詩書付後人。

贈耿居士

世外情多見爾偏，紅塵終日自仙仙。家中時有閒茶飯，但見僧來不問錢。

贈毛居士

塞外逢君見所親，壁間長掛一壺春。莫嫌混跡塵埃裏，相識全歸世外人。

贈戈居士

六祖當年不識丁，金剛一句便回程。而今一卷從頭誦，猶自深更愛聽經。

贈李居士

本來面目無文字，執卷何須問老僧。愛汝清貧偏好學，寒窓風雪對孤燈。

慰桂居士

明知是幻復何憂，生滅從他海上漚。竹院相過應不遠，何妨竟日爲淹留。

贈智輪道者

法華轉罷讀皇經，仙闕依然傍佛扃。煉就丹砂堪作供，鶴衣長舞法王庭。

禮雪庵祖師塔

孤留石塔鎮千山，想見當年冰雪顏。身後能來天子詔，更無一語落人間。

送居士省母

望雲幾度淚沾衣，此日長邊一鴈歸。兄弟團圞歡共舞，莫將風雪訴庭闈。

懷堡中左氏諸兄弟二首

塤篪應向雪中吹，猶喜城邊見左思。料得鶺鴒原上淚，未曾秋到已先披。
弟兄何處采山薇，白雪空多豈療饑。頗恨年年沙上鴈，秋來偏自向南飛。

懷戴公

共是冰霜一見難，新詩猶得寄禪關。月明乘興來相訪，又恐途中興盡還。

戴公以湖筆松茗見寄賦謝

夜鬼年年哭未休，江郎五色漫相投。思君此日情方渴，自煮新茶老趙州。

戴孝臣從堡中來訪四首

憶昔相逢古佛家，今朝何意共天涯。莫將遼海三冬雪，去比江南二月花。
祇因舞彩換袈裟，曾見圓通老作家。寒雪一瓢應羡我，何時重駁白牛車。
但將菽水慰而親，自在塵中不惹塵。不見當年盧行者，獵人隊裏易藏身。
倚閭雙眼望邊城，患難應添舐犢情。歸去穹廬風雪際，團圞正好話無生。

送藏主師遊長安二首

去年匹馬度中關，除卻經書兩袖單。此去長途風雪際，殷勤爲囑好加飡。

長安簫鼓鬧聲喧，料得君遊自晏然。一見故人便回首，舊山明月待君圓。

寄山木師

不結人間一面緣，平安兩字仗君傳。而師定有江南信，莫使寒烟望眼穿。

寄胡居士

舊疏重題識姓名，老僧何意重君平。英雄定有無端淚，不是偏多世外情。

過寧遠

此地曾開細柳營，荒臺空見草青青。衹疑一片城邊石，猶有當年舊勒銘。

望醫巫閭

一片晴雲萬壑開，行人立馬自開顏。風沙此際還留勝，豈必羅浮是故山。

懷嶺南

雙淚紛紛灑大荒，弟兄叔侄轉難忘。不知嶺海風波後，若個猶存若個亡。

懷華首

山中兄弟幾人留，料得堂前草已秋。欲把尺書憑鴈足，又愁飛不到羅浮。

懷匡廬

鸞溪溪畔歸宗寺，松下何人尚掩扉。聞道幾峯雲散盡，祇應如舊瀑花飛。

懷白下

欲寄音書道路長，霜風驚夢思茫茫。惠州此日真天上，卻望江南是故鄉。

懷顧家樓

幾年掛錫石橋頭，屋角梅花盡意留。多少幽人尚翹首，可憐明月下前樓。

立春日

城郭依然古殿閒，人民去後剩青山。山中有雪猶堪嚙，何用春風度玉關。

燕子

春盡枝頭始見花，風流何處委黄沙。尋常百姓今猶少，飛入清寒古佛家。

開原 或云即五國城

頹垣荒草亂雲横，野老仍傳五國城。欲擬招魂愁漠漠，何人能聽杜鵑聲。

問石人

半揖低聲問石人，何年風雨臥荒榛。威儀恍惚猶前代，不識皇家制令新。

答

一臥荒丘不記年，眼看田海變朝烟。老僧何事勞相問，未必君心似我堅。

又問

見說當年此極邊，芊芊白草已連天。憑君莫話滄桑事，只恐愁多石也穿。

又答

無情久矣學枯禪，話到傷心我亦憐。骨勁冰霜雖已慣，不禁秋雨淚漣漣。

三官廟 張公舊住處

宮闕崔嵬近大羅，雲裾瓊珮老仙多。琅璈奏罷星辰隱，永夜如聞不二歌。

訪華表

人民城郭盡皆非，鶴去千年更不歸。惟有只今遼海上，一年一度鴈飛飛。

自題小影

衲衣一寸馬蹄塵，多難還餘未死身。直看古來横看世，更將此事委何人。

接亦非書

兩片雲飄各不知，忽聞萬里話相思。開緘看取行行淚，多少胸中不盡詞。（以上千山詩集卷一七）

全粵詩卷七八〇

釋函可　一〇

月夜雪齋同諸子賦

奇哉吾輩猶在，絕域從他歲徂。一片月明盡看，三更霜白重鋪。但能談笑無倦，即與家鄉不殊。城曉烏啼客散，天高磧冷僧孤。

秋曉

一聲林際天白，數點門外峯青。昨夜雨來入夢，今朝葉落滿庭。

秋晚

月始出林尚小，鐘來越澗漸微。且留半戶莫掩，少待片雲未歸。

山居十首

日日山嵐遶戶，夜夜山風透籬。日夜風嵐幾許，問著山翁不知。

破屋老僧兩個，古木寒鴉幾枝。前溪欲凍未凍，有人橋上行時。
仄徑積雪掃去，枯樁攔戶推開。今早矮簷鵲報，前山古洞猿來。
閒歌白雪幾句，靜讀南華半篇。無人遶樹數匝，有時欹枕孤眠。
乾葉亂飄屋角，枯枝橫柱籬邊。誰道山居閒暇，拗枝掃葉燒泉。
野鼠每投案下，小禽近訴窓前。即此是亦爲政，山中無黨無偏。
雲封八九十層，松蓋百千萬尺。塔頂一雙鶴栖，溪邊兩行虎跡。
溪長水去無歸，戶淺雲來直入。老僧手把钁頭，口道明年九十。
剪藤縛木依崖，鑿石引泉入屋。結構不俟歲時，經綸已遍山谷。
出門不過數里，前邨獨自一家。二老見人必笑，山梨山棗山茶。（以上千山詩集卷一八）

譯鳥言七章

行不得哥哥，世無商王，誰開網羅。鷓鴣

都惡都惡，不如沙漠，沙漠有冰猶可啄。杜鵑

得過且過，身無毛，夜無窠。誰能留白日，莫使下滄波。寒號

鵲惜惜，多少新民不得食。鵲

呀呀呀，安得大日輪，照此海東涯。鴉

姑姑姑，一月三夫，舊夫瘦小新夫麤。鳩

快耕快鋤，胡地霜多，今不努力奈饑何。布穀

三五七言

塞草白，塞日黄。埋沙無老骨，掛樹有饑腸。安得長風生此夕，盡吹殘魄返其鄉。

答邛子寄水晶蟾

九載不相聞，萬里勞相寄。分明一照見肝腸，中間恍惚相思字。

戲效讀曲歌體六章

辛苦道傍井，轆轤無停時。行路日千百，若個心相知。

捶碎簷前鐘，十年剛把手，此別更難逢。

揖謝簷前鐘，幸渠話未終，話終泣何窮。

盤中堆紅炭，炭熱人亦聚，炭銷人亦去。人去留不住，住亦無意緒。

炭熱盤不覺，炭銷盤不知。勸君且住不須去，盤當再熱時。

大雪不得食，野雉馬前飛。少年惜泥彈，只用馬鞭捶。鞭捶死亦苦，其奈腹中饑。

偶成

斫卻相思樹，鋤卻金銀花。世間自有好男子，何必嘈嘈老釋迦。

槿言

槿之言，若曰爾松太不情。孤直千年苦，何似一朝榮，松聞寂無聲。便使爲薪竈下死，不願開花世上榮。

俗謳

海舶來，海舶不來無剪裁。海舶來，海舶不來飽難捱。

博里歌 予博羅人也，幼聞里中歌，偶憶其四

奈何許，擔水放白糟，到底充不去。

噫於戲，魚鰾著水交不固。

休語語，休言言，扁柴燒火嘆無緣。

苦瓜苦，有時鋤。儂心苦，無時無。黄蘗苦，有時枯。儂心苦，無時無。若得儂心無苦時，長河無

曲路無巇。（以上千山詩集卷一九）

招諸公入社詩

招不二先生

三扣先生知不知，殘僧亦有膽堪披。蓮花一瓣歸來好，上帝年來只掩扉。

招雪蛆

冰作肝腸我作鄰，愛君清冷絕纖塵。死生欲了三冬事，只恐寒消不耐春。

招青草

一寸青青自耐霜，茂陵驪嶽總茫茫。黄塵不獨埋紅粉，社裏蓮花比爾香。

招子規

乾坤千古總糊塗，何事年年帶血呼。只有蓮花歸處好，鳳凰山上亦荒蕪。

招狂封

三韓總是爾封疆，黼哻能留只一方。洪範遺編存布袋，歸來別有好商量。

招冰鬼

白水青波是舊身，夜深惟許爾相親。衲衣一片寒侵髓，不久當爲若輩人。

招丁仙

歸來莫羨海天寬，眼見天傾海亦乾。縱此社開時可到，千年那得一人存。

招石人

松麈招來好論心，憐君獨自立高岑。攢眉欲去非關酒，只恐愁多抱爾沉。

招沙子

大地茫茫一聚塵，我來撲面爾先迎。他時片骨知堪托，莫使沉埋見月明。

招鎮君

聰明正直亦前因，五戒曾聞授嶽神。我到冀營君是主，淨除庭雪待風輪。（以上千山詩集卷二〇）

和澹心因圃阻雪思歸

又見千山絕鳥飛，閒拈玉麈對君揮。綏綏白晝荒城路，淰淰寒生破衲衣。糞火芋香聊共剝，梅村夢斷未言歸。年年風雪棲廡下，惆悵殘更憶翠微。

同澹心詠介子庭中蠟梅

處士庭前續舊歡，數枝開遍共團圞。瓣當白雪偏能見，名托浮山亦耐寒。金色頭陀花底笑，黃衣舞女夢中看。胡雛何處吹横笛，擁毳躊躇到夜闌。

哭繩海先生

素車猶憶十年前，生死交情更不遷。曾記郵筒傳嶺月，獨齎鏡老破江烟。何人報國身能在，賴汝孤臣節已全。一瓣香消寒淚濺，亂鴉啼上古城邊。

廣陵感賦

舊堤楊柳不成裁，刼火經今五十回。瓦碎尚餘香粉膩，市喧疑是野魂哀。高飛獨羡揚州鶴，倚杖難尋月觀梅。祇爲繁華易消落，遍將清淚點寒灰。

朱溪臣臨行再被價竊作此奉慰並以言别

兩年飄泊石城東，垂死憐君病復同。窮鬼憎人寒不徹，黑貂誨盜數仍空。家鄉路遠心逾苦，海角天傾恨未終。舊社梅花看欲發，一枝惆悵老西風。

對與治懷莞羊諸同志

論交茲夕復何疑，屋角參横動遠思。今世幾人堪久别，他鄉惟子許相知。但看綠漲流桃葉，已是朱明負荔枝。去住總來成繫念，一生憔悴此情癡。

路中

石頭曾共典寒衣，五月光分幾鴈飛。前路烽烟愁正劇，一春花鳥願多違。還家莫話滄桑事，遲我常開夜月扉。江水茫茫悲倦翮，何時同採故山薇。

臺中

無聊長寄一枝笻，悔不同君四百峯。舊榻儘容獰虎待，半鐺常煮野雲供。到家應共憐窮子，博飯無如學老農。從此入山惟穩睡，只愁僧打五更鐘。

博中

數別何曾見淚痕，長干落日自吹壎。故園一任荒叢菊，急難方知憶弟昆。小雨滴生春草夢，西風飄送老梅魂。爲懷正好愁冬際，蘆葉蘆花江上邨。

莞中

蓬轉長空跡未孤，栢林能不念吾徒。回何敢死還多畏，柴也其來幸是愚。強把笑歌酬木石，空令涕淚滿江湖。浪遊愧我恒終歲，白首曾成一事無。

廣中

出門又過半年期，獨夜心情黯自悲。鄉夢似隨風雨入，歸程仍爲甲兵遲。一生未了嵩間淚，萬里長縈潤畔思。想得生還重見面，幾人歡動藕花池。

秋夢

荒原寂寂落花鈿，錦瑟閒拋五十絃。蟬咽未離芳樹裏，馬嘶偏繫畫堂前。甄山道士傳兵解，陽羨書生合醉眠。盡向湖船載西子，城頭空見草芊芊。

蛩聲

驅馳鎮日自空飡，剩有逢迎好結歡。流涕可堪容賈誼，無魚終欲笑馮驩。共誇金穴千年滿，閒倚冰山半夜寒。一著未施全局盡，弈棋曾不似長安。

聞黄石齋至

驚傳一騎到江干，繞遍梅花淚未乾。鄧禹幾能扶漢室，鍾儀終不改南冠。空餘短劍龍文暗，好付殘軀馬革寒。豈爲綈袍今哭汝，瀰天風雨正漫漫。

寒夜偶成

木佛寒燈共一堂，漫思往事浩茫茫。何曾辱我非能忍，無奈恩多未易忘。門掩踈鐘人自古，更殘薄被月如霜。吾生猶及梅花發，豈必羅浮是舊鄉。

初聞警友人約同入嶺作此答之

長安花事獨相關，荔子丹時尚未還。無可藏身惟酒肆，何須埋骨向青山。一瓢以外無餘物，荷鍤相從便不閒。到處飽餐到處死，故人多淚自潺潺。

壽界繫師兼約同遊羅浮

身形似鶴古來稀，深谷梅花冷共支。坐破蒲團千頃月，閱窮滄海兩莖眉。閒知歲月終堪惜，老愛雲山亦是癡。爲囑趙州行腳處，麻姑峯畔荔支期。

次韻答邢孟貞並以道別

高樓春盡恨難刪，每見君來一破顏。客夢荒烟迷去道，平生知己重名山。卻憐遠別逢梅雨，早願餘年入玉關。幾處草庵燒不盡，秋來猶得掃苔斑。

留別王子京

氍毹破衲掛枯藤，敢道無情淚又增。不爲金錢思長者，每從處士揖孤僧。甘貧但酌空江水，受樹仍留異代陵。長想政閒無一事，一軒明月話高朋。

留別顧與治

嶺海無家亦有憂，歸心那復戀狂遊。頻年獨寄揚雄宅，此後誰登謝朓樓。永夜月來僧不管，一春花落鳥空愁。茫茫正溯長江水，何日重過問石頭。

留别余澹心二首 次韻

春風猶滯秣陵關，曉夢先飛黄木灣。弟妹可能存世上，笑啼徒自向人間。三年不見雲中信，一鉢終歸何處山。最是與君情不薄，悠悠去住兩難删。

敷天處處谷爲陵，剩水殘山見老僧。乞得一餐常自足，饒他百事總無能。關心獨有池生草，白首何堪鼠嚙藤。歸去把茅詩卷在，思君常剔佛前燈。

留别白門諸公

不因行樂亦蹉跎，幾度柴門石易過。豈有文章逢運使，屢將香飯乞維摩。三山花落催行棹，五嶺雲飛返舊柯。莫歎江流千萬里，鶯啼無限夕陽多。

次鄭元白韻

烟縷城頭日未斜，曾來乞食到君家。于今年代非當日，始信人間有落花。雨後每尋黄葉寺，春殘惟聽白門笳。臨歧無住悲鴻漸，爲數庭前樹上鴉。

次余澹心韻二首

家本飛雲白石龕，偶言來去亦優曇。遺篇青簡千年事，山月蒲團一杖擔。此日曉風歌柳岸，他時高閣坐江南。摩騰翻譯渾多故，身外纍纍貝葉函。

摘葉燒泉處士齋，幾翻相向寫幽懷。看殘今古無天眼，踏破青山有草鞋。鴈去休教虛隻字，猿歸應已共層崖。世間定亂非裴度，雪夜何人更度淮。

次林茂之韻二首

數間茅屋水東涯，四海爲家不當家。鉢底已無兼宿食，籬邊猶憶隔年花。典型獨喜先生在，風雅徒令異代誇。自笑僧貧遠行腳，擔頭猶有舊袈裟。

憶昔相逢未是僧，青山處處總堪登。斑斕子舍終天恨，花草吳宮百感興。周粟價高思義士，羊裘典盡笑嚴陵。莫言我去知心少，但過牆東有好朋。

陳伯璣和余留别與治詩見贈復次原韻答之

曰歸曰歸我心憂，野草荒烟失舊遊。幸是天涯逢有道，相投杖策上高樓。西山遺老留雲臥，贛水新魂帶月愁。話至傷心窓又雨，何年重約虎溪頭。

繫中生日二首

稽首牟尼古佛圖，今朝猶剩舊頭顱。縱經萬死知何恨，欲盡餘生亦是虛。破寺獨松撑日月，短牀閒夢到江湖。從他知罪渾無涉，納納乾坤一病夫。

三十七年事事非，兩行新淚點田衣。世間白日還容我，海上青山未許歸。天意每於窮極見，故人不爲病多稀。明朝好惡休須論，且共團圞話日暉。（以上千山詩集補遺）

（楊權整理）